Alle Rechte, einschließlich das des vollständigen oder
auszugsweisen Nachdrucks in jeglicher Form, sind vorbehalten.

Der Preis dieses Bandes versteht sich einschließlich
der gesetzlichen Mehrwertsteuer.

Umwelthinweis:
Dieses Buch wurde auf chlor- und säurefreiem Papier gedruckt.

Nora Roberts: Wünsche werden wahr
Ganz oben auf der Wunschliste der sechsjährigen Zwillinge Zack und Zeke steht eine neue Mom! Und als sie die hübsche Musiklehrerin Nell Davis sehen, sind sie sicher, dass der Wunsch in Erfüllung gegangen ist. Jetzt muss nur noch ihr Dad Ja sagen. Aber ganz so einfach ist es nicht, wenn es um die Liebe geht ...

Diana Palmer: Das erste Fest mir dir
Maggie, Sekretärin in Tuscon, will mit ihrem Sohn Blake das Weihnachtsfest in Montana verbringen. Hier hat sie Grund und Boden geerbt – und hier begegnet sie dem Rancher Tate Hollister. Blake ist von Tate begeistert – Maggie dagegen reagiert auf seine Annäherungsversuche zunächst etwas schüchtern. Sie war so lange allein ...

Debbie Macomber: Silberglocken
Ungläubig hört Carrie die Prophezeiung: Sie wird noch vor dem Weihnachtsfest ihrem Traummann begegnen! Doch als sie zufällig Philip Lark und seine Tochter kennen lernt, kommt ihr gar nicht in den Sinn, dass er damit gemeint sein könnte. Erst bei Philips leidenschaftlichem Kuss erkennt sie, dass sie pünktlich zum Fest ihr Herz verschenkt hat ...

Emilie Richards: Geständnis unterm Mistelzweig
Chloes schwere Kindheit ist Schuld daran, dass sie glaubt, dass man im Leben nichts geschenkt bekommt. Auch nicht zu Weihnachten! Doch der Bauunternehmer Egan O'Brien sieht das ganz anders. Er würde Chloe zu diesem Fest so gern verwöhnen, denn er hat sich in sie verliebt ...

Nora Roberts
Diana Palmer
Debbie Macomber
Emilie Richards

Vier weihnachtliche Romane

MIRA® TASCHENBUCH
Band 25075
1. Auflage: Dezember 2003

MIRA® TASCHENBÜCHER
erscheinen in der Cora Verlag GmbH & Co. KG,
Axel-Springer-Platz 1, 20350 Hamburg
Deutsche Taschenbucherstausgabe

Titel der nordamerikanischen Originalausgaben:
All I Want For Christmas/The Humbug Man/Silver Bells/Naughty Or Nice
Copyright © 1994 by Nora Roberts
1987 by Diana Palmer
1996 by Debbie Macomber
1993 by Emilie Richards McGee
erschienen bei: Silhouette Books, Toronto
Published by arrangement with
Harlequin Enterprises II B.V., Amsterdam

Konzeption/Reihengestaltung: fredeboldpartner.network, Köln
Umschlaggestaltung: pecher und soiron, Köln
Titelabbildung: GettyImages, München
Autorenfoto: © by Harlequin Enterprise S.A., Schweiz
Satz: Berger Grafikpartner, Köln
Druck und Bindearbeiten: Ebner und Spiegel, Ulm
Printed in Germany
ISBN 3-89941-097-1

www.mira-taschenbuch.de

Nora Roberts

Wünsche werden wahr
Roman

Aus dem Amerikanischen von
Heike Warth

1. KAPITEL

Taylor's Grove hatte zweitausenddreihundertundvierzig Einwohner. Mittlerweile einen mehr, dachte Nell, als sie die Aula der High School betrat. Sie lebte erst seit zwei Monaten hier, aber sie fühlte sich in der kleinen Stadt mit ihren hübschen Vorgärten und kleinen Läden bereits heimisch. Vor allem genoss sie die gemächliche Lebensart, die freundlichen Schwätzchen mit den Nachbarn, liebte die Schaukeln auf der Veranda, die holprigen Gehsteige.

Wenn ihr jemand vor einem Jahr prophezeit hätte, dass sie Manhattan gegen einen winzigen Flecken im westlichen Maryland eintauschen würde, sie hätte ihn für verrückt erklärt. Und jetzt war sie die neue Musiklehrerin in Taylor's Grove und fühlte sich pudelwohl in ihrer Rolle.

Sie hatte den Ortswechsel dringend nötig gehabt. Im letzten Jahr hatte ihre Mitbewohnerin geheiratet, und da sie sich die Miete allein nicht leisten konnte, hatte sie eine Nachfolgerin gesucht. Aber ihre neue Wohnungsgenossin war nicht lange geblieben und hatte bei ihrem Auszug alles mitgenommen, was auch nur den geringsten Wert besaß. Und das hatte dann letztlich den Anstoß dazu gegeben, dass sie mit Bob brach. Er hatte ihrer Naivität und Dummheit die Schuld an dem Desaster gegeben, und das war der letzte Tropfen gewesen, der das Fass zum Überlaufen gebracht hatte.

Sie hatte Bob kaum den Laufpass gegeben, als die Schule, in der sie seit drei Jahren unterrichtete, ihren Stab „verschlankte", wie man die Maßnahme schönfärberisch nannte: Nell wurde entlassen, die Stelle der Musiklehrerin gestrichen.

Von ihrem Leben waren eine leer geräumte Wohnung, die sie sich nicht mehr leisten konnte, ein ehemaliger Verlobter, der ihr die Schuld an allem gab, und die Aussicht auf Arbeitslosigkeit übrig geblieben. Da beschloss sie, New York den Rücken zu kehren.

Nachdem die Entscheidung einmal gefallen war, ging alles sehr schnell. Sie beschloss, in eine Kleinstadt zu gehen, wenn sie auch den Grund dafür nicht so recht benennen konnte. Aber ihr Gefühl hatte sie richtig geleitet. Nach diesen zwei Monaten war ihr, als hätte sie schon ihr ganzes bisheriges Leben hier verbracht.

Sie wohnte in einem renovierten alten Haus, und die Miete war so günstig, dass sie nicht auf eine Mitbewohnerin angewiesen war. Das Schulgelände mit Grund- und weiterführender Schule bis hin zur High School war zu Fuß erreichbar.

Sie unterrichtete seit zwei Wochen, und die erste Nervosität war längst von ihr abgefallen. Jetzt freute sie sich auf den ersten Chortermin mit ihren Schülern, entschlossen, ein Programm auf die Beine zu stellen, das die Zuhörer zu Begeisterungsstürmen hinreißen würde.

Das alte Klavier stand mitten auf der Bühne, und Nell setzte sich davor. Die kleinen Sänger würden bald eintrudeln, bis dahin hatte sie noch ein paar Augenblicke für sich.

Sie ließ die Finger über die Tasten gleiten und stimmte einen Blues an. Auf alten, verkratzten Klavieren musste man einfach Blues spielen.

„Mensch, total cool", sagte Holly zu ihrer Freundin Kim, als sie die Tür zur Aula öffnete.

„Ja, echt." Kim hatte den Arm um ihre beiden kleinen Cousins gelegt. „Mr. Striker hat nie solche Sachen gespielt."

„Und was sie trägt, ist auch absolute Spitze." Bei Holly mischte sich Bewunderung mit ein wenig Neid, als sie Nells enge Hose und das lange Hemd mit der gestreiften Weste darüber begutachtete. „Ich kann mir überhaupt nicht vorstellen, warum jemand aus New York ausgerechnet zu uns kommt. Hast du ihre Ohrringe gesehen? Die hat sie bestimmt aus einem tollen Laden in der Fifth Avenue."

Nells Schmuck war in der kurzen Zeit, die sie jetzt hier war, unter ihren Schülerinnen bereits legendär geworden. Sie trug nur ausgefallene und einzigartige Stücke. Ihr fast schulterlanges dunkles Goldhaar war immer wie unabsichtlich ein wenig zerzaust, ihr etwas heiseres Lachen und ihre natürliche Art hatten ihr vom ersten Augenblick an die Zuneigung der Kinder eingebracht.

„Sie ist echt super." Kim war im Augenblick mehr von der Musik als von Nells äußerer Erscheinung beeindruckt. „Wenn ich doch auch so spielen könnte."

„Und ich würde gern so toll aussehen wie sie", seufzte Holly.

Nell sah sich um und lachte. „Kommt, Mädchen. Ich gebe ein kostenloses Konzert."

„Es klingt ganz toll, Miss Davis." Kim hatte ihre beiden Schützlinge fest im Griff, als sie jetzt auf die Bühne zusteuerte. „Was ist das?"

„Muddy Waters. Ich glaube, ich werde den Lehrplan um ein paar Bluesstücke erweitern." Nell betrachtete die Jungen an Kims Seite. „Hallo, ihr zwei."

Die beiden lächelten, und dabei bildeten sich bei beiden identische Grübchen auf der linken Wange. „Können Sie auch ‚Chopsticks' spielen?" fragte der Junge an Kims rechter Seite.

Bevor Kim sich noch einmischen konnte, legte Nell schon los. „Na, wie war das?" erkundigte sie sich, als der letzte Ton verklungen war.

„Spitze."

„Entschuldigen Sie, Miss Davis. Ich muss die zwei eine Stunde hüten. Das sind Zeke und Zach Taylor."

„Die Taylors von Taylor's Grove", meinte Nell und drehte sich zu den Kindern um. „Ich wette, ihr seid Brüder. Ich kann da eine kleine Familienähnlichkeit entdecken."

Die beiden Jungen kicherten. „Wir sind Zwillinge", erklärte Zach.

„Tatsächlich? Und jetzt soll ich wahrscheinlich raten, wer wer ist." Nell kam an den Bühnenrand, setzte sich und sah die beiden prüfend an. Beiden fehlte der linke obere Schneidezahn. Sie grinsten.

„Zeke", sagte Nell und wies mit dem Finger auf einen Zwilling. „Und Zach."

Die beiden nickten erfreut. „Woran haben Sie das gemerkt?"

Sie hatte es einfach nur geraten. Immerhin standen die Chancen fünfzig zu fünfzig. Aber das würde die Kinder nur enttäuschen. „Zauberei", behauptete sie. „Singt ihr gern?"

„Na ja."

„Dann könnt ihr heute zuhören. Ihr setzt euch in die erste Reihe und seid unser Testpublikum."

„Danke, Miss Davis", sagte Kim und schob die Zwillinge zur vorderen Sitzreihe. „Und da bleibt ihr sitzen", befahl sie mit der Autorität der älteren Kusine.

Nell zwinkerte den beiden zu, stand auf und winkte dann die anderen Kinder, die sich allmählich eingefunden hatten, nach vorne. „Kommt. Fangen wir an."

Die Zwillinge schienen die Vorgänge auf der Bühne eher zu langweilen. Zuerst wurde hauptsächlich geredet, dann wurden die Noten verteilt und die Jungen und Mädchen nach ihren Stimmen eingeteilt.

Zach beobachtete Nell. Sie hatte schöne Haare und große braune Augen. Wie mein Hund Zark, dachte er angetan. Ihre Stimme war zwar ein bisschen komisch, irgendwie kratzig und ziemlich tief, aber doch nett. Immer wieder sah sie zu ihm herüber und lächelte ihn an. Und dann schlug sein Herz immer ein bisschen schneller, als wäre er gerade gerannt.

Jetzt sang sie den Kindern auf der Bühne etwas vor. Es war ein Weihnachtslied. Zach wusste zwar nicht genau, wie es hieß, aber er hatte es seinen Vater schon spielen hören.

„Das ist sie", zischte er und gab Zeke einen Stoß in die Rippen.

„Wer?"

„Die Mom, die wir uns gewünscht haben."

Zeke unterbrach das Spiel mit seiner Plastikfigur und sah auf die Bühne, wo Nell angefangen hatte, die Altstimmen zu dirigieren. „Kims Lehrerin?"

„Ganz bestimmt." Zach war schrecklich aufgeregt. „Der Weihnachtsmann hat unseren Brief inzwischen bestimmt bekommen", flüsterte er. „Und sie sieht genauso aus, wie wir sie uns gewünscht haben. Und außerdem ist sie nett und mag uns."

„Meinst du ehrlich?" Zeke war noch nicht ganz überzeugt. Aber hübsch war Nell schon, und sie lachte viel, auch wenn die großen Kinder einen Fehler machten. Das hieß aber noch lange nicht, dass sie Hunde mochte oder Plätzchen backen konnte.

Zach sah Zeke an. Sein Bruder war manchmal wirklich schwer von Verstand. „Aber sie hat genau gewusst, wer von uns wer ist. Zauberei, hat sie gesagt. Sie ist es bestimmt."

„Zauberei", wiederholte Zeke und betrachtete Nell mit großen Augen. „Glaubst du, wir müssen bis Weihnachten warten, bis wir sie kriegen?"

„Ich glaube schon." Genau wusste er es zwar nicht, aber das bekam er schon noch heraus.

Mac Taylor stellte seinen Kombi vor der High School ab und versuchte, Ordnung in seine Gedanken zu bringen. Er musste sich überlegen, was er den Kindern zum Abendessen kochen sollte, wie er das Problem mit dem Boden in der Meadow Street lösen wollte und wann er am besten ins Einkaufszentrum fuhr und Unterwäsche für die Jungen kaufte. Als er letztes Mal die Wäsche zusammengelegt hatte, war ihm aufgefallen, dass sie dringend der Erneuerung bedurfte. Morgen früh würde er sich gleich um die Holzlieferung kümmern, und heute Abend musste er unbedingt noch den Papierkram erledigen.

Dazu kam noch, dass Zeke in ein paar Tagen sein erstes Prüfungsdiktat schrieb und sehr aufgeregt war.

Mac steckte die Wagenschlüssel in die Hosentasche. Er hatte heute mehrere Stunden den Hammer geschwungen, und seine Schultern schmerzten. Aber das störte ihn nicht weiter. Er war zwar körperlich müde, aber es war eine gute Müdigkeit. Sie bedeutete, dass er etwas geschafft hatte. Die Renovierungsarbeiten an seinem Haus in der Meadow Street liefen ganz nach Plan, auch mit dem Geld kam er hin. Wenn er fertig war, musste er sich überlegen, ob er das Haus verkaufen oder vermieten wollte. Natürlich hatte sein Steuerberater da ein Wort mitzureden, aber die letzte Entscheidung lag bei ihm selbst.

Als er gemächlich vom Parkplatz zur Schule schlenderte, sah er sich aus alter Gewohnheit um. Sein Ururgroßvater hatte die Stadt gegründet. Damals war sie ein winziges Dorf am Ufer des Taylor's Creeks gewesen, heute erstreckte sie sich über die Hügel bis hin zu Taylor's Meadow.

Er selbst lebte nach zwölfjähriger Abwesenheit schon seit

sechs Jahren wieder in Taylor's Grove, aber immer wieder konnte er sich an der herrlichen Umgebung mit den hohen Bergen in der Ferne freuen. Das würde sich wahrscheinlich nie ändern.

Der Wind war kühl geworden. Aber noch hatten sie keinen Frost gehabt, und das Laub an den Bäumen war noch so grün wie im Sommer. Das gute Wetter machte das Leben leichter für ihn. So konnte er die Außenarbeiten am Haus unter angenehmen Bedingungen vollenden, und die Jungen konnten nachmittags im Garten spielen.

Ein Anflug von schlechtem Gewissen stieg in ihm hoch, als er jetzt die schwere Schultür aufstieß. Seine Arbeit hatte ihn länger aufgehalten als vorgesehen, und seine Schwester war selbst zu beschäftigt gewesen, als dass er ihr die Kinder hätte aufhalsen wollen. Also war Kim eingesprungen und hatte die Zwillinge mit zur Chorprobe genommen. Natürlich hätten sie auch einmal allein zu Hause bleiben können, aber er wollte nicht, dass aus seinen Söhnen Schlüsselkinder wurden. Jetzt war er hier, um sie und Kim abzuholen. Das ersparte seiner Schwester die Fahrt.

In ein paar Monaten machte Kim selbst den Führerschein. Sie sprach jetzt schon kaum noch von etwas anderem. Allerdings konnte er sich nur schwer vorstellen, dass er seine beiden Jungen seiner sechzehnjährigen Nichte anvertrauen würde, so gern er sie auch hatte und so vernünftig sie auch sein mochte.

Seine Schwester warf ihm ständig vor, dass er die Jungen viel zu sehr verzärtelte. Er konnte ihnen die Mutter nicht ersetzen, er wusste es ja selbst. „Wenn du dir keine Frau suchen willst, dann ist das deine Sache. Aber du musst lernen, die Kinder loszulassen." Er hörte die Stimme seiner Schwester förmlich. Aber es fiel ihm im Traum nicht ein, noch einmal zu heiraten!

Als er sich der Aula näherte, hörte er die jungen Stimmen und musste lächeln. Weihnachtslieder, von Kindern gesungen, hatten etwas so Anheimelndes.

Er öffnete die Tür, trat geräuschlos ein und blieb stehen, um zuzuhören. Ein Mädchen saß am Klavier. Hübsches kleines Ding, dachte er.

Gelegentlich sah das Mädchen auf und nickte, als wolle es die anderen Kinder zu noch größerer Leistung ermuntern. Wo mochte die Musiklehrerin sein?

Mac entdeckte seine Söhne in der ersten Zuschauerreihe und ging leise zu ihnen. Als Kim ihn entdeckte, hob er grüßend die Hand. Er setzte sich hinter die Jungen und beugte sich zu ihnen vor.

„Sie singen schön, finde ich."

„Dad!" Zach drehte sich aufgeregt um. „Das sind Weihnachtslieder."

„Genauso klingt es. Singt Kim gut?"

„Ganz toll." Zeke war stolz auf seine neu erworbenen musikalischen Kenntnisse. „Sie kriegt ein Solo."

„Ist das wahr?"

„Ehrenwort. Sie ist ganz rot geworden, als Miss Davis gesagt hat, sie soll ihr etwas vorsingen, aber dann hat sie es doch getan." Zeke war im Augenblick viel mehr an Nell interessiert. „Ist sie nicht hübsch?"

Diese Bemerkung erstaunte Mac ein wenig. Die Zwillinge mochten Kim zwar, aber mit Komplimenten hatten sie sich bisher nicht aufgehalten. Er nickte. „Ja, finde ich auch. Sie ist das hübscheste Mädchen der Schule."

„Wir könnten sie doch einmal zum Essen einladen", schlug Zach verschwörerisch vor.

Mac fuhr seinem Sohn liebevoll durchs Haar. „Aber Kim

kann doch immer zu uns kommen, wenn sie will", meinte er ein wenig verwundert.

„Aber doch nicht Kim." Zach verdrehte die Augen. „Miss Davis!"

„Und wer ist Miss Davis?"

„Die M..." Zeke verstummte abrupt, als er den Ellbogen seines Bruders an den Rippen spürte.

„Die Lehrerin", sagte Zach und warf Zeke einen warnenden Blick zu. „Die hübsche da." Er wies mit dem Finger auf Nell.

„Das ist die Lehrerin?" Bevor Mac sich noch von seiner Überraschung erholt hatte, verklang die Musik, und Nell stand auf.

„Das habt ihr wirklich gut gemacht für die erste Probe", lobte sie und schob sich das Haar aus dem Gesicht. „Aber wir haben trotzdem noch viel Arbeit vor uns. Ich würde die nächste Probe gern für Montag nach der Schule ansetzen. Drei Uhr fünfundvierzig."

Eine ziemlich große Unruhe war aufgekommen, und Nell musste ihre Stimme erheben, um auch den Rest ihrer Anweisungen loszuwerden. Dann drehte sie sich mit einem zufriedenen Lächeln zu den beiden kleinen Zuhörern in der ersten Reihe um und fand sich unerwartet einer erheblich älteren und sehr viel verwirrenderen Ausgabe der Zwillinge gegenüber. Verwirrt hielt sie inne.

Das war eindeutig der Vater, daran bestand nicht der geringste Zweifel. Er hatte das gleiche dunkle lockige Haar, die gleichen blauen Augen, eingerahmt von dunklen Wimpern. Sein Gesicht war ausgeprägter als das der Jungen, natürlich, aber darum nur umso attraktiver. Er war groß und sehnig und wirkte kräftig, ohne muskulös zu sein, und er war braun gebrannt und ziemlich schmutzig. Ob er wohl auch ein Grübchen in der linken Wange bekam, wenn er lächelte?

„Mr. Taylor." Sie hüpfte von der Bühne, ohne den Umweg über die Stufen zu nehmen, und streckte ihm die ringgeschmückte Hand hin.

„Miss Davis." Er nahm ihre Hand und dachte erst zu spät daran, dass seine nicht besonders sauber war. „Ich hoffe, die Kinder haben Sie bei der Probe nicht gestört."

„Im Gegenteil. Ich arbeite immer besser, wenn ich Publikum habe." Sie sah auf die Zwillinge hinunter. „Na, wie hat es euch gefallen?"

„Super", erklärte Zeke. „Weihnachtslieder mögen wir am allerliebsten."

„Ich auch."

Kim gesellte sich zu ihnen. „Hallo, Onkel Mac."

Mac wusste nicht so recht, was er sagen sollte. Diese Miss Davis sah für eine Lehrerin viel zu jung aus. Das lag wahrscheinlich daran, dass sie so zierlich war und eine so zarte, makellose Haut besaß. Sie war attraktiv, zweifellos.

„Ihre Nichte ist sehr begabt." Nell legte den Arm um Kim. „Sie hat eine wunderschöne Stimme und viel Gefühl für Musik. Ich bin sehr froh darüber, dass ich sie in meinem Chor habe."

„Wir haben sie auch gern in der Familie", sagte Mac mit einem Lächeln, und Kim errötete.

Zach wurde unruhig. Mussten sie jetzt unbedingt über Kim reden? Als gäbe es nichts Wichtigeres. „Wollen Sie uns nicht einmal besuchen, Miss Davis?" fragte er zuvorkommend. „Wir wohnen in dem großen braunen Haus an der Mountain View Road."

„Das werde ich bestimmt einmal tun." Nell stellte fest, dass sein Vater über die Einladung offenbar nicht in große Begeisterung geriet. „Und ihr zwei dürft jederzeit wieder zur Chorprobe kommen, wenn ihr Lust dazu habt. Kim, du arbeitest bitte an deinem Solo."

„Ja, Miss Davis. Danke."

„Ich freue mich, dass ich Sie kennen gelernt habe, Mr. Taylor", sagte Nell, und als sie nur ein Brummen als Antwort erhielt, kletterte sie auf die Bühne zurück, um ihre Noten zu holen.

Schade, dass der Vater nicht den Charme seiner Söhne hat, dachte sie.

2. KAPITEL

Für Nell gab es kaum etwas Schöneres, als an einem milden Herbstnachmittag übers Land zu fahren. In New York war sie samstags immer zum Einkaufen gegangen oder hatte vielleicht einmal einen Spaziergang im Park gemacht. Vom Joggen hielt sie nichts, wenn man in gemächlicherem Tempo ebenso ans Ziel kam.

Und am meisten genoss sie das Autofahren. Sie hatte gar nicht gewusst, wie schön es war, nicht nur ein Auto zu besitzen, sondern mit geöffneten Fenstern bei Musik in voller Lautstärke über enge, kurvige Landstraßen zu düsen.

Die Blätter hatten angefangen, sich zu verfärben, und das Grün hatte bereits bunte Flecken. Nell war spontan in eine Straße abgebogen, über der sich die Kronen riesiger Bäume wölbten. Sie fühlte sich wie in einem lichtdurchflirrten Tunnel. „Mountain View" stand auf einem Straßenschild.

Ein großes braunes Haus, hatte Zach gesagt. Es gab nicht so viele Häuser hier draußen, drei Kilometer vor der Stadt, und die wenigen verbargen sich hinter hohen, dichten Bäumen und schimmerten nur zwischen den Stämmen durch. Rötliche, weiße, blaue Häuser, manche direkt am Wasser, andere auf Hügeln mit schmalen Auffahrten.

Es muss schön sein, hier zu wohnen, dachte Nell. Gerade auch, wenn man Kinder hat. Und so steif und wortkarg Mac Taylor auch sein mochte: Seine kleinen Söhne waren gut geraten.

Nell wusste, dass er sie allein erzog. In kleinen Städten erfuhr man so etwas sehr schnell: hier eine Bemerkung, da eine scheinbar nebensächliche Frage, und schon hatte sie die komplette Lebensgeschichte der Taylors in Erfahrung gebracht.

Mac Taylor war vor zwölf Jahren mit seinen Eltern aus dem Ort nach Washington gezogen und vor sechs Jahren mit den Zwillingen zurückgekommen. Seine Schwester hatte ihn offenbar dazu überredet, nachdem seine Frau ihn verlassen hatte.

„Die armen kleinen Würmchen hatten nur den Vater", hatte Mrs. Hollis Nell vor dem Brotregal im Supermarkt anvertraut. „Die Frau ist einfach weggelaufen und hat sich nie mehr gemeldet. Der junge Macauley Taylor ersetzt seinen Zwillingen seither die Mutter."

Vielleicht, dachte Nell sarkastisch, wäre seine Frau geblieben, wenn er gelegentlich einmal das Wort an sie gerichtet hätte. Aber nein, so etwas durfte sie nicht denken. Es gab keine Entschuldigung für eine Mutter, die ihre kleinen Kinder verließ und sich dann nie wieder meldete – jedenfalls fiel ihr keine ein. Was für ein Ehemann Mac Taylor auch gewesen sein mochte, die Kinder konnten nichts dafür.

Nell hatte Kinder immer schon gern gehabt, und die Zwillinge von Mac Taylor hatten es ihr doppelt angetan. Sie erschienen inzwischen zu jeder Chorprobe, und Zeke hatte ihr sogar sein erstes Diktat gezeigt. Einen silbernen Stern hatte er dafür von der Lehrerin bekommen. Wenn er das eine Wort nicht falsch geschrieben hätte, hätte er sogar einen goldenen bekommen, hatte er Nell stolz erklärt.

Natürlich waren ihr auch die verstohlenen Blicke von Zach nicht entgangen, sein Lächeln und Erröten, bevor er die Augen wieder senkte. Es war ein schönes Gefühl, die „erste Liebe" eines kleinen Jungen zu sein.

Sie stieß einen zufriedenen Seufzer aus, als sie aus der flimmernden Allee wieder ins Licht fuhr. Vor ihr lagen die Berge, die der Straße ihren Namen gegeben hatten. Hoch ragten sie in den strahlend blauen Himmel, dunkel, leicht verschwommen und voller Dramatik.

Zu beiden Seiten der Straße stieg das Land an und ging in Hügel und Felsformationen über. Nell nahm den Fuß vom Gaspedal, als sie auf einem Hügel ein Haus entdeckte. Es war ein braunes Haus, vermutlich aus Zedernholz, gebaut auf einem Fundament aus Stein und mit viel Glas. Den ganzen ersten Stock entlang zog sich ein breiter Balkon. An einem Baum hing eine Schaukel.

Ob hier die Taylors wohnten? Es war ein schönes Haus, und sie hätte es ihren neuen kleinen Freunden gegönnt. Am Straßenrand, am Ende einer schmalen Zufahrt, stand der Briefkasten. „M. Taylor und Söhne" stand darauf, und Nell musste lächeln. Nett, dachte sie und gab wieder Gas. Aber der Wagen machte nur einen Ruck, und der Motor fing an zu spucken.

Sie nahm den Fuß vom Pedal und drückte es dann erneut nieder. Diesmal starb der Motor ganz ab. „So etwas Dummes." Sie machte die Zündung aus und wieder an und drehte am Anlasser. Auf dem Armaturenbrett leuchtete das rote Lämpchen der Benzinanzeige auf.

So viel Dummheit war wirklich sträflich. Warum hatte sie nur nicht getankt, bevor sie aus der Stadt gefahren war? Nell lehnte sich zurück und seufzte resigniert. Sie hatte ja tanken wollen, gestern schon, genau genommen, nach der Schule.

Jetzt war sie drei Kilometer außerhalb der Stadt gestrandet und hatte nicht einmal einen Benzinkanister dabei. Sie blies sich eine Haarsträhne aus der Stirn und sah zum Haus der Taylors hinüber. Es mochte vier-, fünfhundert Meter entfernt sein. Das war besser als drei Kilometer. Außerdem war sie mehr oder weniger eingeladen worden.

Nell nahm ihre Schlüssel und setzte sich in Bewegung.

Sie hatte noch nicht die Hälfte des Weges hinter sich gebracht, als die Jungen sie entdeckten. Sie kamen in wildem Galopp den holprigen Weg heruntergerast, sodass Nell fast das Herz stehen blieb. Hinter ihnen jagte ein riesengroßer hellbrauner Hund her.

„Miss Davis! Hallo, Miss Davis! Wollen Sie uns besuchen?"

„Na ja, wie man es nimmt." Sie ging lachend in die Hocke und umarmte die beiden. Dabei nahm sie einen schwachen Schokoladenduft war. Der Hund drängte sich zwischen sie und die Kinder und legte die Pfoten auf ihre Schenkel.

Zach hielt den Atem an und war dann ganz erleichtert, als Nell sich zu dem Tier hinunterbeugte und es am Kopf kraulte. „Du bist ja ein prächtiger Kerl."

„Er heißt Zark."

Zark leckte ihr begeistert die Hand, und Nell fing den zufriedenen Blick auf, den die Zwillinge tauschten.

„Mögen Sie Hunde?" erkundigte Zeke sich.

„Und wie! Vielleicht kaufe ich mir auch einen. In New York konnte ich keinen halten, denn da hätte er die ganze Zeit in der Wohnung bleiben müssen." Sie lachte, als Zark sich setzte und höflich die Pfote hob. „Zu spät für Formalitäten", erklärte sie ihm, schüttelte die Pfote aber trotzdem. „Ich habe einen Ausflug mit dem Auto gemacht, und genau vor eurem Haus ist mir das Benzin ausgegangen. Ist das nicht lustig?"

Zach grinste von einem Ohr zum anderen. Sie mochte Hunde. Und das Auto war genau hier stehen geblieben. Alles eindeutige Hinweise, davon war er überzeugt. „Dad wird es wieder richten. Er richtet alles." Er nahm Nells Hand, und Zeke, der nicht nachstehen wollte, ergriff schnell die andere.

„Dad ist in der Werkstatt hinten. Er baut an einem alten Stuhl."

„Was wird das denn? Ein Schaukelstuhl vielleicht?" wollte Nell wissen.

„Nein, es ist irgend so ein Stuhl von früher."

Sie zogen sie hinters Haus. Dort lag eine zweite Veranda, von der ein paar Stufen zu einem gefliesten Vorplatz führten. Die Werkstatt, wie das Haus aus Zedernholz, sah groß genug aus, um eine vierköpfige Familie zu beherbergen. Hämmern war daraus zu vernehmen.

Aufgeregt rannte Zeke voraus. „Dad! Dad! Rate mal, was passiert ist!"

„Ihr habt mir wieder fünf Jahre meines Lebens gestohlen", erwiderte er belustigt und gut gelaunt.

Nell zögerte, als sie seine Stimme hörte. „Ich möchte ihn eigentlich nicht gern bei der Arbeit stören", meinte sie. „Vielleicht rufe ich einfach nur in der Tankstelle an, damit sie jemanden schicken."

„Quatsch", beschied Zach sie formlos und zog sie zur offenen Werkstatt-Tür.

„Siehst du?" sagte Zeke wichtig zu seinem Vater. „Sie ist wirklich gekommen."

„Ja, das sehe ich." Nells unerwarteter Besuch brachte Mac aus dem Gleichgewicht. Er legte seinen Hammer ab, schob die Schirmmütze zurück und runzelte die Stirn. „Guten Tag, Miss Davis."

„Es tut mir Leid, wenn ich Sie störe, Mr. Taylor", begann Nell, dann sah sie, woran er gearbeitet hatte. „Sie restaurieren ja einen dieser typischen Stühle aus der Kolonialzeit", stellte sie interessiert fest. „Er wird sehr schön."

„Ja." Ob er ihr Kaffee anbieten sollte? Oder eine Führung durchs Haus? Sie sollte nicht so hübsch sein, dachte er ohne jeden Zusammenhang. An sich war nichts an ihr besonders auffällig. Die Augen vielleicht. Sie waren braun und sehr groß. Aber der Rest war ganz normal. Vermutlich liegt es an der Kombination, entschied er. Deshalb sieht sie irgendwie aufregend aus.

Nell war sich noch nicht darüber im Klaren, wie sie Macs Blicke aufnehmen sollte, und stürzte sich in eine Erklärung für ihren Besuch. „Ich war mit dem Auto unterwegs, weil ich die Gegend ein bisschen kennen lernen wollte. Ich lebe erst seit zwei Monaten hier."

„Tatsächlich?"

„Miss Davis kommt aus New York, Dad", erinnerte Zach ihn. „Das hat Kim dir doch erzählt."

„Ja, stimmt." Er nahm seinen Hammer in die Hand und legte ihn wieder hin. „Schöner Tag für einen Ausflug."

„Ja, das fand ich auch. Und darüber habe ich das Tanken vergessen. Das Benzin ist mir ausgegangen. Ausgerechnet vor Ihrem Haus."

Ein Anflug von Misstrauen huschte über sein Gesicht. „Wie praktisch."

„Nicht eigentlich." Ihre Stimme war deutlich kühler geworden. „Wenn ich vielleicht Ihr Telefon benützen dürfte, könnte ich die Tankstelle in der Stadt anrufen."

„Ich habe Benzin da", brummte er.

„Sehen Sie? Ich habe ja gesagt, dass Dad es wieder richten kann." Zach bebte fast vor Stolz. „Wir haben Schokoladenkuchen", fügte er hinzu, verzweifelt nach einem Weg suchend, Nell zum Bleiben zu bewegen. „Dad hat ihn gebacken. Sie können ein Stück haben."

„Ich dachte mir doch schon, dass du nach Schokolade riechst." Sie hob Zach hoch und roch an ihm. „Da macht mir so leicht niemand etwas vor."

Mac nahm ihr den Jungen weg. „Ihr holt den Kuchen, wir das Benzin."

„Gut!" Die Zwillinge rannten davon.

„Ich hatte nicht vor, Ihren Sohn zu verführen, Mr. Taylor."

„Das habe ich auch nicht angenommen." Er setzte sich in Bewegung und warf ihr einen Blick über die Schulter zu. „Das Benzin ist im Schuppen."

Nell folgte ihm ins Freie. „Haben Sie in Ihrer Jugend vielleicht traumatische Erfahrungen mit Ihrer Lehrerin gemacht, Mr. Taylor?" erkundigte sie sich.

„Nein, warum?"

„Ich wüsste nur gern, ob hier ein persönliches oder vielleicht ein tiefergehendes psychologisches Problem vorliegt."

„Ich habe überhaupt kein Problem." Mac blieb an einem kleinen Gartenschuppen stehen. „Es ist doch wirklich ein merkwürdiger Zufall, dass Ihnen das Benzin ausgerechnet hier ausgeht."

Nell holte tief Atem, während er sich nach einem Kanister bückte und wieder aufrichtete. „Hören Sie, das macht mich so wenig glücklich wie Sie, wahrscheinlich noch sehr viel weniger nach diesem herzlichen Empfang. Das ist mein erstes Auto, und deshalb passiert mir hin und wieder so eine Dummheit. Letzten Monat ging mir das Benzin zum Beispiel vor dem Supermarkt aus. Sie dürfen das gern nachprüfen."

Er kam sich plötzlich ziemlich albern vor. „Entschuldigen Sie."

„Vergessen Sie es. Sie bekommen Ihr Benzin zurück."

„Das muss nicht sein."

„Ich möchte Ihnen keine Mühe machen." Nell bückte sich nach dem Kanister. In seiner Wange bildete sich ein Grübchen.

„Lassen Sie mich das machen."

Nell trat einen Schritt zurück und blies sich eine Haarsträhne aus dem Gesicht. „Na schön. Wenn es sein muss, dürfen Sie gern den starken Mann spielen."

Als sie ums Haus bogen, kamen die Zwillinge ihnen mit Kuchen beladen entgegen.

„Dad backt den besten Schokoladenkuchen auf der Welt", behauptete Zach und hielt Nell eine Papierserviette voll mit kleinen Kuchenstücken hin.

Nell nahm sich ein Stück und biss hinein. „Damit könntest du Recht haben", musste sie mit vollem Mund zugeben. „Dabei ist meiner auch nicht schlecht."

„Können Sie auch backen?" fragte Zeke interessiert.

„Ich bin hochberühmt für meine Schokoladentaler." Sie war ein wenig verwirrt, als die beiden Jungen sich ansahen und feierlich zunickten. „Ihr könnt mich ja einmal besuchen, dann könnt ihr euch davon überzeugen."

„Wo wohnen Sie denn?" Zeke nutzte die Gelegenheit und steckte sich ein ganzes Kuchenstück in den Mund, als sein Vater seine Augen gerade woanders hatte.

„An der Market Street. Sie geht direkt vom Platz ab. Das alte Ziegelhaus mit den drei Veranden. Ich wohne im obersten Stockwerk."

„Das Haus gehört Dad", sagte Zach aufgeregt. „Er hat es gekauft und neu gemacht und repariert, und jetzt vermietet er es. Wir machen in Immobilien."

„Oh." Nell musste sich das Lachen verkneifen. „Interessant."

„Ist alles in Ordnung mit der Wohnung?" wollte Mac wissen.

„Ja, danke. Ich fühle mich sehr wohl dort. Und es ist nicht weit zur Schule."

„Dad kauft und repariert dauernd Häuser." Zeke fragte sich, ob er wohl noch ein Kuchenstück riskieren konnte, ohne dass sein Vater etwas merkte. „Das macht er gern."

Das sah man ihrem Haus an. „Sind Sie Schreiner?" fragte Nell mehr aus Höflichkeit.

„Bei Bedarf." Sie waren am Auto angekommen, und Mac ermahnte die Jungen, auf den Hund aufzupassen und nicht auf die Straße zu laufen. Er schraubte den Tankdeckel auf und sagte, ohne sich auch nur einmal umzusehen: „Zeke, wenn du noch ein Stück Kuchen isst, werde ich dir leider den Magen auspumpen lassen müssen."

Verlegen legte Zeke das Kuchenstück zurück.

„Exzellentes Radarsystem", bemerkte Nell anerkennend und lehnte sich an den Wagen, während Mac das Benzin nachfüllte.

„Das ist auch notwendig." Er sah sie an. Sie war eine wirklich hübsche Frau. Ihr Haar war vom Wind zerzaust, und ihr Gesicht war leicht gerötet. Es gefiel ihm ganz und gar nicht, dass sein Puls auf einmal schneller ging. „Wie sind Sie nach Taylor's Grove gekommen? Das liegt nicht unbedingt auf dem Weg nach New York."

„Genau das war der Grund." Nell atmete tief durch und sah sich um. „Es gefällt mir hier."

„Nach New York muss es Ihnen bei uns ziemlich ereignislos vorkommen."

„Das passt mir wunderbar."

Mac hob nur die Schultern. In spätestens sechs Monaten langweilte sie sich wahrscheinlich zu Tode und verschwand wieder. „Kim ist ganz begeistert von Ihrem Musikunterricht. Sie redet fast genauso viel davon wie von ihrem zukünftigen Führerschein."

„Das ist ein wahres Kompliment. Ich werde Kim übrigens für den staatlichen Schülerchor empfehlen."

Mac schob seine Kappe noch weiter zurück. „Ist sie tatsächlich so gut?"

„Das scheint Sie zu überraschen."

Wieder hob er die Schultern. „Ihr alter Musiklehrer hat nie besonders viel Aufhebens um sie gemacht."

„Nach allem, was ich gehört habe, hat er sich nicht sehr für seine Schüler interessiert."

„Das war wohl so. Mr. Striker war ein alter ..." Er unterbrach sich gerade noch rechtzeitig und sah auf seine Kinder hinunter, die mit gespitzten Ohren neben ihm standen. „Er war alt", fuhr er fort. „Und er war für Neues nicht mehr sehr aufgeschlossen. Das Weihnachtsprogramm war jedes Jahr dasselbe."

„Ja, ich weiß. Das wird sich ändern. Ich habe gehört, dass noch nie ein Schüler aus Taylor's Grove im staatlichen Schülerchor war."

„Nicht dass ich wüsste."

„Dann wird es Zeit. Und Kim ist gut genug dafür." Nell war zufrieden. Immerhin hatten sie doch noch so etwas wie eine Unterhaltung zustande gebracht. Sie warf das Haar zurück. „Singen Sie auch?"

„Unter der Dusche." Wieder zeigte sich sein Grübchen, als die Zwillinge anfingen zu kichern. „Verratet mich nicht."

„Er singt wirklich", verriet Zeke, „ganz laut. Und dann jault Zark immer."

„Das wäre bestimmt eine hübsche Nummer." Nell kraulte den Hund zwischen den Ohren, und er wedelte freundlich. Dann sprang er unvermittelt in langen Sätzen zum Haus zurück.

„Hier, Miss Davis." Die Zwillinge drückten ihr hastig den

restlichen Kuchen in die Hand und rannten hinter ihrem Hund her.

„Die beiden sind wohl so schwer zu hüten wie ein Sack Flöhe", vermutete Nell.

„Jedenfalls waren sie heute bemerkenswert gesittet. Die beiden mögen Sie."

„Ich bin auch ein durchaus netter Mensch." Sie lächelte ihn an. Irgendetwas an ihr schien sein Missfallen zu erregen. „Meistens jedenfalls. Stellen Sie doch den Kanister einfach in den Kofferraum. Ich werde ihn voll zurückbringen."

„Nicht nötig." Mac schraubte den Tankdeckel zu und nahm den Kanister an sich. „Wir sind auch durchaus nette, hilfsbereite Menschen in Taylor's Grove. Meistens jedenfalls."

„Teilen Sie mir mit, wann meine Bewährungszeit abgelaufen ist." Nell beugte sich in den Wagen, um den Kuchen abzulegen, und Mac hatte den beunruhigenden Anblick ihres runden, jeansumhüllten Pos zu verkraften.

„So habe ich es nicht gemeint."

Sie tauchte wieder auf und leckte Schokolade von einem Finger. „Vielleicht nicht. Wie auch immer, ich bedanke mich für Ihre Hilfe." Sie lachte. „Und für den Kuchen."

„Jederzeit", hörte er sich antworten.

Nell setzte sich hinters Lenkrad und ließ den Motor an. Mac fuhr erschrocken zusammen, als sie Vollgas gab. „Vielleicht sollten Sie manchmal zu unserer Chorprobe kommen, Mac, statt draußen auf dem Parkplatz zu warten. Sie könnten etwas dabei lernen."

Er war sich nicht so sicher, ob er das wollte. „Schnallen Sie sich an", knurrte er.

„Zu Befehl." Sie zog den Gurt um sich. „Ich muss mich erst noch daran gewöhnen. Sagen Sie den Zwillingen einen Gruß von mir." Damit gab sie Gas und fuhr mit einem Ruck an. Im Fahren winkte sie ihm noch nachlässig zu.

Mac sah ihr nach, bis sie hinter der Kurve verschwunden war, dann setzte er sich langsam in Bewegung. Irgendetwas an dieser Frau gab ihm das Gefühl, als würde er nach langer, langer Zeit auftauen.

3. KAPITEL

Noch eine halbe Stunde, schätzte Mac. Dann konnte er die Wand im großen Schlafzimmer verputzen. Er sah auf die Uhr. Inzwischen waren die Jungen wahrscheinlich zu Hause, aber heute war Mrs. Hollis bis fünf Uhr da, sodass er Zeit hatte, seine Arbeit fertig zu stellen und anschließend sauber zu machen.

Vielleicht sollte er sich und den Kindern heute eine Pizza spendieren. Das Kochen machte ihm inzwischen zwar nichts mehr aus, aber die Zeit, die er dazu aufwenden musste – für die Planung, die Vorbereitung, das Abspülen anschließend –, fehlte ihm. Sechs Jahre als allein erziehender Vater hatten ihn die Leistung seiner Mutter nachträglich sehr schätzen gelehrt.

Er sah sich um. Er hatte Wände niedergerissen und neue hochgezogen und alte, undichte Fenster ersetzt. Oberlichter ließen die blasse Oktobersonne hereinfallen. Aus den vier kleinen Zimmern und der überdimensionierten Diele der alten Wohnung waren drei großzügige Räume geworden.

Wenn er seinen Zeitplan einhielt, würde er Weihnachten fertig sein, sodass er ab Anfang des nächsten Jahres Mieter suchen konnte. Ich sollte die Wohnung eigentlich verkaufen, dachte Mac und strich prüfend über die neue Wand. Aber das fiel ihm schwer. Jedes Haus, jede Wohnung, die er umbaute, nahm er vom Gefühl her auch in Besitz.

Das lag ihm vermutlich im Blut. Schon sein Vater hatte sein Geld damit verdient, dass er heruntergekommene, zu sanierende Häuser aufgekauft, wieder hergerichtet und renoviert und dann vermietet hatte. Schon damals hatte er entdeckt, wie befriedigend es war, etwas zu besitzen, das man mit den eigenen Händen geschaffen hatte.

Das alte Ziegelgebäude, in dem Nell lebte, war auch eines dieser Häuser. Ob sie wohl wusste, dass es über einhundertfünfzig Jahre alt war, dass es bereits eine lebendige Geschichte hatte? Und ob ihr wohl wieder einmal das Benzin ausgegangen war?

In letzter Zeit musste er ziemlich oft an Nell Davis denken. Das sollte ich lieber lassen, dachte er und bückte sich nach dem Klebeband und seinem Werkzeug. Frauen bedeuteten Schwierigkeiten, so oder so. Ein Blick auf Nell hatte ihm genügt, um die Gewissheit zu haben, dass sie keine Ausnahme machte.

Ihrem Vorschlag, sich doch einmal die Chorprobe anzuhören, war er noch nicht gefolgt. Zwar hatte er zwei-, dreimal einen Anlauf dazu genommen, aber die Vernunft hatte ihn jedes Mal zurückgehalten. Nell Davis war seit sehr, sehr langer Zeit die erste Frau, auf die er reagierte. Er wollte das nicht, er konnte sich bei seinen vielen Verpflichtungen solche Ablenkungen gar nicht leisten. Seine Zeit war sehr begrenzt, und sein Leben drehte sich ausschließlich um seine beiden Söhne.

Es war schon lästig genug, wenn man von einer Frau träumte. Das führte nur dazu, dass man seine Arbeit vernachlässigte und, ja, unruhig wurde. Aber noch schlimmer war es, wenn man versuchte, diese Träume Realität werden zu lassen. Frauen erwarteten, dass man mit ihnen ausging, sie unterhielt und verwöhnte. Und wenn man sich dann in sie verliebte, und zwar wirklich verliebte, gab man ihnen zu viel Macht und riskierte nur, verletzt zu werden.

Mac hatte nicht die Absicht, dieses Risiko einzugehen, auch nicht um seiner Söhne willen.

Er hielt ohnehin nichts von diesem Unsinn, dass Kinder angeblich die Fürsorge einer Frau, die Liebe einer Mutter brauchten. Von dem berühmten Band zwischen Mutter und Kindern hatte er bei seiner Frau nichts bemerkt. Nur weil eine Frau eine Frau war, hatte sie noch nicht automatisch mütterliche Gefühle. Es hieß einfach nur, dass sie biologisch in der Lage war, ein Kind auszutragen, nicht dass sie es auch liebte, wenn es einmal geboren war.

Mac ärgerte sich. Seit Jahren hatte er nicht mehr an Angie gedacht, jedenfalls nicht intensiv. Als er es jetzt tat, spürte er, dass die alte Wunde noch immer nicht ganz verheilt war und ihn schmerzte. Das kommt davon, dachte er, wenn man sich mit Frauen einlässt.

Schlecht gelaunt riss er das letzte Stück Klebeband von der Rolle. Er sollte sich wieder auf seine Arbeit konzentrieren und sich nicht dummen Gedanken überlassen. Entschlossen, heute noch fertig zu werden, ging er die Treppe hinunter. Im Wagen hatte er noch mehr Klebeband.

Das Tageslicht wurde wegen der hereinbrechenden Dämmerung weicher. Kürzere Tage, das heißt noch weniger Zeit, dachte er trübsinnig.

Er sah Nell erst, als er schon auf der Straße stand. Sie stand am Rande des Vorgartens und sah mit einem kleinen Lächeln zum Haus hinauf. Zur verblichenen Jeans trug sie eine Wildlederjacke in gedämpftem Orange. Von ihren Ohren baumelten glitzernde Steine herab, und über einer Schulter hing der Riemen einer abgewetzten Aktentasche.

„Oh, hallo!" entfuhr es ihr überrascht, als sie ihn entdeckte. Das machte ihn sofort misstrauisch. „Ist das Ihr Haus?"

„Ja." Er ging an ihr vorbei zu seinem kleinen Lieferwagen. Warum musste sie nur so verführerisch duften?

„Es gefällt mir." Nell holte tief Atem. „Der Abend scheint schön zu werden."

„Ja, sieht so aus." Er hatte sein Klebeband gefunden und

blieb ein wenig unschlüssig stehen. „Ist Ihnen wieder das Benzin ausgegangen?"

„Nein." Sie lachte fröhlich. „Aber ich gehe um diese Zeit immer gern spazieren. Genau genommen, war ich zu Ihrer Schwester unterwegs. Sie wohnt gleich da vorne, nicht wahr?"

Seine Augen wurden schmal. Es missfiel ihm, dass diese Frau, die ihn viel zu sehr beschäftigte, zu seiner Schwester Kontakt hatte. „Ja. Warum?"

„Warum?" Nell war in die Betrachtung seiner Hände vertieft gewesen. Sie waren groß und kräftig. Ihr Puls tat einen unregelmäßigen Schlag. „Warum was?"

„Warum wollen Sie zu Mira?"

„Oh! Ich wollte Kim ein paar Noten bringen."

„Tatsächlich?" Er lehnte sich an seinen Wagen und betrachtete sie abschätzend. Zu freundliches Lächeln, entschied er. Und viel zu attraktiv. „Gehören Hausbesuche zu Ihren Aufgaben als Lehrerin?"

Ein leichter Wind fuhr durch ihre Haare, und sie schob sie zurück. „Nicht unbedingt. Aber Arbeit muss auch Spaß machen. Sonst wird sie unerträglich." Sie sah das Haus an. „Ihnen macht Ihre Arbeit doch auch Spaß, habe ich Recht? Sie kaufen etwas und gestalten es zu etwas Eigenem um."

Er wollte etwas Abfälliges dazu erwidern, stellte aber zu seiner Überraschung dann fest, dass sie den Nagel genau auf den Kopf getroffen hatte. „Ja. Es klingt zwar nicht besonders lustig, wenn man Wände niederreißt und im Schutt versinkt, aber es macht trotzdem Spaß." Er lächelte ein wenig.

„Darf ich sehen, was Sie machen?" Nell legte den Kopf zur Seite und blickte ihn fragend an. „Oder gehören Sie zu den Künstlern, die es nicht ertragen können, wenn man ihnen bei der Arbeit zusieht?"

„Viel gibt es nicht zu sehen." Mac hob die Schultern. „Aber wenn Sie wollen, schauen Sie es sich an."

„Danke." Sie setzte sich in Bewegung und blieb wieder stehen, als er keine Anstalten machte, ihr zu folgen. „Bekomme ich denn keine Führung?"

Widerstrebend gesellte er sich zu ihr.

„Haben Sie meine Wohnung auch selbst ausgebaut? Mit den ganzen Holzarbeiten?"

„Ja."

„Sie ist wunderschön. Das meiste ist Kirschholz, oder?"

Dass sie das wusste, verblüffte ihn. „Ja."

„Haben Sie die Farben auch selbst ausgesucht?"

„Ja." Er hielt ihr die Tür auf. „Gefallen sie Ihnen nicht?"

„Doch, sehr sogar. Vor allem die schieferblauen Platten und malvenfarbenen Bodenfliesen in der Küche." Nell schwieg und durchquerte das Wohnzimmer, das noch in Arbeit war.

„Oh, was für eine herrliche Treppe."

Die fließend geschwungene Treppe war sein ganzer Stolz. Er hatte das alte Holz herausgerissen und durch dunkle Kastanie ersetzt. Die unteren Stufen verbreiterten sich, sodass der Eindruck leicht und elegant war. Ja, er war stolz auf sein Werk.

„Das haben Sie auch gemacht?" Nell fuhr anerkennend über das glatt polierte Geländer.

„Die alte Treppe war völlig verrottet. Sie musste ersetzt werden."

Nell lief die Treppe hinauf und drehte sich oben lachend zu ihm um. „Hervorragende Arbeit", lobte sie, „aber zu vollkommen."

„Zu vollkommen?" wiederholte er verständnislos.

„Zu Hause bin ich früher nachts oft heimlich die Treppe hinuntergeschlichen, und es waren immer ein paar knarzende Stufen dabei, die ich meiden musste, damit Mom nicht wach wurde. Es war immer schrecklich aufregend."

„Die Treppe ist aus Kastanienholz", war alles, was ihm dazu einfiel.

„Jedenfalls ist sie wunderschön. Ich hoffe, es ziehen Leute mit Kindern ein."

Sein Mund wurde unerträglich trocken. „Warum?"

„Darum." Nell schwang sich aufs Geländer und stieß sich ab. Ohne dass er es vorgehabt hatte, fing er sie unten auf. „Ideal zum Rutschen", erklärte sie atemlos und lachte ihn an.

Als ihre Blicke sich trafen, geschah etwas mit ihr. Auf einmal fühlte sie sich ganz schwach. Nervös räusperte sie sich und suchte nach einer unverfänglichen Bemerkung.

„Ich sehe Sie dauernd irgendwo", sagte Mac rau. Er sollte sie endlich loslassen, aber seine Hände wollten ihm nicht gehorchen.

„Es ist eine kleine Stadt."

Mac schüttelte nur den Kopf. Seine Hände lagen jetzt an ihrer Taille, und er ließ sie zu ihrem Rücken gleiten und bewegte sie gegen seinen Willen auf und ab. Er fühlte ihr Zittern. Aber vielleicht war er das auch selbst.

„Ich habe keine Zeit für Frauen", sagte er und versuchte, sich selbst davon zu überzeugen.

„Nun ..." Sie wollte schlucken, aber ihre Kehle war wie zugeschnürt. „Ich bin selbst ziemlich beschäftigt." Sie atmete langsam aus. Seine Hände machten sie ganz hilflos. „Und ich bin auch nicht besonders interessiert. Ich habe eine unangenehme Beziehung hinter mir und glaube ..."

Sie konnte keinen klaren Gedanken fassen. Seine Augen waren von einem unglaublich intensiven Blau, als er sie jetzt forschend ansah. Sie wusste nicht, was er sah oder wonach er suchte, sie spürte nur, dass ihre Beine sie nicht mehr lange tragen würden.

„Ich glaube, es wäre für uns beide von Vorteil, wenn Sie sich einigermaßen schnell entscheiden könnten, ob Sie mich küssen wollen oder nicht", sagte sie. „Ich halte das nicht mehr lange aus."

Ihm ging es nicht anders. Trotzdem ließ er sich Zeit. Schließlich war er ein Mann, der gründlich und mit Bedacht vorging. Bei allem. Langsam senkte er den Kopf, und ein kleiner Laut entfuhr Nell.

Die Umgebung verschwamm vor ihren Augen, als seine Lippen leicht wie eine Feder über ihren Mund strichen. Er war unerträglich geduldig, und sie hätte schreien können. Wie ein Gourmet erschien er ihr, der jede Köstlichkeit langsam und mit Genuss auf der Zunge zergehen ließ. Ganz allmählich erst vertiefte er seinen Kuss, bis sie sich nur noch willenlos an ihn klammern konnte.

Niemals war sie so geküsst worden. Sie hatte gar nicht gewusst, dass es überhaupt möglich war – so langsam, so tief und verführerisch, und ihre Füße schienen sich vom Boden zu lösen, als er auch noch anfing, an ihrer Unterlippe zu saugen.

Ein Zittern durchlief Nell, und sie stöhnte auf und ließ sich einfach fallen.

Sie stieg ihm zu Kopf. Wie sie duftete, sich anfühlte, schmeckte, das überwältigte ihn. Mac wusste, dass er in Gefahr war, sich zu verlieren, für den Moment, für ein ganzes Leben. Sie drückte sich an ihn, ihre Hände waren in seinem Haar, und sie hatte den Kopf zurückgebogen, öffnete sich ihm.

Das Blut rauschte ihm in den Ohren. Er wollte sie anfassen, wollte sie ausziehen, Stück für Stück, bis er nur noch ihre Haut sah und fühlte. Verlangend fuhr er mit der Hand unter ihren

Pullover, über ihre weiche, heiße Haut an ihrem Rücken, während er den Kuss auskostete.

Dann stellte er sich vor, wie sie unter ihm lag, auf dem Holzboden, im Gras, und er stellte sich ihr Gesicht vor, wenn sie sich ihm hingab, ihn aufnahm.

Es war so lange her, viel zu lange. Und es machte ihm Angst.

Unsicher hob er den Kopf und zog sich zurück. Aber als er sich gerade von ihr lösen wollte, lehnte sie sich an ihn und legte den Kopf auf seine Brust. Er konnte ihr einfach nicht widerstehen.

„Mir ist schwindelig, um mich dreht sich alles", sagte sie leise. „Was war das?"

„Nur ein Kuss." Vor allem sich selbst musste er davon überzeugen. Das nahm vielleicht die Anspannung von ihm.

„Ich habe dabei die Sterne gesehen." Sie war noch immer ganz benommen, als sie jetzt zu ihm aufsah. Sie lächelte, aber das Lächeln erreichte ihre Augen nicht. „Das ist mir noch nie passiert."

Wenn er nicht ganz schnell etwas unternahm, war der nächste Kuss unausweichlich. Er schob sie entschlossen von sich. „Das ändert nichts."

„Sollte denn etwas geändert werden?"

Es war fast dunkel geworden. Das half ihm, denn er konnte sie nicht mehr deutlich erkennen. „Ich habe keine Zeit für Frauen. Und ich bin nicht daran interessiert, irgendetwas anzufangen."

„Oh." Das tat weh, auch wenn Nell den Grund für den Schmerz nicht hätte benennen können. „Für einen so völlig desinteressierten Mann war das ein beachtlicher Kuss." Sie bückte sich und hob ihre Aktentasche auf, die sie vor ihrer Rutschpartie abgestellt hatte. „Keine Angst, ich werde Ihre Kreise nicht stören. Schließlich möchte ich Sie nicht Ihrer wertvollen Zeit berauben."

„Sie brauchen nicht gleich eingeschnappt zu sein."

„Eingeschnappt?" Sie bohrte ihm einen Finger in die Brust. „Ich werde doch nicht meine Energie verschwenden. Was glauben Sie – dass ich hergekommen bin, um Sie zu verführen?"

„Ich habe keine Ahnung, warum Sie gekommen sind."

„Ich werde Sie jedenfalls in Zukunft nicht mehr belästigen, wenn Sie das beruhigt." Sie hängte sich ihre Aktentasche um und schob das Kinn vor. „Niemand hat Ihnen etwas getan."

Er empfand eine unangenehme Mischung aus Lust und schlechtem Gewissen. „Ihnen auch nicht."

„Ich wollte mich keinesfalls entschuldigen! Wissen Sie, ich kann mir überhaupt nicht vorstellen, wie ein gefühlloser Klotz wie Sie zu zwei so reizenden Kindern kommt."

„Lassen Sie meine Jungen da raus!"

Ihre Augen wurden schmal. „Ach, Sie denken, ich hätte es auch auf die beiden abgesehen? Sie sind ein Dummkopf, Mac." Sie stürmte davon und drehte sich nur an der Tür noch einmal um. „Ich kann nur hoffen, dass die beiden Ihre haarsträubende Einstellung gegenüber Frauen nicht erben."

Sie warf die Tür mit einem lauten Knall hinter sich ins Schloss. Mac schob verärgert die Hände in die Hosentaschen. So ein Unsinn! Er hatte keine haarsträubende, sondern eine völlig realistische Einstellung Frauen gegenüber! Und seine Kinder gingen nur ihn etwas an.

4. KAPITEL

Nell stand in der Bühnenmitte und hob die Hände. Sie wartete, bis auch die letzte kleine Sängerin, der letzte Sänger die Unterhaltung eingestellt und nur noch Augen für sie hatte.

Der Zusammenklang der jungen Stimmen machte ihr jedes Mal wieder Freude. Sie hörte und sah genau hin, nichts entging ihrer Aufmerksamkeit, als sie sich beim Dirigieren über die Bühne bewegte. Dieses Lied gefiel den Kindern natürlich besonders gut: Bruce Springsteens Version von „Santa Clause Is Coming to Town". Das war mehr als verständlich. War das Lied doch Lichtjahre von den Weihnachtsliedern entfernt, die unter dem früheren Musiklehrer Standardrepertoire gewesen waren.

Die Augen der Kinder leuchteten, als sie in den Rhythmus fanden. Nell ließ die Bassstimmen stärker kommen, den Sopran hell und klar einsetzen, die Tenöre, wieder die Bassstimmen.

Sie nickte mit einem zufriedenen Lächeln, als der Chor verstummt war. „Sehr schön", lobte sie. „Die Tenöre ein bisschen kräftiger nächstes Mal, sonst geht ihr in den Bässen unter. Holly, Kopf hoch beim Singen. So, jetzt haben wir noch Zeit, ‚I'll Be Home for Christmas' einmal durchzugehen. Kim?"

Kim versuchte, das nervöse Flattern ihres Magens zu unterdrücken. Holly gab ihr einen kleinen Stoß mit dem Ellbogen, und sie trat aus ihrem Platz in der zweiten Reihe heraus, stellte sich ans Mikrophon und sah grimmig in den leeren Zuschauerraum hinunter.

„Lächeln ist erlaubt und erwünscht", meinte Nell und lächelte ihr aufmunternd zu. „Und vergiss nicht, richtig zu atmen. Sing das ganze Lied einmal durch, mit Gefühl. Tracy, bitte." Sie gab dem Mädchen am Klavier ein Zeichen.

Das Lied begann ruhig mit einem harmonischen Summen des Chors. Dann kam Kims Einsatz. Er war noch zu zögernd und klang unsicher, aber das würde sich geben, wenn sie daran arbeiteten.

Nach wenigen Takten hatte Kim sich so eingesungen, dass die Nervosität von ihr abfiel. Nell war sehr stolz auf sie. In den letzten Wochen hatte ihre Schülerin sehr viel dazugelernt, gerade auch, was den Ausdruck betraf. Das etwas sentimentale Lied lag ihr, es passte zu ihrem Aussehen und ihrer ganzen Persönlichkeit.

Nell hielt den Chor zurück. Er sollte nicht mehr sein als ein Hintergrund für Kims Stimme, und diese Aufgabe erfüllte er vollkommen. Beim Weihnachtskonzert würde wahrscheinlich kein Auge trocken bleiben.

„Wunderschön", sagte sie, als der letzte Ton verhallt war. „Wirklich wunderschön. Ihr habt alle sehr viel gelernt, und ich bin sehr stolz auf euch. Und jetzt ab mit euch! Ich wünsche euch ein schönes Wochenende." Damit ging sie zum Klavier, um ihre Noten einzusammeln.

„Das war wirklich toll", sagte Holly zu Kim.

„Ehrlich?"

„Ehrlich. Brad fand das auch." Holly sah verstohlen zum Herzensbrecher der Schule hinüber, der gerade seine Jacke anzog.

„Der hat ja noch gar nicht gemerkt, dass es mich überhaupt gibt."

„Inzwischen schon. Er hat die ganze Zeit nur dich angeschaut." Holly seufzte. „Wenn ich doch nur aussehen würde wie Miss Davis! Dann würde ich ihm vielleicht auch einmal auffallen."

Kim lachte, warf Brad aber schnell einen unauffälligen Blick unter ihren langen Wimpern zu. „Ja, Miss Davis ist echt Klasse. Sie redet schon ganz anders als Mr. Striker."

„Der war ja echt ätzend. Bis später."

„Ja, okay." Zu mehr reichte Kims Kraft nicht mehr, denn es sah tatsächlich und wahrhaftig so aus, als steuere Brad auf sie zu!

„Hi." Er lachte sie an, und Kims Herz machte einen Sprung. „Du warst echt Spitze."

„Danke." Kims Kehle war wie zugeschnürt, und sie brachte nicht ein Wort mehr heraus. Brad spricht mit mir, dachte sie überwältigt. Der Kapitän der Fußballmannschaft! Ein Junge aus der oberen Klasse. Vorsitzender des Schülerrats. Blond und grüne Augen. Mann!

„Miss Davis ist echt cool, findest du nicht?"

„Ja." Du musst etwas sagen, befahl Kim sich innerlich. „Sie kommt heute Abend zu uns. Meine Mom hat ein paar Leute eingeladen. Holly kommt auch und ein paar andere aus der Schule." Das Herz schlug ihr bis zum Hals, und sie nahm all ihren Mut zusammen. „Wenn du Lust hast, komm doch auch vorbei."

„Super. Wann?"

Kim gelang es, ihre Erschütterung zu überwinden. Sie schluckte. „So ungefähr um acht Uhr." Sie war bemüht, lässig zu klingen. „Ich wohne ..."

„Ich weiß, wo du wohnst." Er lachte sie wieder an, und ihr Herz blieb fast stehen. „Gehst du noch mit Chuck?"

„Chuck?" Wer war Chuck? „Ach, nein. Das war im Sommer schon aus."

„Dann bis später."

Brad gesellte sich zu einer Gruppe von anderen Jungen, die gerade die Bühne verließen.

„Ein netter Junge", meinte Nell da hinter Kim.

„Ja", stieß Kim mit einem tief empfundenen Seufzer aus. Ein verträumter Glanz stand in ihren Augen.

„Kimmy hat einen Geliebten", sang Zeke mit dieser quietschenden Stimme, die er für kleinere Kinder oder Kusinen reserviert hatte. „Kimmy hat ..."

„Halt die Klappe!"

Zeke kicherte nur und fing an, mit seinem Bruder zu dem Vers auf der Bühne herumzutanzen. Nell sah die Mordlust in Kims Blick und schritt ein.

„Wie ist das mit euch beiden? Habt ihr Lust, ‚Jingle Bells' zu üben?"

„Ja, ja!" Zach sauste zum Klavier. „Ich weiß, welches das ist", verkündete er und machte sich über Nells Noten her. „Ich suche es."

„Nein, ich!" rief Zeke, aber sein Bruder hielt das Notenblatt schon triumphierend in die Höhe.

„Das ging ja schnell." Nell setzte sich auf die Klavierbank zwischen die Zwillinge und spielte ein paar schräge Noten, mit denen sie die beiden zum Kichern brachte. „Dann los."

Inzwischen konnte man die Töne, die die Zwillinge von sich gaben, tatsächlich als eine Art Gesang bezeichnen. Am Anfang hatten sie mehr oder weniger gebrüllt. Aber was ihnen an Feinheiten fehlte, machten sie durch ihre Begeisterung wett.

Als sie am Ende angelangt waren, lachte selbst Kim wieder.

„Und jetzt müssen Sie uns etwas vorspielen, Miss Davis." Zeke setzte seinen ganzen Charme ein und sah Nell mit schmelzender Hingabe an. „Bitte."

„Euer Daddy wartet bestimmt schon auf euch."

„Nur ein Lied."

„Nur eins", bettelte auch Zeke.

Sie kannte die beiden erst wenige Wochen, aber sie fand es bereits unmöglich, ihnen zu widerstehen. „Also, gut, aber wirklich nur ein Lied." Nell kramte in ihren Noten. „Ich habe etwas gefunden, das euch bestimmt gefällt. Ihr kennt doch bestimmt die ‚Kleine Meerjungfrau'."

„Wir haben sie schon tausendmal gesehen", behauptete Zeke. „Wir haben sie auf Video."

„Dann erkennt ihr das Lied bestimmt." Nell stimmte eine Melodie daraus an.

Mac zog die Schultern hoch, um sich gegen den Wind zu schützen, als er in die Schule eilte. Er hatte die Warterei auf dem Parkplatz satt. Die anderen Kinder waren vor zehn Minuten schon aus der Schule gekommen, nur seine Kinder waren noch nicht aufgetaucht.

Als hätte er nichts anderes zu tun! Vor allem, nachdem er heute Abend auch noch zu Miras dummer Party gehen musste. Dabei hasste er Partys!

Er lief mit großen Schritten den Korridor hinunter. Die Türen zur Aula waren geschlossen, aber er hörte Nells volle, tiefe Stimme durch, auch wenn er den Text nicht verstand. Sie hatte eine sehr sinnliche und verführerische Stimme. Sexy, dachte er nicht zum ersten Mal.

Sie sang ein Kinderlied, und das warf ihn fast um. Er kannte es aus diesem Zeichentrickfilm, den die Jungen ständig anschauten. Kein Mann, der halbwegs bei Verstand war, geriet in Verwirrung, nur weil eine Frau ein Kinderlied sang. Vermutlich war er nicht ganz bei Verstand. Aber das war er ja schon nicht mehr, seit er den Fehler begangen hatte, sie zu küssen.

Und er wusste genau, dass er sie auch jetzt ohne jede Hemmung geküsst hätte, wenn sie nur allein gewesen wäre.

Aber sie war nicht allein. Kim stand hinter ihr, und seine Zwillinge saßen zu beiden Seiten neben ihr. Manchmal sah sie auf einen der beiden hinunter und lächelte. Zeke lehnte an ihr und hatte den Kopf auf die Seite gelegt, wie er es immer tat, bevor er ihm auf den Schoß kletterte.

Das Bild rührte etwas tief in ihm an. Ein sehr schmerzhaftes, Angst machendes – und zugleich sehr süßes – Gefühl erfasste ihn.

Mac schob die Hände in die Taschen und ballte sie. Das musste aufhören. Was immer da mit ihm geschah, er musste ihm ein Ende setzen.

Er holte tief Luft, als das Lied ausklang, und ihm kam es vor, so albern das war, als läge ein Zauber in der Luft.

„Es ist spät. Kommt, Kinder", rief er in die Stille, um den Bann zu brechen.

Vier Köpfe drehten sich zu ihm um. Die Zwillinge hüpften vor Freude. „Dad! He, Dad! Wir können ‚Jingle Bells' schon ganz toll. Sollen wir es dir vorsingen?"

„Das geht jetzt leider nicht." Er versuchte zu lächeln, um ihre Enttäuschung zu mindern. „Ich bin ohnehin schon zu spät dran, Leute."

„Tut mir Leid, Onkel Mac." Kim knöpfte ihren Mantel zu. „Irgendwie haben wir uns vertrödelt."

Während Mac nervös von einem Fuß auf den anderen trat, flüsterte Nell seinen Söhnen etwas ins Ohr. Es musste etwas Schönes gewesen sein, denn die Enttäuschung schwand schlagartig aus ihren Mienen, und sie fingen an zu lächeln. Dann umarmten sie Nell stürmisch nacheinander und rannten los, um ihre Mäntel zu holen.

„Auf Wiedersehen, Miss Davis."

„Danke, Miss Davis", sagte Kim. „Bis später."

Nell stand auf, um ihre Noten einzusammeln, und summte dabei leise vor sich hin.

Sie zeigte ihm eindeutig die kalte Schulter. „Danke fürs Aufpassen."

Nell hob den Kopf und schob, ohne auch nur die Andeutung eines Lächelns, eine Augenbraue in die Höhe. Dann wandte sie den Blick wieder ab.

Genau so wünschte er sich das Verhältnis zu ihr. Er hatte ohnehin kein Verlangen, sich mit ihr zu unterhalten oder sonst wie abzugeben.

5. KAPITEL

Sie musste ihn ja nicht gleich so vollständig übersehen! Mac nippte an dem Apfelmost, den sein Schwager ihm in die Hand gedrückt hatte, und betrachtete missmutig Nells Rücken.

Seit mindestens einer Stunde hatte sie ihn keines Blickes mehr gewürdigt.

Sie hat einen schönen Rücken, musste er widerstrebend zugeben, während er dem Bürgermeister mit halbem Ohr zuhörte, schmal und gerade und mit hübsch gerundeten Schultern. Er fand überhaupt, dass sie in dem pflaumenfarbenen Jäckchen mit dem kurzen Kleid darunter sehr verführerisch aussah.

Sie hatte fantastische Beine. Er konnte sich nicht erinnern, ihre Beine schon einmal gesehen zu haben. Daran hätte er sich bestimmt erinnert. Bis jetzt hatte sie jedes Mal Hosen getragen, wenn er sie getroffen hatte. Für das Kleid hatte sie sich wahrscheinlich entschieden, weil sie ihn quälen wollte.

Mac ließ den Bürgermeister einfach mitten im Satz stehen und ging geradewegs auf Nell zu. „Hören Sie, das ist albern."

Nell sah zu ihm auf. Sie hatte sich gerade sehr nett und angeregt mit Miras Freundinnen unterhalten – und großen Genuss daran gefunden, deren Bruder ganz und gar zu ignorieren.

„Wie bitte?"

„Es ist einfach albern", wiederholte er.

„Dass wir versuchen, Geld für die künstlerische Erziehung an der Schule zu sammeln?" fragte sie gespielt verständnislos. Sie wusste sehr gut, dass es nicht darum ging.

„Was? Nein. Zum Kuckuck, Sie wissen ganz genau, wie ich das meine."

„Tut mir Leid." Nell wollte sich wieder dem Kreis höchst

interessierter Frauen zuwenden, aber Mac nahm sie einfach am Arm und zog sie weg. „Wollen Sie vielleicht im Haus Ihrer Schwester eine Szene machen?" zischte sie.

„Nein." Er zog sie einfach weiter, um den Esstisch herum und in die Küche. Seine Schwester füllte gerade eine Platte mit belegten Brötchen auf. „Lass uns eine Minute allein", befahl er ihr.

„Mac, ich habe zu tun." Mira fuhr sich geistesabwesend über das kurze brünette Haar. „Wärst du wohl so nett und sagst Dave, dass uns der Apfelmost langsam ausgeht?" Sie lächelte Nell ein wenig verlegen zu. „Irgendwie ist mir der Überblick verloren gegangen."

„Lass uns eine Minute allein", wiederholte Mac.

Mira wollte protestieren, aber dann gab sie nach. „Sieh da, sieh da", murmelte sie belustigt und erfreut zugleich. „Ich wollte mir ohnehin Kims Schwarm näher anschauen." Sie packte ein Tablett und verschwand.

„Und?" Nell steckte sich ein Stück Karotte in den Mund. „Was haben Sie auf dem Herzen, Macauley?"

„Sie brauchen nicht so ... so ..."

„So?" nahm sie seinen unterbrochenen Faden auf. „So was?"

„Sie reden absichtlich nicht mit mir."

Sie lächelte. „Das stimmt."

„Das ist albern."

Sie hatte eine offene Flasche mit Weißwein entdeckt und schenkte sich ein Glas ein. „Das finde ich nicht. Ich habe den Eindruck, dass Sie sich, ohne für mich erkennbaren Grund, über mich ärgern. Da ich Ihre Familie sehr nett finde, ist es doch nur logisch und höflich, Ihnen weitestmöglich aus dem Weg zu gehen." Sie trank einen Schluck Wein und lächelte. „War das alles? Dann würde ich gern wieder zurückgehen. Ich unterhalte mich nämlich ganz hervorragend."

„Ich ärgere mich nicht über Sie." Da er keine andere Beschäftigung für seine Hände fand, nahm er eine Karotte und brach sie entzwei. „Ich wollte mich entschuldigen."

„Wofür? Dass Sie mich geküsst haben? Oder dass Sie so unausstehlich waren?"

Er warf die Karottenstücke auf den Tisch. „Sie machen es mir nicht leicht, Nell."

„Moment!" Sie legte eine Hand ans Ohr und tat, als lausche sie. „Ich muss mich wohl verhört haben. Oder haben Sie gerade tatsächlich meinen Namen gesagt?"

„Hören Sie auf damit", sagte er. Und dann noch einmal absichtlich: „Nell."

Nell hob ihr Glas. „Ein großer Augenblick", erklärte sie. „Macauley Taylor hat mich von sich aus angesprochen und dann auch noch meinen Namen gesagt. Ich fühle mich unendlich geschmeichelt."

„Hören Sie." Er hatte eitel Lust, sie an den Schultern zu packen und zu schütteln. „Ich wollte nur die Atmosphäre reinigen."

Sie sah ihm ins Gesicht. „Ihre Beherrschung ist wirklich bewundernswert, Mac. Ich frage mich, wie es wohl wäre, wenn Sie wenigstens einmal die Kontrolle verlören."

„Wenn man allein zwei Kinder erziehen muss, braucht man viel Selbstbeherrschung."

„Ja, da haben Sie wohl Recht", gab sie zurück. „Wenn das jetzt alles war ..."

„Ich wollte mich wirklich bei Ihnen entschuldigen, Nell", wiederholte er.

Dieses Mal gab sie nach. „Angenommen." Sie war noch nie

nachtragend gewesen. „Vergessen wir es, und lassen Sie uns Freunde sein." Sie streckte ihm die Hand hin.

Ihre Hand war zart und klein, und er brachte es nicht über sich, sie wieder loszulassen. Auch ihr Blick war weich geworden. Sie hatte große schimmernde Augen. Wie eine Elfe, dachte er. „Sie sehen – nett aus."

„Danke. Sie auch."

„Gefällt Ihnen die Party?"

„Die Leute gefallen mir." Ihr Puls ging unregelmäßig. Das ärgerte sie. „Ihre Schwester ist außerordentlich nett. Und so voller Energie und Einfälle."

„Wenn Sie nicht aufpassen, hat sie Sie in null Komma nichts für irgendein Projekt engagiert." Er lächelte leicht.

„Die Warnung kommt zu spät. Ich bin bereits Mitglied des Kunstausschusses. Und ich habe mich freiwillig für die Recyclingkampagne gemeldet."

„Der Trick besteht darin, dass man im entscheidenden Moment wegtaucht."

„Aber es macht mir nichts aus. Ich glaube, es wird mir sogar sehr viel Spaß machen." Er fuhr jetzt leicht mit dem Daumen über die Innenseite ihres Handgelenks. „Mac, Sie sollten nichts anfangen, an dessen Vollendung Ihnen doch nichts liegt."

Er sah auf ihre ineinander verschlungenen Hände hinunter. „Ich muss dauernd an Sie denken. Aber ich habe eigentlich gar keine Zeit dafür. Ich will es auch nicht."

Es passierte schon wieder. Ihr Puls schlug schneller, und in ihrem Bauch krampfte sich etwas zusammen. „Und was wollen Sie?"

Er sah ihr in die Augen. „Eben das macht mir Schwierigkeiten."

Die Küchentür schwang auf, und eine Horde Teenager kam

unter Kims Führung hereingestürmt. Wie auf ein geheimes Kommando blieben alle abrupt stehen. Kims Augen wurden groß, als sie registrierte, dass ihr Onkel die Hand ihrer Lehrerin hielt und die beiden auseinander fuhren wie ein Paar, das bei unerlaubten Zärtlichkeiten ertappt worden war.

„Entschuldigung. Entschuldigung", sagte sie noch einmal und bekam den Mund kaum wieder zu. „Wir wollten nur ..." Sie drehte sich auf dem Absatz um und schob die kichernde Horde wieder hinaus.

„Das gibt dem Ganzen erst die richtige Würze", stellte Nell trocken fest. Sie war lange genug in der Stadt, um ihre Mechanismen zu verstehen. Morgen früh würden sie und Macauley Taylor Stadtgespräch sein. Sie sah ihn an. „Hören Sie, warum fangen wir nicht noch einmal ganz normal an? Wollen Sie morgen Abend mit mir essen gehen? Oder ins Kino? Oder haben Sie auf etwas anderes Lust?"

Mac traute seinen Ohren nicht. „Sie meinen, eine Verabredung? Sie wollen sich mit mir verabreden?"

Nell zeigte die ersten Anzeichen von Ungeduld. „Ja, ich meine eine Verabredung. Eine ganz normale Verabredung. Ich möchte Ihnen keine weiteren Kinder schenken, wenn Sie das befürchten. Andererseits ist es wahrscheinlich vernünftiger, wenn wir es lassen."

„Ich möchte Sie anfassen." Mac konnte kaum glauben, dass er das wirklich gesagt hatte. Aber jetzt war es zu spät, um es wieder zurückzunehmen.

Nell nahm ihr Weinglas in die Hand, als wollte sie sich daran festhalten. „Nun, das ist einfach."

„Nein, das ist es nicht."

Sie nahm ihren Mut zusammen und sah zu ihm auf. „Nein, Sie haben Recht", sagte sie. „Es ist nicht einfach." Wie oft hatte sie in den letzten Wochen an ihn denken müssen? Sie konnte es nicht sagen. In jedem Fall zu oft.

Irgendetwas muss geschehen, beschloss Mac. Tu etwas, befahl er sich. Dann werden wir schon sehen, was passiert. „Ich war schon seit einer Ewigkeit nicht mehr ohne die Kinder im Kino. Es dürfte nicht so schwierig sein, einen Babysitter zu finden."

„Gut." Sie betrachtete ihn so abschätzend wie er sie. „Rufen Sie mich an, wenn Sie einen gefunden haben. Ich bin morgen den ganzen Tag zu Hause, weil ich korrigieren muss."

Mac fand es nicht einfach, sich auf das alte Spiel einzulassen, auch wenn Nell es ihm leicht machte. Es ärgerte ihn, dass er vor seiner Verabredung mit ihr so nervös war wie ein Teenager vor seinem ersten Rendezvous.

Es ärgerte ihn fast so sehr wie das alberne Grinsen seiner Nichte und ihre anzüglichen Fragen, als er sie gebeten hatte, die Zwillinge zu hüten.

Als er jetzt die Treppe zu Nells Wohnung hinaufstieg, fragte er sich, ob es nicht klüger gewesen wäre, dieses ganze Theater gar nicht erst anzufangen.

Nell hatte zu beiden Seiten der Tür Vasen mit getrockneten Blumen aufgestellt. Schön, dachte er. Er mochte es, wenn seine Mieter liebevoll mit ihrer Wohnung umgingen.

Er klopfte an ihre Tür und wartete. Wir gehen schließlich nur ins Kino, beruhigte er sich und stellte, als sie ihm öffnete, erleichtert fest, dass sie ganz leger in einen langen Pulli über Leggings gekleidet war.

Dann lächelte sie, und sein Mund wurde trocken.

„Hallo, Sie sind pünktlich. Möchten Sie hereinkommen und sich anschauen, was ich mit Ihrer Wohnung angestellt habe?"

„Es ist Ihre Wohnung", gab er zurück, aber sie hatte ihn schon an der Hand gefasst und zog ihn herein.

Mac hatte aus den ursprünglich kleinen engen Zimmern einen einzigen großzügigen Raum mit Ess- und Küchenecke gemacht. Besser als Nell hätte man ihn gar nicht einrichten können.

Den Mittelpunkt bildete eine ausladende Couch, die übers Eck ging und in einem ziemlich kühnen Blumenmuster gehalten war. Auf einem kleinen Tisch unter dem Fenster stand eine Vase mit getrockneten Herbstblättern. An den Wänden zogen sich Regale entlang, voll mit Büchern, einer Stereoanlage und einem kleinen Fernsehapparat und all dem Kleinkram, auf den Frauen so viel Wert legten.

Nell hatte die Essecke zu einem kombinierten Musik- und Bürobereich umfunktioniert. Ein Schreibtisch stand dort und ein kleines Spinett. Auf einem Notenständer lag eine Flöte.

„Ich habe kaum etwas aus New York mitgebracht", erklärte sie, während sie in ihre Jacke schlüpfte, „nur die Sachen, an denen ich hänge. Was ich noch brauche, suche ich mir auf Flohmärkten und in Antiquitätenläden zusammen."

„Davon gibt es hier jede Menge", meinte er. „Ich finde, Sie wohnen sehr schön." Das war ehrlich gemeint. Er betrachtete den alten verblassten Teppich auf dem Boden, die altmodischen Spitzenvorhänge an den Fenstern. „Es sieht gemütlich aus."

„Das ist mir wichtig. Gehen wir?"

„Ja, gern."

Es wurde gar nicht so schlimm, wie er befürchtet hatte. Er hatte sie gebeten, den Film auszusuchen, und sie hatte sich für eine Komödie entschieden. Er fand es erstaunlich entspannend, neben ihr im Kino zu sitzen, mit ihr zu lachen und sich einen Becher Popcorn zu teilen.

Als sie später noch eine Pizza essen gingen, schien das nur die natürliche Fortsetzung zu sein. Der Vorschlag kam von ihm, und sie ergatterten mit einiger Mühe und in harter Konkurrenz mit einer Hand voll Teenagern einen Tisch in der gut besuchten Pizzeria.

Nell machte es sich bequem. „Macht Zeke beim Diktatschreiben Fortschritte?"

„Er hat ziemlich zu kämpfen. Aber er gibt sich große Mühe. Es ist wirklich merkwürdig. Zach hat nicht die geringsten Schwierigkeiten mit der Rechtschreibung, aber Zeke muss fast jedes Wort buchstabieren."

„Dafür ist er in Rechnen gut."

„Ja, das stimmt." Mac wusste selbst nicht, wie er damit umgehen sollte, dass sie solchen Anteil an seinen Kindern nahm. „Die beiden mögen Sie sehr."

„Das ist gegenseitig." Nell fuhr sich durch die Haare. „Es klingt vielleicht komisch, aber ..." Sie zögerte, unsicher, wie sie es in Worte fassen sollte. „Aber bei dieser allerersten Chorprobe, als ich die beiden zum ersten Mal sah, hatte ich dieses Gefühl – ich weiß gar nicht, wie ich es beschreiben soll ... Es war, als hätte ich auf die beiden gewartet, und jetzt waren sie auf einmal da. Wenn Kim einmal ohne sie kommt, fehlen sie mir richtig."

„Ja, man gewöhnt sich an sie."

Es war mehr als das, aber sie wusste nicht, wie sie es ihm erklären sollte. Außerdem war schwer zu sagen, wie er es aufnehmen würde, dass sie sich ganz einfach in seine Kinder verliebt hatte. „Ich finde es schön, wenn sie mir von der Schule erzählen."

„Bald gibt es das erste Zeugnis." Mac lachte. „Ich bin fast so aufgeregt wie die beiden."

„Ich finde, es wird zu viel Wert auf Noten gelegt."

Seine Augenbrauen fuhren in die Höhe. „Das sagt ausgerechnet eine Lehrerin?"

„Warum nicht? Ich finde, man sollte viel mehr Wert auf Begabung, aufgewandte Mühe und die Lust am Lernen legen. Das ist doch viel wichtiger als irgendwelche Zahlen. Aber ich kann Ihnen, ganz vertraulich, mitteilen, dass Kim in Singen und Musikgeschichte die Beste in der Klasse ist."

„Im Ernst?" Er empfand regelrechten Stolz auf seine Nichte. „Das war sie doch früher nie."

„Mr. Striker und ich haben unterschiedliche Unterrichtsmethoden."

„Das kann ich mir lebhaft vorstellen. Es gibt ein Gerücht in der Stadt, dass der Chor dieses Jahr sensationell gut sein soll. Wie haben Sie das geschafft?"

„Nicht ich habe es geschafft, sondern die Kinder." Nell setzte sich auf, als die Pizza kam. „Wichtig ist nur, dass sie sich wie eine Gruppe fühlen. Ich möchte ja nichts gegen Mr. Striker sagen ..." Sie schob sich ein großzügig bemessenes Stück Pizza in den Mund. „Aber ich habe den Eindruck, als hätte er seine Zeit bis zur Pensionierung abgesessen. Wenn Sie Kinder unterrichten, müssen Sie sie mögen und respektieren. Es steckt eine Menge Talent in ihnen, auch wenn es zum Teil noch sehr ungeschliffen ist."

Sie lachte, und ihre Wangen färbten sich dabei. „Und manche werden den Rest ihres Lebens nirgendwo anders als unter der Dusche singen – und dafür sollte die Welt ihnen dankbar sein." Wieder lachte sie. „Aber es macht ihnen Spaß, und nur das zählt. Dafür gibt es auch Kinder wie Kim, die eine ganz besondere Gabe haben. Ich werde sie und zwei andere Schüler nächste Woche zum Vorsingen beim staatlichen Chor schicken.

Und nach den Ferien fange ich mit der Arbeit für ein Musical an."

„Das hat es seit Jahren nicht mehr gegeben."

„Dann wird es Zeit. Und es wird fantastisch werden."

„Sie werden viel Arbeit damit haben."

„Das macht mir nichts aus. Außerdem werde ich dafür bezahlt. Vergessen Sie das nicht."

Mac spielte mit seiner Pizza. „Sie sind wirklich gern Lehrerin, nicht wahr? Und bei uns gefällt es Ihnen?"

„Ja, natürlich. Warum auch nicht? Es ist eine schöne Schule und ein schöner Ort."

„Es ist nicht Manhattan."

„Eben."

„Warum sind Sie von dort weggangen?" Er räusperte sich. „Entschuldigen Sie, das geht mich natürlich nichts an."

„Lassen Sie nur. Ich hatte ein schlechtes Jahr hinter mir. Vorher war zwar auch nicht alles eitel Sonnenschein gewesen, aber dieses letzte Jahr war einfach der Tiefpunkt. Meine Stelle in der Schule wurde aus finanziellen Gründen gestrichen." Sie hob die Schultern. „Es sind immer die künstlerischen Fächer, an denen gespart wird. Aber, na ja. Meine Mitbewohnerin heiratete, und ich konnte mir die Miete allein nicht leisten. Also suchte ich einen Ersatz für sie." Sie seufzte. „Ich ließ mir Referenzen zeigen und war wirklich vorsichtig. Und dann, drei Wochen nach dem Einzug, war die Nachfolgerin verschwunden und hatte alles mitgenommen, was nicht niet- und nagelfest war."

Mac hörte auf zu essen. „Sie hat sie beraubt? Im Ernst?"

„Ja. Alles war weg: Fernseher, Stereoanlage, mein Schmuck, das Bargeld, alles. Es war deprimierend. Ich fühlte mich in meiner Wohnung einfach nicht mehr wohl. Und dann fing auch noch mein Freund an, mir Vorwürfe zu machen: Ich sei zu vertrauensselig gewesen, viel zu naiv, sträflich dumm, und es sei mir nur recht geschehen."

„Ein reizender Mensch", meinte Mac. „Sehr hilfreich."

„Das kann man sagen. Nun ja, ich sah ihn mir noch einmal genau an und kam zu dem Schluss, dass er Recht hatte – und zwar im Hinblick auf unsere so genannte Beziehung. Also beendete ich sie."

„Gut."

„Ja, das finde ich auch." Sie sah Mac an. Er war anders, das spürte sie. „Erzählen Sie mir doch von dem Haus, das Sie gerade renovieren."

„Ich fürchte, Sie werden nicht viel von Installationsarbeiten verstehen."

Sie lächelte nur. „Ich habe eine schnelle Auffassungsgabe."

Es war fast Mitternacht, als Mac den Wagen zum Stehen brachte. Er hatte nicht vorgehabt, so lange auszubleiben, und ganz sicher hatte er nicht damit gerechnet, dass er über eine Stunde lang über das Verlegen von Leitungen, Installationen und tragende Wände sprechen und auch noch Baupläne auf Servietten zeichnen würde.

Irgendwie hatte er es geschafft, den Abend zu überstehen, ohne sich dumm vorzukommen oder das Gefühl zu haben, in eine Falle geraten zu sein. Nur eines beschäftigte ihn: Er wollte Nell wiedersehen.

„Ich finde, das war ein guter Anfang." Nell legte die Hand auf seine und küsste ihn auf die Wange. „Danke."

„Ich bringe Sie noch zur Tür."

Sie hatte die Hand schon auf dem Griff. Es war wohl sicherer für sie beide, wenn er gleich weiterfuhr. „Das ist nicht nötig. Ich kenne den Weg."

„Ich begleite Sie trotzdem." Er stieg aus, und sie gingen zusammen die Treppe hinauf. In der unteren Wohnung brannte noch Licht, und gedämpfte Stimmen aus dem Fernsehapparat drangen nach draußen.

Der Wind hatte aufgehört, und der Himmel war sternenübersät.

„Wenn wir das wiederholen, werden die Leute anfangen, über uns zu reden", begann Mac. „Sie werden sagen, dass wir ..." Er wusste nicht so recht, wie er sich ausdrücken sollte.

„Stört Sie das?" fragte Nell.

„Ich möchte nicht, dass die Kinder auf falsche Ideen kommen oder anfangen, sich zu fürchten." Sie waren auf ihrem Treppenabsatz angelangt, und er sah auf sie hinunter. „Es muss an Ihrem Aussehen liegen."

„Was?"

„Dass ich dauernd an Sie denke." Das war eine vernünftige Erklärung, fand er. Körperliche Anziehung. Schließlich war er ein Mann, wenn er auch sehr zurückhaltend war. „Und daran ..."

Er legte die Hände um ihr Gesicht. Es war eine unendlich zärtliche Geste, und Nell fühlte sich ganz schwach. Der Kuss war so langsam und so erregend sinnlich wie der erste. Sein Mund auf ihrem, seine Geduld, die unglaublichen Gefühle, die er in ihr auslöste, das alles drohte sie zu überwältigen.

Kann es das sein? fragte sie sich. Ist es das, worauf ich gewartet habe? Kann es dieser Mann sein?

Er löste sich von ihr und hörte sie leise seufzen. Aber er wusste, dass es ein Fehler wäre, noch zu bleiben, und so ließ er die Hände fallen, bevor er sie nicht mehr unter Kontrolle hatte, und trat einen Schritt zurück.

Nell fuhr sich mit der Zungenspitze über die Lippen, als

wollte sie den Kuss nachkosten. „Sie küssen fantastisch, Macauley Taylor", sagte sie. „Wirklich fantastisch."

„Sagen wir, ich habe viel aufgespart." Aber er glaubte selbst nicht, dass das alles war. Und das beunruhigte ihn zutiefst. „Gute Nacht."

Sie nickte nur kraftlos, als er sich von ihr abwandte. Und als sie ihn wegfahren hörte, lehnte sie noch immer verträumt an der Tür und hätte schwören können, dass himmlische Klänge für einen Augenblick die Luft erfüllten.

6. KAPITEL

Ende Oktober gab es mehrere Lehrerkonferenzen und den Elternsprechtag und zusätzlich für die Schüler einen lange herbeigesehnten schulfreien Tag. Mac musste bei diesen Anlässen die Zwillinge zusätzlich bei seiner Schwester, Kim und Mrs. Hollis unterbringen, dazu fiel in diese Zeit noch eine Geschäftsreise und eine zeitaufwändige Inspektion.

Als er beim Elternsprechtag auf den Parkplatz des Schulkomplexes einbog, war er mit den Nerven am Ende. Er hatte keine Ahnung, was ihn erwartete. Wahrscheinlich würde man ihm erklären, dass seine Kinder sich absolut unmöglich benahmen, sobald er sie aus den Augen ließ. Er hatte sich bestimmt nicht genügend um ihre Schularbeiten gekümmert und sie auch nicht ausreichend auf die Schule vorbereitet.

Seine Jungen würden asoziale, neurotische Analphabeten werden, und das war alles nur seine Schuld.

Er wusste, dass seine Befürchtungen lächerlich waren, aber er kam nicht dagegen an.

„Mac!" Hinter ihm hupte jemand, und als er sich umdrehte, entdeckte er seine Schwester. Sie lehnte aus dem Wagenfester. „Wo hast du denn gesteckt? Ich habe dauernd versucht, dich anzurufen."

Er ging zu ihr. „Ich habe Elternsprechstunde."

„Ich weiß."

„Ich möchte nicht zu spät kommen."

„Keine Angst, sie werden dir schon keinen Verweis geben. Ich komme gerade von einem Ausschusstreffen über die Chorgewänder. Die alten sind schon zwölf Jahre alt, und es wird langsam Zeit, sie zu ersetzen."

„Ganz meine Meinung. Ich werde eine Spende beisteuern. Aber jetzt muss ich wirklich weiter." Im Geiste sah er schon vor sich, wie sein Zu-spät-Kommen seinen Kindern angekreidet wurde.

„Ich wollte nur sagen, dass Nell irgendetwas hat. Sie war völlig unkonzentriert." Mira sah ihren Bruder misstrauisch an. „Du hast doch wohl nichts angestellt?"

„Wieso ich?"

„Keine Ahnung. Aber du warst immerhin mit ihr aus."

„Wir waren im Kino."

„Und beim Pizzaessen", ergänzte Mira. „Ein paar von Kims Freunden haben euch gesehen."

Kleinstadt! dachte Mac und schob die Hände in die Taschen. „Ja, und?"

„Nichts ‚und'. Gut für dich. Ich mag Nell, und Kim ist ganz hingerissen von ihr. Ich mache mir nur einfach Gedanken. Irgendetwas ist mit ihr. Vielleicht sagt sie es dir."

„Ich habe nicht die Absicht, in ihrem Privatleben herumzuschnüffeln."

„So wie ich das sehe, bist du Teil ihres Privatlebens. Bis später." Mira fuhr davon, ohne ihm die Gelegenheit zu einer passenden Entgegnung zu geben.

Mac stieß einen undefinierbaren Laut aus und ging mit weit ausholenden Schritten zur Grundschule. Als er zwanzig Minuten später wieder herauskam, war ihm viel leichter zumute. Seine Kinder waren offenbar keine kleinen Monster mit mörderischen Neigungen, sondern ihre Lehrerin war sehr mit ihnen zufrieden und hatte sie über den grünen Klee gelobt.

Als hätte er das nicht längst gewusst!

Vielleicht vergaß Zeke gelegentlich irgendwelche Regeln und schwätzte mit seinem Banknachbarn, und vielleicht war

Zach ein bisschen schüchtern und meldete sich nur, wenn er die Antwort hundertprozentig wusste. Aber die beiden fügten sich gut in die Klasse ein.

Nachdem diese Last von ihm genommen war, wandte Mac sich, ohne nachzudenken, ganz automatisch der High School zu. Er wusste zwar nicht, wie lange der Elternsprechtag an der High School dauerte, aber der Parkplatz war nahezu leer. Außerdem entdeckte er Nells Auto und dachte, es könne nicht schaden, wenn er einfach einmal bei ihr vorbeischaute.

Erst als er schon im Gebäude war, fiel ihm auf, dass er gar nicht wusste, wo er sie finden würde.

Er steckte den Kopf in die Aula. Sie war leer. Aber nachdem er schon so weit gekommen war, beschloss er, sich im Sekretariat zu erkundigen. Eine Sekretärin zeigte ihm den Weg.

Die Tür zu Nells Klassenzimmer stand offen. Ein Klavier war da, Notenständer und Instrumente, ein Kassettenrekorder. Auch eine Tafel gab es, sauber gewischt. Ein Schreibtisch stand davor.

Nell saß daran und arbeitete.

Mac beobachtete sie eine Weile und registrierte, wie ihr das Haar ins Gesicht fiel, wie sie den Stift hielt, wie ihr Pullover sich an ihren Oberkörper schmiegte. Wenn ich je eine Lehrerin mit so einem Aussehen gehabt hätte, könnte ich heute wahrscheinlich viel mehr mit Musik anfangen. Das ging ihm durch den Kopf.

„Hallo."

Sie hob mit einem Ruck den Kopf. Kampfgeist lag in ihrem Blick, und sie hatte das Kinn kriegerisch vorgeschoben. Als sie ihn entdeckte, holte sie tief Luft und brachte ein Lächeln zustande.

„Hallo, Mac. Willkommen im Irrenhaus."

„Das sieht nach viel Arbeit aus." Nells Schreibtisch war mit Papieren, Büchern, Noten und Computerausdrucken bedeckt.

„Das ist es auch. Noten malen, Organisation, Planung, Konzertvorbereitung, Jonglieren mit Geldmitteln ..." Nell gab sich Mühe, ihre schlechte Laune nicht überborden zu lassen, und setzte sich zurück. „Und wie war Ihr Tag?"

„Gut. Ich habe gerade mit der Lehrerin der Zwillinge gesprochen. Sie ist sehr zufrieden mit ihnen."

„Die beiden sind gut geraten, Sie haben wirklich keinen Anlass, sich Sorgen zu machen."

„Sorgen macht man sich automatisch, wenn man Kinder hat, das kann man gar nicht verhindern. Und was macht Ihnen zu schaffen?" fragte er, bevor er sich noch an seinen Vorsatz erinnern konnte, dass er sich eigentlich nicht in ihr Privatleben einmischen wollte.

„Haben Sie Zeit?" fragte sie ironisch zurück.

„Reichlich." Er setzte sich auf die Kante ihres Schreibtischs. Am liebsten hätte er die kleine, steile Falte zwischen ihren Augenbrauen weggestreichelt. „Haben Sie einen schweren Tag hinter sich?"

Nell hob die Schultern und stand auf. Sie konnte einfach nicht länger ruhig sitzen bleiben. „Ich hatte schon leichtere Tage." Sie seufzte. „Wissen Sie, wie viel Unterstützung der Schul- und Gemeindesport bekommt?" Sie fing an, Kassetten in einen Karton zu ordnen, einfach nur, um sich irgendwie zu beschäftigen. „Selbst das Schulorchester bekommt Geld. Aber für den Chor müssen wir um jeden Dollar betteln."

„Und das ärgert Sie."

„Würde es Sie an meiner Stelle nicht ärgern?" Sie fuhr herum. Ihre Augen funkelten. „Es ist nicht das geringste Problem, Trikots für die Fußballmannschaft zu organisieren, nur damit eine Hand voll Jungen sich um einen Ball streiten kann. Aber ich muss eine Stunde auf den Knien herumrutschen, wenn ich achtzig Dollar brauche, um das Klavier stimmen zu lassen." Sie atmete tief durch. „Ich habe nichts gegen Fußball, im Gegenteil. Sport ist wichtig, das weiß ich auch."

„Ich kenne einen Klavierstimmer", sagte Mac. „Er ist sicher bereit, seine Zeit umsonst zur Verfügung zu stellen. Ich werde ihn gleich anrufen."

Nell rieb sich den Nacken. Dad richtet alles, dachte sie. Hast du ein Problem? Dann erzähl es Mac.

„Das wäre wunderbar", sagte sie und brachte tatsächlich ein Lächeln zustande. „Vorausgesetzt, ich siege über die Bürokratie. Man kann ohne endlosen Papierkram nicht einmal Geschenke annehmen." Das ließ ihren Ärger wieder zunehmen. „Das Schlimmste am Lehrerberuf sind diese Formulare. Ich hätte wirklich weiter in Clubs spielen sollen."

„Sie sind in einem Club aufgetreten?"

„Das war in einem anderen Leben", sagte sie und machte eine wegwerfende Handbewegung. „Damit habe ich mir das College finanziert. Es war besser als die üblichen Jobs als Bedienung. Wie auch immer, im Grunde ist es gar nicht so sehr der Geldmangel, der mich so ärgert, oder nicht einmal der Mangel an Interesse. Daran bin ich schließlich gewöhnt."

„Wollen Sie mir erzählen, was es dann ist? Oder wollen Sie weiter allein herumgrummeln?"

„Ich habe mich beim Grummeln bestens unterhalten, vielen Dank." Wieder seufzte sie und sah dann zu ihm auf. Er wirkte so stabil und zuverlässig. „Vielleicht bin ich doch zu sehr Stadtmensch. Ich habe heute meine erste Bekanntschaft mit ländlicher Sturheit gemacht und bin mit meinem Latein am Ende. Kennen Sie Hank Rohrer?"

„Ja, natürlich. Die Molkerei an der Old Oak Road gehört ihm. Ich glaube, sein ältester Sohn ist in der Klasse von Kim."

„Hank Junior, ja. Er ist einer meiner Schüler, ein kräftiger Bariton, sehr begabt. Er komponiert sogar selbst."

„Im Ernst? Das ist doch großartig."

„Sollte man annehmen, oder?" Nell warf den Kopf zurück und fing an, ihre bereits geordneten Papiere neu zu sortieren. „Ich bat Mr. und Mrs. Rohrer heute zu mir, weil Junior plötzlich nicht mehr zum Vorsingen kommen wollte. Dabei hat er wirklich eine gute Chance, und ich wollte mit seinen Eltern über die Möglichkeit eines Stipendiums sprechen. Ich erzählte ihnen also, wie begabt ihr Sohn ist und dass ich hoffte, sie könnten ihn überreden, doch an dem Vorsingen teilzunehmen. Hank Senior führte sich auf, als hätte ich ihn beleidigt." Bitterkeit mischte sich mit Ärger. „Keiner seiner Söhne werde seine Zeit mit Singen verschwenden so wie ..."

Nell schwieg, zu wütend, um Mr. Rohrers Meinung über Musiker weiterzugeben. „Die beiden wussten nicht einmal, dass ihr Sohn in meiner Klasse ist, stellen Sie sich das nur vor. Sie fanden, er solle sich lieber mit Buchhaltung beschäftigen. Um die Molkerei zu führen, brauche er keine Gesangsstunden. Und ganz bestimmt würden sie ihm nicht erlauben, an einem Samstag irgendwohin zum Vorsingen zu fahren und seine Arbeit zu vernachlässigen. Ich solle gefälligst aufhören, dem Jungen Flausen in den Kopf zu setzen."

„Die Rohrers haben vier Kinder", warf Mac vorsichtig ein. „Es könnte finanzielle Probleme geben."

„Wenn das ihre Sorge wäre, könnte sie vermutlich durch ein Stipendium von ihnen genommen werden." Nell klappte mit einem Ruck ihr Notenbuch zu. „Wir haben hier einen begabten, intelligenten Jungen, der einen Traum hat. Und diesen Traum wird er nie leben können, weil seine Eltern es nicht erlauben. Oder sein Vater", verbesserte sie sich. „Die Mutter sagte die ganze Zeit über keine zwei Sätze."

„Vielleicht bearbeitet sie ihren Mann, wenn sie mit ihm allein ist."

„Oder er lässt seinen Zorn auf mich an ihr und dem Jungen aus."

„So ist Hank nicht. Er ist stur und bildet sich ein, dass er alles weiß, aber er ist nicht böse."

„Ich finde es ein bisschen schwierig, ihn positiv zu sehen, nachdem er mich ...", Nell holte tief Luft, „als arrogante Flachländerin bezeichnet hat, die ihn seine schwer verdienten Steuern kostet. Ich hätte etwas aus dem Jungen machen können", murmelte sie und setzte sich endlich wieder. „Das weiß ich."

„Wenn nicht bei ihm, dann bei einem anderen Kind. Sie haben schon so viel für Kim getan, Nell."

„Danke." Nell lächelte kurz. „Das hilft mir ein wenig."

„Ich meine es ehrlich." Er konnte es nicht ertragen, sie in so gedämpfter Stimmung zu sehen. „Sie hat mehr Zutrauen zu sich bekommen. Früher war sie viel verschlossener, jetzt öffnet sie sich plötzlich."

Das tat gut, und Nells Lächeln kam bereitwilliger. „Ich soll mit dem Grübeln aufhören, wollen Sie damit sagen."

„Es passt nicht zu Ihnen." Er überraschte sich und sie, als er ihr über die Wange strich. „Lächeln steht Ihnen viel besser."

„Ich kann sowieso nie lange schlecht gelaunt bleiben. Bob sagte immer, das käme von meiner Oberflächlichkeit."

„Und wer ist Bob?"

„Der Mann, den ich in die Wüste geschickt habe."

„Dort gehört er eindeutig hin."

Sie lachte. „Ich bin froh, dass Sie vorbeigekommen sind.

Sonst hätte ich hier wahrscheinlich noch eine Stunde gesessen und mich geärgert."

Mac stand auf. „Ich muss weiter und mich um die Halloween-Kostüme kümmern."

„Brauchen Sie dabei Hilfe?"

„Ich ..." Das Angebot war verlockend, zu verlockend – und viel zu gefährlich. Es konnte nicht gut gehen, wenn sie in Familientraditionen einbezogen wurde. „Nein, danke. Ich habe alles im Griff."

Nell gelang es ziemlich gut, ihre Enttäuschung zu verbergen. „Sie kommen doch alle drei am Samstagabend zum Halloween-Schulfest?"

„Ja, natürlich. Bis dann." Er setzte sich in Bewegung, aber unter der Tür drehte er sich noch einmal zu ihr um. „Nell?"

„Ja?"

„Veränderungen brauchen ihre Zeit. Sie machen manche Menschen unsicher."

Sie legte den Kopf ein wenig zurück. „Meinen Sie damit die Rohrers, Mac?"

„Auch. Bis Samstagabend."

Nell sah noch auf die offene Tür, als seine Schritte schon verklungen waren. Glaubte er, dass sie ihn zu verändern versuchte? Und wollte sie das? Sie setzte sich zurück und schob die Papiere von sich. Jetzt konnte sie sich ohnehin nicht mehr konzentrieren.

Es war immer dasselbe, wenn Macauley Taylor in ihrer Nähe war. Wann hatte das angefangen? Im ersten Augenblick, gestand sie sich ein, als er in die Aula gekommen war, um Kim und die Zwillinge abzuholen.

Liebe auf den ersten Blick? Nein, an so etwas glaubte sie nicht. Außerdem war sie viel zu intelligent, um sich in einen

Mann zu verlieben, der ihre Gefühle nicht erwiderte. Oder sie nicht erwidern will, dachte sie. Und das war noch schlimmer.

Es durfte keine Rolle spielen, dass er seinen Kindern gegenüber liebevoll und zärtlich war, dass er gut aussah, stark und sexy war. Wenn sie bei ihm war, an ihn dachte, kamen Sehnsüchte in ihr hoch, Sehnsüchte nach einem Heim, einer Familie, nach Lachen in der Küche, Leidenschaft im Bett. Aber damit wurde sie problemlos fertig.

Sie stieß einen langen Atemzug aus. So problemlos war es nicht, wie sie sich einreden wollte. Im Gegenteil. Das alles waren Riesenprobleme für eine Frau, die im Begriff war, sich zu verlieben.

7. KAPITEL

Es war Mitte November geworden, und die Bäume hatten ihre Blätter abgeworfen. Aber für Nell lag selbst in dieser Kargheit große Schönheit. Sie liebte das Herbe und Strenge, das Rascheln der trockenen Blätter, den morgendlichen Reif, der die Natur wie mit weiß schimmerndem Diamantenstaub überzog.

Immer wieder ertappte sie sich dabei, wie sie aus dem Fenster sah und auf die ersten Schneeflocken wartete, so wie sie es als Kind immer getan hatte.

Diese Tage vor Einbruch des Winters waren etwas Wundervolles. Die Welt schien für Augenblicke stillzustehen und der Erinnerung an vergangene Herbsttage nachzuhängen.

Nell dachte an Halloween, an die Kinder, die als Piraten und Prinzessinnen verkleidet an ihre Tür geklopft hatten. Zeke und Zach hatten kaum an sich halten können, als sie so getan hatte, als erkenne sie sie in ihren von Mac aufwändig konstruierten Astronautenkostümen nicht.

Sie dachte an das Konzert, das sie mit Mac besucht hatte, an die Freude, als sie ihn und die Jungen letzte Woche bei Weihnachtseinkäufen getroffen hatte.

Als sie jetzt an dem Haus vorbeispazierte, das er renovierte, musste sie wieder an ihn denken. Er war richtig rührend gewesen, als er das Geschenk für Kim ausgesucht hatte. Macauley Taylor machte sich wirklich Gedanken, wenn er einem Menschen, an dem ihm lag, etwas schenken wollte. Es musste genau das Richtige sein.

Nell war inzwischen zu der Überzeugung gelangt, dass er einfach wunderbar war.

Sie war strahlender Laune, denn heute Nachmittag hatte sie

erfahren, dass zwei ihrer Schüler in den staatlichen Schülerchor aufgenommen worden waren, darunter Kim.

Das war ihr Werk gewesen, und es machte sie glücklich und stolz. Auch die anderen Kinder freuten sich mit Kim und dem Jungen. In den letzten Wochen war der Chor zu einer richtigen Gemeinschaft zusammengewachsen. Ihre Kinder!

„Ist es nicht zu kalt für einen Spaziergang?"

Nell fuhr zusammen und musste dann über sich selbst lachen, als sie Mac hinter einem Baum im Garten seiner Schwester hervorkommen sah. „Sie haben mich vielleicht erschreckt!"

„Keine Angst. Räuber haben wir hier kaum. Wollten Sie zu Mira?"

„Nein. Ich brauchte nur ein bisschen Bewegung. Zu Hause habe ich es einfach nicht mehr ausgehalten." Sie strahlte ihn an. „Haben Sie die guten Nachrichten schon gehört?"

„Ja. Ich gratuliere."

„Das war nicht ich ..."

„Doch. Zum großen Teil wenigstens." Er sah zum Haus zurück und schüttelte den Kopf. „Mira und Kim weinen sich gerade die Augen aus dem Kopf."

„Sie weinen? Aber ..."

„Nein, nein, nicht richtig." Weibliche Tränen waren ihm ein Gräuel. „Vor Glück."

„Oh." Nell spürte, wie ihre eigenen Augen brannten. „Wie nett."

„Dave stolziert herum wie ein aufgeblasener Pfau und ruft Gott und die Welt an, um mit seiner Tochter anzugeben."

„Na ja, es ist ja auch eine feine Sache."

„Ich weiß." Er lachte. „Ich gestehe, dass ich selbst auch ein paar Leute angerufen habe. Aber Sie sind sicher auch stolz auf den Erfolg."

„Und ob. Am schönsten waren die Gesichter der Kinder, als ich es ihnen heute gesagt habe. Jetzt werden hoffentlich auch die Spenden fließen." Sie fröstelte, als der Wind auffrischte.

„Ihnen ist kalt. Ich fahre Sie nach Hause."

„Das wäre nett. Glauben Sie, dass es schneien wird?"

Er hob prüfend den Kopf. „Lange wird es nicht mehr dauern." Er öffnete ihr die Wagentür. „Die Kinder haben ihre Schlitten schon herausgeholt."

„Vielleicht kaufe ich mir auch einen." Sie lehnte sich entspannt zurück. „Wo sind die Jungen?"

„Sie übernachten heute bei einem Freund." Er wies auf ein Haus schräg gegenüber. „Ich habe sie gerade abgesetzt."

„Wahrscheinlich können sie es kaum noch erwarten, bis der Weihnachtsmann endlich kommt."

„Dieses Jahr ist es ganz merkwürdig. Normalerweise bombardieren sie mich nach Halloween mit ellenlangen Wunschzetteln und Spielzeugkatalogen und irgendeinem Kram aus der Fernsehwerbung." Er wendete seinen Wagen und schlug die Straße zum Hauptplatz ein. „Aber dieses Jahr haben sie mir erklärt, sie hätten keine besonderen Wünsche. Fahrräder hätten sie gern, das habe ich zufällig mitbekommen." Er runzelte die Stirn. „Irgendetwas stimmt da nicht. Sie stecken ständig die Köpfe zusammen und tun furchtbar geheimnisvoll, aber sie wollen mir nichts verraten."

„Weihnachten ist die beste Zeit für Geheimnisse", meinte Nell. „Was ist mit Ihnen?" Sie lächelte ihn an. „Was wünschen Sie sich zu Weihnachten?"

„Mehr als die zwei Stunden Schlaf, die ich normalerweise herausschlage."

„Das kann nicht alles sein."

„Wenn ich die Jungen strahlen sehe, brauche ich nichts anderes." Er hielt vor ihrem Haus an. "Verbringen Sie die Ferien in New York?"

"Nein. Dort zieht mich nichts hin."

"Und Ihre Familie?"

"Ich bin ein Einzelkind, und meine Eltern fahren über Weihnachten immer in die Karibik. Wollen Sie noch auf einen Kaffee mit hereinkommen?"

Das war verlockender, als in sein leeres Haus zurückzukehren. "Ja, gern." Sie gingen nebeneinander die Treppe hinauf. "Waren Sie als Kind über Weihnachten auch immer in der Karibik?"

"Nein. Wir lebten in Philadelphia und haben immer ganz traditionell gefeiert. Dann ging ich nach New York zum Studieren, und meine Eltern zogen nach Florida." Sie sperrte die Tür auf und zog ihren Mantel aus. "Wir stehen uns im Grunde nicht besonders nahe. Meine Eltern waren über mein Musikstudium nur mäßig begeistert."

Er hängte seine Jacke auf, während sie in die Küchenecke ging, um Wasser in die Kaffeemaschine zu füllen. "Deshalb waren Sie wegen Junior wahrscheinlich so außer sich."

"Vielleicht. Aber eigentlich waren meine Eltern nicht unbedingt gegen dieses Studium. Sie konnten nur einfach nichts damit anfangen. Seit wir so weit auseinander leben, kommen wir sehr viel besser miteinander aus." Sie sah über die Schulter zu ihm hinüber. "Ich glaube, deshalb bewundere ich Sie so."

Er wandte den Blick von der Spieldose aus Rosenholz und sah sie verblüfft an. "Mich?"

"Ja. Es gefällt mir, wie Sie sich um Ihre Kinder und Ihre Familie kümmern. Das hat so etwas Solides, Verlässliches." Sie warf das Haar zurück und füllte aus der Gebäckdose Plätzchen auf einen Teller. "Nicht alle Eltern nehmen ihre Aufgabe so ernst." Sie lächelte. „Habe ich Sie jetzt in Verlegenheit gebracht?"

„Nein. Oder doch", gab er zu und nahm sich ein Plätzchen. „Sie haben mich noch gar nicht nach Zachs und Zekes Mutter gefragt." Als Nell nichts erwiderte, sprach er trotzdem weiter. „Ich war gerade mit dem College fertig, als ich sie kennen lernte. Sie arbeitete als Sekretärin im Immobilienbüro meines Vaters. Wir gingen ein paar Mal miteinander aus und schliefen zusammen, und dann wurde sie schwanger."

Seine Stimme war bar jeder Gefühlsregung, und Nell sah ihn forschend an. Er biss in sein Plätzchen, aber ihm war, als schmeckte es bitter. „Ich weiß, was Sie jetzt wahrscheinlich denken – dass sie mich hereingelegt hat. Vielleicht war es so. Aber ich war alt genug, um zu wissen, was ich tat. Und ich war alt genug, um die Verantwortung zu tragen."

„Und was war mit der Liebe?"

„Liebe." Es fiel ihm nicht leicht, darüber zu sprechen. „Ich fühlte mich zu Angie hingezogen, und umgekehrt war es auch so. Oder ich dachte es wenigstens. Erst nach unserer Hochzeit fand ich heraus, dass sie sich ‚den Sohn des Chefs' ganz planmäßig ‚geangelt' hatte. Sie hat es wörtlich so ausgedrückt. Sie sah darin eine Möglichkeit, ihren Lebensstandard zu heben. Mit Liebe hatte das alles nichts zu tun."

Nach all diesen Jahren schmerzte es ihn noch immer, dass er auf so schäbige Weise gebraucht worden war.

„Um es kurz zu machen: Sie hatte nicht mit Zwillingen gerechnet und sich auch nicht vorgestellt, wie viel Arbeit Kinder machen. Als die Jungen vier Wochen alt waren, räumte sie mein Bankkonto leer und machte sich aus dem Staub."

„Ach, Mac, das tut mir so Leid", sagte Nell leise. Sie wollte, sie hätte ein Mittel gewusst, den Schmerz, die Härte aus seinen

Augen zu vertreiben. „Das muss schrecklich für Sie gewesen sein."

„Es hätte schlimmer sein können." Er schenkte Nell einen kurzen Blick und wandte sich dann wieder ab. „Sie nahm noch einmal Kontakt mit mir auf. Sie wollte, dass ich die Scheidung bezahle, dafür könne ich die Kinder dann ‚umsonst' behalten. Das war es dann. Ende der Geschichte."

„Wirklich?" Nell kam zu ihm und nahm seine Hände. „Sie hat Ihnen sehr wehgetan."

Sie hob sich auf die Zehenspitzen und küsste ihn auf die Wange, um ihn zu trösten. Der Ausdruck in seinen Augen wandelte sich, Schmerz kam hinzu. Das erklärt so viel, dachte sie. Er ist bitter enttäuscht worden, ist wahrscheinlich am Boden zerstört gewesen. Aber statt seinen Schmerz und die Trauer zuzulassen oder irgendjemanden um Hilfe zu bitten, hat er seine Söhne genommen und ein neues Leben angefangen, ein Leben, das er nur den beiden widmet.

„Sie hatte Sie und die Zwillinge nicht verdient."

Er konnte einfach nicht den Blick von ihrem Gesicht wenden. Es war weniger ihr Mitgefühl, sondern das Verständnis, das er in ihren Augen sah, was es ihm so schwer machte. „Ich habe es nicht bereut. Die Jungen sind einfach wunderbar, ich empfinde sie als Geschenk. Ich wollte nicht den Eindruck erwecken, als wäre es ein Opfer für mich gewesen."

„Das klang auch nicht so." Ihr Herz flog ihm zu, als sie die Arme um ihn legte. Es sollte einfach nur eine tröstende Geste werden, aber noch ein anderes, tieferes Gefühl, das aus ihrem Innersten kam, war daran beteiligt. „Ich finde es wunderbar, wenn ein Mann seine Kinder als Geschenk betrachtet."

Er hielt sie in den Armen, ohne dass er so recht wusste, wie es so weit gekommen war. Aber es fühlte sich ganz natürlich an.

75

„Wenn man so ein Geschenk bekommt, muss man sorgsam damit umgehen." Seine Stimme wurde rau. Seine Kinder. Nell. Irgendetwas war in ihrem Blick, in ihrem Lächeln, das ihn unvermittelt traf. Er hob die Hand und strich ihr übers Haar. „Ich sollte gehen."

„Bleib." Es war ganz einfach. „Du weißt, dass ich dich will."

Er konnte den Blick einfach nicht abwenden. Die Sehnsucht war so viel größer und süßer, als er je für möglich gehalten hatte. „Das macht alles nur noch komplizierter, Nell. Ich schleppe so viel mit mir herum, ich ..."

„Es ist mir egal." Sie atmete zittrig aus. „Ich habe nicht einmal mehr meinen Stolz. Liebe mich, Mac." Sie stieß einen Seufzer aus und zog seinen Kopf zu sich herunter, um ihn zu küssen. „Liebe mich. Nur heute Nacht."

Er konnte ihr nicht widerstehen. Davon hatte er geträumt, seit er sie zum ersten Mal gesehen hatte. Sie war so weich und warm, und er hatte schon so lange auf diese Wärme, die nur Frauen so schenken konnten, verzichten müssen.

Und als ihre Lippen sich jetzt berührten und sie sich umfangen hielten, wünschte er sich nichts anderes mehr.

Er hatte sich nie für einen romantischen Mann gehalten. Ob eine Frau wie Nell wohl lieber Kerzenlicht, leise Musik und zarten Duft gehabt hätte? Aber jetzt konnte er nichts mehr ändern. Jetzt konnte er sie nur noch auf die Arme heben und ins Schlafzimmer tragen.

Er machte das Licht an und wunderte sich darüber, wie plötzlich seine Nervosität verschwunden war, als er sah, wie angespannt sie auf einmal wirkte.

„Ich habe so oft daran gedacht", gestand er jetzt leise. „Immer wenn ich dich anfasse, möchte ich dich nackt sehen."

„Gut." Sie lächelte zu ihm auf und entspannte sich langsam.

Er trug sie zum Bett und legte sich zu ihr, strich ihr übers Haar und über die Schultern, dann senkte er den Kopf und küsste sie.

Es war so leicht und einfach, als hätten sie diese Nähe seit Jahren erlebt. Und es war so aufregend, als wäre es für sie beide das erste Mal.

Eine Berührung, ein Verweilen, ein Murmeln, ein zarter Seufzer. Er drängte sie nicht, blieb geduldig, streichelte sie nur und löste die wunderbarsten Gefühle in ihr aus. Sachte öffnete er dabei Knöpfe und hielt inne, um weiterzuforschen.

Ihr wurde heiß unter seinen Händen. Ihr Puls hämmerte, beschleunigte sich unter seinen Fingern, seiner Zunge. Ihre Hände zitterten, und sie stöhnte mit einem heiseren Lachen auf, als sich endlich Haut an Haut schmiegte.

Endlich liebten sie sich. Niemals waren diese Worte wahrhaftiger gewesen. Nell erfuhr eine nie erlebte Zärtlichkeit, verbunden mit lustvoller Neugier, die ihre Sinne zu überwältigen drohte.

Immer wieder küsste er sie, und mit jedem Mal versank sie noch tiefer im Strudel ihrer Gefühle. Es gab schon lange nur noch ihn. Und mehr brauchte sie auch nicht.

Sie gab sich ihm mit einer Unbefangenheit und so rückhaltlos hin, dass es ihn bis ins tiefste Innere anrührte. Ihre Körper passten erregend gut zusammen, und immer wenn er fürchtete, die Beherrschung zu verlieren, fand er wieder zurück in ihren gemeinsamen Rhythmus.

Dann bewegten sie sich langsam und mit Genuss.

Nell war klein und zierlich, und ihre Zerbrechlichkeit machte ihn noch zärtlicher. Selbst als sie sich aufbäumte und einen kleinen Schrei ausstieß, ließ er sich noch Zeit. Es war so wundervoll, ihr Gesicht zu beobachten, dieses so unglaublich ausdrucksvolle Gesicht, all die Gefühle, die sich darin widerspiegelten.

Er bekämpfte das Verlangen, zu ihr zu kommen, gerade lange genug, um sie beide zu schützen. Ihre Blicke verfingen sich ineinander, als er endlich in sie glitt. Sie hielt einen winzigen Moment den Atem an und nahm ihn dann langsam und zittrig in sich auf. Sie lächelte.

Draußen rüttelte der Wind an den Fenstern, und es war, als klängen von irgendwoher Schlittenglöckchen. Und dann fing es langsam und sanft an zu schneien.

8. KAPITEL

Mac konnte nicht genug von Nell bekommen. Im schlimmsten Fall war es eine Art Irrsinn, die ihn befallen hatte, im besten eine vorübergehende Verirrung. Ganz gleich, wie viel oder wie wenig Zeit er hatte, sein ganzes Sein war von Nell besetzt, und er dachte immer wieder an sie, Tag und Nacht.

So zynisch es war: Er wünschte, es wäre nur Sex, was ihn zu ihr hinzog. Denn dann konnte er alles auf die Hormone schieben und sich wieder anderen Dingen zuwenden. Aber wenn er an sie dachte, stellte er sie sich nicht nur im Bett vor. Manchmal stand sie dann vor einer Gruppe von Kindern, dirigierte ihre jungen Stimmen, oder sie saß am Klavier zwischen den Zwillingen und lachte mit ihnen. Oder sie spazierte einfach durch die Stadt, die Hände in den Taschen, das Gesicht zum Himmel gerichtet.

Das machte ihm Angst.

Sie nahm immer alles so leicht und unproblematisch und überlegte sich nie, ob etwas richtig oder falsch war, ob sie das oder jenes sagen durfte oder nicht. Sie machte ihn ganz einfach verrückt.

Aber er konnte sich nicht leisten, verrückt zu sein. Er musste an seine Kinder denken, an sein Geschäft. Und er hatte einen Haushalt zu versorgen. Was das betraf: Sobald er nach Hause kam, musste er die Waschmaschine anwerfen und dann – oh nein! Er hatte schon wieder vergessen, das Hühnchen aufzutauen!

Dann werden wir uns eben auf dem Weg zum Konzert Hamburger kaufen, entschied er. Er hatte auch so schon genug zu tun, ohne sich ständig um das Abendessen kümmern zu müssen. Außerdem kam Weihnachten bedrohlich nahe, und die Kinder verhielten sich nach wie vor äußerst merkwürdig.

Wir wünschen uns nur Fahrräder, Dad, hatten sie gesagt. Der Weihnachtsmann kümmert sich dieses Jahr um das große Geschenk.

Was mochte das für ein großes Geschenk sein? Mac hatte nicht die geringste Vorstellung, und die beiden hielten eisern dicht, so geschickt er auch nachfragte. Das war etwas ganz Neues, und es beunruhigte ihn. Er wusste, dass sie in ein oder, wenn er Glück hatte, zwei Jahren ohnehin nicht mehr an den Weihnachtsmann und seine Zauberkraft glauben würden. Das war das Ende der kindlichen Unschuld. Was immer es war, was sie sich so dringend für Weihnachten wünschten, er hätte gern dafür gesorgt, dass sie es auch unter dem Baum fanden.

Aber sie kicherten nur aufgeregt, wenn er versuchte, das Geheimnis aus ihnen herauszukitzeln, und alles, was er erfuhr, war, dass es sich um ein Geschenk für sie alle drei handelte.

Mac maß die Fußleiste aus und fing an, sie festzunageln. Wenigstens war der Baum schon aufgestellt und geschmückt, und die Plätzchen waren gebacken. Er verspürte einen Anflug von schlechtem Gewissen, weil er trotz Bitten der Kinder Nells Angebot, bei der Dekoration zu helfen, ausgeschlagen hatte.

War er denn der Einzige, dem klar war, was für ein Fehler es sein würde, wenn seine Kinder sich zu sehr an Nell gewöhnen würden? Sie war erst seit wenigen Monaten in der Stadt und konnte jederzeit wieder gehen. Sie fand seine Kinder sicher süß und nett, aber das war schon alles. Er würde verhindern, dass sie mehr Gefühle investierten.

Das klang ja, als wären Zach und Zeke Anlagescheine! Aber so meinte er es natürlich nicht. Er würde nur ganz einfach nicht zulassen, dass seine Söhne ein zweites Mal verlassen wurden.

Dieses Risiko ging er nicht ein, um nichts in der Welt, auch nicht für ein kurzfristiges Glück.

Nachdem er schließlich das letzte Leistenstück angebracht hatte, nickte er zufrieden. Er machte sehr gute Fortschritte mit dem Haus. Hier bewegte er sich auf sicherem Boden. Er wusste genau, was er tat. So wie er wusste, was er mit den Jungen zu tun hatte. Wüsste er nur ebenso gut, wie es mit Nell weitergehen sollte!

„Vielleicht passiert es heute Abend." Zeke sah seiner weißen Atemwolke nach. Er saß mit seinem Zwillingsbruder im Baumhaus, mit Mantel und dickem Schal gegen die Dezemberkälte geschützt.

„Aber es ist doch noch gar nicht Weihnachten."

„Aber heute ist das Weihnachtskonzert." Zeke fand, dass sie lange genug gewartet hatten. „Beim Chor haben wir sie zum ersten Mal gesehen. Und außerdem gibt es da Musik und einen Baum und lauter solche Sachen. Es wird genau wie an Weihnachten sein."

„Ich weiß nicht." Zach war von der Vorstellung durchaus angetan, aber er war vorsichtiger. „Geschenke bekommt man immer erst, wenn richtig Weihnachten ist."

„Aber wir kriegen auch welche, wenn Mr. Perkins im Feuerwehrhaus den Weihnachtsmann spielt. Das ist noch eine ganze Woche vor Weihnachten, und er schenkt trotzdem allen Kindern etwas."

„Das sind aber nicht die echten Geschenke, die man sich gewünscht hat." Aber Zach erwärmte sich langsam für die Idee seines Bruders. „Vielleicht, wenn wir es uns ganz fest wünschen. Dad mag sie richtig gern. Und Tante Mira hat zu Onkel Dave gesagt, dass Dad die richtige Frau gefunden hat, auch wenn er es nicht weiß." Er kräuselte die Stirn. „Wieso weiß er es nicht, wenn er sie gefunden hat?"

„Keine Ahnung. Tante Mira sagt dauernd solche Sachen, die man nicht versteht", gab Zeke altklug zurück. „Dad wird sie heiraten, und dann zieht sie zu uns und ist unsere Mom. Ganz bestimmt. Wir haben uns so angestrengt, brav zu sein."

„Hm." Zach wackelte mit der Fußspitze. „Glaubst du, dass sie uns lieb hat und das alles?"

„Wahrscheinlich." Zeke warf seinem Bruder einen Blick zu. „Ich habe sie lieb."

„Ich auch", gestand Zach, und ein breites Lächeln erhellte sein Gesicht. Alles würde gut ausgehen, davon war er inzwischen überzeugt.

„Also, gut, Leute." Nell erhob ihre Stimme über das Stimmengewirr im Chorraum, der an Konzertabenden als Garderobe hinter der Bühne diente. Die Kinder liefen kreuz und quer herum, überprüften Kleider, Frisur und Make-up und versuchten, ihr Lampenfieber zu besiegen, indem sie sich in voller Lautstärke unterhielten. „Ruhe."

Ein Junge hatte den Kopf zwischen den Knien und kämpfte verzweifelt gegen seine Nervosität an. Nell schenkte ihm ein verständnisvolles Lächeln. Langsam beruhigten sich alle.

„Ihr habt alle hart für dieses Konzert heute Abend gearbeitet und seid nervös, weil draußen eure Familien und Freunde sitzen. Aber ihr braucht keine Angst zu haben, denn ihr seid wirklich gut. Bitte, denkt daran, dass ihr genauso ruhig und geordnet auf die Bühne geht, wie wir es geprobt haben." Ein paar Kinder kicherten, und Nell hob eine Augenbraue hoch. „Oder sagen wir so: Versucht es bitte geordneter und ruhiger als bei der Probe. Und haltet euch gerade. Kopf hoch, und vor allem:

lächeln." Sie machte eine kleine Pause und hob die Hand. „Und was am wichtigsten ist: Freut euch und genießt euren Auftritt. So, und jetzt hinaus mit euch, und zeigt es ihnen."

Ihr eigenes Herz schlug auch schneller, als sie jetzt die Kinder auf die Bühne schickte und darauf achtete, dass sie sich richtig aufstellten. Langsam verstummte das Murmeln im Zuschauerraum. Nell wusste, dass dieses Konzert ihre große Bewährungsprobe war. Heute würde sich entscheiden, ob die Gemeinschaft sie als Musiklehrerin akzeptierte.

Sie holte tief Luft, zupfte am Saum ihres Samtjacketts und betrat die Bühne. Höflicher Applaus empfing sie.

„Ich möchte Sie herzlich zum Weihnachtskonzert der Taylor's Grove High School begrüßen", begann sie ihre Ansprache ins Mikrophon.

„Oh, Dad, ist Miss Davis nicht furchtbar hübsch?"

„Ja, Zach, das ist sie."

Sie sah in ihrem grünen Samtkostüm, mit dem dezenten Haarschmuck und dem etwas nervösen Lächeln hinreißend aus. Ob sie wusste, wie sie wirkte?

Aber im Augenblick wusste Nell nur, dass sie nervös war. Sie wollte, sie hätte irgendwelche Gesichter erkennen können, aber das Bühnenlicht blendete sie zu sehr. Nach ein paar einführenden Worten wandte sie sich ihrem Chor zu und lächelte aufmunternd.

„Also los, Leute", sagte sie so leise, dass nur die Kinder es hören konnten. „Lasst es rocken."

Das Konzert begann spektakulär mit der Springsteen-Nummer, und die Wirkung auf die Zuhörer war eindrucksvoll. Das war nicht das einschläfernde Programm, das die meisten aus leidvoller Erfahrung erwartet hatten.

Als der Beifall aufbrandete, fiel die Spannung von Nell ab.

Sie hatte die erste Hürde genommen. Weiter ging es mit einem traditionellen Lied, dann mit „Cantate Domine" und „Adeste Fideles", bevor der Swing wieder mit einer flotten Version von „Jingle Bells" die Bühne beherrschte. Dazu bewegten die Kinder sich im Rhythmus und klatschten in die Hände.

Dann trat Kim vor und sang mit ihrer hellen, glockenreinen Stimme die ersten Töne, und Nell drohte das Herz überzugehen.

„Oh, Dave." Mira umfasste gerührt die Hand ihres Mannes, dann die ihres Bruders. „Unser kleines Mädchen." Viele Augen wurden feucht.

Den Abschluss des Konzerts bildete „Stille Nacht" ohne Klavierbegleitung, so wie es ursprünglich geschrieben worden war und nur junge Stimmen es singen konnten. Nach dem letzten Ton stand das Publikum geschlossen auf und applaudierte begeistert.

Nell war glücklich, als sie in die leicht geröteten Gesichter ihrer kleinen Sänger sah. Als der Geräuschpegel gesunken war, trat sie ans Mikrophon.

„Waren sie nicht fantastisch?"

Beifall und Bravorufe setzten erneut ein, und sie wartete, bis sie wieder verebbt waren.

„Ich möchte mich bei Ihnen allen sehr herzlich bedanken, dass Sie gekommen sind, vor allem auch bei den Eltern unserer Sängerinnen und Sänger für ihre Geduld und ihr Verständnis. Immerhin mussten sie mir ihre Sprösslinge jeden Tag für ein paar Stunden überlassen. Die Kinder haben alle sehr hart für dieses Konzert gearbeitet, und ich freue mich, dass Ihnen das Ergebnis offenbar gefallen hat. Ich möchte noch darauf hinweisen, dass die Blumen auf der Bühne von Hill Florists gespendet wurden und für drei Dollar pro Topf erworben werden können.

Der Erlös geht an den Chor für neue Kostüme. Fröhliche Weihnachten, und kommen Sie wieder!"

Bevor sie sich abwenden konnte, waren Kim und Brad an ihre Seite getreten.

„Wir sind noch nicht ganz fertig." Brad räusperte sich, und das Gemurmel im Zuschauersaal legte sich. „Der Chor möchte Miss Davis für all ihre Mühe etwas schenken." Brad geriet etwas ins Stocken und lächelte verlegen. „Das war Miss Davis' erstes Konzert an unserer Schule, und ..." Er konnte sich einfach nicht mehr daran erinnern, was er und Kim alles an Nettigkeiten aufgeschrieben hatten, und so sagte er einfach, was er fühlte. „Sie ist einfach toll. Danke, Miss Davis."

„Wir hoffen, es gefällt Ihnen", sagte Kim noch, als sie Nell ein buntes Päckchen überreichte. „Der Chor hat zusammengelegt."

„Ich ..." Nell wusste nicht, was sie sagen sollte. Vor Rührung hätte sie ohnehin kein Wort herausgebracht. Sie öffnete das Päckchen und sah mit feuchten Augen auf die Brosche in Form eines Violinschlüssels hinunter.

„Wir wissen, dass Sie Schmuck mögen", fuhr Kim fort, „deshalb dachten wir ..."

„Sie ist wunderschön. Wunder-, wunderschön." Nell drehte sich zu ihrem Chor um. „Vielen Dank. Ihr wisst gar nicht, was ihr mir mit diesem Geschenk für eine Freude gemacht habt. Fröhliche Weihnachten."

„Sie hat ein Geschenk bekommen", erklärte Zach wichtig. Sie warteten vor der Aula auf Kim. „Das bedeutet, dass wir sie heute auch bekommen können."

„Aber dann darf sie nicht gleich heimgehen." Zeke hatte alles genau durchdacht und wartete nur noch auf den richtigen

Augenblick. Als Nell auftauchte, fing er an zu hüpfen, damit sie ihn auch nicht übersah. „Miss Davis! Hier sind wir, Miss Davis!"

Mac rührte sich nicht. Er konnte es nicht. Irgendetwas war mit ihm geschehen, als er sie da auf der Bühne beobachtet, ihr Lächeln und ihre feuchten Augen gesehen hatte.

Er liebte sie. Das war ein ganz neues Gefühl für ihn, und er wusste nicht, wie er damit umgehen sollte. Die Flucht erschien ihm als die eleganteste Lösung, aber er stand da wie festgewurzelt.

„Hallo!" Sie beugte sich zu den Jungen hinunter und küsste sie auf die Wange. „Hat es euch gefallen?"

„Es war echt gut. Kim war am besten."

„Das finde ich auch", flüsterte Nell Zeke ins Ohr, „aber das muss unser Geheimnis bleiben."

„Wir verraten nichts." Zeke lächelte seinem Bruder stolz zu. „Wir haben auch ein Geheimnis, schon ganz lange, und wir haben es noch niemandem verraten."

„Wollen Sie mit uns nach Hause kommen, Miss Davis?" Zach fasste nach Nells Hand und warf seinen ganzen Charme in die Waagschale. „Bitte. Sie müssen unbedingt unseren Baum anschauen und die Lichter. Man kann sie schon von der Straße aus sehen."

„Ich würde gern mitkommen." Nell sah zu Mac auf. „Aber vielleicht ist euer Vater müde."

Mac war nicht müde, er fühlte sich wie erschlagen. Ihre Wimpern schimmerten noch immer feucht, und die kleine Brosche glänzte an ihrer Jacke. „Du kannst gern kommen, wenn dir die Fahrt nicht lästig ist."

„Dann nehme ich die Einladung an. Ich bin immer noch ganz aufgedreht." Nell richtete sich auf und forschte in Macs

Gesicht nach irgendeinem Zeichen von Freude oder Ablehnung. „Wenn du dir wirklich sicher bist, dass ich nicht störe?"

„Nein, du störst mich nicht." Seine Stimme klang belegt. „Ich möchte ohnehin mit dir sprechen."

„Ich komme nach, sobald ich hier fertig bin." Damit verschwand sie in der Menge.

„Sie hat richtige Wunder bewirkt", sagte Mrs. Hollis zu Mac. „Ein Jammer, dass wir sie verlieren müssen."

„Wieso müssen wir sie verlieren?" Mac sah auf seine Söhne hinunter, aber sie flüsterten eifrig miteinander und waren ganz mit sich beschäftigt. „Wie meinen Sie das?"

„Ich habe von Mr. Perkins, der es wiederum von Addie McVie im Sekretariat hat, gehört, dass man Miss Davis ab nächstem Herbst wieder ihre alte Stelle in New York angeboten hat. Nell und der Direktor hatten deswegen heute Morgen eine Besprechung." Macs Blick ging ins Leere. „Es ist wirklich schade, dass sie wieder geht. Sie hat den Kindern so gut getan."

Mrs. Hollis hatte eine ihrer Freundinnen erspäht und machte sich auf den Weg zu ihr.

9. KAPITEL

Mac hatte sich gut im Griff. Wenigstens in den letzten sieben Jahren hatte er keine Schwierigkeiten gehabt, sich zu beherrschen. Und auch jetzt schaffte er es, seine gereizte Stimmung vor den Kindern zu verbergen.

Die Zwillinge freuten sich so auf Nells Besuch und machten eine halbe Staatsaffäre daraus. Sie zündeten alle Lichter an und verteilten Plätzchenteller in der Wohnung, damit sie sich auch wohl fühlte.

Die beiden lieben sie auch, dachte Mac. Das machte die Sache wirklich kompliziert.

Er hätte es besser wissen müssen. Er *hatte* es ja auch besser gewusst. Aber irgendwie war es dann doch passiert. Er hatte nicht aufgepasst und auch noch die Kinder mit hineingezogen.

Jetzt musste er sehen, wie er wieder Ordnung in dieses Chaos brachte. Mac machte sich eine Flasche Bier auf. Darin galt er schließlich berufsmäßig als Meister.

„Damen trinken aber gern Wein", teilte Zach ihm weltmännisch mit. „So wie Tante Mira."

Richtig. Auf Miras Party hatte Nell auch Wein getrunken. „Ich habe aber keinen da", erwiderte Mac.

Er sah so unglücklich aus, dass Zach ihn zu trösten versuchte. „Du kannst ja für nächstes Mal eine Flasche kaufen."

Mac strich ihm übers Haar. Es tat fast körperlich weh, wie er seine Kinder liebte. „Du weißt auch immer eine Antwort, nicht wahr?"

„Du magst sie doch auch gern, Dad, oder?"

„Ja, sie ist nett."

„Und sie mag uns doch auch, oder?"

„Na, wer mag denn so liebe Zwillinge nicht?" Mac setzte sich an den Küchentisch und zog Zach auf seinen Schoß. Für ihn war es immer noch wie ein Wunder, dass er so nette, kleine Söhne hatte, und er kannte nichts Schöneres, als sie in den Arm zu nehmen. „Sogar ich mag euch die meiste Zeit."

Zach kicherte und schmiegte sich an seinen Vater. „Sie muss ganz allein wohnen. Hast du das gewusst?" Er fing an, mit den Knöpfen an Macs Hemd zu spielen. Das war aller Erfahrung nach ein Anzeichen dafür, dass er auf etwas hinauswollte.

„Viele Leute wohnen allein."

„Aber wir haben ein ganz großes Haus. Und zwei Zimmer sind immer leer, wenn Grandma und Pop uns nicht besuchen kommen."

Mac war alarmiert, und er zupfte seinen Sohn am Ohr. „Zach, was willst du damit sagen?"

„Nichts." Zach zog einen kleinen Schmollmund und nahm sich den nächsten Knopf vor. „Ich habe nur gedacht, dass sie vielleicht zu uns ziehen kann." Er warf seinem Vater einen vorsichtigen Blick zu. „Dann wäre sie nicht so einsam."

„Niemand hat gesagt, dass sie einsam ist", gab Mac zurück. „Ich finde, du solltest lieber ..."

Es läutete an der Tür. Der Hund fing an zu bellen und sprang aufgeregt herum. Zeke raste in die Küche. „Sie ist da! Sie ist da!"

Mac fuhr Zach zärtlich durch die Haare und setzte ihn auf dem Boden ab. „Dann lasst sie herein. Es ist kalt draußen."

„Ich mache auf!"

„Nein, ich!"

Die Zwillinge lieferten sich ein Wettrennen, das unentschieden endete. Nach einem kurzen Kampf um die Klinke rissen sie die Tür auf und zerrten Nell förmlich ins Haus.

„Das hat aber lange gedauert", beschwerte Zeke sich. „Wir warten schon ewig. Ich habe schon Weihnachtsmusik angemacht und den Baum angezündet und alles."

„Ja, das sehe ich."

Nell ließ sich von den Jungen zum Baum ziehen, damit sie ihn näher begutachtete. „Das habt ihr großartig gemacht", lobte sie. „Dagegen sieht mein Baum richtig mickrig aus."

„Wir können einen Strumpf für Sie hinhängen und Ihren Namen draufschreiben", bot Zach großzügig an.

„Das kann man machen lassen", informierte Zeke sie. „Sie kriegen auch einen ganz großen Strumpf."

Nell war überwältigt von so vielen Liebesbeweisen. Sie ging in die Hocke und umarmte die beiden. „Ihr seid wirklich süß." Sie musste lachen, als sich jetzt auch noch Zark dazwischendrängte. Mac kam aus der Küche, und sie lächelte ihn an. „Hallo! Tut mir Leid, dass es so lange gedauert hat. Aber die Kinder wollten das Konzert in allen Einzelheiten durchsprechen und wissen, was sie alles falsch gemacht haben."

Es sollte verboten werden, wie sie da mit den Kindern und dem Hund im Arm vor dem Weihnachtsbaum kniete und ein so vollkommenes Bild der Harmonie abgab.

„Ich habe keine Fehler gehört."

„Ein paar waren dabei. Aber die werden wir auch noch ausbügeln."

Nell setzte sich auf ein großes Bodenkissen, ohne die Jungen loszulassen. Als wollte sie sie behalten und nie mehr loslassen, dachte Mac.

„Wir haben leider keinen Wein", gestand Zach betrübt. „Aber wir haben Milch und Wasser und Limonade und Bier. Oder ..." Er warf seinem Vater einen hoffnungsvollen Blick zu, „oder wir könnten Kakao machen."

„Das gehört zu meinen Spezialitäten." Nell stand auf und zog ihren Mantel aus. „Wo ist die Küche?"

„Ich kümmere mich darum", sagte Mac.

„Dann helfe ich dir." Sie verstand gar nicht, warum er so betont Abstand von ihr hielt. „Oder magst du keine Frauen in deiner Küche?"

„Es kommt selten vor. Du hast gut ausgesehen auf der Bühne."

„Danke. Es hat auch Spaß gemacht."

Er sah an ihr vorbei in die großen, erwartungsvollen Augen seiner Kinder. „Wollt ihr nicht schon einmal euren Schlafanzug anziehen? Bis ihr fertig seid, ist auch der Kakao fertig."

„Wir sind schneller", wettete Zeke und rannte die Treppe hinauf.

„Es gilt nicht, wenn ihr eure Kleider einfach auf den Boden werft." Mac machte sich auf den Weg in die Küche.

„Tun sie das?" erkundigte Nell sich.

„Zach hängt seine Sachen auf, woraufhin sie auf den Boden fallen, und Zeke schiebt seine der Einfachheit halber gleich unters Bett."

Nell lachte und sah ihm zu, wie er Milch und Kakaopulver hervorholte. „Vor ein paar Tagen habe ich die beiden schwer beeindruckt", erzählte sie. „Sie kamen mit Kim zur Chorprobe und hatten vorher die Pullover vertauscht. Aber ich habe sie trotzdem auseinander gehalten. Sie konnten es gar nicht glauben."

„Und wie hast du das geschafft?"

„Ach, das war gar nicht so schwierig. Die beiden sind ja ganz unterschiedliche kleine Persönlichkeiten. Wenn Zeke sich über etwas freut, werden seine Augen immer ganz schmal, und Zach schaut dann so halb unter den Wimpern hervor." Sie öffnete einen Schrank, um nach Tassen zu suchen. „Nuancen in der Stimme, Körperhaltung, Gesten. Es gibt viele kleine Unterschiede, wenn man aufpasst. Ah, da sind sie ja." Sie nahm vier Tassen aus dem Schrank und stellte sie auf die Küchentheke. Mac sah ihr dabei zu. Als wollte er sich über irgendetwas klar werden, dachte sie. „Stimmt etwas nicht?"

„Ich muss mit dir sprechen." Er stellte die Milch auf die Herdplatte.

„Das hast du schon gesagt." Sie hielt sich an der Theke fest. „Mac, verstehe ich da etwas falsch, oder soll das ein Rückzugsgefecht werden?"

„So würde ich es nicht nennen."

Er würde ihr wehtun, das spürte sie, und sie wappnete sich dagegen. „Wie würdest du es denn nennen?" fragte sie, so ruhig sie konnte.

„Ich mache mir Gedanken um die Jungen. Was mit ihnen sein wird, wenn du weiterziehst. Sie gewöhnen sich an dich." Warum klang das nur so dumm? Und warum fühlte er sich so dumm dabei?

„Sie?"

„Ich glaube, wir haben ihnen einen falschen Eindruck vermittelt, und es wäre ratsam, wenn wir das richtig stellen, bevor es zu spät ist." Er konzentrierte sich auf seinen Kakao, als handelte es sich dabei um ein hochkompliziertes chemisches Experiment. „Wir sind ein paar Mal miteinander ausgegangen, und wir ..."

„Wir haben miteinander geschlafen", vollendete sie seinen Satz kühl. Zur Schau getragene Kälte war ihr einziger Schutz.

Er drehte sich um und sah sie prüfend an. Die Zwillinge waren noch oben. Er konnte sie hören. „Ja, wir haben miteinander geschlafen, und es war sehr schön. Das Problem ist, dass Kinder mehr mitbekommen, als man denkt, und sich etwas in den Kopf setzen. Sie hängen sich an einen."

„Und das willst du nicht." Ja, dachte sie, es wird wehtun, sehr weh. „Und du willst es auch für dich nicht."

„Ich glaube einfach, es wäre ein Fehler, es noch weiterzutreiben zu lassen."

„Das war klar ausgedrückt: Hände weg!"

„So ist es nicht, Nell." Er legte den Löffel hin und machte einen Schritt auf sie zu. Aber es gab da eine Linie, die konnte er nicht überqueren. Er selbst hatte sie gezogen. Wenn er nicht darauf bestand, dass jeder auf seiner Seite dieser Linie blieb, dann würde sich sein ganzes Leben, das er so sorgfältig im Griff hatte, verändern. „Ich habe hier ein geregeltes Dasein, und das soll so bleiben. Die Kinder haben nur mich, und ich habe nur sie. Das kann ich nicht kaputtmachen lassen."

„Du brauchst mir nichts zu erklären." Ihre Stimme klang belegt, und sie wusste, dass sie sie nicht mehr lange in der Gewalt haben würde. „Das hast du ja von Anfang an klar gemacht. Es ist wirklich komisch: Du lädst mich zum ersten Mal in dein Haus ein, und dann nur, um mich hinauszuwerfen."

„Ich werfe dich nicht hinaus. Ich versuche nur, etwas zu reparieren."

„Ach, scher dich zum Teufel. Ich bin doch nicht eines deiner Häuser!" Damit stürmte sie aus der Küche.

„Nell, geh nicht so." Er folgte ihr ins Wohnzimmer, aber sie hatte schon ihren Mantel geholt. Die Jungen kamen in heller Aufregung die Treppe heruntergepoltert.

„Warum gehen Sie schon wieder, Miss Davis? Sie haben ja noch gar nicht ..." Sie blieben erschrocken stehen, als sie die Tränen sahen, die Nell über das Gesicht strömten.

„Es tut mir Leid." Es war zu spät, ihnen etwas vorzumachen, und so ging sie einfach weiter. „Ich muss noch etwas erledigen. Es tut mir Leid."

Dann war sie verschwunden. Mac stand hilflos mitten im Wohnzimmer. Die Jungen sahen ihn aus großen Augen an, und er suchte verzweifelt nach einer Erklärung. Aber bevor er noch etwas sagen konnte, brach Zach in Tränen aus.

„Sie hat geweint, und du bist schuld, dass sie weggelaufen ist!"

„Das wollte ich nicht. Sie ..." Er ging auf seine Söhne zu, um sie in den Arm zu nehmen, aber er traf auf erbitterten Widerstand.

„Du hast alles kaputtgemacht!" Auch in Zekes Augen standen Tränen, aber er war auch wütend. „Wir haben getan, was wir konnten, und du hast es kaputtgemacht."

„Sie kommt nie mehr zurück." Zach setzte sich auf die unterste Treppenstufe und schluchzte. „Jetzt wird sie nie unsere Mom werden."

„Was?" fragte Mac fassungslos. Er fuhr sich mit beiden Händen durch die Haare. „Was redet ihr da überhaupt?"

„Du bist schuld", klagte Zeke.

„Jetzt hört einmal zu. Miss Davis und ich hatten eine – Meinungsverschiedenheit. Das ist doch nicht das Ende der Welt." Er wollte nur, es würde sich nicht so anfühlen wie ein Weltuntergang.

„Der Weihnachtsmann hat sie geschickt." Zach rieb die Augen mit den Fäusten. „Genau wie wir es uns gewünscht haben. Und jetzt ist sie weg."

„Was soll das heißen: ‚Der Weihnachtsmann hat sie geschickt'?" Mac setzte sich neben Zach und zog ihn und den widerstrebenden Zeke auf seinen Schoß. „Miss Davis ist aus New York zu uns gekommen, nicht vom Nordpol."

„Das wissen wir auch." Zeke barg das Gesicht an der Brust seines Vaters. „Aber sie ist gekommen, weil wir dem Weihnachtsmann einen Brief geschrieben haben, schon vor vielen Monaten, damit er auch genug Zeit hat."

„Zeit wofür?"

„Um die richtige Mom auszusuchen." Zach atmete zittrig durch und schniefte. Dann sah er zu seinem Vater auf. „Wir wollten eine nette Mom, die gut riecht und Hunde mag und gelbe Haare hat. Das haben wir geschrieben, und dann ist sie gekommen. Und du hättest sie heiraten sollen, dann wäre sie unsere Mom geworden."

Mac musste um seine Beherrschung kämpfen. „Warum habt ihr mir nie erzählt, dass ihr euch eine Mutter wünscht?"

„Nicht irgendeine Mutter", berichtigte Zeke. „Sondern genau die richtige Mom. Und das war Miss Davis, aber sie ist weg. Wir haben sie lieb, und jetzt mag sie uns nicht mehr, weil sie wegen dir geweint hat."

„Natürlich mag sie euch noch." Ihn würde sie hassen, aber sie würde es die Jungen nicht spüren lassen. „Aber ihr beide seid doch alt genug, um zu wissen, dass der Weihnachtsmann keine Mom bringt."

„Er hat sie aber doch geschickt, weil wir sie uns gewünscht haben. Wir wollten sonst gar nichts haben, nur Fahrräder." Zach sank in sich zusammen. „Wir haben uns keine Spielsachen oder Spiele gewünscht. Nur eine Mom. Du musst sie wiederholen, Dad. Du musst wieder alles in Ordnung bringen."

„So leicht geht das leider nicht, mein Sohn. Mit Menschen ist das nicht so einfach wie mit kaputtem Spielzeug oder alten Häusern. Es war nicht der Weihnachtsmann, der sie geschickt hat. Miss Davis ist hergekommen, um hier zu arbeiten."

„Und er hat sie doch geschickt." Zach stieß sich vom Schoß

seines Vaters ab. „Vielleicht willst du sie nicht haben, aber wir wollen sie."

Damit marschierten die Zwillinge nebeneinander die Treppe hinauf, eine kleine Gemeinschaft, zu der er keinen Zugang hatte. Mac fühlte sich leer und ausgepumpt. Aus der Küche roch es nach verbranntem Kakao.

10. KAPITEL

Ich sollte für ein paar Tage wegfahren, dachte Nell, irgendwohin, nur weg von hier. Es gab nichts Trostloseres, als Weihnachten allein zu Hause zu sitzen und mitzubekommen, wie alle anderen geschäftig herumeilten, um das Fest vorzubereiten.

Sie hatte mehrere Einladungen erhalten und alle unter irgendeinem Vorwand, der selbst in ihren eigenen Ohren lahm klang, abgelehnt. Dieses Trübsalblasen sah ihr gar nicht ähnlich. Aber andererseits hatte sie noch niemals an einem gebrochenen Herzen gelitten.

Als sie sich von Bob getrennt hatte, war ihr Stolz gekränkt gewesen, und das war ganz überraschend, geradezu peinlich schnell vorübergegangen.

Jetzt hatte sie ausgerechnet an Weihnachten, dem Fest der Liebe, Liebeskummer.

Mac fehlte ihr, und sie ärgerte sich darüber. Ihr fehlten sein langsames, so zögerndes Lächeln, seine ruhige Stimme, seine Sanftheit und Wärme. In New York hätte sie sich ins Gewühl stürzen und ihn wenigstens für ein paar Stunden vergessen können. Aber hier erinnerte sie alles an ihn.

Sie würde sich in ihr Auto setzen und einfach losfahren, irgendwohin, ins Blaue. Das Ziel würde sie dem Zufall überlassen.

Dabei sehnte sie sich nach den Kindern. Gestern hatte es geschneit. Ob die beiden schon schlittenfahren gewesen waren? Und zählten sie die Stunden, bis endlich Weihnachtsmorgen war? Planten sie aufzubleiben, bis sie den Schlitten des Weihnachtsmannes mit den Rentieren davor auf dem Dach hörten?

Unter ihrem Baum lagen Geschenke für die Zwillinge. Sie

würde sie ihnen über Kim oder Mira zukommen lassen. Dabei hatte sie sich so darauf gefreut, ihre Gesichter zu sehen, wenn sie sie auspackten.

Es sind nicht deine Kinder, sagte sie sich vor. Darauf hatte Mac sie mehr als deutlich hingewiesen. Seine Liebe zwischen ihr und den Jungen zu teilen war ihm schon schwer genug gefallen. Aber von der Zuneigung der beiden etwas an sie abzugeben, das schaffte er überhaupt nicht.

Nell zwang sich, sich zu bewegen. Sie würde einfach ein paar Sachen zusammenpacken, ihre Reisetasche ins Auto werfen und fahren, bis sie Lust hatte, irgendwo zu bleiben. Hier hielt sie es doch nicht aus.

Die nächsten zehn Minuten verbrachte Nell damit, völlig planlos Kleidungsstücke in einen Koffer zu stopfen. Nachdem sie sich einmal entschlossen hatte, sollte es schnell gehen. Sie klappte den Deckel zu, trug den Koffer zur Tür und wollte ihren Mantel holen.

Als es an die Tür klopfte, biss sie die Zähne zusammen. Wenn das der nächste wohlmeinende Nachbar war, der ihr fröhliche Weihnachten wünschen oder sie zum Essen einladen wollte, würde sie einen Schreikrampf bekommen.

Sie öffnete die Tür und erstarrte. „Ah, Macauley, das ist eine Überraschung ... Bist du unterwegs, um deinen Mietern schöne Feiertage zu wünschen?"

„Darf ich hereinkommen?"

„Warum?"

„Nell, bitte."

„Wenn es sein muss. Die Wohnung gehört dir schließlich." Sie wandte ihm den Rücken zu. „Tut mir Leid, ich kann dir nichts zu trinken anbieten, und besonders unterhaltsam bin ich auch nicht."

„Ich muss mit dir reden." Seit Tagen hatte er versucht, den richtigen Einstieg, die richtigen Worte zu finden.

„Ach, ja? Du wirst entschuldigen, wenn ich darüber nicht in Jubelrufe ausbreche. Ich kann mich noch zu gut daran erinnern, wie es war, als du das letzte Mal mit mir reden musstest."

„Ich wollte dich nicht zum Weinen bringen."

„Ich habe nahe am Wasser gebaut. Du solltest mich sehen, wenn sie im Fernsehen Werbung für Welpenfutter machen." Aber sie hielt ihren Sarkasmus nicht lange durch und stellte ihm schließlich doch die Frage, die ihr am meisten am Herzen lag: „Wie geht es den Kindern?"

„Sie reden kaum noch mit mir." Nell sah ihn verständnislos an, und er wies zum Sofa. „Willst du dich nicht setzen? Das ist eine etwas komplizierte Geschichte."

„Ich bleibe lieber stehen. Ehrlich gesagt, habe ich nicht viel Zeit. Ich wollte gerade aufbrechen."

Mac folgte ihrem Blick und entdeckte den Koffer. Sein Mund wurde schmal. „Nun, das hat ja nicht lange gedauert."

„Darf ich fragen, wie du das meinst?"

„Ich nehme an, dass du das Stellenangebot angenommen hast und wieder nach New York gehst."

„Wie schnell sich so etwas doch herumspricht. Nein, ich gehe nicht nach New York zurück. Es gefällt mir hier, und ich habe vor zu bleiben. Ich wollte nur in die Ferien fahren."

„Am Heiligen Abend um fünf Uhr nachmittags?"

„Ich kann fahren, wann ich will. Nein, du brauchst deinen Mantel nicht auszuziehen", fuhr sie ihn an. Die Tränen drohten zu kommen. „Sag, was du zu sagen hast, und dann geh bitte. Noch bezahle ich die Miete. Wenn ich es mir genau überlege, wäre es mir am liebsten, du gingst gleich. Ich halte auch nicht endlos viel aus."

„Die Jungen glauben, dass der Weihnachtsmann dich geschickt hat."

„Wie bitte?"

Die erste Träne lief ihr über die Wangen, und er wischte sie mit dem Daumen weg. „Nicht weinen, Nell. Nicht meinetwegen."

„Fass mich nicht an." Sie wich zurück und zog ein Taschentuch hervor.

Er entdeckte, was es für ein Gefühl war, wenn es einem das Herz zerriss. „Entschuldige." Langsam ließ er die Hand sinken. „Ich weiß, was du mir gegenüber empfinden musst."

„Du hast nicht die geringste Ahnung." Sie putzte sich geräuschvoll die Nase. „Was war das mit den Jungen und dem Weihnachtsmann?"

„Sie haben ihm im Herbst, kurz bevor du hierher kamst, schon einen Brief geschrieben, weil sie sich zu Weihnachten eine Mutter wünschten. Nicht irgendeine, sondern sie hatten ziemlich klare Vorstellungen." Nell sah ihn leicht verwirrt an. „Sie sollte gelbe Haare haben und viel lachen, Kinder und Hunde mögen und Kuchen backen können. Sie wünschten sich zwar auch Fahrräder, aber das war nicht so wichtig. Eigentlich wollten sie nur eine Mutter."

„Oh." Nell ließ sich auf die Sofalehne fallen. „Das erklärt einiges." Sie sah ihn an. „Das hat dich in eine peinliche Situation gebracht, nehme ich an. Ich weiß, dass du die Kinder liebst, Mac, aber mit mir eine Beziehung anzufangen, nur um den Kindern eine Freude zu machen, treibt die Vaterliebe doch ein bisschen zu weit."

„Ich wusste nichts davon. Du glaubst doch wohl nicht, ich würde auf diese Weise mit ihren oder deinen Gefühlen spielen?" fragte er empört.

„Ganz bestimmt nicht mit ihnen", gab sie hohl zurück. „Nicht mit ihnen."

Er dachte daran, wie zart und zerbrechlich sie ihm erschienen war, als sie zusammen geschlafen hatten. Jetzt wirkte sie noch zerbrechlicher... und sie war blass, kein rosiger Schimmer lag auf ihren Wangen, ihre Augen leuchteten nicht. „Ich weiß, wie schlimm so eine Verletzung sein kann, Nell. Ich hätte dir niemals absichtlich wehtun können. Die Zwillinge haben mir erst von dem Brief erzählt, als ... an dem Abend warst du nicht die Einzige, die meinetwegen geweint hat. Ich versuchte, den beiden zu erklären, dass das mit dem Weihnachtsmann anders funktioniert, aber sie haben sich in den Kopf gesetzt, er hätte dich geschickt."

„Wenn du willst, rede ich mit ihnen."

„Ich verdiene nicht, dass du ..."

„Nicht deinetwegen", unterbrach sie ihn. „Ich tue es für sie."

Er nickte. „Ich wollte einfach wissen, was du von diesem Weihnachtswunsch hältst."

„Stell meine Geduld nicht auf die Probe, Mac."

Er kam näher. „Du solltest auch ein Geschenk für mich sein. Deshalb haben sie mir nichts davon gesagt. Du warst unser aller Weihnachtspräsent." Er berührte ihr Haar. „Was sagst du dazu?"

„Was soll ich denn dazu sagen?" Sie schlug seine Hand weg und stand auf, um ans Fenster zu treten. „Ich habe mich fast auf den ersten Blick in euch alle drei verliebt, und es tut weh. Also geh jetzt bitte, und lass mich in Ruhe. Das alles quält mich viel zu sehr."

Die Brust war ihm eng geworden. „Ich dachte, du würdest von hier weggehen und uns allein lassen. Ich habe einfach nicht gewagt zu glauben, dass du vielleicht unseretwegen bleiben würdest – weil wir dir wichtig sind."

„Dann warst du ein Idiot", murmelte sie.

„Du hast Recht." Er sah, wie sich das Licht in ihrem Haar verfing, und gab jeden weiteren Versuch auf, Abstand zu halten. „Ich war der größte Idiot überhaupt, weil ich mich vor deinen und vor meinen Gefühlen fürchtete. Ich habe mich nicht sofort in dich verliebt. Jedenfalls habe ich es nicht gemerkt, erst am Konzertabend. Ich wollte es dir sagen, aber ich wusste nicht, wie. Dann erzählte mir jemand von deiner Stelle in New York und gab mir damit den idealen Vorwand, dich zu verdrängen. Ich dachte, ich schütze damit die Kinder davor, verletzt zu werden." Nein, dachte er. Ich kann nicht immer die Kinder vorschieben. „Das stimmt nur zum Teil. Ich habe mich selbst schützen wollen. Ich konnte meine Gefühle einfach nicht steuern, und das machte mir Angst."

„Es hat sich nichts geändert, Mac."

„Es könnte sich ändern." Er legte ihr die Hände auf die Schultern und drehte sie zu sich herum. „Meine eigenen Söhne haben mir zeigen müssen, dass man sich manchmal einfach etwas wünschen muss. Verlass mich nicht, Nell. Verlass uns nicht."

„Ich hatte nicht vor, von hier fortzugehen."

„Verzeih mir." Sie wollte den Kopf abwenden, aber er legte die Hand an ihre Wange und hinderte sie daran. „Bitte. Ich kann das alles nicht mehr ungeschehen machen, aber gib mir noch eine Chance. Ich brauche dich. Wir brauchen dich."

Nell sah ihn an, und ihr Kummer legte sich. „Ich liebe dich", sagte sie. „Ich liebe euch alle drei, ob ich will oder nicht."

Er war unendlich erleichtert und dankbar. „Ich liebe dich", sagte er und küsste sie zärtlich. „Und ich will es gar nicht ändern." Er zog sie an sich und bettete ihren Kopf an seiner Schulter. "Wir waren so lange nur zu dritt, und ich wusste einfach nicht, wie ich Platz für dich machen sollte. Aber ich werde es schaffen." Er schob sie ein kleines Stück von sich und griff in die Tasche. "Ich habe ein Geschenk für dich."

"Mac!" Nell hatte sich noch nicht ganz von der Achterbahnfahrt ihrer Gefühle erholt und rieb sich die feuchten Wangen. "Es ist doch noch gar nicht Weihnachten."

"Aber fast. Wenn du es gleich aufmachst, dann bin ich erleichtert."

Sie wischte sich eine Träne fort. "Dann betrachten wir es als Friedensangebot. Vielleicht beschließe ich sogar ..." Die Stimme versagte ihr, als sie das kleine Kästchen öffnete und den Ring sah. Es war ein goldener Ring mit einem kleinen Diamanten.

"Heirate mich, Nell", sagte Mac ruhig. "Und schenk meinen Kindern die Mom, die sie sich so wünschen."

Sie sah ihn an. "Das geht ja sehr schnell für jemanden, der sich sonst alles dreimal überlegt."

Er beobachtete sie, als er den Ring aus dem Etui nahm. "Ich dachte, der Heilige Abend ist vielleicht der richtige Tag, um etwas zu riskieren."

"Eine gute Idee." Sie hielt ihm mit einem Lächeln die Hand hin. "Eine sehr gute Idee." Als der Ring an ihrem Finger steckte, hob sie die Hand an seine Wange. "Wann?"

Er hätte wissen müssen, dass es einfach sein würde. Mit ihr war immer alles einfach. "In einer Woche ist Silvester. Wäre das nicht ein schöner Anfang für das neue Jahr? Für ein neues Leben?"

"Ja."

"Kommst du heute Abend mit mir nach Hause? Ich habe die Kinder bei Mira gelassen. Wir könnten sie abholen, und dann feierst du Weihnachten dort, wo du hingehörst." Bevor sie noch antworten konnte, küsste er ihre Hand. „Gepackt hast du ja schon."

„Vielleicht war doch der Weihnachtsmann im Spiel."

„Allmählich glaube ich auch daran." Er nahm ihr Gesicht in beide Hände und küsste sie lange und nachdrücklich. „Ich habe mir vielleicht nicht direkt eine neue Frau gewünscht, aber du bist trotzdem mein allerschönstes Weihnachtsgeschenk, Nell."

Er rieb die Wange an ihrem Haar und sah durchs Fenster auf die hellen Lichter hinaus. „Hast du das gehört?"

„Ja", sagte sie verträumt und schmiegte sich lächelnd an ihn. „Weihnachtsglöckchen."

– ENDE –

Diana Palmer

Das erste Fest mit dir
Roman

Aus dem Amerikanischen von
Heike Warth

1. KAPITEL

Tate Hollister lebte allein, was seine nächste Nachbarin keineswegs überraschend fand. Er schien immer schlecht gelaunt und hasste offenbar alle Menschen, kleine Jungen im Besonderen. Jennie Jeffries hatte schon früher von ihrem inzwischen verstorbenen Schwiegervater einiges über den schweigsamen Rancher gehört, und jetzt kam ihr Sohn Blake ständig mit irgendwelchen verklärten und kaum erträglichen Geschichten über ihn nach Hause. Manches Mal hatte sie Lust gehabt, ihm wegen dieser, wie sie fand, albernen Heldenverehrung Vorwürfe zu machen. Aber sie brachte es nicht übers Herz.

In den letzten Jahren war ihr Tate Hollister gelegentlich auch selbst einmal über den Weg gelaufen, aber er mied den Kontakt zu ihr, wie er auch jede Begegnung mit Blake zu vermeiden versuchte. Aber damit hatte er wenig Erfolg. Blake war fast zehn Jahre alt, und Tate Hollister war sein Held.

Blake hatte seinen Vater nie kennen gelernt. Bob Jeffries war Kriegskorrespondent gewesen und in Mittelamerika bei einer Berichterstattung ums Leben gekommen. Jennie war damals im dritten Monat schwanger gewesen. Später hatte sie sich und ihr Kind als Sekretärin über Wasser gehalten. Als ihre Firma, eine Druckerei, von Tennessee nach Tucson in Arizona umgezogen war, war sie mit dem kleinen Blake kurz entschlossen mitgegangen. Ihre Eltern waren tot, und ihre drei Brüder lebten über das ganze Land verstreut. Aber Bobs Vater lebte noch, und sie wollte ihm möglichst nahe sein, damit sein Enkel ihn öfter auf seiner Ranch in Montana besuchen konnte.

Über die Jahre hatte Jennie sich zur Chefsekretärin hochgearbeitet und bekleidete nun einen verantwortungsvollen Posten.

Dann war ihr Schwiegervater unerwartet gestorben und hatte ihr seine kleine Ranch hinterlassen.

Blake, der das letzte Jahr im Internat verbracht hatte, war begeistert gewesen und hatte Jennie angebettelt, in den Weihnachtsferien doch auf die Ranch zu fahren. An Ort und Stelle könne sie viel besser entscheiden, ob sie das Haus verkaufen wollte, hatte er argumentiert. Außerdem, und das war seine Trumpfkarte gewesen, könnten sie dort wieder einmal so richtig zusammen sein.

Das hatte den Ausschlag gegeben. Jennie fehlte ihr Sohn, wenn sie auch noch so sehr dafür war, dass er selbstständig wurde und nicht ständig an ihrem Schürzenzipfel hing. Also hatte sie sich zwei Wochen Urlaub genommen und war mit Blake nach Montana gefahren.

Und da waren sie jetzt. Sie steckten in über einem halben Meter Schnee auf einer baufälligen, heruntergewirtschafteten Ranch im Angesicht der Bitterroot Mountains und ohne Nachbarn – abgesehen von dem kaum sichtbaren, unfreundlichen Mr. Hollister, den Blake aus unerfindlichen Gründen zu seinem Helden erkoren hatte.

Das Ranchhaus ähnelte mehr einer großen Holzhütte als einem richtigen Haus, aber es war gemütlich. Es hatte zwei Schlafzimmer, Wohn- und Esszimmer waren kombiniert, dazu kamen eine kleine Küche und ein Bad, das offenbar erst nachträglich eingebaut worden war. Die Einrichtung war ganz aus Holz und wies eindeutig indianische Einflüsse auf, angefangen bei den Decken und Teppichen bis zu den Bildern, die die rustikale Holzwand zierten. Jennie und Blake hatten Weihnachtsschmuck aufgehängt und Kerzen auf den mit Stechpalmen geschmückten Tisch gestellt.

Jennie hatte keine Schwierigkeiten, sich an das gemächliche

Das erste Fest mit dir

Leben in Montana zu gewöhnen. Es erinnerte sie an ihre Kindheit in den Bergen von Südtennessee, nicht weit von der Grenze zu Georgia. Dort hatte sie mit ihren Eltern und Brüdern gelebt, bis Bob in ihr Leben getreten war. Er war beruflich in ihrer Gegend gewesen und hatte sie aus ihren Bergen mit nach Memphis in eine kleine Wohnung genommen.

Manchmal kam es ihr vor, als hätte sie diesen Teil ihres Lebens nur im Traum erlebt. Wären die Fotos nicht gewesen, sie hätte sich kaum noch daran erinnern können, wie Bob ausgesehen hatte, obwohl sie ihn mit ihren damals kaum achtzehn Jahren so leidenschaftlich geliebt hatte. Jetzt war sie mittlerweile achtundzwanzig, und in ihrem gewellten dunkelbraunen Haar tauchten bereits die ersten silbernen Fäden auf. Sie war groß und schlank, und seit einiger Zeit stand in ihren Augen ständig ein etwas gehetzter Ausdruck. Sie war ruhelos und spürte, dass sie auf der Suche war – nur wusste sie nicht, wonach.

„Ich finde es hier super", sagte Blake jetzt begeistert, als er in den Schnee hinaussah. „Schnee ist viel lustiger als diese stachligen Kakteen und das ganze Zeug."

„Ich fand es eigentlich ganz angenehm, dass es bei uns nicht so viel schneit", meinte Jennie lächelnd. Sie trug ein viel zu großes rotes Flanellhemd über ihrer alten Jeans. Feine Fältchen bildeten sich um ihre Augen. Die Gesichtszüge waren fein und zart, und sie konnte sehr schalkhaft dreinschauen. Sie hielt sich sehr aufrecht und anmutig, wie sie es von ihrer Mutter gelernt hatte. Diese Widersprüche waren es, die ihr etwas Geheimnisvolles gaben. Immer wieder interessierten sich Männer für sie, aber ihre strenge schottisch-irische Erziehung ließ nicht mehr als einen harmlosen Flirt zu, und damit gab sich kaum jemand zufrieden. Und da Jennie nicht aus ihrer Haut konnte und wollte, lebte sie immer noch ohne Mann.

Manchmal hatte sie ein schlechtes Gewissen, weil Blake ihrer strikten Einstellung wegen ohne männlichen Freund aufwuchs, aber sie war nicht bereit, sich zu ändern.

„Schnee ist obergut", seufzte er. „Obergut" war sein Ausdruck für alle erstrebenswerten Dinge im Leben. Kirschkuchen war obergut, auch Baseball, vor allem, wenn die Atlanta Braves spielten, und Fußball, wenn die Dallas Cowboys auf dem Feld standen.

Jennie schüttelte lächelnd den Kopf. Blake hatte das gleiche dunkle Haar wie sie und war ebenso schlank und schmal gebaut, aber die grünen Augen hatte er von seinem Vater. Bob war ein gut aussehender Mann gewesen – und viel zu mutig. Mit siebenundzwanzig Jahren tot, dachte Jennie. Wofür nur?

Sie verschränkte die Arme über der Brust. „Es ist eiskalt", informierte sie ihren Sprössling. „Und das ist nicht obergut, sondern ärgerlich. Der elektrische Generator funktioniert offenbar nur jeden zweiten Tag, und der einzige Mann, der ihn reparieren könnte, ist ständig betrunken."

„Mr. Hollister kann es sicher auch", meinte Blake überzeugt.

Jennie stimmte ihm nach kurzem Zögern zu. „Ja, ich nehme es an. Dabei lief alles so gut, bis der Vorarbeiter in Weihnachtsurlaub ging. Jetzt bin ich verantwortlich, und ich habe keine Ahnung, was es auf einer Ranch alles zu tun gibt." Sie stieß einen tiefen Seufzer aus. „Ich bin zwar auf einer kleinen Farm aufgewachsen, aber das hilft mir leider gar nichts. Die Männer merken das natürlich und haben nicht allzu viel Vertrauen zu mir – einer Sekretärin!"

„Aber es gibt ja noch Mr. Hollister", wandte Blake pfiffig ein.

Jennie betrachtete ihn düster. „Mr. Hollister kann mich

nicht ausstehen – dich übrigens auch nicht. Aber das scheint dir offenbar nichts auszumachen. Du betest den Mann ja förmlich an." Sie hob die Hände. Endlich war sie wieder bei ihrem Lieblingsthema angelangt. „Ich glaube, er ist eine Kreuzung aus einem Bären und einem Elch und bemüht sich nur dann in die Niederungen herab, wenn er jemandem die Hölle heiß machen oder sonst Schwierigkeiten machen will."

„Er ist bestimmt furchtbar unglücklich", sagte Blake. „Er lebt ganz allein, und ich wette, dass er auch sein Essen selbst macht." Er setzte sich eifrig auf. „Grandpa hat mir erzählt, dass er einmal einen Mann kannte, der bei Mr. Hollister kündigte, weil die Köchin krank wurde und Mr. Hollister selbst kochte."

Jennie nickte mit vielsagendem Blick. „Vermutlich hat er ihnen Rasierklingen ins Essen getan."

Blake kicherte. „Du bist unmöglich: Wie bin ich nur an eine solche Mutter geraten?"

„Die Bösen und Hässlichen sind ihnen ausgegangen, und ich war die Nächste", erklärte Jennie spöttisch und verlieh ihrem Gesicht einen tragischen Ausdruck.

Blake lachte und konnte gar nicht mehr aufhören. Für ihn war Jennie die beste Mutter der Welt, auch wenn sie dummerweise etwas gegen seinen heiß verehrten Mr. Hollister hatte. „Aber, Mom", sagte er jetzt und klang sehr erwachsen dabei. „Irgendetwas musst du dir bald überlegen, was du wegen der Rinder und der Männer tun willst. Die Kühe laufen überall herum. Ich habe heute Morgen erst welche bei Mr. Hollister gesehen."

„Warum hast du mir das nicht früher gesagt?" wollte Jennie wissen. „Komm, sitz nicht so da, hol Stacheldraht. Ich werde inzwischen ein paar Landminen besorgen und ..." Sie erschauerte.

„Mr. Hollister ist ein netter Mann", behauptete Blake. „Du verstehst ihn nur einfach nicht."

Jennie hob die Augenbrauen. „Reden wir wirklich über denselben Mr. Hollister? Ich kenne nur einen, der aussieht, als hätte man ihn aus Stein gemeißelt und ihm dann einen Hut übergestülpt und einen Schnurrbart angeklebt. Wenn er je lächelt, bekommt sein Gesicht wahrscheinlich Risse."

Blake musste wieder lachen. „Aber Grandpa mochte ihn", erinnerte er seine Mutter dann. „Und ich mag ihn auch. Du kennst ihn nur nicht. Er ist echt Spitze."

„Ich will ihn auch gar nicht kennen lernen. Und deine Sprache werde ich wahrscheinlich auch nie verstehen", erklärte Jennie streng. „Zu meiner Zeit ..." Ein lautes Klopfen unterbrach sie mitten im Satz. „Vielleicht ist das der Mann, der den Generator reparieren kann", sagte sie voller Hoffnung und ging zur Tür, um aufzumachen.

Ein eiskalter Luftschwall schlug ihr entgegen. Montana war im Winter wirklich reichlich ungemütlich. Ständig wehte ein Wind, der die Kälte noch unerträglicher machte, und der Schnee schien nie aufhören zu wollen. Diese kleine Ranch, die sie von ihrem Schwiegervater geerbt hatte, lag zwischen den Bitterroot Mountains im Westen und den Pryor Mountains im Osten. Im Süden lag Wyoming. Dort, nur ein paar hundert Meter von ihrem Häuschen entfernt, stand Tate Hollisters eindrucksvolle Ranch.

Jennie war nicht sehr überrascht, als er jetzt vor ihr stand und unfreundlich auf sie hinuntersah. Er war ihr immer schon groß erschienen, aber in den letzten Tagen schien er noch einmal gewachsen zu sein. Seine Augen waren tief und schwarz, die Lippen dünn und hart. Er schien Ende dreißig zu sein. Für Jennie war er der Inbegriff des „wilden" Mannes. Mit seinem verbeulten Hut, der Schaffelljacke, der alten Jeans und schwarzen Stiefeln sah er wie ein Gangster aus. Er hätte dringend einer Rasur bedurft, und auch sein Schnurrbart hatte es nötig, wieder einmal gestutzt zu werden. Allein sein Anblick hätte die meisten Männer zu Tode geängstigt – nur Jennie nicht.

„Ja?" fragte sie gezwungen liebenswürdig. Sie hatte ein wachsames Auge auf ihn, als er jetzt die Handschuhe auszog und gegen die Handflächen schlug.

„Zehn Ihrer Rinder tun sich an meinen Futtervorräten gütlich", teilte er ihr ohne jede Einleitung mit. „Was gedenken Sie dagegen zu unternehmen?"

„Ich werde ihnen einen Orden für Tapferkeit vor dem Feind verleihen", erwiderte Jennie prompt.

Tate Hollister sah sie an, als wäre er sich nicht ganz sicher, ob er richtig gehört hatte. Er legte den Kopf leicht zur Seite, und seine Augen verengten sich. Blake gluckste im Hintergrund vor Begeisterung. „Ich glaube, Sie haben mich vielleicht nicht richtig verstanden", begann Tate Hollister erneut. „Wenn Sie Ihr Vieh nicht von meinem Land und aus meinem Heu holen, sehe ich mich gezwungen, zu drastischen Maßnahmen zu greifen."

„Er meint damit, dass er sie erschießen will", erklärte Jennie ihrem Sohn und sah dann wieder ihren Besucher an. „Ich hoffe, Sie handeln wie ein Sportsmann. Die Tiere sind nicht bewaffnet." Sie lächelte gewinnend.

Tate Hollister sah sie verblüfft an, und ein leichtes Beben ging durch seinen Schnurrbart, aber kein Lächeln erschien auf seinen Lippen. „Mrs. Jeffries, es handelt sich hier keinesfalls um eine komische Angelegenheit."

„Nein, Sir." Sie knickste. „Was wünschen Sie, dass ich wegen des Viehs unternehme?"

Er war gründlich verwirrt und sah Blake an. Unter seinem drohenden Blick hörte der Junge sofort auf zu lachen.

„Wo ist Jack Randall?" verlangte er zu wissen. Im Hintergrund heulte der Sturm.

Jennie sah ihn verständnislos an. „Wer?"

„Ihr Vorarbeiter, Lady!"

Jennie seufzte. „Ach, der. Er ist in Urlaub gegangen."

„Er ist nicht da!"

Jennie bedeckte die Ohren mit den Händen. „Bitte schreien Sie nicht so. Ich bin ziemlich geräuschempfindlich. Ja, er feiert Weihnachten bei der Familie seiner Frau."

„Weihnachten", knurrte Tate Hollister, und Jennie sah ihn erwartungsvoll an. Eigentlich hätte jetzt noch ein „So ein Quatsch" kommen müssen. Aber auch als er schwieg, konnte sie ihren Lachreiz kaum bezähmen. Das verdüsterte seine Miene noch mehr. „Sind Sie wirklich die Mutter dieses Jungen?"

Ihre Augenbrauen hoben sich. Nur weil sie noch nie miteinander gesprochen hatten, brauchte er nicht so zu tun, als wisse er nicht, wer sie war. Er kannte sie mit Sicherheit vom Sehen. „Natürlich", sagte sie.

„Ich habe sie beim Ostereiersuchen gefunden", behauptete Blake, und in seinen grünen Augen tanzten Lachpünktchen.

Tate Hollister fand daran nichts zum Lachen und kehrte nach einer kleinen Pause zu seinem Thema zurück. „Was ist mit den anderen Männern?" wollte er wissen.

„Keine Ahnung, was sie tun." Jennie seufzte. „Wir sind erst seit drei Tagen hier, und ich kann niemanden dazu bringen, mir auch nur eine Minute zuzuhören. Und der Mann, der immer den Generator repariert, ist ..." Sie zögerte und sah zu ihrem Besucher auf, "... indisponiert."

"Er ist stockblau", erläuterte Blake und freute sich über den entsetzten Gesichtsausdruck seiner Mutter. "Stimmt doch. Ich habe durchs Fenster in sein Zimmer geschaut."

"Sie werden hier keine Woche überleben", knurrte Tate Hollister und betrachtete Mutter und Sohn dunklen Blickes. "Grünschnäbel aus der Stadt! Warum, zum Kuckuck, sind Sie nicht in Neumexiko geblieben, wo Sie hingehören?"

"Arizona", verbesserte ihn Jennie. "Und da gehören wir eigentlich gar nicht hin. Blake und ich kommen ursprünglich aus Tennessee."

"Südstaatler", sagte Tate Hollister verächtlich.

Jennie fand diesen kalten, arroganten Gesichtsausdruck unerträglich. Sie richtete sich zu voller Größe auf und musste doch den Kopf zurücklegen, um zu Tate aufschauen zu können. Aus seinem Munde klang der Name ihre Heimatstaates wie die größte Beleidigung, die sie jemals gehört hatte. Sie schob das Kinn vor, und ihre grauen Augen funkelten angriffslustig. "Zu Hause, Mr. Hollister", sagte sie kühl, "hätte mir jedenfalls schon längst jemand geholfen. Die Männer hier auf der Ranch scheinen sich einzubilden, sie würden für ihre Schönheit bezahlt, und der einzige Mann, der etwas von Maschinen versteht, kann offenbar nur gehen, wenn er eine Flasche Bier in der Hand trägt."

Hollister zuckte nicht einmal mit der Wimper. "Kein Cowboy, der einigermaßen auf sich hält, wird Anweisungen von einer Städterin entgegennehmen, die keine Ahnung von der Rancharbeit hat. Und den Generator kann ich Ihnen reparieren."

Er ging ihr gegen den Strich wie noch kein Mann vor ihm,

und am liebsten hätte sie ihm gesagt, was er mit seinem Hilfsangebot tun konnte, dieser wichtigtuerische, aufgeblasene ...

„Nun?" fragte er schroff. „Hol mir eine Taschenlampe, Junge. Ich kann schließlich nicht gleichzeitig arbeiten und mir dabei leuchten."

„Ja, Sir." Blake gehorchte ohne Zögern und lief davon, um die Lampe zu suchen.

„Kommandieren Sie gefälligst meinen Sohn nicht herum", sagte Jennie. „Ich möchte nicht, dass er sich von anderen Leuten etwas sagen lässt."

„Warum haben Sie ihn dann ins Internat gesperrt?" gab er kalt zurück.

Jennie hatte keine Ahnung gehabt, dass er so viel von ihr und Blake wusste, und holte tief Luft. Aber bevor sie noch etwas sagen konnte, kam Blake schon mit der Taschenlampe zurück. „Ich leuchte Ihnen", sagte er.

„Das kann deine Mutter tun", teilte ihm Tate Hollister mit vor Arroganz triefendem Lächeln mit. „Oder können Sie das auch nicht?"

Sie blitzte ihn böse an, und es war nur gut, dass sie Blakes Miene nicht sah. Ganz offenkundig war er hochzufrieden damit, wie sich sein Geheimplan entwickelte.

„Als Chefsekretärin kann ich sehr viel mehr, als nur eine Taschenlampe halten", gab sie feindselig zurück.

„Ich kann mir sehr gut vorstellen, wie Sie mit all Ihren wunderbaren Kenntnissen in einem Notfall zurechtkommen", sagte er liebenswürdig und öffnete die Tür. „Ziehen Sie Ihren Mantel an."

Jennie war sprachlos. Noch nie hatte sie jemanden wie diesen Mann kennen gelernt. Er warf mit Befehlen um sich wie ein Feldwebel. Und sie fand es auch nicht sehr hilfreich, dass Blake

Das erste Fest mit dir

mit einem Buch im Schoß dasaß und ganz das Bild eines braven Kindes abgab. Sie streckte ihm die Zunge heraus, als sie ihre dicke Jacke anzog, aber er grinst nur.

„Na, warte nur", zischte sie, worauf er in fröhliches Kichern ausbrach.

Jennie stolperte durch den tiefen Schnee hinter Tate Hollister her. Er hatte es nicht einmal für nötig befunden, auf sie zu warten. Jetzt stieß er die schwere Schuppentür auf und drückte ihr die Taschenlampe in die Hand, während er den Generator musterte.

„Richten Sie das Licht gefälligst auf die Maschine", fuhr er sie an. „Im Dunkeln sehe ich nichts."

„Tatsächlich nicht?" Jennie stieß einen leisen Pfiff aus. „Und das geben Sie so einfach zu?"

Er gab etwas von sich, was sie zum Glück nicht verstand.

Jennie freute sich. Es wirkte merkwürdig belebend auf sie, dass es tatsächlich einen Mann gab, der sie nicht ausstehen konnte. Die meisten seiner Geschlechtsgenossen fühlten sich eher dazu verpflichtet, sie mit amourösen Absichten zu verfolgen. Aber Mr. Hollister gehörte offensichtlich nicht zu dieser Sorte. Er war kein Typ zum Heiraten oder von der romantischen Art, und es machte ihr wirklich Spaß, ihn gegen sich aufzubringen.

Das war ihr noch nie passiert, und sie fand es richtig erhebend. So lebendig hatte sie sich in den letzten Jahren nicht mehr gefühlt. Merkwürdig eigentlich, denn dieser Mann war wahrhaftig der Letzte, der auch nur die geringste Anziehung auf sie auszuüben imstande war.

Tate Hollister runzelte die Stirn. „Dieses verdammte Ding stammt offenbar noch aus der Saurierzeit", brummte er. „Ich verstehe nicht, warum Ihr Schwiegervater nicht längst einen neuen Generator gekauft hat."

„Er hat vermutlich gern gegessen und wollte diese Gewohnheit nicht aufgeben", bemerkte Jennie und zog sich die Mütze über die Ohren. „Er war nicht gerade mit Reichtümern gesegnet."

„Das hätte er aber sein können", stellte Tate fest und zog die Handschuhe aus. Seine Hände waren groß und kräftig, aber dabei erstaunlich fein mit ihren langgliedrigen, schmalen Fingern. Es waren Hände, die zupacken konnten. „Aber er schob immer alles hinaus."

„Vielleicht hatte er Angst davor, dass Geld einen schädlichen Einfluss auf ihn ausüben würde."

Tate hob die Schultern. „Wer weiß." Er packte Jennie am Handgelenk und richtete den Lichtstrahl dorthin, wo er ihn haben wollte. Seine Hand war warm, und ein seltsames Kitzeln breitete sich entlang ihrer Wirbelsäule aus, bis er sie wieder losließ. „Leuchten Sie dorthin", befahl er. „Ich hoffe, ich kann diesen Draht fein spalten."

Er zog ein Taschenmesser heraus, und Jennie sah ihm fasziniert zu. Er schien geradezu dazu geboren, Generatoren zu reparieren. Die meisten Männer waren begeisterte Heimwerker, aber er hatte zusätzlich Stil. Sie studierte sein Profil im schwachen Lichtkreis der Taschenlampe. Es war hart und verriet einen unnachgiebigen Mann, der keine halben Sachen kannte.

Er schien ihren Blick zu spüren, denn er drehte sich unvermittelt zu ihr um. Ihre Blicke trafen sich. „Ist etwas?" erkundigte er sich.

„Sie haben einen interessanten Haaransatz", sagte Jennie schnell. Ihre Stimme klang ihr in den eigenen Ohren fremd, und ihr war, als durchzuckte sie ein elektrischer Schlag.

Er hob eine Augenbraue und sah sie an, als hätte sie einer sofortigen psychiatrischen Behandlung bedurft. „Das höre ich zum ersten Mal."

„Danke", sagte Jennie und lachte ihn an. „Und ich habe es mir ganz allein ausgedacht."

Er widmete sich wieder dem Generator. „Was tun Sie und der Junge eigentlich hier oben so ganz allein?" fragte er dann unvermittelt.

Es ging ihn zwar nichts an, und das hätte sie ihm auch fast gesagt. Aber dann bremste sie sich gerade noch rechtzeitig. Es wäre einfach nicht klug, sich einen Mann zum Feind zu machen, der sich gerade anschickte, ihren Generator zum Laufen zu bringen.

„Bald ist Weihnachten, und Blake wollte mit mir zusammen sein", sagte sie schließlich. „Er geht nicht gern ins Internat, und ich glaube, er will mich davon überzeugen, dass ich eine Ranch in der Wildnis von Montana führen kann, während er auf dem Zaun sitzt und Sie als seinen Helden anbetet."

Tate Hollister sah ungläubig zu ihr auf. „Wie bitte?"

„Entschuldigen Sie. Es ist mir so herausgerutscht." Jennie lehnte an der Wand, die Taschenlampe fest in der Hand.

Aber damit gab er sich nicht zufrieden. „Ich habe Sie etwas gefragt, Lady."

Es ist wirklich ganz unglaublich, wie beleidigend das Wort „Lady" klingen kann, dachte Jennie. Sie bewegte sich ein wenig. „Blake mag Sie."

„Ich mache mir nicht viel aus kleinen Jungen – aus Städterinnen oder überhaupt Nachbarn. Ich lebe allein und lege Wert auf mein Privatleben, und ich wünsche nicht, von Ihrem Sohn belästigt zu werden."

„Das war mehr als deutlich", gab Jennie zurück. Es begann

in ihr zu kochen. „Und jetzt lassen Sie mich Ihnen einmal etwas sagen. Ich mache mir nicht viel aus Männern, und vor allem nicht aus Ihrer Sorte. Was ich von Ihresgleichen halte, darüber könnte ich ein Buch schreiben. Und was meinen Sohn angeht: Er ist neun Jahre alt und hat seinen Vater nie gekannt. Sein Großvater war der einzige Mann, mit dem er je nennenswerte Zeit verbrachte. Und Papa Jeffries war ein liebevoller, guter Mann – das genaue Gegenteil von Ihnen. Blake hat also keine Erfahrung mit Männern, und so werden Sie ihm seine kleine Schwäche für Sie vergeben müssen."

Tate Hollisters Augen waren schmal geworden, und in seinem Kinn zuckte ein Muskel. „Sie spielen ein gefährliches Spiel, Lady", sagte er schroff.

„Es tut mir unendlich Leid, wenn ich Sie gekränkt habe, Mr. Hollister", beschied ihn Jennie kühl. „Und ich verspreche Ihnen, dass ich Blake in den beiden Wochen, die wir hier sein werden, nicht in Ihre Nähe lassen werde. Sie werden also wieder Ihre Ruhe haben."

„Sie werden die beiden Wochen gar nicht erst erleben, wenn wir diesen Apparat nicht zum Laufen bringen", erwiderte Tate kurz, als er eine Schraube anzog. „So. Versuchen wir es."

Er setzte den Deckel wieder auf und ließ den Generator an. Jennie musste zugeben, dass er gute Arbeit geleistet hatte. Der Mann kann von Glück sagen, dachte sie giftig, dass er etwas hat, womit er sein Aussehen ausgleichen kann.

Tate zog seine Handschuhe wieder an, ohne ihr einen Blick zu gönnen. Diese Frau und ihr Sohn brachten schmerzliche Erinnerungen in ihm zurück. Es war jetzt sechs Jahre her, aber er hatte den Verlust seiner Familie noch immer nicht verwunden. Er würde auf Komplikationen gern verzichten, aber er spürte, dass ihm diese Frau unter die Haut gehen konnte. Das ärgerte ihn. Sie hatte die alten Wunden wieder aufgerissen und rieb jetzt auch noch, zusammen mit ihrem Sohn, Salz hinein.

Blake öffnete ihnen die Tür. „Die Heizung geht wieder!" verkündete er und lachte Tate Hollister an. „Vielen Dank, Mr. Hollister. Wenn Sie nicht gewesen wären, wären wir bestimmt erfroren."

Tate Hollister betrachtete ihn mit wenig erkennbarer Zuneigung. Der Junge sah aus wie alle Jungen seines Alters. Den Schalk in den Augen hatte er eindeutig von seiner Mutter geerbt. Irgendwie ahnte Tate, dass ihm diese beiden noch zu schaffen machen würden. Der alte Mann, von dem sie die Ranch geerbt hatten, war ihm lieber gewesen. Er hatte ihn nie mit irgendetwas behelligt. Das konnte er von Blake nicht behaupten. In den Sommerferien, als der Junge seinen Großvater besucht hatte, war er auf Schritt und Tritt über ihn gestolpert. Zuerst hatte es ihn nur irritiert, dann hatte es nur noch wehgetan, und zuletzt war er froh gewesen, als Blake wieder abgereist war. Jetzt war er wieder da und mit ihm der Schmerz. Nur war er diesmal noch stärker, und das lag an seiner Mutter. Es war so lange her, dass er mit einer Frau zusammen gewesen war, und sie löste Regungen in ihm aus, die er schon vergessen gewähnt hatte. Das wollte er nicht! Er hasste sich dafür, er hasste die ganze Welt!

Jennie sah Tate verwundert an. Warum sagte er nichts zu Blake? Er ist kalt und gefühllos, dachte sie, als sie ihre Jacke und die Stiefel auszog. Ein Glück, dass sie nicht viel mit ihm zu tun hatte.

„Ja, ich bedanke mich auch", sagte sie jetzt. „Ich nehme an, Sie haben es eilig, nach Hause zu kommen, sonst hätte ich Ihnen einen Kaffee angeboten ..."

Natürlich wollte sie damit sagen, dass sie ihm keinen Kaffee anbieten wollte. Das ärgerte Tate zu seiner eigenen Verblüffung. Es gefiel ihm nicht, wie sie ihn behandelte. Er wusste selbst, dass er kein Adonis war, aber musste sie ihm so überdeutlich zeigen, wie wenig anziehend sie ihn fand?

„Das Vieh muss jedenfalls fort von meinem Land. Ich werde Ihren Männern Bescheid sagen."

„Danke", sagte Jennie. Sie wollte lieber nicht mit ihm darüber streiten, wer ihren Männern etwas zu sagen hatte. Das hätte nur seinen Aufenthalt in ihrem Haus verlängert, und das war ganz bestimmt das Letzte, was sie wollte.

„Möchten Sie wirklich keinen Kaffee?" fragte Blake jetzt enttäuscht, und Jennie hätte ihn umbringen können.

Tate sah den Ausdruck in ihren Augen und sagte, nur um sie zu ärgern: „Doch, gern."

Jennie zwang sich zu einem Lächeln. Gönn es ihm, dachte sie, immerhin hat er deinen Generator repariert. Das Geringste, womit du dich revanchieren kannst, ist eine Tasse Kaffee. Allerdings hätte sie ihm den lieber über den Kopf geschüttet.

„Wie trinken Sie Ihren Kaffee, Mr. Hollister?" fragte sie, die Liebenswürdigkeit in Person.

Als er seinen Hut abnahm, kam darunter dickes schwarzes Haar zum Vorschein. Unter der warmen Winterjacke trug er ein rotkariertes Flanellhemd. Die oberen Knöpfe standen auf, und darunter war dichtes dunkles Brusthaar zu erkennen. Von Unterhemden schien er nichts zu halten.

Ohne es zu wollen, starrte Jennie ihn an. Sie war nur so kurz verheiratet gewesen, dass Männer immer noch geheimnisvolle Wesen für sie waren. Bob hatte genauso wenig Erfahrung gehabt wie sie, und so hatten diese wenigen ungeschickten Begegnungen mit ihm nicht viel daran geändert.

Tate Hollister hatte eine geradezu überwältigend männliche,

fast wilde Ausstrahlung, die ihr Blut in Wallung brachte und ihren Puls rasen ließ. Sie konnte ihn nicht einmal leiden, und doch übte er eine seltsame Macht über ihre Sinne aus.

Jennie zwang sich, den Blick von ihm abzuwenden und sich auf ihren Kaffee zu konzentrieren.

„Schwarz, Mrs. Jeffries", sagte Tate Hollister.

Aber das hatte sie im Grunde schon gewusst. Er war der Typ Mann, der seinen Kaffee schwarz trank. Ein Mann ohne Schnörkel und unnötige Ziererein. Höchstwahrscheinlich trank er seinen Whisky pur und aß Fleisch ohne Ketchup. Sie sah zu ihm auf, als er zu ihr kam, um seine Tasse entgegenzunehmen. Er roch nach Wind, Tannen und Leder.

„Ich wette, Sie essen Ihr Steak ohne Ketchup", sagte Jennie, ohne nachzudenken.

Er sah sie verblüfft an. „Das ist wahr", gab er ihr Recht. „Wie kommen Sie darauf?"

Sie senkte den Blick auf ihre Tasse. „Das weiß ich auch nicht." Unwillkürlich sah sie auf seine Hände. Sie faszinierten sie, seit sie wusste, wie geschickt er damit war. Es waren große und doch schlanke, schmale Hände, gebräunt und stark. Die Nägel waren makellos sauber. Es waren kräftige und zugleich sensible Hände.

„Haben Sie immer noch diesen Angus-Stier, Mr. Hollister?" fragte Blake jetzt. Er hatte sich eine Cola aus dem Kühlschrank geholt und war zu den beiden Erwachsenen an den Tisch gekommen.

Tate Hollister hatte eigentlich keine Lust, sich mit dem Jungen abzugeben. Aber Blake hatte eine natürliche Neigung zur Rancharbeit. Tate musste daran denken, wie geschickt er dem alten Mr. Jeffries bei der Geburt eines Kalbes und der Verarztung eines Stiers geholfen hatte.

„Ja", erwiderte er schroff. Er sah Blake an, mit einem Mal neugierig geworden. Der Junge war wirklich interessiert und plapperte nicht nur dummes Zeug. „Und ich habe mir inzwischen auch ein paar Hereford-Stiere für die Zucht gekauft. Nächstes Jahr möchte ich mit dem Einkreuzen beginnen. Angus zu Beefmaster, Beefmaster zu Hereford und wieder zurück zu Angus."

„Angusrinder geben gute Kälber", erklärte Blake fachmännisch. „Und Hereford sind robust. Beefmaster haben erstklassiges Fleisch."

„Und ein gutes Verhältnis von Futter zu Ertrag", meinte Tate Hollister, gegen seinen Willen beeindruckt. „Leider musste ich meine Brangusbullen verkaufen. Nach zwei Jahren Inzucht kann es Probleme geben, wenn man kein neues Blut in die Herde bringt."

„Das ist wahr", sagte Blake und trank einen Schluck Cola.

Jennie verstand kein Wort. Sie sah von einem zum anderen. Als Tate Hollister ihren Blick auffing, hob er die Augenbrauen. So nahe war er einem Lächeln seit sechs Jahren schon nicht mehr gekommen. „Probleme, Mrs. Jeffries?" fragte er mit seiner tiefen Stimme.

„Sie versteht nichts von Rindern", teilte ihm Blake mit allen Anzeichen der Nachsicht mit. „Aber sie ist super in Mathe und Buchhaltung und im Organisieren. Sie ist die oberste Sekretärin bei Skyline Printing Services und kennt sich total mit Computern aus."

Jennie trat von einem Fuß auf den anderen. „Gib nicht so an, Blake", befahl sie ihrem Sohn. „Ich habe Buchhaltung nur gelernt, um nicht ständig nur tippen zu müssen. Und das Programmieren diente nur dem Zweck, von der Buchhaltung wegzukommen."

„Die wenigsten Frauen haben eine Ahnung von Mathematik", sagte Tate. „Meine Mutter konnte kaum ihre Hennen zählen."

„Mathematik war immer mein bestes Fach in der Schule", erzählte Jennie. „Mein Vater war Farmer, und ich habe mich um die Abrechnungen gekümmert."

„Aber ihre Eltern sind tot", berichtete Blake. „Ich habe drei Onkel, aber sie wohnen alle weit weg, und ich bekomme sie nie zu sehen."

„Ihr Vater war Farmer?" sagte Tate. „Hatte er Tiere?"

„Rinder und Schweine", antwortete Jennie. „Wir hatten Jerseykühe und ein paar Holsteiner."

Tate Hollister hatte seinen Kaffee ausgetrunken. „Aber Sie haben trotzdem keine Ahnung von Rinderzucht?"

„Ein paar Kühe, vor allem Milchkühe, sind keine ausreichende Grundlage, um mit Hunderten von Rindern umgehen zu können", erwiderte Jennie. „Da geht es um etwas ganz anderes. Außerdem war ich erst achtzehn, als ich Blakes Vater heiratete und in die Stadt zog. Ich habe fast alles vergessen, was man zum Führen einer Ranch braucht."

Tate Hollister spielte mit seiner leeren Tasse. „Ich war mit Bob Jeffries in derselben Schule", sagte er. „Er war eine Klasse unter mir."

Jennie sah auf ihre Hände hinunter. „Er starb noch vor Blakes Geburt. Wir waren nicht einmal sechs Monate verheiratet gewesen." Sie seufzte. „Manchmal kommt es mir vor, als wäre alles nur ein Traum gewesen – abgesehen von diesem lebenden Beweis dort mit seiner Cola", sagte sie und lachte ihren Sohn an.

Blake erwiderte ihr Lachen, sagte aber nichts.

„Bob liebte die Gefahr", fuhr Jennie fort. Sie war sich Tate

Hollisters Blick sehr bewusst. „Er brauchte das einfach. Nach unserer Hochzeit versuchte er kurze Zeit, sich zu ändern." Sie lächelte ein wenig traurig. „Es funktionierte nicht. Er konnte nicht ohne Gefahr leben."

„Ich kannte ihn überhaupt nicht", sagte Blake und sah zu Tate Hollister auf. „Sind Sie verheiratet?"

Tate betrachtete seine Hände. „Ich war es." Er stellte die leere Tasse ab. „Danke für den Kaffee. Ich werde mit Ihren Männern reden und ihnen den Kopf zurechtrücken." Er zog sich die Jacke über, setzte sich den Hut ein wenig schief auf und sah Blake und seine Mutter ohne ein Lächeln an. „Wenn ich Sie wäre, würde ich im Haus bleiben, bis der Schnee nachlässt. Und ich werde dafür sorgen, dass der Zaun repariert wird."

„Ich bedanke mich für die Reparatur des Generators", sagte Jennie. Dass er sich so einfach ihrer Probleme bemächtigte, erleichterte und ärgerte sie zugleich.

Er öffnete die Tür. „Gern geschehen", sagte er nur. „Gute Nacht."

Im nächsten Augenblick war er im Schneetreiben verschwunden. Jennie sah ihm noch eine Weile nach. Sie fühlte sich mit einem Male merkwürdig leer und einsam. Wie seltsam, solche Gefühle im Zusammenhang mit einem Mann zu hegen, den sie doch gar nicht mochte.

„Er muss geschieden sein", sagte sie geistesabwesend, als Blake zu ihr in die Küche kam.

„Nein, er ist Witwer", klärte sie ihr Sohn auf. „Grandpa hat mir erzählt, dass seine ganze Familie bei einem Unfall in den Rocky Mountains starb. Mr. Hollister war am Steuer. Seine Frau und sein Sohn starben, nur er nicht." Er hob die Schultern. „Grandpa sagte, deshalb lebt er so allein und will keine anderen Leute sehen. Damit will er sich bestrafen, weil er nicht auch gestorben ist. Das finde ich schade. Ich glaube nämlich, dass er sehr nett ist."

Er sah seine Mutter an. Sie schien tatsächlich interessiert. Und das freute ihn, auch wenn er sich Mühe gab, sie nichts davon merken zu lassen.

2. KAPITEL

Der elektrische Generator arbeitete wieder zufrieden stellend, und es hatte fast aufgehört zu schneien. Jennie konnte sich in Ruhe mit den finanziellen Belangen der Ranch beschäftigen, während Blake sich einem neuen Computerspiel widmete. Im Radio spielten sie Weihnachts- und Countrymusik.

Jennie war es ein Rätsel, wie Großvater Jeffries die Ranch überhaupt hatte halten können. Er hatte ausgerechnet zu einem Zeitpunkt neues Land gekauft, als die Kreditzinsen besonders hoch waren, hatte aber andererseits seinen Viehbestand nicht gleichzeitig vergrößert, um mehr einzunehmen.

Dieser kleine Einblick, den sie durch Tate Hollister in die Viehzucht bekommen hatte, hatte sie neugierig gemacht. Ob ihr Schwiegervater sich auch um Inzucht und Blutauffrischung Gedanken gemacht hatte? Wahrscheinlich nicht. Er hatte wohl einfach geschehen lassen, was von selbst geschah.

Aber das wirkliche Problem lag weniger in der Vergangenheit der Ranch, sondern darin, was in Zukunft daraus werden sollte. Alles in Jennie sträubte sich dagegen, sie zu verkaufen. Das ländliche Montana hatte etwas sehr Wirkliches, etwas Erhabenes sogar. Es erinnerte sie an Arizona, das sie so lieb gewonnen hatte. Es war, als ragten die Berge mitten in den Himmel. Blake würde für sein Leben gern auf einer Ranch leben und das Vieh aufwachsen sehen, und sie hätte ein richtiges Erbe zu verwalten. Nur, wie sollte sie es schaffen, die Ranch allein zu führen? Sie hatte ja keine Ahnung von Rancharbeit, geschweige denn von Rinderzucht. Und ohne Erfahrung konnte sie nur scheitern. Was wurde dann aus ihr und dem Jungen?

Blake merkte, dass sie sich Sorgen über etwas machte. Er unterbrach sein Spiel, nahm die Disketten aus dem Computer und schaltete ihn ab.

„Irgendetwas ist los", stellte er fest.

Jennie lächelte. „Es ist ganz einfach – ich bin keine Rancherin." Sie seufzte. „Das ist das Problem. Wir brauchten hier jemanden, der etwas von Vieh versteht, keine Sekretärin."

„Wir könnten immer ..."

„Ich weiß, Mr. Hollister", unterbrach ihn Jennie und sah ihn streng an. „Dein Wortschatz ist in letzter Zeit sehr begrenzt."

Blake lachte. „Er heißt Tate mit Vornamen."

Jennie schlug die Augen zur Decke auf und widmete sich dann wieder ihren Büchern. „Ich werde es nie schaffen, die Ranch rentabel zu machen."

„Wir haben einen guten Vormann", meinte Blake vernünftig. „Das ist am wichtigsten."

„Ich fürchte, so einfach ist es nicht", erwiderte Jennie und lächelte schwach. Aber für Kinder war es vermutlich doch einfach. Kompliziert wurde das Leben erst, wenn man erwachsen wurde. „Ich werde darüber nachdenken", versprach sie.

Aber dieses Versprechen konnte Blake nicht beruhigen. Er kannte diesen Gesichtsausdruck bei seiner Mutter. Sie würde aufgeben, das wusste er. Aber er konnte nicht zulassen, dass sie von hier fortgingen, bevor sich nicht zumindest eine gute Gelegenheit ergeben hatte, sie und Mr. Hollister zusammenzubringen. Sie waren alle zwei allein, ungefähr im richtigen Alter, und er mochte sie beide. Es musste einfach funktionieren. Blake lag noch lange wach, nachdem er ins Bett gegangen war. Er hatte das Licht ausgemacht, damit Jennie denken sollte, dass er schlief. Und bevor er schließlich im Land der Träume versank, hatte er die Lösung gefunden.

Am nächsten Morgen machte Jennie Pfannkuchen zum Frühstück, und Blake aß eine doppelte Portion. Dann zog er seine Stiefel und seinen dicken Parka an und verkündete, dass er zum Fluss gehen wolle, um nachzusehen, ob er zugefroren sei.

„Pass auf", rief ihm Jennie nach. Sie musste sich ständig daran erinnern, dass Kinder viel Freiheit für ihre Entwicklung brauchten. Schließlich konnte sie nicht sein Leben lang auf ihren Sohn aufpassen oder ihn einsperren, damit ihm nichts geschah.

„Mach ich", rief er zurück. „In zwei Stunden bin ich zurück. Ich habe meine Uhr dabei und komme bestimmt nicht zu spät."

„Gut", erwiderte Jennie mit einem Lächeln.

Die zwei Stunden verstrichen, dann zwei weitere, aber von Blake war weit und breit nichts zu sehen. Langsam wuchs in Jennie ein Gefühl von Panik – sie hatte ja nicht einmal eine Ahnung, in welcher Richtung sie ihn suchen sollte! Sie biss die Zähen zusammen und versuchte, ruhig zu bleiben. Es gab nur einen einzigen Menschen, dem sie zutraute, Blake zu finden.

Sie lief hinaus, stieg in den Geländewagen, zu dem Blake sie im Sommer überredet hatte, und machte sich auf den Weg zu Tate Hollisters Ranch.

Das Haus war ganz aus verwittertem Holz und Glas, und der Anzahl der Kamine auf dem Dach nach zu schießen schien jedes Zimmer seine eigene offene Feuerstelle zu besitzen. Jennie hatte noch nie einen Fuß in das Haus gesetzt, aber sie hatte es schon oft von der Straße aus gesehen.

Sie sprang aus dem Wagen und zog fröstelnd ihre Felljacke enger um sich. Der Wind war eisig und ging ihr durch und durch.

Die Veranda war lang gezogen und weiträumig, und viele Stühle standen darauf. Aber Jennie gönnte dem Ganzen kaum einen Blick. Sie hämmerte verzweifelt an die Tür und kam erst jetzt auf den Gedanken, dass Tate vielleicht gar nicht da war. Wenn er in die Stadt gefahren war oder übers Land, dann ...

Da ging die Tür auf, und er stand vor ihr, eine Tasse Kaffee in der Hand. Das einzige Freundliche an ihm war sein blau kariertes Flanellhemd.

„Ich kann mich nicht daran erinnern, dass ich Sie zum Essen eingeladen hätte."

Sie sah ihn böse an. „Blake ist verschwunden", sagte sie. Jetzt, da sie hier war, war es doch schwerer, als sie vorausgesehen hatte. Er schien völlig ungerührt, wie aus Stein, dachte sie.

„Schauen Sie mich nicht so an", gab er zurück. „Bei mir ist er nicht."

„Er wollte nur zwei Stunden wegbleiben." Jennie nagte an ihrer Unterlippe. „Er wollte nachschauen, ob der Fluss gefroren ist. Das war vor über vier Stunden. Und es hat wieder angefangen zu schneien." Sie sah aus ihren grauen Augen hilflos zu ihm auf. „Ich kann nicht einmal seine Spur finden."

„Er spielt Ihnen einen Streich", meinte Tate nur. „Wenn es ihm langweilig wird, kommt er schon wieder."

„Das tut er nicht", widersprach ihm Jennie. „Ich kenne Blake. Wenn er etwas verspricht, dann hält er es auch. Solche Streiche spielt er mir nicht."

„Sie haben offenbar nicht viel Ahnung von kleinen Jungen."

Ihr war kalt, und sein Verhalten war wenig geeignet, daran etwas zu ändern. „Nein, da haben Sie wohl Recht", gab sie zu. „Ich war so damit beschäftigt, uns über Wasser zu halten, dass ich nicht sehr viel Zeit für Blake hatte. Und er kann ganz schön anstrengend sein."

Tate ließ langsam den Blick über ihr Gesicht wandern, als hätte er es nie vorher gesehen. Der Wind pfiff ums Haus und trieb den Schnee über die Veranda, aber er schien es gar nicht zu bemerken.

„Vielleicht hat er sich wehgetan", sagte sie leise. „Ich habe Angst um ihn."

„Glauben Sie mir, es ist nur ein dummer Streich." Tate beharrte auf seiner Meinung. „Aber ich komme mit Ihnen. Wenn Sie wollen, können Sie drinnen warten, während ich meinen Mantel hole."

Sie dachte an seine Frau und an das Kind, die er verloren hatte, und hatte, ohne den Grund dafür sagen zu können, das Gefühl, als würde sie verbotenes Gelände betreten, wenn sie über die Schwelle seines Hauses trat.

„Nein, danke", sagte sie zögernd. „Ich ... ich warte lieber hier draußen. Danke."

Er runzelte die Stirn, hob dann nur die Schultern und verließ sie, um seinen Mantel zu holen.

Jennie stand schon neben ihrem Wagen, als er wieder auftauchte. Er trug eine dicke Felljacke und hatte sich einen Hut auf das dichte schwarze Haar gestülpt. In einer Hand trug er ein Gewehr. Jennies Augen verengten sich. Warum nahm er dieses Gewehr mit?

„Wenn Sie wollen, können Sie fahren ..." begann sie, aber er schlug eine ganz andere Richtung ein. „Wo gehen Sie hin?" rief sie und rannte hinter ihm her.

„Sie glauben doch nicht im Ernst, dass ich mit einem Auto in die Schlucht fahre, selbst wenn es einen Vierradantrieb hat", gab er zurück. „Ich reite."

„Und was haben Sie mit dem Gewehr vor?"

Er betrachtete sie ungeduldig. „Um Himmels willen, Frau. Ich werde Ihren Jungen schon nicht erschießen."

„Das habe ich auch nicht behauptet", stammelte sie.

Er gab irgendetwas Unverständliches von sich und ging einfach weiter, während sie hinter ihm herlief.

„Sie können im Haus warten oder wieder nach Hause fahren", sagte er und zog die Stalltür auf. Helle, saubere Boxen zogen sich an beiden Seiten entlang, in einigen standen Pferde.

„Er ist mein Sohn. Ich möchte mitkommen."

Tate drehte sich zu ihr um. „Können Sie reiten?"

„Natürlich kann ich reiten", fuhr sie ihn an.

„Gut, gut. Sie sind offenbar doch nicht so ein Zierpflänzchen, wie ich dachte", meinte er und trat in die Sattelkammer.

Jennie verstand zwar nicht ganz, wie er das meinte, aber sie schwieg. Er sattelte eine kleine kastanienbraune Stute für sie und für sich selbst einen gewaltigen Falben. Der Schnee fiel gleichmäßig vom Himmel.

„Molly wird Sie nicht abwerfen, aber sie versucht gern, ihren Reiter abzustreifen, indem sie an Baumstämmen entlangstreift. Passen Sie also auf", warnte Tate Jennie.

Sie schwang sich ohne Mühe in den Sattel und nahm ihre Zügel auf. Er beobachtete sie und lächelte anerkennend. Es war das erste Mal, dass sie ihn lächeln sah, und selbst da änderte sich sein Gesichtsausdruck kaum.

„Sie haben keinen Hut auf", sagte er und ging noch einmal zurück, um ihr einen alten Stetson zu holen. Er rutschte ihr über die Ohren, aber er hielt den Schnee ab. „Brechen wir auf." Er stieg in den Sattel und übernahm die Führung. „Bleiben Sie hinter mir", sagte er über die Schulter. „Und keine Eigenmächtigkeiten."

„Zu Befehl, Mr. Hollister", murmelte Jennie.

„Was war das?" wollte er wissen.

Sie mied seinen Blick. „Nichts."

Es war, als wären sie ganz allein auf der Welt, als sie zwischen den hohen Kiefern und Espen hindurchritten. Hier war der Schnee nicht ganz so tief. Jennie dachte unwillkürlich – als wäre das jetzt wichtig –, dass dies bestimmt die beste Möglichkeit war, Montana zu erleben, nicht im Auto oder zu Fuß, sondern auf dem Pferderücken, auf knarzendem Ledersattel, inmitten der frischen Bergluft und mit Wind und Schnee auf ihrer Haut. Hätte sie sich nicht solche Sorgen um Blake gemacht, sie hätte diesen Ritt von Herzen genießen können.

Sie war angespannt, aber instinktiv war ihr klar, dass Tate Hollister jeder Situation gewachsen sein würde, was auch geschehen war. Es war merkwürdig, dass sie sich in seiner Gesellschaft so sicher fühlte. Aber dann musste sie sofort wieder an Blake denken und an all die Unglücksfälle, die ihm zugestoßen sein konnten. Er war doch alles, was sie hatte!

„Ich habe Sie gefragt, welche Richtung er vom Haus aus eingeschlagen hat?" fragte Tate Hollister offenbar zum wiederholten Male.

Jennie sah auf und stellte fest, dass sie vor ihrem eigenen Holzhaus angekommen waren. Sie blinzelte. „Entschuldigen Sie." Sie biss sich auf die Unterlippe. „Er ging dort hinüber", sagte sie dann und wies auf die Rückseite des Hauses und den dahinter liegenden Abhang.

Tate Hollister trieb seinen Hengst vorwärts. Er schien fast mit dem Tier verwachsen. Auf dem halben Weg zum Fluss hielt er an, schwang sich aus dem Sattel und kniete sich auf den Boden. Dann ging er ein paar Schritte weiter, untersuchte die Zweige von Büschen und Bäumen und sah sich mit schmalen Augen um.

„Hier ist er auf jeden Fall vorbeigekommen", murmelte er und sah angestrengt den Abhang hinunter. Er hob den Kopf und lauschte. Auch Jennie hörte es jetzt – es war eine Stimme.

„Blake!" Tate Hollister hatte eine tiefe, weit tragende Stimme.

„Hiiilfe!"

Der Schrei kam eindeutig von Blake, und Angst klang daraus. Seine Stimme traf Jennie mitten ins Herz, und fast hätte sie aufgeschrien.

Ohne ihr nur einen Blick zu gönnen, stieg ihr Begleiter wieder in den Sattel, nahm sein Gewehr aus der Tasche und setzte sich wieder in Bewegung. Jennie folgte ihm voller Angst. Tate Hollister neigte sicher nicht zur Hysterie. Wenn er auf diese Weise reagierte, musste er einen Grund dafür haben. Und da hörte sie dieses Geräusch. Es traf sie bis ins Mark, und ihr wurde eiskalt, und sie musste ein Aufschluchzen unterdrücken. Sie kannte das Heulen von Kojoten, aber dieses Geräusch war tiefer, bedrohlicher. Es war das Heulen eines Wolfes ...

Tate trieb sein Pferd an, und Jennie versuchte, ihm zu folgen. Es frustrierte sie, dass der Schnee das Weiterkommen so beschwerlich machte. Das Herz klopfte ihr bis zum Hals, und blinde Angst schnürte ihr die Kehle zu. Sie umklammerte die Zügel, und ihr Herz setzte einen Schlag aus, als jetzt wieder Blakes schrille Stimme die Winterluft zerriss.

Tate ritt mitten in eine Gruppe Espen hinein und weiter ins dichte Unterholz. Jennie war direkt hinter ihm. Und da sah sie auf einmal einen kleinen dunklen Kopf weit unten am Fluss. Blake! Und nur wenige Meter vor ihm stand ein großer Silberwolf.

Jennies Herzschlag schien auszusetzen. Ihr Sohn. Ihr kleiner Junge! Sie sah, wie Tate Hollister sich auf den Boden schwang, hörte seine Stimme,

„Beweg dich nicht", schrie er und hob dann langsam das

Gewehr. Diese bedachte, zielstrebige Bewegung hatte etwas ebenso Bedrohliches wie der Wolf unten bei Blake.

Ein leises Knacken, dann knallte ein Schuss und brach sich in den Wänden der Schlucht. Dieser Gewaltausbruch stand in bizarrem Gegensatz zu der friedvollen, unberührt scheinenden Umgebung.

„Blake!" schrie Jennie gellend. Die Tränen liefen ihr übers Gesicht, als sie vom Pferd sprang. Eine kleine Rauchfahne stieg aus dem Gewehrlauf, aber bevor sie sich noch aufgelöst hatte, war Tate Hollister schon auf dem Weg nach unten, dicht gefolgt von Jennie.

„Mr. Hollister! Mom!" rief Blake. Seine Stimme überschlug sich. Offenbar hatte er Schmerzen.

Durch ihre Tränen konnte Jennie erkennen, dass Blakes linkes Bein einen unnatürlichen Winkel bildete. Gebrochen, dachte sie, das Bein ist gebrochen. Mit einem Mal fühlte sie Tate Hollister gegenüber eine unendliche Dankbarkeit.

Er hatte das Gewehr beiseite geworfen, kniete bereits neben dem Jungen und tastete sein Bein ab. Blake stieß einen Schmerzenslaut aus. Jennie nahm ihn in die Arme. Sie zitterte am ganzen Körper.

„Es ist gebrochen", murmelte Tate. „Aber es ist zum Glück ein einfacher Bruch, nichts Kompliziertes. Was ist passiert?"

„Ich bin ausgerutscht." Blake versuchte zu lächeln. „Ich – ich wollte schauen, ob der Fluss zugefroren ist. Mr. Hollister, der Wolf war toll. Deshalb haben Sie ihn nicht erschossen, habe ich Recht?"

„Diese Wolfsart ist vom Aussterben bedroht", erklärte Tate. Er stand auf, um zwei dicke Zweige von einem Baum zu brechen. „Aber wenn er nicht die Flucht ergriffen hätte, hätte ich wohl keine andere Wahl gehabt. Ich töte nicht gern, wenn es nicht notwendig ist. Jennie, ich brauche ein Stück Stoff, damit ich eine Schiene machen kann." Er zog eine zusammengefaltete Decke hinter dem Sattel hervor und machte mit Hilfe der beiden Zweige eine Art Trage für Blakes Bein daraus.

Es war das erste Mal, dass er sie beim Vornamen genannt hatte, und Jennie verstand nicht, warum ihr Herz auf einmal wie wild anfing zu schlagen. Sie ließ Blake los und gab Tate ihren Schal.

„Geht es damit?" fragte sie mit etwas zittriger Stimme. Blake umklammerte ihre Hand und drückte sie, als wollte er ihr mit dieser Geste sagen, dass es ihm gut ging.

„Hallo, Kumpel", murmelte sie und verdarb dann jeden Versuch, lässig zu wirken, mit einem Tränenausbruch.

„He, reg dich doch nicht auf", sagte Blake. „Es ist doch nur ein Beinbruch."

„Entschuldige", gab sie zurück und versuchte zu lächeln. „Du weißt doch, wie Mütter sind."

Tate Hollister warf ihr einen Blick zu, aber er sagte nichts. Er zog sein Taschenmesser heraus und schnitt mit einer schnellen, vorsichtigen Bewegung Blakes linken Stiefel auf. Dann legte er seine improvisierte Schiene daneben. „So", sagte er. „Jetzt wird es ein bisschen hart. Ich muss dein Bein begradigen und dann schienen. Das wird sehr wehtun. Soll ich dir etwas geben, worauf du beißen kannst?"

„Aber Sie können nicht ...", begann Jennie protestierend.

„Halten Sie den Mund", beschied er sie. Seine Augen waren schwarz, sein Blick herausfordernd.

Sie verstummte sofort.

„Ich werde es schon aushalten", sagte Blake tapfer. Er ballte die Fäuste und stützte sich auf die Ellbogen. „Los."

Jennie stiegen erneut die Tränen in die Augen, als sich Tate

Hollister an die Arbeit machte. Blake schrie nur einmal auf und wurde fast ohnmächtig, als Tate sein Bein gerade zog. Doch als die Schiene angelegt wurde, gab er keinen Ton mehr von sich. Er war kalkweiß im Gesicht, als Tate fertig war.

„In Ordnung?" fragte Tate. Seine Stimme war tief und klang fast zärtlich. Er lächelte. Irgendetwas schien sich zwischen ihnen verändert zu haben.

Blake brachte eine Art Grinsen zustande. Auch er spürte, dass etwas in ihrem Verhältnis anders geworden war. „In Ordnung", erwiderte er.

„Hier." Tate drückte Jennie das Gewehr in die Hand, um es dann noch einmal zurückzuziehen. „Warten Sie, ich muss es noch sichern." Dann gab er ihr die Waffe zurück. „Aber schießen Sie sich nicht in den Fuß", warnte er sie.

Sie funkelte ihn an. „Ich weiß, wo die Kugel herauskommt, danke."

Tate lächelte nicht, aber sie hätte schwören können, dass er zwinkerte. Er hob Blake behutsam hoch, und der Junge zog geräuschvoll den Atem ein, als der Schmerz kam. „Ich weiß, dass es wehtut", sagte Tate, als er ihn zu seinem Pferd trug. „Aber wir können es nicht ändern. Hast du gewusst, dass die Indianer ihre Verletzten früher auf einem Stangengerüst hinter ihren Pferden hergezogen haben?"

„Ist das wahr?"

„Ja, natürlich." Tate setzte Blake auf den Sattel und schwang sich dann hinter ihn. Er ging so sanft wie möglich vor, trotzdem sah Jennie, dass Blake Schmerzen hatte. Tate nickte Jennie zu, die das Gewehr inzwischen in seine Satteltasche gesteckt hatte und selbst auf ihr Pferd gestiegen war.

Sie ließ ihn wie zuvor vorausreiten. Sie ritten zügig zum Haus zurück. Die ganze Zeit über hörte sie Tate sprechen. Seine

Stimme klang ruhig und tröstend, und da erst wurde ihr klar, dass er nicht nur Konversation machte, sondern verhindern wollte, dass Blake in einen Schockzustand fiel.

Was hätte sie wohl ohne seine Hilfe getan? Natürlich hätte sie ihr Bestes versucht, aber ob das ausreichend gewesen wäre? Wenn sie nur an den Wolf dachte, wurde ihr eiskalt. Wäre Tate Hollister der Mann gewesen, für den sie ihn hielt, er hätte den Wolf ohne Zögern erschossen. Stattdessen hatte er ihn in die Flucht geschlagen, weil er nicht gern tötete. Sie betrachtete seinen breiten Rücken und spürte, wie sich ganz neue Gefühle in ihr zu regen begannen.

„Halten Sie ihn warm, bis wir ihn beim Doktor haben", wies Tate Jennie an, als sie in ihrem Haus waren. „Geben Sie ihm Tabletten gegen die Schmerzen und sorgen Sie dafür, dass er redet, das hilft gegen den Schock. Ich bringe die Pferde nach Hause und komme mit Ihrem Wagen zurück. Haben Sie den Schlüssel stecken lassen?"

Jennie nickte und wollte etwas sagen, aber er war schon fort, bevor sie einen Ton herausbrachte.

„Ist er nicht super?" fragte Blake mit einem hingebungsvollen Seufzer.

„Ja", stimmte ihm Jennie zu und strich ihrem Sohn das dunkle Haar aus der Stirn. „Na, hast du noch Schmerzen, wirst du es schaffen?"

„Klar", behauptete er. „Ich bin zäh."

„Das merke ich. Ich hole dir ein paar Tabletten."

Als Tate Hollister zurückkam, hatten Blakes Schmerzen nachgelassen, obwohl er gelegentlich noch aufstöhnte.

„Ich lege ihn auf den Rücksitz", sagte Tate und hob Blake vorsichtig hoch. „Am besten setzen Sie sich zu ihm. Bei diesem

Schnee sind die Straßen glatt, und es könnte passieren, dass wir ins Rutschen kommen."

„Wenn ich doch nur wüsste, wie ich Ihnen danken soll", begann Jennie.

„Indem Sie mir die Tür aufmachen", sagte er schroff. Auf ihre Dankesbezeugungen konnte er verzichten.

Jennie gehorchte mit einem kleinen Seufzer.

Auf dem ganzen Weg nach Deer Lodge, wo der Arzt seine Praxis hatte, rätselte Jennie darüber nach, warum sie Tate Hollisters ungeschliffenes Benehmen auf einmal akzeptieren konnte. In seiner Gesellschaft fühlte sie sich plötzlich ganz weiblich. Die Selbstverständlichkeit, mit der er mit ihrem Wagen zurechtkam, passte dazu, wie er ihren Generator repariert hatte und mit Blake umgegangen war. Er war schon ein erstaunlicher Mann. Und auf einmal störte es sie, dass er eine Vergangenheit hatte, die es nicht zuließ, dass er sich neu verliebte. Denn sie bekam so eine Ahnung, dass sie sich genau das wünschte: dass er sich in sie verliebe. Sie wollte alles von ihm erfahren, und sie wollte die Falten aus seinem Gesicht vertreiben und ihn zum Lachen bringen.

Dr. Peters untersuchte Blakes Bein, richtete es ein und packte es schließlich in Gips. Er sprach sich anerkennend über Tates Erste-Hilfe-Maßnahmen aus, schrieb ein Rezept für ein Schmerzmittel aus und lobte Blake für seine Tapferkeit. Zum Schluss gab er ihnen noch einen Termin, an dem der Gips wieder abgenommen werden sollte.

Jennie dachte gar nicht weiter darüber nach, bis sie bei einer Apotheke anhielten, um das Rezept einzulösen. Da erst fiel ihr ein, dass sie längst wieder in Tucson sein würden, wenn es so weit war. Aber wie konnte sie Blake in diesem Zustand in sein Internat zurückschicken? Sie nagte an ihrer Unterlippe. Allein der Gedanke, dass sie ihre kleine Ranch wieder verlassen mussten, zog ihr das Herz zusammen.

„Das ist eine ganz natürliche Reaktion", sagte Tate, der sie beobachtete. Sie saß jetzt auf dem Beifahrersitz, denn Blake war eingeschlafen. „Aber Sie brauchen sich keine Sorgen mehr zu machen. Wenn ich für jeden gebrochenen Knochen in meiner Kindheit ein Goldstück bekommen hätte, wäre ich heute ein gemachter Mann. Er kommt wieder ganz in Ordnung."

„Ja, ich weiß."

„Jetzt, da alles überstanden ist, werden Sie auf einmal ganz grün, Mrs. Jeffries", bemerkte Tate trocken. Er rauchte eine Zigarette und lenkte dabei den Wagen souverän durch enge Kurven und über glatte Straßenstellen.

„Ich glaube, dazu habe ich ein Recht", sagte Jennie und lächelte ihn an.

Er sah sie eine Weile an. Seine dunklen Augenbrauen zogen sich zusammen. „Ja", sagte er schließlich und musste sich zwingen, sich wieder auf die Straße zu konzentrieren. „Das haben Sie wohl."

„Lächeln Sie eigentlich nie?" erkundigte sich Jennie unvermittelt.

Er sah sie nicht an. „Selten inzwischen."

Sie hätte sich gern mit ihm unterhalten, wollte ihn fragen, wie es zu dem Unfall gekommen war, und ihm sagen, dass er nicht in der Vergangenheit leben durfte. Aber es ging sie nichts an. Es schockierte sie, dass sie überhaupt so dachte. Sie selbst legte ja auch Wert auf ihre Privatsphäre. Wie konnte sie da nur daran denken, in seine einzudringen?

Sie wurde rot und sah aus dem Fenster auf die eindrucksvollen blauen und weißen Berge vor dem grauen Himmel hinaus.

„Was ist los?" wollte Tate wissen.

Sie rutschte ein wenig auf ihrem Sitz hin und her. „Nichts."

„Sie sind rot geworden."

Er sah zu viel. „Ich wollte mich bei Ihnen bedanken", sagte sie. „Für alles. Aber Sie machen es mir schwer."

„Ich will keinen Dank", wehrte er ab und zog an seiner Zigarette. „Hier oben helfen wir uns alle gegenseitig. Nur so kann man überleben."

„Ich kann mir nicht vorstellen, dass Sie sich von jemandem helfen lassen", gestand Jennie. Er sah sie mit hochgezogenen Augenbrauen an, und sie wickelte sich fester in ihre Jacke. „Ich kann auch nichts dafür", sagte sie trotzig. „Ich kann es mir eben nicht vorstellen."

Sein Schnurrbart zuckte, und in seinen Augen stand ein Zwinkern, als er sich jetzt wieder der Straße zuwandte. „Ich bin froh, dass dem Jungen nicht mehr passiert ist."

„Ich auch." Ein Schauer durchlief sie. „Wenn ich nur an diesen Wolf denke ..."

Sie waren vor ihrem Haus angekommen. Tate hielt den Wagen an, machte den Motor aus und drehte sich zu Jennie. Es war fast dunkel, aber trotz des dämmrigen Lichts konnte er die Anspannung in ihrem Gesicht und ihren sorgenvollen Blick erkennen. Es war wohl nicht einfach, als Frau einen Jungen allein aufzuziehen, vor allem, wenn sie sich ihren eigenen Lebensunterhalt verdienen musste. Er hätte gern gewusst, ob sie nach dem Tod ihres Mannes je bei einem anderen Mann Trost gesucht hatte. Er glaubte es nicht.

„Blake geht es ja wieder gut", erklärte Tate tröstend.

„Das hat er kaum mir zu verdanken." Sie lachte heiser, und ihre Stimme wurde brüchig.

Er betrachtete sie eine Weile. „Kommen Sie", sagte er dann und umfasste ihren Arm. „Kommen Sie schon", ermunterte er sie, als sie sich sträubte. „Ich glaube, Sie müssen sich einmal richtig ausweinen."

Es war eine sehr merkwürdige Situation. Sie lag in seinen Armen, obwohl sie sich eigentlich völlig fremd waren. Er hatte Blake gerettet und sich um alles gekümmert, und sie fühlte sich bei ihm sicherer und geborgener als jemals bei einem anderen Menschen zuvor.

Sie seufzte und ließ dann endlich ihren Tränen freien Lauf. Er strich ihr mit seiner freien Hand übers Haar und sprach tröstend und beruhigend auf sie ein.

„Entschuldigen Sie", sagte sie nach einer Weile etwas verlegen. „Eigentlich neige ich nicht zu hysterischen Ausbrüchen. Es war wohl die Angst um Blake."

„Kein Wunder", erwiderte Tate. „Lassen Sie den Jungen nicht mehr allein losziehen", warnte er. „Wir sind hier nicht in Tucson. Bei uns gibt es Wölfe und sogar ein paar Bären."

„Mit einem gebrochenen Bein käme Blake wohl nicht weit", erinnerte ihn Jennie. Ihre Blicke trafen sich.

„Nein, wohl nicht." Er sah ihr in die Augen und verlor sich darin. Dabei vergaß er ganz, was er hatte sagen wollen. Es schien, als wäre er unfähig, den Blick abzuwenden. Sein ganzer Körper war verspannt, und er atmete unregelmäßig. Sie war so unglaublich hübsch. Seine Züge verhärteten sich. Nein, davon hatte er ein für alle Mal genug.

Auch Jennie musste mit sich kämpfen. Sein Blick ließ ihr Herz wie wild schlagen, und sie fühlte sich wie ein junges Mädchen, das zum ersten Mal mit einem Jungen ausging. Ihr Blick fiel, ohne dass sie es wollte, auf seinen Mund, und auf einmal hatte sie den Wunsch, ihn zu küssen.

„Oh nein", sagte er da. Er fasste mit einer Hand in ihr Haar und bog ihren Kopf zurück. „Das kommt nicht in Frage, Lady.

Noch einmal stehe ich das nicht durch." Dann ließ er sie unvermittelt wieder los und öffnete die Tür.

Jennie verstand nicht, was er damit sagen wollte. Vielleicht hatte er seine Frau sehr geliebt und wollte sein Herz nicht noch einmal verschenken. Das hätte sie verstanden. Aber sie hatte doch nicht versucht, ihn in Versuchung zu führen – oder doch?

Sie sah ihm zu, wie er Blake aus dem Wagen hob und in sein Zimmer trug.

„Ich bringe den Wagen später zurück", teilte er ihr kurz mit. „Kann ich noch etwas für Sie tun?"

Er war so kalt wie der Wind, und Jennie wäre lieber verhungert, als ihn um ein Stück Brot zu bitten.

„Nein, danke, Mr. Hollister", sagte sie mit erstaunlicher Ruhe angesichts ihres inneren Aufruhrs. Sie brachte sogar ein Lächeln zustande. „Danke für das, was Sie für mich getan haben."

Er sah ihr ins Gesicht, aber er wollte den Schmerz in ihren Augen, den er mit seiner schroffen Art zu verantworten hatte, nicht sehen. Er wandte sich wieder der Tür zu. „Keine Ursache", erwiderte er kurz und ging, ohne sich noch einmal nach Jennie umzudrehen.

3. KAPITEL

Blake verbrachte dank der vom Arzt verschriebenen Schmerzmittel eine ziemlich ruhige Nacht. Aber Jennie konnte nicht schlafen und wälzte sich ruhelos im Bett. Immer wieder musste sie an Tate Hollister denken, an den Tag, den sie ihr Leben lang nicht vergessen würde, und an den Mann, der eine so wichtige Rolle darin gespielt hatte.

Sie hatte alles andere als solche Komplikationen gewollt. Seit Jahren hielt sie sich von Männern fern. Natürlich war sie gelegentlich ausgegangen, aber mehr als Freundschaft hatte sie nie angestrebt. Der eine oder andere Mann hatte sich eine engere Beziehung vorgestellt, aber sie hatte kein Interesse an Sex gehabt. Ihre kurze Ehe hatte sie, was solche Dinge betraf, eher verwirrt und unsicher gemacht. Sie verstand selbst nicht, was diese Ruhelosigkeit bewirkte, oder was es war, das sie so zu Tate Hollister hinzog. Sie hatte so wenig Ahnung von Männern, von Nähe, zu wenig, um mit einem heftigen Gefühlsaufruhr fertig zu werden. Ihr Leben bestand aus ihrem Sohn und ihrem Beruf. Mehr brauchte und wollte sie nicht. Oder mehr hatte sie nicht gewollt. Jetzt war auf einmal Tate aufgetaucht und hatte ihr Leben verändert.

Es war die längste Nacht, an die Jennie sich erinnern konnte. Sie fiel erst in den frühen Morgenstunden in einen unruhigen Schlaf. Als sie aufwachte, war es eiskalt im Haus. Sie zwang sich aufzustehen und lief in ihrem blauen Flanellschlafanzug zum Thermostat. Dabei entdeckte sie, dass das ganze Haus ohne Strom war. Schon wieder!

Sie stöhnte auf. Das hatte ihr gerade noch gefehlt. Wütend ging sie zum Kamin, wo sie gestern Abend Feuer gemacht hatte, und suchte nach den Streichhölzern. Dann fiel ihr ein, dass die letzten verbraucht waren und sie nicht daran gedacht hatte, Tate um eine neue Schachtel zu bitten. Aber sie hätte ohnehin wenig davon gehabt. Es war kaum noch Holz da, abgesehen von den Resten im Kamin. Niemand hatte Vorsorge getroffen.

Sie setzte sich kraftlos aufs Sofa und brach in Tränen aus. Ihr ganzes Leben schien in Stücke zu fallen.

Als es an der Tür klopfte, fuhr sie erschrocken zusammen. Wer konnte das sein, so früh? Es war ja kaum Tag. Ob einer der Männer etwas von ihr wollte? Sie zögerte. Sie hatte nur ihren Schlafanzug an und keinen Bademantel. Vorsichtig öffnete sie die Tür nur einen Spalt und fand sich einem bekannten Gesicht gegenüber.

Ihr Herz machte einen kleinen Sprung, und ihre Augen leuchteten auf. Tate Hollister machte keine Anstalten einzutreten. Er betrachtete das Wenige, das er von ihr sehen konnte, und blinzelte.

„Ihr Generator ist wieder kaputt", stellte er fest.

„Ja, ich habe es gerade gemerkt. Woher wissen Sie das?"

„Ich wollte nachsehen, ob meine provisorische Reparatur durchgehalten hat, weil die Temperaturen letzte Nacht so gefallen sind", behauptete er. Sein Tonfall machte sie misstrauisch.

„Tatsächlich?"

„Wie auch immer, jedenfalls kann ich den Generator ohne Ersatzteile nicht reparieren", sagte er ungeduldig. „Und deshalb dachte ich mir, es wäre vielleicht am besten, wenn Blake und Sie einfach zu mir zögen, bis das Wetter besser wird."

Jennies Herz schlug schneller. Irgendwie glaubte sie seine Geschichte nicht ganz und hätte die Sache mit dem Generator gern noch ein wenig verfolgt. Aber ihre Blicke hatten sich getroffen, und sie verlor sich ein wenig in seinen dunklen Augen.

„Wir sollen zu ... zu Ihnen ziehen?" stammelte sie.

„Ja." Er war ganz gebannt von ihrem Blick. Sie war wunderhübsch, auch wenn sie nicht geschminkt war, und in ihren grauen Augen sah er nichts als Freude über seinen Besuch.

„Möchten Sie eine Tasse Kaffee?" fragte Jennie, ohne daran zu denken, dass sie ohne Strom gar kein Wasser heiß machen konnte.

„Ja, gern", erwiderte er.

Sie öffnete ihm die Tür und trat einen Schritt zurück. Als er eintrat und sie, barfuß und im Schlafanzug, wie sie war, ausgiebig betrachtete, wurde sie rot. „Oh", entfuhr es ihr, und sie blieb unschlüssig stehen, während sie versuchte, zu einer Entscheidung zu kommen.

Seine Wangen röteten sich leicht, als sie so vor ihm stand.

„Ich ... ich glaube, ich ziehe lieber etwas an", meinte sie.

„Ja, das wäre wohl besser", stimmte er ihr zu.

Aber aus irgendeinem Grund war sie unfähig, ihre Beine in Bewegung zu setzen. Sie stand einfach nur da. Ihre Brust hob und senkte sich, und sie war davon überzeugt, dass ihm das nicht entging. Sein Blick war auf den Ausschnitt ihres Schlafanzugs gewandert und verharrte dort. Die verräterische Röte auf seinen Wangen hatte sich vertieft.

Ihre Lippen öffneten sich einen Spalt. Nein, es würde nicht gut gehen. Sie hatte Angst davor, was geschehen könnte. „Ich ... ich glaube, Blake und ich sollten besser hier bleiben", stammelte sie ein wenig heiser. „Trotzdem, danke."

Sie hielt den Atem an, als er sich plötzlich bückte, sie auf die Arme hob und in ihr Schlafzimmer trug. Mit dem Fuß stieß er die Tür zu, dann stellte er sie langsam wieder ab.

„Wovor fürchten Sie sich?" fragte er ruhig.

Jennie lehnte mit dem Rücken an der kalten Tür. Ihre Füße

waren eisig, aber ihr Körper brannte wie Feuer. „Vor Ihnen", gestand sie.

Er schien sie mit Blicken zu berühren, so intensiv und forschend waren seine Augen. „Das müsste mir wohl schmeicheln."

Sie wurde unruhig unter seinem Blick. „Sie waren verheiratet", begann sie zögernd. „Ich zwar auch, aber nur ein paar Monate. Und seit ich Blake habe, komme ich nur noch selten mit Männern zusammen."

Das überraschte ihn ganz offensichtlich, obwohl er bei ihr eigentlich auf Überraschungen gefasst sein sollte. Er schob den Hut aus der Stirn und sah sie aus schmalen Augen an. „Kein Sex?" fragte er ruhig, als handle es sich um eine ganz alltägliche Frage.

Sie wurde dunkelrot und senkte den Blick. Dann schüttelte sie den Kopf.

Er legte die Hand unter ihr Kinn und hob es an. „Ja, ich war verheiratet", sagte er sanft. „Mit einer Frau, die ich nicht berühren durfte."

Jennie sah erstaunt zu ihm auf. Ihre Angst war verflogen. „Aber Sie hatten doch ein Kind."

Er seufzte tief. „Ja. Ich ließ alle in dem Glauben, dass es mein Kind war, um dem Klatsch Einhalt zu gebieten – um ihrer Familie willen." Er strich Jennie leicht übers Haar, ganz fasziniert davon, wie seidig es war. Sie konnte den Blick nicht von ihm wenden. „Sie war die Freundin meines Bruders. Er starb bei einem Skiunfall, ein paar Wochen, bevor sie heiraten wollten. Sie war schwanger. Ihre Familie war ziemlich religiös, und ein uneheliches Kind wäre nicht in Frage gekommen. Ihr Sohn war mein Neffe, und so heirateten wir, seinetwegen."

„Sie liebte Sie nicht?" erkundigte sich Jennie leise.

Er schob das Kinn vor. „Ich bin kein Mann zum Verlieben", sagte er, und sein Lächeln wurde kalt. „Sie liebte mich nicht. Sie liebte meinen Bruder und trauerte während unserer ganzen Ehe um ihn. Selbst nachdem das Baby geboren war, hielt sie es kaum aus, wenn ich sie nur berührte." Das Sprechen schien ihm schwer zu fallen. „Wir hatten mit Kip einen Ausflug in die Berge gemacht, und zum ersten Mal zeigte Joyce etwas Interesse am Leben. Ich ließ die beiden auf dem Anhänger mitfahren, obwohl ich es hätte besser wissen müssen." Er schloss einen Moment lang die Augen. „Die Kupplung lockerte sich, und der Anhänger kippte um ..."

Jennie dachte gar nicht darüber nach, was sie tat. Sie schlang die Arme unter seine dicke Jacke, umarmte ihn und drückte ihn ganz fest an sich. „Es tut mir so Leid", flüsterte sie und schloss die Augen, während sie ihn wiegte und versuchte, ihn mit all ihrer Kraft zu trösten. „Es tut mir so Leid."

Ihre Geste verblüffte ihn. Er legte ihr leicht die Hände auf die Schultern, als versuche er zu entscheiden, wie er sich jetzt verhalten sollte. Ihr leicht bekleideter Körper so eng an seinem brachte ihn ganz durcheinander. Seine Gefühle überstürzten sich, und er empfand einen Hunger, eine Sehnsucht, wie er sie seit Joyces Tod nie mehr erlebt hatte.

„Es ist lange her", sagte er schließlich. Er strich ihr übers Haar und drückte ihren Kopf an seine Brust. Es schien, als hätte er seine Abwehr gegen ihre Nähe aufgegeben.

„Sie haben sie geliebt."

Er zögerte. „Ich dachte es zumindest, ja." Merkwürdig, dass er seine damaligen Gefühle jetzt auf einmal einschränkte. Er hatte sie immer für Liebe gehalten. Aber vielleicht war es auch einfach Mitleid gewesen, der Wunsch, sie den Verlust seines jüngeren Bruders vergessen machen zu lassen. Jetzt, mit Jennie in den Armen, war er sich nicht mehr sicher.

„Und den Jungen auch."

Er holte tief Luft. „Vor allem den Jungen", gestand er. „Er hat mir so gefehlt. Er fehlt mir immer noch, Jennie."

Ihr Name von seinen Lippen hatte einen ganz eigenartigen beunruhigenden Klang, und sie versteifte sich unwillkürlich.

„Entschuldigung", sagte sie und wollte sich von ihm lösen.

Aber er hielt sie fest. „Nein", flüsterte er an ihrer Schläfe. „Ich habe seit Jahren keine Frau mehr in den Armen gehalten. Es fühlt sich so gut an."

Jennie konnte es kaum glauben, was Tate ihr gerade anvertraut hatte. Sie hob den Kopf und sah ihm in die Augen. „Seit Jahren?" wiederholte sie zögernd. Konnte es wirklich sein, dass er so wenig Erfahrung hatte?

Er hatte eigentlich gar nicht darüber sprechen wollen, aber ihr Blick war so aufrichtig, so ohne Spott. Sie machte sich nicht über ihn lustig. Er berührte ihre Wange mit dem Handrücken. „Seit Jahren", sagte er noch einmal, und wieder röteten sich seine Wangen.

Sie öffnete die Lippen. „Und vorher? Waren es viele?" fragte sie flüsternd. Sie musste es einfach wissen.

Tate schluckte, und er sah sie fast zärtlich an. „Nein", gab er ebenso leise zurück. „Es waren nicht viele." Seine Stimme klang schroff, denn er sprach nicht gern darüber. Er wusste eigentlich gar nicht, warum er ihr das überhaupt erzählte.

Jennie hielt den Atmen an. Eine ganz neue, ganz fremde Erregung hatte von ihrem Körper Besitz ergriffen. Dass er wirklich so wenig Erfahrung hatte ...

Tate stand wie erstarrt und wartete darauf, dass sie zu lachen anfing. Aber sie lachte nicht. Sie sah ihn nur an, und dieser Blick

Das erste Fest mit dir

brachte sein Blut in Wallung. „Na, keine ironische Bemerkung?" fragte er ein wenig spöttisch.

„Oh nein", gab sie zurück und betrachtete ihn ganz hingerissen. „Ich war ja auch nur mit meinem Mann zusammen. Und da war ich noch sehr jung und sehr unschuldig. Er hatte auch nicht gerade viel Erfahrung, und ich weiß nicht, ob einer von uns jemals so etwas wie Befriedigung in der Liebe erlebte." Sie barg das heiße Gesicht an seiner Brust. Sein Herz hämmerte. „Das habe ich noch niemandem erzählt, erst recht keinem Mann."

Tate Hollister wurde auf einmal von einem solchen Hochgefühl erfasst, dass er am liebsten laut gelacht hätte. Aber er lächelte nur. „Und ich dachte, Sie wären die welterfahrene, über allem stehende Städterin", meinte er amüsiert.

„Dann habe ich Sie ganz schön an der Nase herumgeführt", stellte sie entzückt fest.

Das war ihr gelungen, in mehr als einer Hinsicht. Aber das brauchte sie nicht zu erfahren. Er strich ihr übers Haar. „Kommen Sie mit mir nach Hause, Sie und Blake. Wenigstens bis es aufgehört hat zu schneien. Schon allein deshalb, weil Sie ihn nicht allein baden können." Er lächelte. „Ich kann mich noch gut daran erinnern, als ich in seinem Alter war – ich hätte einen Riesenaufstand gemacht, wenn meine Mutter auf die Idee verfallen wäre, mich zu baden."

Jennie lachte und hob den Kopf. Ihre Augen funkelten, und sie erschien ihm wunderschön. Sie gab ihm Recht. „Ja, Blake würde sich wohl auch fürchterlich aufregen."

„Ich werde Ihnen nichts tun", versprach er leise. „Mir fehlt die Begabung, Frauen zu verführen, selbst wenn sie solche Unschuldslämmer wie Sie sind."

Jennies Lächeln wurde breit. „Danke, Tate."

Als sie seinen Namen aussprach, so weich und ein wenig heiser, setzte sein Herz einen Schlag aus. Er sah ihr forschend in die Augen, und ihr Lächeln schwand langsam. „Sag es noch einmal", flüsterte er.

„Tate", sagte sie gehorsam. Ihre Stimme klang ein wenig atemlos.

Er legte die Hände um ihr Gesicht und neigte sich, ohne den Blick abzuwenden, zu ihr hinunter und berührte zögernd ihre Lippen. Sein Schnurrbart kitzelte sie ein wenig, und seine Nase war ihm im Weg. Er stellte sich ein wenig linkisch an.

„Ich bin richtig eingerostet", meinte er mit einem kleinen verlegenen Lachen.

Auch Jennie lachte. Es war wundervoll, mit einem Mann zusammen zu sein, der nicht den großen Verführer spielte. Sie schlang die Arme um seinen Hals und legte den Kopf zurück. „Das macht nichts", sagte sie. „Können wir es noch einmal versuchen? Ich bin irgendwie genauso eingerostet."

Er lächelte und neigte sich erneut zu ihr hinunter. Und diesmal war nichts Linkisches an seinem Kuss. Er strich mit den Lippen über ihren Mund und bewegte sie dann aufreizend darauf, bis plötzlich ein elektrischer Funke zwischen ihnen überzuspringen schien.

Jennie spürte es sofort, als er den Atem anhielt und zu erstarren schien. Sie wollte etwas sagen und öffnete die Lippen, und im selben Augenblick drang seine Zunge in ihren Mund ein.

„Jennie", stöhnte er auf und drängte sie an die Tür. Aber er machte ihr keine Angst, denn bei all seiner Kraft war er sehr sanft. Sie öffnete seinen fordernden Lippen mit einem leisen Laut den Mund.

Sie konnte sich nicht mehr daran erinnern, wann ein Kuss

sie jemals so erregt hatte. Selbst in ihrer kurzen Ehe hatte sie sich dabei nie so merkwürdig schwach und verletzlich gefühlt. Tate mochte nicht besonders viel Erfahrung haben, aber da war etwas, das sie zueinander drängte. Das spürte sie ganz genau. Seine Lippen fühlten sich so wunderbar an, und das leichte Kitzeln seines Schnurrbarts erregte sie. Sie schien vom Kopf bis zu den Zehen unter Strom zu stehen, wenn er ihr so nahe war.

Er hob den Kopf und sah sie forschend an. Seine Augen waren tiefschwarz.

Jennie war ganz benommen und konnte sich kaum auf den Beinen halten. „Tate", flüsterte sie und hob das Gesicht zu ihm auf.

„Nein." Er löste sich ein wenig von ihr und hielt sie an den Armen, bis sie das Gleichgewicht wiedergefunden hatte. „Wir müssen damit aufhören", sagte er fest, aber zugleich sanft.

Jennie sah verständnislos zu ihm auf. Dann begriff sie langsam, was er gesagt hatte, und fand in die Wirklichkeit zurück. Sie senkte den Blick und wurde rot. „Oh je", sagte sie ganz unpassend.

„Zieh dich lieber an", meinte Tate. Er kämpfte immer noch um seine Beherrschung. Direkt hinter ihm stand ihr Bett, und er wusste genau, wie sie sich anfühlen würde. Er schüttelte den Kopf, als nützte ihm das, wieder einen klaren Gedanken fassen zu können. „Ich wecke inzwischen Blake und helfe ihm beim Anziehen."

„Danke."

Er schob sie sanft zur Seite, die Hände noch immer auf ihren Armen. „Jennie, geht es dir gut?"

Sie zwang sich zu einem Lächeln. „Ich bin nur ein bisschen zittrig, das ist alles", sagte sie und musste über sich selbst lachen.

Auch er lachte. Es war etwas ganz Neues für ihn, dass er so verletzlich war – und dass es ihm gar nichts ausmachte, dass sie es merkte. Es war ganz einfach schön, sie in den Armen zu halten und zu küssen. Das konnte zu Schwierigkeiten führen, aber jetzt hatte er anderes im Sinne, als über die Folgen nachzudenken.

„Ich auch", gestand er und beobachtete hingerissen, wie sich ihre Brust unter dem dünnen Schlafanzugoberteil hob und senkte. Ihre Brustspitzen waren ganz hart, das sah er deutlich. Einen Augenblick lang wünschte er sich, er hätte mehr Erfahrung, aber da sie sich nicht daran störte, warum sollte er sich deshalb den Kopf zerbrechen?

„Hör auf damit", sagte sie leise und verschränkte verlegen die Arme über der Brust.

Tate lachte. Ihre Reaktionen gefielen ihm. Die ganze Frau gefiel ihm. „Zieh dich an."

Damit öffnete er die Tür und ging. Jennie war einige Zeit unfähig, sich zu bewegen, und stand einfach nur da, wie er sie verlassen hatte. Sie schmeckte immer noch seinen Kuss auf den Lippen und meinte, seinen zarten Duft zu spüren. Sie würde mit Blake zu ihm ziehen, bis es aufhörte zu schneien.

Bis es aufhörte zu schneien. Sie blinzelte. Nächste Woche war Weihnachten, und bald darauf mussten sie wieder nach Hause fahren. Das war schwerer, als sie erwartet hatte. Sie wollte nicht aus Montana weg, wollte nicht von Tate weg. Sie konnte nicht einmal sagen, woher diese plötzliche Zuneigung rührte und wie sie damit umgehen sollte.

Tate war mit seinem Jeep gekommen und hob Blake jetzt vorsichtig hinein. Dann lud er das Gepäck ein und half Jennie auf den Beifahrersitz.

Sein Haus war zum Glück groß. Es hatte ursprünglich vier Schlafzimmer, von denen er eines zu seinem Arbeitszimmer gemachte hatte, aber es war trotzdem noch genug Platz für alle. Das größte Zimmer hatte er für sich reserviert. Er hatte es mit alten dunklen Eichenmöbeln eingerichtet, auf dem großen französischen Bett lag eine Steppdecke mit Westernmotiven.

Die beiden anderen Zimmer waren ganz ähnlich. Die Möbel waren hell und modern, die übrigen Farben erdig, so wie er es liebte.

„Wer macht das Haus sauber?" erkundigte sich Jennie, als sie sich zu Tate in das riesige Wohnzimmer mit seiner kathedralenähnlichen Decke und dem großen Steinkamin gesellte. Auch hier waren die Möbel schwer und dunkel und offenbar nach ihrer Behaglichkeit ausgesucht. In jeder Ecke stand ein Gummibaum, sonst hatte Tate vor allem Kakteen.

„Die Frau einer meiner Männer hat ein mitfühlendes Herz", erklärte Tate. Er beobachtete Jennie lächelnd, als sie neugierig im Zimmer umherging und die indianischen Tonwaren auf dem Kaminsims und das riesige Gemälde von einem Herefordbullen darüber bewunderte.

„Wer ist – oder wer war das?" berichtigte sie sich und zeigte auf den Bullen.

„Er hieß King's Honor", berichtete Tate stolz. „Ein Prachtkerl. Er wurde zwanzig Jahre alt und hat für zahlreiche Nachkommen gesorgt."

„Ich würde mich gern wenigstens ein wenig in Viehzucht auskennen."

„Du kannst es lernen", meinte er und zwinkerte ihr zu.

Jennie sah ihn gern an. Es wurde ihr im Laufe des Tages sogar richtig zur Angewohnheit. Sie kümmerte sich um das

Abendessen. Es gab Steaks vom Grill und dazu Kartoffelpüree und Bohnen. Sie backte sogar ein Brot.

Tate war begeistert. „Ich wusste gar nicht, dass Frauen immer noch Brot backen", gestand er, als er seine dritte Scheibe mit Butter verzehrt hatte.

„Mom kocht furchtbar gern", erzählte Blake.

„Hauptsächlich aus Faulheit", meinte Jennie. „Ich esse nicht gern auswärts."

Tate lachte. „Ich auch nicht." Er sah, dass Blake unvermittelt das Gesicht verzog. „Wollen wir wieder einmal etwas für dein Bein tun?" erkundigte er sich.

„Es ist eigentlich nicht nötig", behauptete Blake.

Tate drehte seinen Stuhl zu ihm um. „Ich habe mir auch einmal das Bein gebrochen. Ein Stier kam plötzlich rückwärts auf mich zu und drückte mich an die Wand. Da habe ich gelernt, wie schlimm Schmerzen sein können. Man muss es ja mit den Medikamenten nicht übertreiben, aber ein bisschen kann man sich schon helfen lassen." Er lächelte den Jungen an. „Du brauchst mir nichts zu beweisen. Ich habe gesehen, wie du dem Wolf standgehalten hast. Damit weiß ich genug über dich."

Blake errötete vor Stolz. „Das war nicht schlecht, oder?"

„Wie wäre es also mit einer Tablette?"

Blake seufzte. „Also gut."

Jennie wollte aufstehen, aber Tate hinderte sie daran und holte selbst das Pillenfläschchen. „Und dann bringe ich dir das Schachspielen bei. Oder kannst du es schon?"

„Nein, ich kann nur ‚Dame'."

„Na, dann los. Je früher man etwas lernt, desto besser." Tate lächelte.

Jennie wusch das Geschirr ab und machte es sich dann auf

dem Sofa bequem, um den beiden zuzusehen. Tates Geduld schien unerschöpflich. Er erklärte Blake jeden einzelnen Zug immer wieder, bis er ihn verstanden hatte. Das hätte Jennie ihm nicht zugetraut. Ihr erster Eindruck von ihm war eigentlich gewesen, dass er keine Rücksicht auf andere Menschen nahm und sich von niemandem stören ließ. Aber dieser erste Eindruck erwies sich zunehmend als falsch. Jennie stellte fest, dass Tate einen wunderbaren Sinn für Humor hatte und alles andere als bärbeißig war. Er musste wohlhabend sein, der Größe seiner Ranch nach zu schließen, aber nichts in diesem Haus wies darauf hin. Ganz offenbar neigte er nicht zum Angeben. Das machte ihn ihr zusätzlich sympathisch.

„Manchmal muss es hier ziemlich einsam sein", sagte Jennie und strich geistesabwesend die Indianerdecke auf der Sofalehne glatt.

Tate sah von seinem Schachbrett hoch, während Blake angestrengt über seinen nächsten Zug nachdachte. „Das ist wahr", sagte er. „Vor allem für eine Frau." Jennie mied seinen Blick. „Andererseits ist Einsamkeit von der Umgebung unabhängig", fuhr Tate fort, ohne die Augen von Jennie zu lassen. „Ich kenne Leute, die sich inmitten einer großen Menschenmenge einsam fühlen."

„Ja, das gibt es wohl", gab ihm Jennie Recht. Sie fuhr mit dem Finger am Muster der Decke entlang. Das Feuer im Kamin loderte, und sie war ganz ungewohnt müde. In ihrem eigenen Häuschen hatte das Alleinsein sie trotz Blakes Gesellschaft immer ein wenig unruhig gemacht, hier, in Tates Haus, fühlte sie sich sicher. Sie lächelte ein wenig und schloss die Augen.

Tate sah sie nachdenklich an. Ihr Gesicht trug einen verträumten Ausdruck, und er spürte ganz neue Sehnsüchte in sich aufsteigen.

Blake sah auf und bekam Tates Blick mit. Triumph blitzte in seinen Augen auf, und er hatte Mühe, nicht wie ein Honigkuchenpferd zu grinsen. Er war zufrieden.

4. KAPITEL

Blake entschlummerte wärend des Spiels, und Tate Hob ihn vorsichtig hoch und trug ihn in sein Zimmer.

„Bring mir seinen Schlafanzug", rief er Jennie über die Schulter zu. „Ich ziehe ihn aus."

„Wir bekommen die Hosen nie über den Gips", meinte Jennie.

Tate lächelte. „Dann leihe ich ihm eine von mir."

„Die werden wir ihm dann um den Hals binden müssen, damit sie hält."

Tate lachte. Er legte den Jungen aufs Bett und sah auf ihn hinunter. „Er ist ein Mordskerl."

Jennie hielt den Atem an. Ob Tate wohl bewusst war, wie viel Zuneigung und Gefühl aus diesen wenigen Worten gesprochen hatten? Jetzt runzelte er die Stirn, wandte sich abrupt ab und ging in sein Zimmer.

Jennie hatte Blake schon das Hemd ausgezogen und ihn in das Schlafanzugoberteil gesteckt, als Tate mit einem Paar offenbar neuer Baumwollhosen zurückkam.

„Du brauchst ihm nicht gleich deinen besten Schlafanzug zu leihen", sagte sie.

Er lächelte ein wenig spöttisch. „Ich ziehe im Bett nie etwas an, mein Herz", informierte er sie. „Ich habe immer nur einen Schlafanzug bereitliegen, falls einmal ein Feuer ausbricht."

Jennie wurde dunkelrot, ohne den Grund dafür zu verstehen. Sie war verheiratet gewesen, hatte ein Kind geboren, und doch brachte er es immer wieder fertig, diese Scheu in ihr zu wecken.

Sie trat den Rückzug an. „Den Rest überlasse ich dann dir."

Tate beschäftigte sich, immer noch leise lächelnd, wieder mit Blake.

Nur wenige Minuten später kam er ins Wohnzimmer zurück. Er setzte sich neben Jennie aufs Sofa und zündete sich eine Zigarette an. Das Holz im Kamin knarzte, und gelegentlich konnte man den Wind durch den Abzug heulen hören.

„Fehlt Blake sein Vater nicht?" fragte er nach einer Weile.

„Manchmal bestimmt", antwortete Jennie. Sie zog die Beine an und verschränkte die Arme vor der Brust. Sie trug einen blauen Pulli in einer ähnlichen Farbe wie Tates Hemd, und sie fragte sich, ob ihm diese Ähnlichkeit im Geschmack wohl schon aufgefallen war. „Vor allem im Internat muss es schwer sein, obwohl viele Jungen geschiedene Eltern haben. Aber die meisten Mütter haben offenbar wieder geheiratet oder doch wenigstens einen Freund, der sie zu wichtigen Schulereignissen begleitet."

Tate legte den Arm auf die Sofalehne und sah Jennie an.

„Und in deinem Leben gibt es nicht viele Männer."

Sie lächelte, nicht im Geringsten verlegen. „Ich bin hoffnungslos altmodisch", gestand sie. „Blake hält mich vermutlich für ein Fossil aus grauer Vorzeit."

„Bestimmt nicht", widersprach Tate zu ihrer Überraschung. „Er hat seinem Großvater erzählt, dass du die beste Mutter bist, die man sich als Junge wünschen kann."

Jennie hielt unwillkürlich den Atem an und lächelte dann. „Das hat er wirklich gesagt?"

„So hat es mir Jeffries erzählt", bestätigte Tate und zog an seiner Zigarette. „Ich habe ihn früher oft besucht. Er hat mir so viel von dir erzählt, dass ich das Gefühl hatte, dich genau zu kennen. Aber das stimmte natürlich nicht. Ich hatte mir ein ganz anderes Bild von dir gemacht. Ich war zum Beispiel davon überzeugt, dass du viel ausgehst, es eben dem alten Herrn nur nicht unbedingt unter die Nase bindest." Er lächelte schwach.

„Ich wüsste nicht, wie das hätte gehen sollen", meinte Jennie mit einem Seufzer. „Hätte ich einen Freund, wüsste es Blake sofort. Ich kann meine Gefühle einfach nicht verbergen."

„Ein Segen", erklärte Tate, und er meinte es ehrlich. Sie sah neugierig zu ihm auf. „Ich hasse Lügen", sagte er unerwartet. „Ich hasse gesellschaftliche Konventionen, Heuchelei und reine Lippenbekenntnisse von Politikern. Ich sage immer, was ich denke, und weiß es bei anderen ebenfalls zu schätzen. Unsere Bekanntschaft fing ein bisschen unglücklich an, aber nachdem wir beide losgeworden sind, was sein musste, sind wir auf dem Weg zu etwas Gutem. Das spüre ich."

„Und was ist dieses Gute?" fragte Jennie. Diese Intensität an Tate kannte sie noch nicht, und sie verstand sie auch nicht.

„Sag du es mir, Jennie", erwiderte er ruhig. Er beugte sich zu ihr und strich ganz leicht mit den Lippen über ihren Mund. „Schlaf gut."

„Aber es ist erst acht Uhr."

„Ich muss noch im Dunkeln aufstehen. Vieh hält sich nicht an städtische Gepflogenheiten." Er lächelte. „Mach das Licht aus, wenn du ins Bett gehst."

„Gut."

Jennie blieb noch eine Weile am Kamin sitzen und hing ihren Träumen nach. Wie mochte es wohl sein, wenn sie, Blake und Tate eine Familie wären? Aber dazu würde es nicht kommen. Sehr bald schon würde sie wieder am Schreibtisch sitzen und von ihren Erinnerungen zehren müssen.

Etwas weckte Jennie am nächsten Morgen, noch bevor es hell wurde, ein Geräusch vielleicht oder eine Bewegung. Sie war gewöhnt, früh aufzustehen, und so schlüpfte sie aus dem Bett und zog sich ihre Jeans und einen grauen Pullover über. Dann fuhr sie sich schnell mit der Bürste durch die Haare, ging auf Zehenspitzen in den Gang hinaus zu Blakes Zimmer und sah durch einen Spalt hinein.

Er schlief tief und fest. Mit einem Lächeln zog sie die Tür wieder zu und ging weiter in die Küche, um nach Kaffee zu suchen.

Tate war schon da, nur mit Socken und Jeans bekleidet. Jennie blieb unter der Tür stehen und konnte ihn nur ansehen. Im Vergleich mit ihm musste jeder Pin-up-Mann den Kürzeren ziehen. Sein Oberkörper war muskulös und wie durchmodelliert, und er hatte nicht ein Gramm Fett an seinem Körper. Er beugte sich gerade über den Herd und richtete sich jetzt auf. Als er sich zu ihr umwandte, fragte sie sich einen Augenblick lang, ob es einer modernen Frau wohl anstand, in Ohnmacht zu fallen. Sie hatte nie etwas für behaarte Männer übrig gehabt, aber Tate war eine Ausnahme. Sein Haarwuchs war kräftig und konzentrierte sich ganz aus seine breite Brust. Tates Haar war feucht, vermutlich war er gerade aus der Dusche gekommen. Eine Haarsträhne war ihm in die Stirn gefallen, was ihm ein verwegenes Aussehen verlieh.

„Guten Morgen", sagte er leise und ließ den Blick über ihr Gesicht wandern. „Ungeschminkt?"

„Ich hasse Make-up", entfuhr es ihr.

Tate lachte. „Ich auch. Hol die Milch aus dem Kühlschrank, dann schenke ich uns schon einmal Kaffee ein."

„Ich wusste gar nicht, dass du als Koch so brauchbar bist", bemerkte sie, als er dicke Scheiben Schinken, Rührei und Toast auf einen Teller legte.

„Ja, ich weiß. Jeffries erzählte immer diese Geschichte, dass einer meiner Männer kündigte, weil er meine Kochkünste nicht aushielt. Aber so schlimm ist es nicht. Ich war schließlich bei der Marine." Er füllte die Tassen mit Kaffee. „Kochen gehörte dort mit zu den leichteren Fächern."

Jennie wollte etwas sagen, überlegte es sich dann aber anders. Tate stellte die Tassen auf den Tisch und setzte sich.

„Ich hatte nicht damit gerechnet, dass du so früh aufstehst", meinte er.

„Ich liebe Sonnenaufgänge", erklärte Jennie. „In Tucson war es unbeschreiblich schön, wenn die Dämmerung über die Berge hereinbrach. Sie wechselten dann richtig die Farbe. Manchmal waren sie rot, dann wieder schwarz, später wurden sie knallrosa und rostfarben. Es war fantastisch."

„Hier färben sich die Berge von Blau nach Purpur", sagte Tate. „Im Winter sind sie kalkweiß. Hier, iss etwas. Du könntest gut ein paar Pfund mehr vertragen."

„Ich nehme nie zu", gab Jennie zurück und nahm sich ein Stück Toast und etwas Schinken. Tate häufte Rührei auf ihren Teller. „Das ist viel zu viel", protestierte sie.

„Wenn du auf einer Ranch lebst, brauchst du Kraft. Das kann dir sogar Blake erzählen." Tate hatte seine Eier bereits aufgegessen und war bei Toast mit Marmelade angelangt.

„Ich will doch kein Heu gabeln oder Vieh treiben", empörte sich Jennie.

„Was wolltest du denn heute tun?" erkundigte sich Tate.

„Ich dachte, ich putze und räume auf, wenn du nichts dagegen hast. Nicht dass es unbedingt nötig wäre, aber irgendetwas gibt es immer zu tun." Sie senkte den Blick. Der Anblick seiner nackten Brust ließ sie ganz schwach werden. „Ich möchte deiner Hilfe nicht ins Gehege kommen."

„Keine Angst. Tu, wonach dir der Sinn steht – innerhalb

vernünftiger Grenzen, natürlich. Ich bin eigen, was meine Spitzenunterhemden anbelangt."

„Trägst du denn überhaupt Unterhemden?" fragte sie und wurde im nächsten Augenblick rot, als ihr bewusst wurde, wie persönlich die Frage gewesen war.

Er beobachtete sie. Sie konnte nicht wissen, wie sie mit ihrer Scheu auf ihn wirkte. Seine Augen verengten sich. „Nein", gestand er. Er war mit seinem Toast fertig und trank seinen Kaffee in einem Schluck aus. „Möchtest du noch eine Tasse?"

„Ja. Aber ich kann die Kanne selbst holen." Sie stand auf, aber als sie an ihm vorbeiging, hielt er sie ohne Vorwarnung am Handgelenk fest.

„Nein, das kannst du nicht", sagte er und zog sie mit einem Ruck zu sich. Sie fiel auf seinen Schoß und stützte sich dabei im ersten Schreck mit der Hand an seiner bloßen Brust ab. Die Berührung durchfuhr sie wie ein elektrischer Schlag. Sie kam nicht einmal dazu, sich zu wehren. Er sollte nicht sehen, wie verletzlich sie war und wie stark sie auf ihn reagierte, aber sie brachte die Energie nicht auf, sich zu verstellen.

Er drückte ihre Hand an sich und betrachtete ihre oval geformten Nägel. Sie hatte nette Hände, sehr schlank und anmutig. „Hör auf, dich vor mir zu verstecken." Er hob ihr Gesicht zu sich an und las all die Zweifel und Unsicherheiten darin. Er lächelte ein wenig. „Das ist für mich genauso neu wie für dich. Ich mache mich bestimmt nicht darüber lustig, wie du mich anschaust. Wenn du nichts anhättest, würde ich genauso schauen."

Ihre Lippen teilten sich. „Wirklich?"

„Wirklich." Tate strich über ihre Hand auf seiner Brust, und sofort stellte sich die Wirkung ein. Er musste lachen und sah wieder zu ihr auf. „Ich dachte, ich sei immun. Fühl einmal." Er führte ihre Hand auf sein Herz und ließ sie den harten, schweren Schlag spüren.

„Ich glaube, niemand ist das – immun, meine ich", flüsterte Jennie.

„Schlägt dein Herz auch so wild?" wollte er leise wissen. Ohne den Blick von ihr zu wenden, legte er die Hand unter ihre Brust. Gleichzeitig umfasste er mit der anderen Hand ihre Taille und drückte sie an sich. Jennie hatte unter ihrem dünnen Pulli nichts an und konnte kaum atmen. Sie begann am ganzen Körper zu zittern, und ihre Augen wurden dunkel. Ihre Blicke verfingen sich ineinander.

„Tate", brachte sie rau hervor und hielt einen Moment die Luft an.

„Vermutlich gibt es da irgendwelche Regeln", sagte er gepresst und sah ihr in die Augen, während er an ihrer Brust entlangfuhr. „Damals, in grauer Vorzeit, als ich ein Junge war, haben Mädchen Männern noch Ohrfeigen gegeben, wenn sie taten, was ich jetzt tue."

„Ich bin Witwe, kein Mädchen", gab sie mit sicherer Stimme zurück. „Und ich ... ich mag, was du da tust."

„Ich dachte, das sagt man nicht", flüsterte er und neigte sich zu ihr. Er fuhr mit den Lippen über ihren Mund, dann ein zweites Mal, und dann begann er sie endlich zu küssen. Er tastete mit der Hand nach dem unteren Rand ihres Pullis, hatte ihn endlich gefunden und fuhr darunter bis hinauf zu ihrer warmen, weichen Brust. Ein Schauer der Lust durchlief Jennie, ihre Brustknospen wurden hart und steif, und sie drängte sich erregt an ihn.

Sie stöhnte unter seinen Küssen auf, und er spürte ihren Hunger und ihre Erregung.

Als ein erneutes Zittern über ihren Körper hinwegging,

schob er, ohne seinen Mund von ihrem zu lösen, ihren Pulli hoch und zog sie an seine nackte Brust. Jennie gab einen keuchenden Laut von sich und wölbte sich ihm entgegen. Er hob den Kopf, um ihr ins Gesicht zu sehen.

Seine Augen wurden noch dunkler. Sie hatte etwas Wildes, fast Hemmungsloses. Ihre Lippen waren geschwollen, die Augen halb geschlossen und verschleiert. Ihr Gesicht war gerötet.

Sein Blick wanderte auf ihren Busen und weidete sich an dem Gegensatz zwischen ihrer zarten rosafarbenen Haut und seiner dunkel behaarten Brust. Er schob Jennie ein wenig von sich. Es war so lange her, dass er eine Frau so vor sich gehabt hatte, und er konnte sich gar nicht sattsehen.

Jennie sah, wie ein Ruck durch ihn ging, als er sie so nackt sah. Seine Züge verhärteten sich, und seine Augen bekamen einen ganz fremden Glanz. Er wirkte angespannt. Zögernd hob er die Hand und fuhr mit dem Finger über die weiche Rundung und die harte kleine Brustspitze. Jennie entfuhr ein Laut, und er hob den Blick zu ihr auf.

„Du faszinierst mich", wisperte er. „Alles an dir. Dein Körper, dein Herz, dein Verstand. Frauen waren für mich hauptsächlich wegen ihres Körpers wichtig, aber jetzt auf einmal ... ich wüsste gern ..."

„Was wüsstest du gern?" wollte Jennie leise wissen, als er stockte.

„Ich wüsste gern, wie es wäre, wenn du ein Kind von mir bekämst", flüsterte er. Ein Anflug von Ehrfurcht klang aus seiner Stimme.

Jennies Herz setzte einen Schlag aus, und sie sah ihm forschend ins Gesicht. Sie hob die Hand und berührte seinen Mund, fuhr an seinem Schnurrbart entlang und über seine Wange, bis sie an seinen dichten Augenbrauen angelangt war. Er hatte die Augen geschlossen und saß ganz ruhig, während sie sein Gesicht abtastete.

Dann begann sie ihn voller Zärtlichkeit zu küssen. Sie drückte seine Hand an ihre Brust und bewegte aufreizend die Lippen über seinem Mund.

„Du bringst mich um", flüsterte er mit einem gequälten Lachen.

„Du mich auch", gab sie ebenso leise zurück. Sie richtete sich ein wenig auf und stützte sich mit beiden Händen an seiner Brust ab. In ihren Augen konnte er alles lesen, was er wissen wollte.

Er holte tief Luft und zwang sich dazu, ihr den Pulli wieder über den Busen zu ziehen. „Ich muss zur Arbeit", klagte er. „Ich hoffe nur, ich kann in meinem Zustand Heu gabeln."

Aber er lachte dabei, und seine Augen blitzten. Jennie lächelte ihn an und fuhr ihm mit den Händen durchs Haar.

„Was möchtest du heute Mittag essen?" fragte sie ihn.

„Irgendetwas", antwortete er. „Hauptsache, ich kann dich dabei anschauen."

„Ach, Tate." Sie küsste ihn noch einmal und umarmte ihn.

Er spürte, wie sie sich versteifte, hob den Kopf und sah ihr in die Augen. „Ich tue dir nicht weh, Jennie", flüsterte er. „Ich möchte nur einfach wissen, wie ich mich bei dir als Mann fühle. Das ist keine Drohung. Es ist ..." Er unterbrach sich und suchte nach dem richtigen Wort. „Ich glaube, es ist eine Art Stolz", schloss er schließlich.

Als Jennie ihn so ansah, schwand all ihre Furcht, und sie entspannte sich ein wenig. Sie wusste, dass sie ihm trauen konnte. „Es ist nicht ganz einfach", gestand sie. „Es ist schon so lange her."

„Ich weiß." Er küsste sie auf die geschlossenen Augen und

ließ sie dann los, damit sie aufstehen konnte. „Ich habe dich nicht hergebracht, um dich zu verführen", fügte er hinzu und legte zärtlich die Hände um ihr Gesicht. „Du brauchst keine Angst vor mir zu haben."

„Aber ich habe trotzdem Angst", flüsterte sie und sah zu ihm auf. „Tate, ich ... Wir dürfen nicht ..."

Er legte ihr den Finger auf die Lippen. „Ich muss los." Er küsste sie ein letztes Mal auf die Stirn. „Wir wollen nichts überstürzen, ja?"

Sie gab sich Mühe. „Gut."

Er lächelte. In letzter Zeit lächelt er oft, dachte Jennie, als sie ihm nachsah. Aber ich eigentlich auch.

Die nächsten Tage waren wie verzaubert. Tate berührte Jennie nicht mehr, auch wenn sie das Verlangen in seinem Blick deutlich erkennen konnte. Abends nach der Arbeit leistete er Blake Gesellschaft. Die beiden unterhielten sich über die Viehzucht und den Markt. Jennie verstand wenig davon, aber Blake schien das Thema richtig Spaß zu machen. Und als Tate ihm sein „Handbuch für den Rancher" lieh, war er außer sich vor Freude. „Es ist ein ganzes Kapitel über Futteranlagen drin", sagte er begeistert.

„So etwas könnten wir hier auch brauchen", meinte Tate. „Ich komme nur nie dazu, mich näher damit zu beschäftigen." Er saß mit einer Tasse Kaffee und einer Zigarette auf dem Sofa. „So eine Anlage wäre wirklich interessant für uns."

„Mit den Gasen muss man aufpassen, sie sind ganz schön explosiv", erklärte Blake wichtig.

Jennie sah von ihrer Zeitschrift auf, in der sie gerade ein Kochrezept las. „Was für Gase?"

Blake setzte zu einer langatmigen Erklärung darüber an, wie

aus Rinderdung explosive und giftige Gase entsehen konnten. Tate freute sich ganz offensichtlich über Jennies wenig erbauten Gesichtsausdruck.

„Sohn, ich glaube, deine Mutter legt keinen großen Wert auf Einzelheiten", meinte er. „Vielleicht versuchst du es erst einmal mit der Sicherung von Weideflächen oder etwas Ähnlichem."

„Gut." Blake war ganz hingerissen, weil sein großes Idol ihn tatsächlich „Sohn" genannt hatte; er sah Tate hingebungsvoll an. In seinem Gesicht konnte man wie in einem offenen Buch lesen.

Tate spürte, wie sich ganz ungewohnte Gefühle in ihm regten. Es waren dieselben Gefühle, die ihn schon erfasst hatten, als er den Wolf vertrieben hatte. Der Junge und seine Mutter waren dabei, ihn mit Haut und Haaren zu erobern. Vor kurzem noch hätte ihn das wütend gemacht. Aber jetzt ...

Er sah Jennie an. Sein Blick ruhte voller Zuneigung auf ihrem dunklen Haarschopf, als sie über ihre Zeitschrift gebeugt dasaß. Sie und Blake waren bereits Teil seines Lebens geworden, so notwendig wie das Atmen. Er freute sich jetzt, wenn er mittags und abends zum Essen nach Hause kam, freute sich auf jeden neuen Tag. Und da fiel ihm ein, dass in fünf Tagen Weihnachten war, und dass die beiden bald danach nach Arizona zurückkehren würden. Ihm wurde ganz schwach bei diesem Gedanken.

Er stand auf, um nicht an eine Zukunft ohne Jennie und Blake denken zu müssen. „Wie wollen wir es mit dem Baum halten?" erkundigte er sich unvermittelt.

Mutter und Sohn sahen ihn verständnislos an.

„Nun, wir brauchen doch wohl einen Baum", erklärte er. „In fünf Tagen ist Weihnachten."

Jennies Mund zog sich zusammen, aber sie zwang sich zu einem Lächeln. „Hast du denn Baumschmuck?" wollte sie wissen.

„Wir könnten ihm einen Hut von mir aufsetzen und ein Seil als Girlande verwenden", schlug Tate vor.

„Und wir könnten ihn in einen Stiefel stellen." Blake lachte.

„Wie wäre es, wenn wir selbst Schmuck basteln?" meinte Jennie. „Ich könnte zum Beispiel Plätzchen in verschiedenen Formen backen, die wir aufhängen können. Hast du Popcorn und einen Faden?" fragte sie Tate. Er nickte, und sie lachte. „Dann können wir Girlanden aus Popcorn machen. Und was ist mit dem Essen? Kannst du Schinken und einen Truthahn besorgen?"

„In der Tiefkühltruhe sind drei Schinken", erwiderte Tate. „Aber ein Truthahn ..." Er runzelte die Stirn. „Vermutlich könnte ich von Jane Clyde einen bekommen."

„Ist es weit dorthin?" wollte Jennie wissen.

„Ungefähr eine Stunde Fahrt durch die Berge."

Jennie dachte daran, wie gefährlich eine Fahrt auf den engen, kurvigen Bergstraßen bei Schnee und Eis war. „Eigentlich brauchen wir gar nicht unbedingt einen Truthahn", sagte sie. „Genau genommen kann ich Truthahn überhaupt nicht leiden. Und Blake auch nicht", behauptete sie und sah ihren Sohn drohend an, damit er ja nicht wagte, ihr zu widersprechen.

Aber Blake hatte eine rasche Auffassungsgabe und erklärte sofort, dass Truthähne der Untergang der Zivilisation seien.

Tate sagte nichts mehr, aber als er das Zimmer verließ, lächelte er. Ihm konnten die beiden nichts vormachen. Er durchschaute sie mühelos.

In den nächsten Tagen waren Jennie und Blake mit dem Herstellen von Weihnachtsdekorationen beschäftigt. Da der nächste

Laden weit in den Bergen lag, beschlossen sie, sich mit dem Material zu bescheiden, das sie mitgebracht hatten oder vorfanden. Tate fuhr mit Jennie in ihr Häuschen, um die Tasche mit den Weihnachtseinkäufen und Geschenken zu holen, die sie in Tucson gekauft hatte. Dabei sah er gleich nach, ob alles in Ordnung war.

Sie nahm ein Computerspiel heraus. „Das hat er sich gewünscht." Es war besonders kompliziert und deshalb auch teurer gewesen.

Tate nickte anerkennend. „Sehr schön. Ich habe einen Computer, aber mir war nicht klar, dass Blake sich dafür interessiert."

„Du hast einen Computer?" Jennie war überrascht. Das war eine interessante Information, denn sie hatte sich schon überlegt, was sie ihm zu Weihnachten schenken sollte. Nun, jetzt würde ihr schon etwas einfallen. Schließlich hatte sie nicht voraussehen können, dass ihre Bekanntschaft sich in der Form entwickeln würde.

„Natürlich – mit einem 600-Kilobyte-Speicher, zwei Laufwerken und einem Tintenstrahldrucker." Er musste über ihren verblüfften Gesichtsausdruck lächeln. „Ich habe meine Herdenberichte im Computer gespeichert. Es kostet unheimlich viel Zeit, sie immer mit der Hand zu schreiben oder zu ergänzen."

„Hast du auch ein Layout-Programm?"

„Ja, natürlich", antwortete er und nannte ihr den Namen. Es gehörte zu den teureren und besten Namen, also fiel diese Idee für ein Geschenk schon flach.

„Was ich allerdings nicht habe", sagte er mit einem Seufzer, während er Blakes Geschenk betrachtete, „ist ein gutes Textverarbeitungsprogramm. Das wäre wirklich nützlich für meine

Korrespondenz." Er sah sie an und bemerkte ihren befriedigten Blick. Ein Lächeln spielte um seine Lippen. Natürlich hatte er ein Textverarbeitungsprogramm, zwei sogar, aber das würde er ihr nicht verraten. Er würde dafür sorgen, dass die Programmdisketten sofort verschwanden!

„Ja, so ein Programm ist wirklich praktisch, nicht wahr?" Jennie verdeckte schnell die Disketten, die sie für Blake gekauft hatte. Er konnte ruhig bis nächstes Weihnachten warten.

Sie luden die Päckchen in den Wagen, nachdem Jennie sie hübsch eingepackt hatte. „Tate, daran habe ich noch gar nicht gedacht", sagte sie, als sie zu ihm einstieg. „Gibt es jemanden, mit dem du immer Weihnachten feierst? Deine Familie zum Beispiel?"

„Meine Eltern sind schon lange tot, Jennie, und sonst habe ich niemanden."

„Das tut mir Leid. Ich wollte nicht neugierig sein."

Er nahm ihre Hand und zog sie an die Lippen. „Wir beide haben keine Geheimnisse voreinander", sagte er liebevoll. „Ich erzähle dir alles, was du wissen willst."

Dann ließ er, allerdings nur sehr widerwillig, ihre Hand los und ließ den Motor an. Jennie musste den ganzen Heimweg lang über seine Worte nachdenken.

Heimweg. Sie hatte wirklich das Gefühl, als wäre Tates Haus ihr Heim. Der letzte Kuchen, ein japanischer Fruchtkuchen mit einer Pfefferminzschicht auf den exotischen kandierten Früchten, näherte sich der Vollendung. Nach einem ähnlichen Rezept hatte ihre Mutter früher immer gebacken. Ob sie Tate wohl darum bitten konnte, am Heiligen Abend ihren jüngsten Bruder Michael anrufen zu dürfen? Sie würde ihm die Gebühren bezahlen. Michael lebte immer noch in Tennessee und hielt den Kontakt zu ihren beiden anderen Brüdern. Er wusste am besten über alle Geschehnisse Bescheid.

„Woran denkst du?" fragte Tate, der gekommen war, um sich eine Tasse Kaffee zu holen. Er und Blake amüsierten sich gerade mit den alten Computerspielen.

„An Michael", sagte Jennie geistesabwesend. Als sie aufsah, stellte sie fest, dass Tates Miene sich zusehends verdüstert hatte.

„Wer ist Michael?" wollte er wissen.

„Das gefällt mir", erwiderte sie und sah mit einem Lächeln zu ihm auf. „Ich mag deine Stimme, wenn du glaubst, dass es in meinem Leben einen anderen Mann gibt. Aber den gibt es nicht, das weißt du. Michael ist mein kleiner Bruder. Er ist zweiundzwanzig und sieht aus wie ich – fast."

Tates Züge wurden weicher, und er strich ihr übers Haar. „Tatsächlich?" Er rieb die Wange an ihrer. „Ich werde besitzergreifend. Stört dich das?"

„Wage es, eine andere Frau anzuschauen, dann wirst du merken, wie es mich stört."

Er hob den Kopf und sah ihr in die Augen. „Ich verstehe, wie du das meinst."

„Was?" fragte sie atemlos.

„Wenn du besitzergreifend wirst. Mach den Mund auf."

Sie gehorchte, und er knabberte an ihrer Lippe. Dann umfasste er ihren Nacken und zog sie enger an sich, um sie hart und voller Leidenschaft zu küssen.

„Würden Sie mir bitte eine Cola mitbringen, Mr. Hollister?" rief Blake da aus dem Arbeitszimmer, und sie fuhren erschrocken auseinander.

Jennie atmete viel zu schnell, und Tate schien es nicht viel besser zu gehen. Er blinzelte. „Eine was?" fragt er nach.

„Cola."

„Ja, gern." Tate schüttelte den Kopf und pfiff durch die Zähne, als er zum Kühlschrank ging. „Das steigt einem richtig zu Kopf."

„Was – die Cola?" fragte Jennie spöttisch. Ihr Herz klopfte immer noch wild.

„Nein, du", flüsterte er und küsste sie schnell noch einmal, bevor er in sein Arbeitszimmer zurückging.

Jennie lehnte an der Küchentheke und sah ihm nach. Es wäre so schön, wenn sie verheiratet wären und sie nie mehr nach Tucson zurückkehren müsste.

Aber sie durfte die Tatsache nicht vergessen, dass sie, bei aller Nähe zu Tate, nur Gast hier war und die Idylle in nicht ganz fünf Tagen zu Ende war und nur noch in ihrer Erinnerung weiterleben würde.

Tränen brannten in ihren Augen, als sie ihren Zuckerguss vollendete. Vielleicht waren die Tage hier bald nur noch Erinnerung, aber sie würden sie bis ans Ende ihres Lebens verfolgen. Der Gedanke, sich von Tate trennen zu müssen, war schlimmer als alles, was sie sich in ihrer Fantasie ausmalen konnte, schlimmer als der Tod. Und sie hatte keinen Einfluss darauf. Sie wusste, dass Tate sie begehrte, natürlich. Aber zwischen Begehren und Liebe war ein großer Unterschied, und das eine war nichts ohne das andere. Doch Jennie begehrte und liebte Tate gleichermaßen.

5. KAPITEL

Blake am Vorabend vor dem lang ersehnten Weihnachtstag ins Bett zu bekommen war schwieriger als der Versuch, einem Aal Hosen zu verpassen! Gerade tauchte er zum vierten Mal wieder auf.

„Mr. Hollister, gibt es den Weihnachtsmann wirklich?" wollte er diesmal wissen.

Jennie sah Tate erwartungsvoll an. Er hatte ganz eindeutig mit der Antwort zu kämpfen.

„Der Weihnachtsmann ist so etwas wie ein Geist", erklärte er schließlich und trank einen Schluck Kaffee. „Man könnte also durchaus sagen, dass es ihn gibt."

„Aber er kommt nicht durch den Kamin?"

„Das habe ich nicht gesagt", erwiderte Tate.

Blake nagte an seiner Unterlippe und lehnte sich auf die Krücke, die ihm Tate geliehen hatte. „Aber im Kamin brennt ein Feuer", wandte er ein.

„Das kann so einem Geist wie dem guten alten Weihnachtsmann nichts anhaben", behauptete Tate. „Er wird seine Geschenke schon los."

„Meinen Sie wirklich?" fragte Blake, offenkundig noch immer nicht ganz überzeugt.

Tate legte mit großer Geste die Hand aufs Herz. „Blake, glaubst du denn, ich würde dich anlügen?"

Jennie hatte die größte Mühe, nicht über Tates treuherzigen Gesichtsausdruck zu lachen. Dabei hätte sie sich fast in die Zunge gebissen. Aber Blake schöpfte offenbar keinen Verdacht. Er stieß einen aus unendlicher Erleichterung geborenen Seufzer aus und lächelte breit.

„Ich wollte nur ganz sicher sein. Gute Nacht."

„Gute Nacht", sagte Jennie und küsste ihn auf die Stirn. „Schlaf gut."

„Können vor Lachen", gab er zurück und sah voller Verlangen auf den großen, nach Wald duftenden Weihnachtsbaum, der in der Ecke am Fenster stand. Er war viel schöner geworden, als sie alle drei erwartet hatten. Für die Krönung sorgten Seifenflocken, die Jennie im Kühlschrank gefunden hatte. Sie hatte sie mit ein wenig Wasser verrührt und dann damit „Schnee" auf die Tannenzweige gezaubert. Das Ergebnis war ein Traum von einem Weihnachtsbaum, bis hin zu den aus Papier ausgeschnittenen Schneeflocken von Blake. Er hatte im Kunstunterricht gelernt, wie man sie machte.

Jennie betrachtete den Baum zufrieden. „Ist er nicht schön geworden?" fragte sie.

„Aber er ist nicht halb so schön wie du", sagte Tate und ließ besitzergreifend den Blick über sie gleiten. Sie trug ein langes silbernes, mit Flitter besetztes Kleid und sah mit ihren kurzen dunklen Haaren aus, als wäre sie direkt den zwanziger Jahren entsprungen.

„Es freut mich, dass dir der Baum gefällt." Sie machte einen kleinen Knicks.

Tate trug seinen dunklen Anzug und dazu ein weißes Hemd. Sie feierten Weihnachten mit Kaffee, denn sie tranken beide nur wenig Alkohol, selten einmal ein Glas Wein.

Jetzt machte er die Zimmerbeleuchtung aus, sodass das einzige Licht im Raum von den bunten elektrischen Kerzen am Baum kam. Er legte die Arme um Jennie und sah zu dem Papierengel hinauf, den Blake als Baumspitze gebastelt hatte. „Schade, dass du nicht hinaufpasst", sagte er. „Du würdest einen hübschen Engel abgeben."

„Ich bin lieber eine Frau als ein Engel", erklärte Jennie fest und drehte sich zu ihm um. Ihr Herz klopfte heftig, als sie zu ihm aufsah. Es schien eine Ewigkeit her zu sein, seit sie in der Küche zusammen geschmust hatten. Sie wollte mehr, und sie wollte es heute. Mit jeder Faser ihres Körpers zog es sie zu ihm hin.

Tate legte ganz leicht den Finger auf die pulsierende Stelle an ihrem Hals. Ihre Lippen teilten sich. Sie gehörte ihm. Sie musste es ihm nicht einmal sagen. Er sah es in ihren Augen, spürte es daran, wie sie sich an ihn schmiegte.

Er machte eine kleine Bewegung auf sie zu und neigte den Kopf. Dann strich er mit den Lippen über ihren Mund und erstarrte, als sie plötzlich mit der Zunge vorstieß und unter seine Oberlippe fuhr. Tate hielt unwillkürlich den Atem an, und Jennie sah ihm in die Augen. „Das ... das habe ich als Teenager gelernt", brachte sie etwas unsicher heraus, und im gleichen Moment kam sie sich auch so vor.

„Und hast du auch gelernt, wie erregend das ist?" erkundigte er sich. „Wenn du so weitermachst, kann ich für nichts garantieren, Jennie", warnte er sie. „Nicht einmal Blake könnte mich aufhalten."

Das klang, als hätte sie ihm einen unsittlichen Antrag gemacht. Nun, das hatte sie in gewisser Weise ja auch getan, aber deshalb musste er ihr noch lange nicht das Gefühl geben, ein billiges Mädchen zu sein. Sie hatte gewisse Aspekte ihrer Beziehung für zu selbstverständlich genommen, aber vielleicht war das ein Fehler gewesen. Sie hatte sich etwas gewünscht, woran sie sich später erinnern konnte, etwas, das nur sie beide miteinander teilten und das ihr über die langen einsamen Jahre ohne ihn hinweghelfen würde.

Sie senkte den Kopf und umklammerte ihre Tasse. „Entschuldige", flüsterte sie.

Mit dieser Reaktion hatte Tate nicht gerechnet. Er hatte Jennie doch nicht beschämen wollen, sondern er wollte nur einen klaren Kopf behalten, bis er den Mut aufbrachte, sie zu fragen, ob sie mit Blake bei ihm bleiben wollte. Er wollte gerade etwas erwidern, als ein Hämmern an der Haustür ihre Zweisamkeit durchbrach.

Tate öffnete. Ein alter Mann stand vor ihm, einen noch älteren Hut auf dem Kopf. „Tut mir Leid, dass ich Sie stören muss, Boss. Aber bei Katie Bess ist es so weit. Ich dachte, Sie wären vielleicht gern dabei."

„Ja. Danke, Baldy."

Tate schloss die Tür wieder und drehte sich um. „Katie Bess ist eine meiner Schäferhündinnen, ein reinrassiger Shetlandcollie", erklärte er Jennie. „Wir haben sie noch nicht lange."

„Weihnachtsbabys", sagte Jennie mit einem Lächeln, bemüht, die Demütigung von vorhin zu vergessen. „Kann ich mitkommen?"

„Ja – aber nicht in dem Kleid", erwiderte Tate.

„Ich ziehe mich schnell um."

„Was ist los?" rief Blake aus seinem Zimmer.

„Nichts." Jennie steckte den Kopf durch die Tür. „Schlaf weiter. Wenn der Weihnachtsmann dich nicht schnarchen hört, kommt er vielleicht nicht."

„Ist gut", versprach Blake und begann unverzüglich zu schnarchen.

Jennie lachte und schloss die Tür wieder. Sie schlüpfte schnell in Jeans und ihr rotes Flanellhemd und zog dicke Socken und Stiefel an. Dann packte sie ihren Parka und lief in die Küche. Tate war schon da. Seine festen Stiefel hallten auf dem Steinboden wider, als er aus dem Schrank in der Diele seine Felljacke und seinen Hut holte.

Das erste Fest mit dir

Jennie folgte ihm in den Stall, wo die Hündin, die wie eine kleinere Ausgabe von Lassie aussah, in einer sauberen Box lag. Drei winzige Fellbündel drängten sich schon an sie, und gerade wurde noch ein viertes und fünftes Junges geboren. Tate und Baldy sprachen beruhigend und lobend auf sie ein und zeigten sich ganz begeistert von ihren Welpen. Sie waren wie ihre Mutter weiß und rötlich braun, und Jennie hätte sie am liebsten auf den Arm genommen. Aber sie wusste, dass sie dazu noch viel zu klein waren. Also gab sie sich mit dem putzigen Anblick zufrieden.

Ihre Eltern hatten sie früher nie zuschauen lassen, wenn auf der Farm ein Tier geboren wurde. Sie hatten immer befürchtet, dass eine Geburt ihr Angst machen würde. Es war ein unvergleichliches Erlebnis, das man nie mehr vergaß.

Die Hündin begann, ihre Jungen abzulecken.

„Ich hole ihr etwas Milch", sagte Baldy und stand auf.

Tate griff nach Jennies Hand. „Es ging ihr die letzten Tage nicht gut", erklärte er ihr, „und wir hatten Angst, sie würde es nicht allein schaffen. Aber zum Glück ist alles gut gegangen. Feine Kinder hast du bekommen, Katie Bess", sagte er zu der Hündin, die anfing, mit dem Schwanz zu wedeln, und stolz zu ihm aufsah. „Braves Mädchen."

Baldy kam mit der Milch und etwas frischem Fleisch zurück. „Ich kümmere mich weiter um sie, Boss. Sieht so aus, als bekämen wir noch mehr Schnee. Trotzdem, fröhliche Weihnachten."

„Fröhliche Weihnachten, Baldy", sagte Tate und lachte. „Es sieht so aus, als hätten wir unser Geschenk schon bekommen."

„Da haben Sie wohl Recht. Obwohl das Ihre ein bisschen hübscher ist als meines", sagte der alte Mann mit einem glucksenden Lachen.

Tate wünschte ihm eine gute Nacht, dann ging er mit Jennie ins Haus zurück.

Es hatte wieder zu schneien begonnen, aber es war windstill. Die Landschaft war wie verzaubert. Tate blieb stehen, um sich eine Zigarette anzuzünden, und legte dann, als sie weitergingen, den Arm um Jennies Schulter.

„War es schwer für dich, als Blake geboren wurde?" fragte er unerwartet.

Sie sah zu ihm auf. „Meinst du, körperlich?" Er nickte, und sie sah unwillkürlich zum Haus hinüber, das sich deutlich vor dem Schnee und den Bergen im Hintergrund abhob. „Ja, ich glaube schon. Aber ich kann mich nicht mehr an den Schmerz erinnern, nur daran, wie ich zum ersten Mal sein Gesicht sah. So ist das Leben. Wir wissen vielleicht noch von der Verletzung, aber erinnern tun wir uns an den Kuss, der den Schmerz lindern sollte."

„Weise Gedanken am Heiligen Abend", sagte er leise.

„Ja. Das liegt an der Weihnachtsstimmung." Jennie seufzte. „Es ist eine Nacht, in der Wunder geschehen."

„Ich habe seit dem Unfall nicht mehr Weihnachten gefeiert." Tate sah Jennie an. „Es war mir nicht mehr wichtig. Aber du hast mit Blake dafür gesorgt, dass meine Welt wieder bunter und fröhlicher geworden ist." Er lächelte. „Du hast mich aus der Vergangenheit in die Gegenwart zurückgeholt. Ich glaube, ich hatte das Lächeln schon ganz verlernt, bis du kamst."

Jennie erwiderte sein Lächeln, aber das Herz war ihr schwer. War das seine Art des Abschieds? Oder war es mehr? Sie brachte nicht den Mut auf, ihn danach zu fragen.

„Ich bin froh darüber, dass du es wieder gelernt hast", sagte sie und zwang sich, den Blick von ihm zu wenden.

„Was ich eben gesagt habe ..." Er machte eine Bewegung

zum Haus hin und zögerte. „Ich wollte dich nicht in Verlegenheit bringen. Wenn du mich haben willst, Jennie, musst du es nur sagen."

Das schockierte sie, und sie war einen Augenblick gar nicht in der Lage, ihm zu antworten. Ja, sie wollte ihn, das schon. Aber wie er es sagte, klang es so profan, so, als ginge es um nichts mehr, als nach einer langen Wanderstrecke seinen Durst zu löschen. Sie wurde glühend rot.

„Ich ... ich bin müde", stammelte sie. „Ich gehe lieber schlafen, damit ich morgen ausgeruht bin. Danke, dass du mich zu den jungen Hunden mitgenommen hast."

Sie lief förmlich vor ihm davon, über die Terrasse und den Gang entlang in ihr Zimmer. Tränen standen in ihren Augen, und sie konnte Tate einfach nicht mehr ins Gesicht schauen. Dabei hätte sie darin alles gefunden, wonach sie suchte.

Sie zog ihren blauen Schlafanzug an, machte das Licht aus und begann, in ihrem Zimmer auf und ab zu gehen. Am Fenster blieb sie stehen und sah in die verschneite Nacht hinaus. Aber sie nahm nichts auf. Morgen war Weihnachten, und in zwei Tagen würden sie abreisen. Sie schloss mit einem Aufstöhnen die Augen und schlüpfte ins Bett. Pläne hatte sie noch keine gemacht, sie hatte ganz in der Gegenwart gelebt, für Tate. Aber es gab keine Zukunft mit ihm, sie hatte sie sich einfach nur erträumt. Jetzt musste sie Entscheidungen treffen. Sollte sie die Ranch behalten und Blake wieder ins Internat schicken? Wollte sie überhaupt nach Tucson zurück?

Lange Stunden zerbrach sie sich den Kopf mit solchen Fragen. Schließlich stand sie, der Verzweiflung nahe, wieder auf. Tate schlief bestimmt längst, und sie brauchte jetzt eine Tasse Kaffee und eine Tablette gegen ihre Kopfschmerzen. Hoffentlich läuft mir nicht gerade der Weihnachtsmann über den Weg, dachte sie mit einem schiefen Lächeln.

Aber als sie in die dunkle Küche trat und gegen etwas Warmes, Weiches prallte, stieß sie unwillkürlich einen erschrockenen Laut aus – bis sie Tate vor dem hellen Fenster erkannte.

„Was tust du denn hier?" wollte sie wissen.

Er betrachtete sie ausgiebig und lächelte dann. Offenbar war es ihr peinlich, dass sie keinen Morgenmantel trug. „Ich wollte mir gerade einen Kaffee machen", erklärte er. „Aber da du schon einmal auf bist, kannst du das vielleicht übernehmen, während ich mir etwas anziehe."

Da erst wurde ihr schockartig klar, dass er überhaupt nichts anhatte. Sie wandte hastig den Blick ab, und Tate musste über ihren entsetzten Gesichtsausdruck lachen.

„Sehe ich denn so furchtbar aus?" fragte er verschmitzt.

„Ich bin nicht an den Anblick nackter Männer gewöhnt", stieß Jennie hervor.

Tate sah sie überrascht an. „Und du warst verheiratet? Ich kann nur sagen, junge Dame, du bist überfällig."

„Das bin ich nicht!" Sie kniff die Augen zu, und er lachte und wandte sich zum Gehen.

„Feigling."

Dann riskierte sie doch einen Blick, gerade als er in sein Zimmer trat. Er war der schönste Mann, den sie kannte, ob er etwas anhatte oder nicht. Sie trat, noch ganz benommen, in die Küche. Tate war in weniger als fünf Minuten wieder bei ihr. Er trug jetzt Jeans, sonst nichts. Sein Oberkörper war nackt, und er war barfuß wie sie.

„Ich dachte, du bist schon im Bett", sagte Jennie ein wenig verlegen. Sie hatte die Kaffeemaschine angestellt und holte jetzt Tassen aus dem Schrank.

„Ich konnte nicht schlafen", gestand er. „Ich habe mich so sehr nach dir gesehnt."

Sie hob den Blick. „Aber ..."

Er streckte die Hand aus und strich ihr über die Wange. „Ich weiß. Ich habe dir Angst gemacht – vielleicht mit Absicht." Er stieß einen Seufzer aus. „Ich bin immer noch im Lernstadium, was das Verführen von Frauen angeht."

„Ich dachte, du willst mich nicht."

„Ja, das habe ich gemerkt", sagte er mit einem leisen Lachen.

Sie brachte eine Art Lächeln zustande und sah auf seine Brust. Aber dieser Anblick brachte sie zu sehr in Verwirrung, und so blickte sie schnell zum Weihnachtsbaum hinüber.

„Ich habe vergessen, Michael anzurufen."

„Ist es jetzt zu spät dafür?"

„An der Ostküste ist es zwei Stunden später, und er schläft bestimmt schon. Aber es macht nichts. Ich habe ohnehin noch nicht entschieden, was ich tun werde."

Tate hielt sie an der Taille fest und schob sie an die Küchentheke, wo sie ihm nicht entkommen konnte. „Worüber hast du noch nicht entschieden?"

„Über die Ranch. Und Blake." Sie blickte starr auf sein Kinn. „Und über mich."

„Ich kann da eigentlich keine größeren Probleme sehen, mein Herz", meinte Tate lässig. „Ich möchte die Ranch kaufen, die Sache wäre damit also erledigt. Und Blake will nicht mehr ins Internat zurück, sondern hier bleiben und sich mit Viehzucht beschäftigen. Damit bleiben nur noch du und ich."

Jennie schluckte. Unfähig, einen klaren Gedanken zu fassen. Ihr Herz klopfte wie rasend. Sie sah zögernd und ein bisschen flehend zu ihm auf. „Du und ich?"

„Mhm." Er rieb seine Nase an ihrer und lächelte. „Und das

bedeutet", flüsterte er an ihrem Mund, „dass du überhaupt nirgends hingehst, ohne mich vorher zu fragen, meine Schöne."

„Aber ich kann nicht ... meine Arbeit ... die Pflichten ..." Ihr Protest klang schwach, und Tate erstickte ihn mit einem Kuss.

„Pst." Er öffnete den Mund und begann, mit ihren Lippen zu spielen. Jennie stieß einen kleinen protestierenden Laut aus, aber Tate hielt sie fest, bis sie nachgab. Dann knöpfte er ihr Schlafanzugoberteil auf.

„Tate!" stieß sie hervor.

„Du bist so zart, so weich", flüsterte er, als er zärtlich die Hände um ihren Busen legte. Er streifte ihr das Oberteil ab und zog sie an sich. Er rieb sich an ihrer Brust und sie stieß voll Leidenschaft all die kleinen unartikulierten Laute aus, die er so liebte.

Ihre Fingernägel gruben sich in seine Schultern, als sie sich an ihn klammerte. Ihr Mund konnte gar nicht genug von ihm bekommen.

Tate ließ die Hände auf ihre Hüften gleiten und presste sie an sich, sodass sie spürte, wie sehr er sie begehrte. „Ich werde ganz verrückt, wenn ich in deiner Nähe bin", gestand er ihr heiser. „Und irgendwann werden wir beide nachgeben. Es muss etwas passieren."

Jennie fuhr genüsslich mit den Händen über seine breite Brust. „Ja."

Er biss spielerisch in ihre Lippe. „Wann?"

Ihre Augen öffneten sich. „Wann was?"

„Wann willst du heiraten?" fragte er einfach. Sein Blick war weich und zärtlich.

Sie sah ihn aus großen Augen an. „Du ... du willst mich heiraten?"

„Natürlich will ich dich heiraten. Oder kannst du dir vorstellen, dass wir in Sünde leben – mit Blake hier?" Er lachte.

„Aber heiraten!" Jennie sah ihn forschend an. „Du wolltest doch niemanden um dich haben ..."

„Das ist wahr", gab er ehrlich zu. „Aber in dieser letzten Woche hat sich alles geändert. Du hast Türen für mich geöffnet." Er ließ die Hände über ihren nackten Rücken wandern und drückte sie an sich, damit er ihren Busen an seiner Brust spüren konnte. Das fühlte sich so gut an, dass ihn ein kleiner Lustschauer durchlief. „Ich habe gelernt, dass ich nicht in der Vergangenheit leben kann. Aber ich will es auch nicht mehr. Ich will eine Familie haben – ich will dich und Blake. Ich möchte nicht den Rest meines Lebens allein verbringen, und du willst es auch nicht." Seine Augen wurden schmal. „Oder irre ich mich? Ist es vielleicht nur etwas Körperliches zwischen uns?"

„Ich bin ganz verrückt nach dir", gestand sie ihm ohne jede Verlegenheit. „Aber es ist nicht nur Sinnlichkeit. Ich bin glücklich, wenn du da bist." Sie sah auf seine Brust. „Ich ..."

„Hör jetzt nicht auf, bitte", flüsterte er rau. „Sag es."

Sie sah errötend zu ihm auf. „Du hast es auch nicht gesagt."

„Du zuerst", forderte er. „Was ist los, Stadtmädchen? Bekommst du auf einmal Angst?"

Sie schob das Kinn vor und sah ihn herausfordernd an. „Du weißt wohl schon alles?"

„Natürlich", erwiderte er ungeduldig. „Schließlich wolltest du mich verführen, bevor wir zu Katie Bess und ihren Jungen gingen. Tugendhafte Frauen wie du tun so etwas nicht, wenn sie keine ernsthaften Absichten haben."

Ihre Röte hatte sich noch vertieft. „Vielleicht war es nur die Lust des Augenblicks."

„Erzähl mir nichts. Sag es." Er knabberte an ihrem Mund,

und seine Hände glitten an ihren Seiten entlang und über ihren Busen, bis ihr ein kleines Stöhnen entfuhr. „Sag es endlich, Frau!"

„Ich liebe dich", flüsterte sie. „Ich liebe dich, du Ekel, du ..." Sein Mund erstickte alles, was sie noch hatte sagen wollen, und seine warmen, liebkosenden Hände ließen sie alles andere vergessen.

Er beugte sich hinunter und hob sie hoch. „Es ist Jahre her", flüsterte er rau, „und ich bin ganz wild nach dir. Aber ich werde dir nicht wehtun."

Sie schlang die Arme um seinen Nacken und barg das Gesicht in seiner Halsbeuge. Sie zitterte. „Es macht mir nichts aus", flüsterte sie. „Ich liebe dich so sehr, und ich will dich so, wie du bist."

Er stöhnte auf und lachte, als er sie den Gang hinunter zu ihrem Zimmer trug. „Es wird wundervoll werden", wisperte er.

Jennie wurde wieder rot und lachte. „Ich kann für nichts garantieren, wenn du mich anfasst."

„Denk nur daran, dass Blake einen leichten Schlaf hat", gab er leise zurück.

Sie knabberte spielerisch an Tates Kinn und genoss seine Nähe an seiner breiten, festen Brust und den zarten männlichen Duft, der von ihm ausging. Er würde sie lieben, und sie konnte es kaum erwarten. Noch nie hatte sie so etwas erlebt, und sie konnte es kaum erwarten. Noch nie hatte sie so etwas erlebt, auch nicht in ihrer Ehe. Tate versprach ihr den Himmel auf Erden, den Beginn eines langen, schönen Lebens ...

„Weihnachtsmann!"

Sie hatten gerade Blakes Zimmer hinter sich gelassen und erstarrten mitten in der Bewegung, als sie jetzt seine verschlafene

Stimme hörten. Tate fuhr, mit Jennie auf den Armen, herum, und sie hätte fast über seinen Gesichtsausdruck gelacht, als er ihrem Sohn nachsah, der mit seiner Krücke ins Wohnzimmer stolperte.

„Weihnachtsmann!" rief er wieder.

„So was Dummes", flüsterte Tate. „Er bildet sich ein, dass er den Weihnachtsmann gehört hat."

„Zum Glück", antwortete Jennie ebenfalls im Flüsterton. Sie knöpfte hastig und sichtlich verlegen ihre Schlafanzugjacke zu.

Tate setzte sie ab und musste über ihre Panik lächeln. „Ganz ruhig", sagte er. „Es ist ja nichts passiert."

„Um Haaresbreite nicht", stieß sie hervor. Sie sah zu ihm auf, und ihr Herz machte einen Satz. „Ich liebe dich", wisperte sie. „Und wenn es passiert wäre, würde es mir auch nicht Leid tun."

„Wer weiß." Er beugte sich über sie und strich ihr zärtlich über die Lippen. „Ich habe einfach den Kopf verloren. Aber ich glaube, es ist besser, wenn wir die richtige Reihenfolge einhalten – wegen Blake."

Jennie lächelte verliebt. „Das klingt nett. Nur schade, dass dich dein Herz verrät", fügte sie hinzu und legte ihm die Hand auf die Brust.

„Mein Verstand und mein Körper sind nicht immer einer Meinung", gab Tate zu, aber er lächelte auch.

Im Wohnzimmer ging das Licht an. „Wahnsinn!" rief eine junge Stimme, offensichtlich beeindruckt. „Mom! Mr. Hollister! Der Weihnachtsmann war da!"

„Das heißt in Zukunft Mom und Dad, Blake" rief Tate vom Gang.

Eine kleine Pause entstand. Dann kam ein japsendes Geräusch, und schließlich ertönte ein markerschütternder Aufschrei, der die Toten hätte zum Leben erwecken können.

„Ich glaube, er freut sich", bemerkte Jennie trocken.

„Ach was" Tate lachte. „Ich mich auch. Da wir schon einmal auf sind, könnten wir genauso gut unsere Geschenke auspacken, nachdem wir das Beste noch verschieben müssen."

„Dafür haben wir noch genug Zeit", erwiderte sie.

Er sah ihr in die Augen. „Alle Zeit der Welt", stimmte er ihr bei. „Aber zuerst wird geheiratet."

„Zu Befehl, Mr. Hollister."

Blake hatte seine beiden ersten Päckchen bereits aufgemacht, als sich die beiden Erwachsenen zu ihm gesellten. Er strahlte. „Aber mein schönstes Geschenk ist mein neuer Dad!" erklärte er mit leuchtenden Augen.

Tate fuhr ihm liebevoll durchs Haar. „Ich hoffe, das war das gebrochene Bein wert", meinte er spöttisch.

Blake wurde rot. „Hast du es gewusst?"

„Ich war selber einmal ein Junge", erinnerte ihn Tate. „Ja, ich habe es gewusst."

„Darf ich fragen, was ihr für Geheimnisse vor mir habt?" wollte Jennie wissen.

Er sah sie ein wenig schief an. „Naja, Liebes, während er sich Mühe gab, sich zu verirren, habe ich deinen Generator manipuliert, damit ihr Weihnachten bei mir verbringen müsst."

„Tate!" rief Jennie empört.

Er zwinkerte Blake zu, der begeistert lachte. „Ich war einsam, und ich wollte einen Weihnachtsbaum und jemanden, mit dem ich mich daran freuen konnte." Er hob die Schultern. „Hier in den Bergen findet man nicht so leicht Gesellschaft, wenn man keine Fallen auslegt."

Er legte einen Arm um Jennie und den anderen um Blake

Das erste Fest mit dir

und drückte beide zärtlich an sich. Einen kurzen Augenblick musste er mit den Tränen kämpfen. Er war reicher beschenkt worden, als er sich je hätte erträumen können.

Eine Woche später kamen Jennie und Tate vom Friedensrichter nach Hause. Sie hatten gerade geheiratet und Blake dann an seiner neuen Schule in Deer Lodge abgesetzt. Jetzt waren sie nach langer Zeit zum ersten Mal allein, und Jennie fürchtete sich ein wenig.

Nach so vielen Jahren des Alleinseins war es überraschend schwierig, wieder zu einem Mann zu gehören, und sie fühlte sich der Situation nicht ganz gewachsen.

Sie sah zu ihrem Mann auf, und er legte den Arm um sie. „Hör zu", sagte er sanft, „ich bin genauso aufgeregt wie du, vielleicht noch nervöser, weil ich als Mann ja irgendwie die Verantwortung habe. Also, entspannen Sie sich ganz einfach, Mrs. Hollister. Wir küssen uns nur, bis sich alles um uns dreht, und sehen dann, wohin uns das bringt. Einverstanden?"

Jennie blickte zu ihm auf und lächelte schüchtern. Auf einmal sah wieder alles besser aus. Dann schloss sie die Augen, als sich sein Mund auf ihre Lippen senkte.

Und dann war es genauso, wie er gesagt hatte. Sie entspannte sich, und jede Scheu fiel von ihr ab. Alles wurde mit einem Male ganz einfach. Minuten später lagen sie auf seinem großen Bett und kämpften mit den Kleidern, die sie noch voneinander trennten. Und dann war auch dieses Hindernis beseitigt.

„Langsam", flüsterte Tate und hielt sie fest. „Langsam, Liebling. Ja. Ja. Genauso", murmelte er an ihrem Mund, als sie sich bewegte und von ihm leiten ließ. Er umfasste ihre Hüften, und sein Mund wurde fordernder, die Hände drängender. Dann hielt er auf einmal inne, und sein Atem kam unregelmäßig. Er spürte, wie sie zitterte. Und dann bewegte er sich wieder, und alles war ganz einfach und wunderschön.

Sie klammerte sich an ihn, spürte seinen Rhythmus, seinen Atem, seine wilden Herzschläge. Und dann wurden ihre Körper eins. Vor diesem Augenblick hatte sie Angst gehabt, aber diese Angst war längst verschwunden. Er war ihr Mann, und sie liebte ihn, und eine schönere Art, ihm ihre Liebe zu zeigen, konnte sie sich gar nicht vorstellen.

Jennie schloss die Augen, als seine Bewegungen heftiger wurden. Sie hörte ihn flüstern, und es waren Worte voller Leidenschaft. Sie wölbte sich ihm entgegen, zitternd und drängend, und als sie seinen Rhythmus aufnahm, hielt er den Atem an. Und dann waren sie sich so nahe, wie sich ein Mann und eine Frau nur sein konnten.

Jennie konnte kaum atmen, und sie zitterte immer noch, als sie Tates Blick auf sich spürte. Er sah sie voller Zärtlichkeit an.

„Ich liebe dich", flüsterte er heiser.

„Ich liebe dich auch." Sie zog ihn an sich. „Tate, es war ... es war noch nie ..."

„Ich weiß", sagte er und rieb das Gesicht an ihrer Wange. Er presste sie eng an sich. „Weißt du", flüsterte er dann, „wenn wir das oft genug tun, könntest du schwanger werden."

Sie lächelte. „Auf einer Ranch braucht man immer Kinder, habe ich gehört."

„Wir haben viel Zeit", sagte er und hob den Kopf. „Ich möchte gern Kinder von dir haben, Jennie. Ich werde dich mein Leben lang lieben, in guten und in schlechten Zeiten, immer. Du bist meine Welt."

„Oh, Tate!" flüsterte sie gerührt und barg das Gesicht an seinem Hals. „Und du bist meine Welt."

„Dann komm und zeig es mir."

Sie wollte etwas sagen, aber ihre Gefühle überwältigten sie, und sie brachte kein Wort heraus. Zwei einsame Menschen hatten ihr Weihnachtswunder gefunden. Und als sie sich an ihn schmiegte, brachte sie unter Freudentränen ein Lächeln zustande. Das Herz ging ihr über, und sie musste an all die Weihnachtsfeste denken, die noch vor ihnen lagen, Feste, die von Liebe und Fröhlichkeit geprägt sein würden.

– ENDE –

Debbie Macomber

Silberglocken
Roman

Aus dem Amerikanischen von
Heike Warth

1. KAPITEL

„Das verstehst du nicht, Dad."

„Mackenzie, es reicht!"

Carrie Weston eilte gerade durch die Halle zum Aufzug. „Halt!" rief sie. „Nehmen Sie mich mit!" Sie war mit Post, Lebensmitteltüten und Kartons voller Weihnachtsschmuck beladen. Die beiden anderen Liftinsassen, ein Mann und ein Mädchen, schienen einander nicht gerade freundlich gesonnen zu sein. Vielleicht hätte sie doch lieber warten sollen. Aber ihr taten die Arme weh, und Geduld war noch nie eine ihrer hervorragenden Eigenschaften gewesen.

Der Mann hielt ihr die Lifttür auf.

„Danke", sagte Carrie atemlos.

Das Mädchen in seiner Begleitung war etwa dreizehn Jahre alt. Die beiden waren erst vor kurzem in das Apartmenthaus gezogen, und soviel Carrie von anderen Mietern gehört hatte, wollten sie auch nur ein paar Wochen oder Monate bleiben, bis ihr eigenes Haus fertig war.

Die Lifttüren glitten langsam, fast zögernd zu. Aber die Menschen, die in dem dreistöckigen Ziegelbau von Anne Hill in Seattle wohnten, hatten es selten eilig. Carrie war die Ausnahme. Trotzdem lebte sie gern hier.

„Welches Stockwerk?" fragte der Mann.

Carrie verlagerte das Gewicht ihrer Päckchen. „Zweites. Danke", fügte sie dann hinzu.

Der Mann, er mochte Mitte dreißig sein, lächelte und drückte auf den entsprechenden Knopf. Dann wandte er den Blick ab. Carrie fand ihn ziemlich arrogant.

„Ich heiße Mackenzie", sagte das Mädchen jetzt und lächelte sie an. „Und das ist mein Vater. Philip Lark."

„Carrie Weston." Carrie stützte ihre Tüten auf einem Knie ab und gab dem Mädchen die Hand. „Willkommen in unserem Haus."

Philip Lark konnte nicht anders, als Carrie ebenfalls die Hand zu reichen. Sein Griff war angenehm fest. Er betrachtete seine Tochter düster. Offenbar nahm er ihr ihre Kontaktfreudigkeit übel.

Aber Mackenzie ließ sich davon nicht weiter beeindrucken. „Ich glaube, Sie sind der einzig normale Mensch im ganzen Haus."

Carrie musste gegen ihren Willen lächeln. „Daraus schließe ich, dass du Madam Fredrick schon kennen gelernt hat."

„Ist das eine echte Kristallkugel, die sie immer dabei hat?"

„Das behauptet sie wenigstens."

Madam Fredrick sagte alles voraus – vom Wetter bis zum bevorstehenden Schuhausverkauf in Nordstrom. Niemals traf man sie ohne ihre Kristallkugel, die sie auf einem kleinen Wagen hinter sich herzog. Über jeder Augenbraue klebte ein falscher grüner Smaragd. Gekleidet war sie ausnahmslos in kaftanähnliche, wallende Gewänder, und ihr langes silberweißes Haar hatte sie hoch auf dem Kopf aufgetürmt. Carrie fühlte sich manchmal an eine Ballkönigin aus den sechziger Jahren erinnert.

„Ich finde Madam Fredrick sehr nett", erklärte Mackenzie jetzt.

„Ich auch. Hast du Arnold auch schon kennen gelernt?" wollte Carrie wissen.

„Meinen Sie den Mann, der früher beim Zirkus war?"

Carrie nickte und wollte gerade zu einer Erklärung ausholen, als der Lift mit einem seufzenden Ruck zum Halten kam und die Türen sich öffneten. „Vielleicht sehen wir uns einmal wieder", sagte sie zum Abschied und setzte sich in Bewegung.

„Ja, vielleicht", brummte Philip Lark. Und obwohl er in ihre Richtung sah, hatte Carrie den Eindruck, dass er sie gar nicht wirklich wahrnahm. Vermutlich hätte er sie nicht einmal wahrgenommen, wenn sie nackt vor ihm gestanden hätte. Nicht dass sie das störte.

Die Lifttüren schlossen sich bereits, als Mackenzie ihr noch schnell nachrief: „Darf ich Sie einmal besuchen?"

„Ja, natürlich." Der Aufzug hatte sich schon wieder in Bewegung gesetzt, aber Carrie hörte noch, dass Mackenzies Vater etwas sagte. Seine Stimme klang gereizt und vorwurfsvoll. Aber ob die beiden nur ihren vorherigen Streit fortführten, oder ob ihm nicht passte, dass seine Tochter sich einfach bei ihr eingeladen hatte, bekam sie nicht mit.

Unter der Last ihrer Einkäufe musste sie eine Weile mit dem Schlüssel herumhantieren, bis sich ihre Wohnungstür endlich öffnete. Sie stieß sie mit dem Fuß zu und ließ dann den Weihnachtsschmuck einfach aufs Sofa fallen, bevor sie den Rest ihrer Last in die Küche brachte.

„Du wolltest ihn doch kennen lernen", sagte sie laut zu sich. „Jetzt hast du es geschafft." Sie gestand es sich nur ungern ein, aber Philip Lark hatte sich doch als ziemlich große Enttäuschung entpuppt. Sein Interesse an ihr war ungefähr so groß wie am Schaufenster einer Bäckerei. Aber was hatte sie sich denn vorgestellt? Dass sie überhaupt etwas erwartet hatte, lag nur an Madam Fredrick und ihren ewigen Weissagungen. Angeblich konnte sie in die Zukunft schauen und hatte dort gesehen, dass Carrie, noch bevor das Jahr ausklang, den Mann ihrer Träume kennen lernen würde, und zwar hier im Haus. Carrie wusste natürlich, dass es lächerlich war, an solche Prophezeiungen zu glauben, und sie tat es auch nicht. Madam Fredrick war einfach eine liebe alte Dame mit einer zu romantischen Fantasie.

Sie blätterte schnell ihre Post durch und warf den größten Teil gleich zum Altpapier. Sie hatte gerade angefangen, ihre Lebensmittel auszupacken, als es an der Tür klingelte.

„Da bin ich schon", verkündete Mackenzie Lark fröhlich, als Carrie ihr aufmachte.

„Das ging ja schnell."

„Sie haben doch gesagt, dass ich Sie besuchen darf."

„Ja, natürlich. Komm herein." Mackenzie wanderte ins Wohnzimmer, sah sich voller Bewunderung um und ließ sich dann mit Schwung aufs Sofa plumpsen.

„Hast du immer noch Streit mit deinem Vater?" erkundigte Carrie sich.

Als sie in Mackenzies Alter gewesen war, hatte sie sich auch oft und ziemlich heftig mit ihrer Mutter gestritten. Dauernd waren sie sich wegen Nichtigkeiten in die Haare geraten. Carrie wusste, dass sie daran durchaus ihren Anteil gehabt hatte, aber andererseits war ihre Mutter damals einsam und unglücklich und deshalb wenig belastbar gewesen. Jetzt, zehn Jahre später, war ihr klar, dass die Scheidung ihrer Eltern die Ursache für viele Spannungen gewesen war.

An ihren Vater konnte Carrie sich kaum noch erinnern. Er und ihre Mutter hatten sich getrennt, als sie vier oder fünf Jahre alt gewesen war, und zwar aus Gründen, die sie selbst nie richtig verstanden hatte. Damals hatte sie ihrer Mutter die Schuld daran gegeben. Später, als sie älter wurde, hatte sie sehr darunter gelitten, dass sie keinen Vater hatte, und das ihre Mutter deutlich spüren lassen. Heute wusste sie es besser und bereute ihr Verhalten sehr.

„Dad hat überhaupt keine Ahnung", erklärte Mackenzie jetzt schmollend.

„Wovon?" fragte Carrie aus der Küche nach. Sie packte ihre

Einkäufe aus und verstaute sie im Schrank. Mackenzie stand auf und ging zu ihr. Sie legte die Arme auf die Küchentheke und stützte das Kinn darauf. „Von gar nichts. Er nörgelt nur noch an mir herum. Nie kann ich ihm irgendetwas recht machen. Es ist wirklich nicht leicht mit ihm."

„Du wirst es nicht glauben, aber er findet es mit dir vermutlich auch nicht ganz einfach."

Mackenzie hob mit einem Seufzer die Schultern. „Früher war es ganz anders. Wir hatten es richtig schön zusammen. Natürlich war es schrecklich, als Mom uns verließ, aber wir sind nach einer Weile richtig gut zurechtgekommen."

„Sind deine Eltern geschieden?"

Mackenzie kräuselte die Nase und nickte. „Es war echt furchtbar, als sie sich trennten."

„So etwas ist immer schlimm. Meine Eltern ließen sich scheiden, als ich erst ein paar Jahre alt war. Ich kann mich an meinen Vater kaum noch erinnern."

„Haben Sie ihn danach noch gesehen?"

„Nein." Carrie schüttelte den Kopf. „Erst viel später noch einmal." Als Kind hatte sie sehr darunter gelitten, aber inzwischen hatte sie sich damit abgefunden. Es tat weh, dass ihr Vater nichts von ihr wissen wollte, aber so hatte er es entschieden.

„Ich darf Weihnachten zu meiner Mom und ihrem neuen Mann", erzählte Mackenzie strahlend. „Ich habe sie seit fast ein Jahr nicht mehr gesehen. Mom hat nämlich furchtbar viel zu tun", fügte sie schnell erklärend und fast entschuldigend hinzu. „Sie hat eine furchtbar wichtige Stellung bei einer großen Bank mitten in Seattle und muss dauernd verreisen. Deshalb kann sie mich auch nicht bei sich haben. Dad ist Systemanalytiker. Das ist etwas mit Computern."

Ihre Stimme klang wie die eines unglücklichen kleinen Mädchens, das versuchte, vernünftig zu sein.

„Wie alt bist du? Fünfzehn?" fragte Carrie. Sie übertrieb absichtlich ein wenig, denn sie konnte sich noch gut daran erinnern, wie stolz sie selbst als Teenager gewesen war, wenn jemand sie älter geschätzt hatte.

Mackenzie schien um etliche Zentimeter zu wachsen. „Nein, ich bin erst dreizehn."

Carrie riss eine Tüte Kartoffelchips mit Käsegeschmack auf und schüttete sie auf einen Teller. Mackenzie bediente sich ungeniert. „Wissen Sie, was ich glaube?" begann sie, als sie und Carrie sich am Küchentisch gegenübersaßen. Ihre dunklen Augen blitzten. „Mein Vater braucht eine Freundin!"

Carrie wäre ihr Kartoffelchip fast im Hals stecken geblieben. „Er braucht eine Freundin?"

„Ja. Er hat nichts als seine Arbeit im Kopf. Als könnte er sein trostloses Privatleben vergessen, wenn er nur lange genug im Büro bleibt." Mackenzie nahm den nächsten Käsechip. „Das sagt Madam Fredrick übrigens auch."

„Madam Fredrick hat das gesagt?" wiederholte Carrie benommen.

„Ja. Sie hat in ihrer Kristallkugel jede Menge Veränderungen im meinem Leben gesehen. Ehrlich gesagt, darauf könnte ich ziemlich gut verzichten. Ich habe allmählich die Nase voll von Veränderungen. Meine ganzen Freundinnen und Freunde wohnen woanders, und das Haus scheint auch ewig nicht fertig zu werden. Dabei wollten wir Weihnachten eigentlich schon darin feiern. Wahrscheinlich können wir froh sein, wenn es nächstes Jahr Weihnachten klappt." Sie seufzte. „Dad ist das alles völlig egal, aber ihm fehlt ja auch nichts. Ich bin die, die in eine neue Schule gehen und neue Leute kennen lernen muss." Sie verzog den Mund. „Manchmal wünsche ich mir, dass alles wieder so ist wie früher."

„Das kann ich gut verstehen."

Mackenzie sah Carrie an. „Es könnte doch wirklich sein, dass Madam Fredrick Recht hat." Begeisterung kehrte in ihre Stimme zurück.

„Womit?" Carrie hatte jeden Versuch aufgegeben, Schritt mit den Gedankensprüngen ihres jungen Gastes zu halten.

„Mit der Freundin für meinen Dad. Wie stellt man so was wohl an?"

„Wie meinst du das?" fragte Carrie vorsichtig.

„Naja, wie finde ich eine neue Frau für Dad?"

Carrie lachte ein wenig nervös. „Mackenzie, so etwas kann man nicht planen, schon gar nicht für den eigenen Vater."

„Und warum nicht?" wollte Mackenzie wissen. Sie schien ein wenig enttäuscht.

„Eine Beziehung ist eine ernsthafte Angelegenheit. Es geht dabei um Liebe und Vertrauen zwischen zwei Menschen und um ..."

„Es wäre einfach für uns alle am besten, wenn Dad eine Freundin hätte", meinte Mackenzie unbeeindruckt. „Dad und ich haben immer alles zusammen gemacht und waren meistens derselben Meinung, wenigstens bis vor kurzem. Ich weiß besser, was er braucht und was ihm gut tut, als er selbst. Also ist es doch nur vernünftig, wenn ich eine Frau für ihn suche."

„Mackenzie ..."

„Ich weiß, was Sie jetzt denken: dass mein Vater nicht besonders erfreut wäre, wenn er davon wüsste. Da haben Sie sicher Recht. Aber ich weiß, wie man ihm unauffällig etwas unterjubeln kann. Das habe ich von ihm gelernt."

Carrie lachte. „Ich glaube es einfach nicht." Sie hatte das

Gefühl, als säße sie sich selbst gegenüber. Genauso war sie in diesem Alter gewesen. Sie schüttelte den Kopf.

„Was glauben Sie nicht?" wollte Mackenzie leicht gekränkt wissen.

„Ich kann dir nur raten, dich aus dem Liebesleben deines Vaters herauszuhalten."

„Was für ein Liebesleben? Das ist ja wohl ein Witz. So etwas hat er überhaupt nicht."

„Aber er wird deine Hilfe kaum zu schätzen wissen", warnte Carrie.

„Natürlich nicht, aber das ist nicht der springende Punkt."

„Mackenzie, du hast mir erzählt, dass du zurzeit nicht besonders gut mit deinem Vater auskommst. Ich wage gar nicht, mir vorzustellen, was passieren wird, wenn er dahinter kommt, was du mit ihm vorhast. Meine Mutter bekam damals jedenfalls einen Tobsuchtsanfall, als sie erfuhr, dass ich einem Mann dafür Geld geben wollte, dass er mit ihr ausgeht."

„Sie wollten ihn allen Ernstes dafür bezahlen?"

Carrie merkte zu spät, was sie angerichtet hatte. „Es ist schon lange her", schwächte sie ab und hoffte, dass das Thema damit erledigt war. Aber natürlich hätte sie es besser wissen sollen. Mackenzies Augen leuchteten begeistert auf.

„Ist das wahr? Sie haben ihm Geld gegeben?"

„Ja. Aber falls du jetzt auf irgendwelche Ideen kommst: Er hat es nicht angenommen." Carrie konnte sehen, dass Mackenzies kleine graue Gehirnzellen auf Hochtouren arbeiteten. „Es war kein guter Einfall gewesen, und meine Mutter war bitterböse."

„Hat sie wieder geheiratet?" Carrie nickte, unwillig, ihrer kleinen Besucherin zu gestehen, dass ihre Mutter genau den Mann geheiratet hatte, den sie damals hatte bestechen wollen.

Mackenzie sah sie forschend an, und Carrie wandte den Blick ab. „Es war derselbe Mann!" rief ihre kleine Besucherin triumphierend. „Es hat funktioniert!"

„Ja. Aber das hatte nichts mit mir zu tun."

„Bestimmt doch! Sie haben ihm Geld angeboten, damit er mit Ihrer Mutter ausgeht. Er nimmt es nicht an, geht aber trotzdem mit ihr aus. Himmlisch! Wie lange danach haben sie geheiratet?"

„Mackenzie, du kannst das nicht einfach übertragen."

„Wie lange danach?" Das Mädchen ließ nicht locker.

„Ein paar Monate später."

„Und sie sind bestimmt sehr glücklich miteinander." Das war eine Feststellung. Mackenzie seufzte hingerissen.

Carrie nickte. Sie konnte nur hoffen, dass sie einmal einen Mann finden würde, mit dem sie so glücklich wurde wie ihre Mutter mit Jason Manning. Nach zehn Jahren Ehe und zwei Kindern machten die beiden immer noch den Eindruck eines frisch verliebten Paares. Ihre Liebe faszinierte sie, aber manchmal empfand Carrie sie auch als hemmend, denn sie wusste, dass sie sich nie mit weniger zufrieden geben würde. Ihre Freundinnen warfen ihr jetzt schon vor, sie sei viel zu wählerisch, was Männer betraf, und wahrscheinlich hatten sie Recht.

„Sehen Sie?" sagte Mackenzie triumphierend. „Genau das ist der Punkt. Sie kannten Ihre Mutter besser als jeder andere Mensch. Wer also wäre besser geeignet gewesen als Sie, den richtigen Mann für sie zu finden? Bei mir ist es genauso. Dad kommt aus seinem alten Trott von allein nicht heraus, also muss etwas geschehen. Und Madam Fredrick hat das genau gesehen. Sie hat gesagt, dass ihm ein erotisches Interesse fehlt."

Carries Lächeln war ein wenig gezwungen. „Ich mag Madam Fredrick sehr, aber was sie sagt, ist mit Vorsicht zu genießen."

„Das ändert nichts." Mackenzie stand auf, machte ein paar Schritte und drehte sich aufgeregt zu Carrie um. „Wie wäre es mit Ihnen?" fragte sie unvermittelt.

„Mit mir?" Carrie sah sie verständnislos an.

„Ja. Hätten Sie keine Lust, mit meinem Dad auszugehen?"

2. KAPITEL

„Sie ist sehr hübsch, findest du nicht, Dad?"

Philip Lark sah auf. Er saß am Küchentisch und füllte gerade ein Kostenformular aus. Mackenzie saß ihm gegenüber und lächelte ihn gewinnend an. Irgendetwas am Ausdruck in ihren Augen warnte ihn. Sie führte ganz offensichtlich etwas im Schilde.

„Wer?" fragte er, obwohl er gleichzeitig an der Klugheit seiner Frage zweifelte. Besser wäre es gewesen, er hätte die Frage überhört.

„Carrie Weston."

Philip sah seine Tochter verständnislos an.

„Die Frau, die wir im Aufzug getroffen haben", erklärte sie ihm geduldig. „Ich war heute Nachmittag bei ihr, und wir haben uns unterhalten." Mackenzie stützte das Kinn auf und sah ihn hingebungsvoll an.

Philip sagte nichts darauf, sondern kehrte zu seinen Zahlen zurück. Seine Tochter wartete geduldig, bis er fertig war, obwohl Geduld sonst nicht gerade eine ihrer Stärken war. Meistens beklagte sie sich, wenn er Arbeit mit nach Hause brachte, und gebärdete sich, als wäre das eine persönliche Kränkung und ein tiefer Eingriff in ihre Persönlichkeit.

Carrie Weston, dachte er. Ob er sie hübsch fand, wollte Mackenzie wissen. Aber er konnte sich um alles in der Welt nicht mehr daran erinnern, wie die Frau ausgesehen hatte. Er hatte eine im besten Falle verschwommene Vorstellung von ihr und wusste eigentlich nur noch, dass ihm immerhin nichts Abstoßendes an ihr aufgefallen war.

„Sie gefällt dir, habe ich Recht?" fragte er schließlich, obwohl es pädagogisch vermutlich nicht konsequent war, so bereitwillig auf Mackenzies Annäherungsversuche einzugehen. Sie war in letzter Zeit manchmal reichlich unerträglich. Gut, er wusste natürlich, dass der Umzug in dieses Haus für sie nicht einfach gewesen war, aber sie würden schließlich nur sechs oder höchstens acht Wochen hier wohnen. Er hatte eigentlich angenommen, dass seine Tochter erwachsen und vernünftig genug war, um mit dieser Übergangssituation zurechtzukommen. Aber er hatte sich wohl geirrt.

Seit Wochen machte sie nur Schwierigkeiten, gerade, als befände sie sich in einer Art zweiter Trotzphase. Nicht einmal als ihre Mutter sie und ihn wegen eines anderen Mannes verlassen hatte, war sie so anstrengend gewesen.

„Carrie ist Spitze, echt."

Philip freute sich zwar, dass Mackenzie eine Freundin gefunden hatte, aber lieber wäre ihm ein Mädchen in ihrem Alter gewesen.

Ihre derzeitige Wohnung war zum Glück nur ein Zwischenspiel. Sein Freund Gene Tarkington, dem das Haus gehörte, hatte sie ihm zur Verfügung gestellt, bis die Bauarbeiten an seinem neuen Haus am Lake Washington abgeschlossen waren. Es war zwar nicht besonders luxuriös hier, aber das hatte er auch nicht unbedingt erwartet – genauso wenig wie die merkwürdigen Gestalten, die das Haus bevölkerten.

Die Alte mit der Kristallkugel wirkte zwar immerhin noch ganz harmlos, selbst der Muskelprotz im Rentenalter, der immer mit unbekleidetem Oberkörper und mit schweren Hanteln beladen herumlief, war wohl ein harmloser Spinner. Aber bei den anderen war er nicht ganz so sicher. Sicher war nur, dass er ganz bestimmt nicht so lange hier bleiben würde, um sich mit irgendjemandem aus diesem Haufen von Verrückten näher anzufreunden.

„Dad." Mackenzie unternahm einen neuen Vorstoß. „Hast du schon einmal daran gedacht, wieder zu heiraten?"

„Niemals!"

Die Frage schockierte ihn. Er hatte diesen Fehler einmal gemacht und würde ihn ganz sicher nicht wiederholen. Zwölf Jahre hatte er es mit Laura ausgehalten und dabei mehr über die Institution Ehe erfahren, als er jemals hatte wissen wollen.

„Bist du jetzt sauer?"

„Nein." Philip verstaute die Papiere in seiner Aktentasche. „Ich habe nur keine Lust, mit dir über dieses Thema zu diskutieren."

„Daran ist Mom schuld, oder?"

Philip hatte keine Ahnung, was plötzlich in seine Tochter gefahren war. „Wie kommst du überhaupt darauf, dass ich wieder heiraten soll?"

„Vielleicht wünschst du dir ja noch einen Sohn."

„Was soll ich mit einem Sohn, wenn ich dich habe?"

Mackenzie war sichtlich geschmeichelt. „Madam Fredrick hat in ihrer Kristallkugel eine neue Frau in deinem Leben gesehen."

Philip musste lachen, so absurd erschien ihm allein die Vorstellung, er könnte wieder eine Frau haben wollen. Ausgerechnet er! Lieber watete er durch einen Sumpf voller Alligatoren oder sprang vom Zehnmeterbrett in fünf Zentimeter tiefes Wasser. Nein, solange er lebte, würde er nicht mehr heiraten.

„Carrie hat viel Ähnlichkeit mit mir."

Darauf also lief es hinaus.

„Schluss damit", sagte er und hob abwehrend die Hände. „Wahrscheinlich bin ich ein bisschen schwer von Begriff, aber allmählich dämmert mir, was du dir ausgedacht hast. Du willst mich mit dieser ..." Er konnte sich wirklich nicht mehr an diese

Frau erinnern, deshalb fiel ihm auch keine passende Beschreibung ein. „Mit dieser Nachbarin verkuppeln."

„Sie heißt Carrie und ist jung, attraktiv, intelligent und lustig."

„Aha."

„Ja. Und sie ist genau die richtige Frau für dich, wenn du mich fragst."

„Ich frage dich aber nicht."

„Ich bin nicht die Einzige, die das findet."

„Wer denn noch?" Er hatte es kaum gesagt, da wusste er schon, dass es ein Fehler gewesen war. Er lud seine Tochter damit regelrecht ein, ihn weiter mit dem Thema zu behelligen.

„Madam Fredrick zum Beispiel. Denk doch einmal darüber nach, Dad. Du bist im besten Alter und lebst nur noch für deine Arbeit. Du könntest dir ruhig einmal etwas gönnen."

Wo sie nur diese Weisheiten aufgeschnappt hatte? „Ich baue ein Haus."

„Ja, weil du Eindruck auf Mom machen willst. Damit sie merkt, was sie aufgegeben hat, als sie dich verlassen hat."

Philip räusperte sich. Er hoffte nur, dass seine Tochter nicht Recht hatte. Er wollte dieses neue Haus aus vielerlei Gründen, und keiner dieser Gründe hatte mit seiner geschiedenen Frau zu tun. Das nahm er jedenfalls an.

„Warum sollte deine Mutter sich für mein Haus interessieren?"

„Denk einmal nach, Dad, vielleicht kommst du dann darauf."

Mackenzie schenkte ihm einen wissenden, verstehenden Blick, der ihn noch mehr irritierte und verärgerte.

„Wenn es dir recht ist, würde ich Laura gern aus dem Spiel lassen, ja?"

Seine Gefühle für seine frühere Frau waren längst tot. Er hatte lange genug versucht, eine gute Ehe zu führen. Selbst als er entdeckte, dass Laura eine Affäre hatte – die erste von einer ganzen Reihe –, war er noch willens gewesen, einen neuen Anfang zu machen. Eine Weile war es auch gut gegangen, aber wahrscheinlich hatte er sich auch das nur vorgemacht, weil er es unbedingt glauben wollte.

Die Scheidung war zu einem Zeitpunkt erfolgt, als schon lange nichts mehr zu retten gewesen war. Aber seine Tochter und seine Würde waren ihm geblieben, und darüber war er froh. Ganz bestimmt hatte er nicht vor, diesen mühsam errungenen Frieden zu riskieren.

„Willst du nicht wenigstens einmal mit Carrie ausgehen?"

„Was?" Er konnte gar nicht glauben, dass dieses Kind sein eigen Fleisch und Blut war. „Mackenzie, ich flehe dich an! Kannst du nicht endlich damit aufhören? Ich habe weder vor, mit Carrie Westchester oder sonst irgendeiner Frau auszugehen."

„Sie heißt Carrie Weston."

„Es ist mir egal, wie sie heißt." Philip schenkte sich eine Tasse Kaffee ein. Er schmeckte bitter, und er schüttete ihn weg.

„Aber du könntest es doch wenigstens einmal versuchen. Vielleicht macht es dir ja Spaß."

„Schluss damit! Ich will kein Wort mehr davon hören, verstanden?" Offenbar hatte er den richtigen Tonfall getroffen, denn Mackenzie verfolgte das Thema nicht weiter. Darüber war er mehr als dankbar.

Wenig später fand er seine Tochter mitten im Wohnzimmer auf dem Boden sitzend, die Arme um sich geschlungen und mit sauertöpfischem Gesicht.

„Was hältst du davon, wenn wir zusammen losziehen und

einen Weihnachtsbaum kaufen?" schlug er vor. Was immer Mackenzie sich einreden mochte, es machte ihm alles andere als Spaß, mit ihr zu streiten.

Sie hob langsam und wie unter Schmerzen den Kopf. „Nein, danke", erwiderte sie tonlos. Es schien sie unendliche Mühe zu kosten.

„Gut, wenn du nicht willst, lassen wir es."

„Du hast doch selbst gesagt, dass es dieses Jahr viel zu lästig wäre."

Natürlich fand er einen Baum lästig, aber er war gewillt, diese Last auf sich zu nehmen, wenn er seine Tochter damit von ihrem derzeitigen Thema abbringen würde. „Wir können ja einen kleinen nehmen."

„Sie mag dich."

Philip brauchte nicht nachzufragen, wer mit „sie" gemeint war. Er presste die Lippen zusammen, um eine Bemerkung zu unterdrücken, die er später bereuen würde.

„Sie hat mir erzählt, wie es bei ihr war, als sie in meinem Alter war." Mackenzie verfolgte ihr Ziel mit ungebrochenem Willen. „Ihre Eltern haben sich scheiden lassen, als sie ungefähr fünf Jahre alt war, und danach ging ihre Mutter nie mehr aus. Sie wollte von Männern nichts mehr wissen. Sie war genau wie du. Und deshalb beschloss Carrie, selbst etwas zu unternehmen. Das kann man ihr wirklich nicht übel nehmen, finde ich. Und mir auch nicht."

Mackenzie unterbrach ihren Redefluss nur so lange, wie sie brauchte, um neuen Atem zu schöpfen. „Als Carrie so alt war wie ich, war ihre Mutter nur noch unglücklich und völlig unausstehlich." Sie sah ihren Vater vielsagend an. „Es war genau wie bei dir."

„Übertreib es nicht!"

„Jedenfalls musste etwas passieren, und deshalb hat Carrie diesem Mann Geld angeboten, damit er ihre Mutter einlädt. Ihr ganzes Taschengeld und das Geld, das sie beim Babysitten verdient hatte, ging dafür drauf! Sie hat für diesen Mann jeden Pfennig, den sie besaß, zusammengekratzt. Sie hätte alles getan, um ihre einsame, traurige Mutter noch einmal glücklich zu sehen."

Philip hatte das seltsame Gefühl, als säuselten im Hintergrund romantische Geigen. „Wie edel", bemerkte er mit einem Hauch Sarkasmus.

„Aber das war noch nicht alles."

„Ach?"

Mackenzie ignorierte den Unterton in seiner Stimme. „Ihre Mutter war natürlich wütend, als sie davon erfuhr."

„Das kann ich mir lebhaft vorstellen." Philip verschränkte die Arme vor der Brust und lehnte sich an den Türrahmen. Ein Blick auf die Uhr machte mehr als deutlich, dass er nicht willens war, seine Geduld über Gebühr zu strapazieren, sondern dass er schon ziemlich nahe an seinen Grenzen angelangt war.

„Carrie ließ sich aber nicht einschüchtern. Sie wusste ja, dass sie Recht hatte, und darum hat sie auch den zweiwöchigen Hausarrest klaglos hingenommen."

Die Geigenklänge wurden lauter.

„Carrie nahm selbstverständlich nicht einfach den nächstbesten Mann, sondern hat sehr sorgfältig ausgewählt. Und so kam sie auf James oder wie er hieß. Der Name tut nichts zur Sache. Wichtig ist, dass Carrie ihre Mutter so gut kannte, dass sie genau den richtigen Mann für sie fand."

Seine Tochter klang zunehmend wie eine Versicherungswerbung im Fernsehen. „Ich nehme an, diese Geschichte hat eine Pointe?"

„Klar." Mackenzies Augen leuchteten triumphierend auf. „Keine drei oder vier Monate später heiratete Carries Mutter diesen Jason."

„Hast du nicht gesagt, dass er James heißt?"

„Der Name ist doch nicht wichtig", entrüstete Mackenzie sich. „Es geht darum, dass er sie geheiratet hat, und dass sie sehr, sehr glücklich zusammen sind."

„Das muss Carrie aber ganz schön teuer gekommen sein, wenn man bedenkt, wie viel sie schon für die erste Verabredung hat bezahlen müssen."

„Der Mann hat ihre Mutter natürlich umsonst geheiratet."

„Ah, ich verstehe. Sie war sozusagen ein Sonderangebot."

Mackenzie runzelte die Stirn. „Ich finde das nicht sehr komisch. Carrie hat mir erzählt, dass ihre Mutter jetzt schon seit elf Jahren sehr glücklich verheiratet ist. Dieser Jason ist ihre große Liebe. Jedes Jahr, zum Jahrestag der ersten Verabredung, schickt sie ihrer Tochter aus Dankbarkeit einen großen Blumenstrauß – derselben Tochter, die sie damals mit zwei Wochen Hausarrest bestraft hat, und die sich trotzdem auf die Suche nach dem Traummann für ihre Mutter machte."

Die Geigen waren verstummt und von einem Jubelchor abgelöst worden. Philip war versucht, zum Dirigentenstab zu greifen, aber er hielt sich vornehm zurück. Seine Tochter war in absoluter Hochform.

„Also", schloss sie. „Willst du jetzt mit Carrie ausgehen oder nicht? Sie ist wirklich genau die richtige Frau für dich, Dad. Ich weiß doch genau, welche Leute du magst und welche nicht, und sie wird dir gefallen. Ganz bestimmt. Sie ist sehr nett und lustig."

„Nein!"

„Ich weiß, ich habe nie ein Wort gesagt, aber ich hätte so

furchtbar gern noch ein kleines Geschwisterchen. Carrie hat auch noch zwei Halbbrüder bekommen."

„Nein, danke." Das Kind fing an, ihm Angst zu machen. Nicht nur sollte er mit einer Frau ausgehen, an die er sich praktisch gar nicht mehr erinnern konnte, sondern jetzt sollte er auch noch Kinder mit ihr zeugen.

„Du sollst es auch nicht tun, nur weil ich dich darum gebeten habe. Tu es für dich. Tu es, bevor dein Herz versteinert und du ein alter, verknöcherter Mann bist."

„He, so weit ist es noch lange nicht. Ich habe mindestens noch vierzig Jahre vor mir."

„Vielleicht." Mackenzie erhob sich. „Aber wie werden diese Jahre aussehen?" Sie schritt hocherhobenen Hauptes und in königlicher Haltung aus dem Wohnzimmer.

Philip musste lachen. Er öffnete seinen Aktenkoffer und nahm eine Akte heraus. Aber dann zögerte er. Es war eine Sache, wenn seine Tochter als große Tragödin agierte, aber wenn eine erwachsene Frau ihr solch einen Unsinn in den Kopf setzte, dann musste er das unterbinden. Er konnte sich so gut wie nicht an diese Carrie Weston erinnern, aber es schien, als wäre sie doch ziemlich an ihm interessiert, wenn er es recht bedachte. Vielleicht sollte er einmal ein ernstes Wort mit ihr reden. Wenn sie seine Tochter benutzte, um sich an ihn heranzumachen, dann konnte sie sich auf etwas gefasst machen.

Entschlossen klappte er seinen Diplomatenkoffer zu und ging zur Tür.

„Wo willst du hin?" rief Mackenzie ihm nach.

„Zu deiner Freundin", schnappte er.

„Zu Carrie?" fragte seine Tochter aufgeregt. „Du wirst es nicht bereuen, Dad, das verspreche ich dir. Sie ist wirklich nett. Wenn du dich noch nicht entschieden hast, wohin du mit ihr zum Essen gehen willst, schlage ich Henry's vor. Das ist in einer Seitenstraße vom Broadway, da, wo wir an meinem Geburtstag waren."

Philip verzichtete darauf, seine Tochter darüber zu informieren, dass er keineswegs eine Einladung zum Essen im Sinne hatte.

Als er aus der Tür trat, stieß er fast mit der alten Schrulle mit der Kristallkugel zusammen.

„Guten Abend, Mr. Lark", grüßte ihn Madam Fredrick mit einem wissenden Lächeln. Sie sah ihn an, dann ihre Kristallkugel, und ihr Lächeln wurde breiter.

„Bleiben Sie mir damit vom Leib", knurrte er. „Ich wünsche nicht, dass Sie meine Tochter mit diesem Hokuspokus belästigen. Haben wir uns verstanden?"

„Wie Sie wünschen", erwiderte die alte Dame würdevoll und rauschte wie eine Diva an ihm vorbei. Philip sah ihr nach. Sie erinnerte ihn eindeutig an seine Tochter. Er seufzte resigniert und ging weiter zur Treppe. In seiner Ungeduld nahm er immer zwei Stufen auf einmal.

Carrie öffnete sofort.

„Mr. Lark." Ihre Augen wurden groß und zeigten genau das richtige Maß an Überraschung, als hätte sie die letzte Viertelstunde vor dem Spiegel verbracht, um diesen Gesichtsausdruck zu üben.

„Wir beide müssen uns unterhalten."

„Jetzt?" fragte sie.

„Jetzt."

3. KAPITEL

Carrie Weston war ohne Zweifel reizend. Warum ihm das nicht schon bei ihrem ersten Aufeinandertreffen im Lift aufgefallen war, war Philip ein Rätsel. Ihre Augen waren von einem klaren Blau, einem Aquamarinblau fast, und ihr Blick war sehr intensiv und erwartungsvoll. Sie wirkte offen und warmherzig.

Philip brauchte eine Weile, bis ihm wieder einfiel, dass er ja hier war, um ein ernstes Wort mit Carrie Weston zu sprechen. Vielleicht war doch nicht ganz auszuschließen, dass ein winziges Körnchen Wahrheit in dem lag, was Mackenzie über ihn gesagt hatte, und er verknöcherte tatsächlich langsam. Dieser Gedanke ernüchterte ihn auf der Stelle.

„Ich muss mit Ihnen über Mackenzie sprechen", brachte er ein wenig stockend hervor.

„Ihre Tochter ist ein reizendes Mädchen. Ich hoffe, ich habe sie nicht zu lange aufgehalten." Carrie griff nach ihrem Mantel.

„Nein, nein. Darum geht es auch nicht, sondern darum, dass Sie meiner Tochter erzählt haben ..."

„Es tut mir Leid, Mr. Lark, im habe im Augenblick wirklich keine Zeit. Mittwochs bin ich immer mit Marias Katzen an der Reihe, und ich habe mich ohnehin schon verspätet."

Vielleicht wollte sie sich nur drücken, aber Philip war entschlossen, das nicht zuzulassen. „Haben Sie etwas dagegen, dass ich Sie begleite?"

Carrie zeigte sich zwar milde überrascht, hatte aber keine Einwände. „Nein." Sie hob ein Paket mit Katzenfutter hoch.

Fünf Kilo, las Philip. Er wusste, dass die pensionierte Lehrerin lächerlich viele Tiere hielt. Gene hatte sich mehr als einmal bei ihm darüber mokiert, wenn er auch nichts dagegen unternahm, dass sie ständig neue Katzen auflas. Die alte Dame wohnte schon über fünfzehn Jahre hier und hatte ihre Miete immer pünktlich bezahlt. Und bis jetzt hatte sich auch keiner der anderen Mieter beschwert.

„Vielleicht wäre es besser, wenn Sie Ihren Mantel holen", riet Carrie, während sie ihre Tür abschloss.

Philip fand das ein wenig merkwürdig. So kalt konnte es in der Wohnung doch gar nicht sein. Aber er gehorchte. „Na gut."

Carrie wartete, während er die Treppe hinauflief. Er nahm zwei Stufen auf einmal. Kaum hatte er die Tür aufgeschlossen, stand schon Mackenzie vor ihm. „Wie findest du sie?" wollte sie wissen.

„Noch gar nicht." Er nahm seinen Mantel vom Haken. „Ich helfe ihr schnell beim Katzenfüttern."

Seine Tochter wirkte sehr zufrieden mit dieser Auskunft. „Wirklich? Das ist ja praktisch schon eine Verabredung."

„Du liebe Güte, nein." Er fuhr in die Ärmel.

„Sie hat mich gefragt, ob ich nicht am Samstag mit ihr und ihren zwei Brüdern Plätzchen backen will. Ich darf doch, Dad?"

„Darüber unterhalten wir uns später." Carrie Weston war also schon dabei, sich bei seiner Tochter einzuschmeicheln. Das gefiel ihm ganz und gar nicht.

Mackenzie nickte nur, aber sie wirkte ein wenig besorgt, als er zur Tür ging.

Philip konnte nicht genau sagen, warum er vorgeschlagen hatte, Carrie zu begleiten. Zwar war es wichtig, einige Dinge klarzustellen, aber dafür musste er nicht unbedingt mit einer Tüte Katzenfutter hinter ihr herdackeln.

„Maria liebt Tiere", erklärte Carrie, als sie in den Lift traten und nach unten fuhren. „Aber ich finde es nicht gut, wenn sie nachts allein draußen herumläuft, um streunende Katzen zu füttern." Philip fing an zu begreifen. „Maria nennt sie immer ihre Straßenkinder."

Er hoffte nur, dass die Hausverwaltung nichts von diesen Zuständen erfuhr.

Sie traten in die kalte Nachtluft hinaus, und ihr Atem kristallisierte sofort zu einer weißen Nebelwolke.

„Wie oft füttert sie die Katzen?" fragte Philip, als er Carrie die schlecht beleuchtete Straße hinunter folgte.

„Jeden Abend."

Wenig später bogen sie in eine fast völlig dunkle Allee. Wenn Carrie es nicht ratsam fand, dass Maria nachts allein hier herumwanderte, dann konnte man das auch von ihr sagen.

Sie hatten etwa die Hälfte der Allee hinter sich gebracht, als Philip das erwartungsvolle Miauen hörte. Carrie schüttete großzügig Futter auf den Boden, und im nächsten Augenblick stürzten die Tiere sich schon darauf. Ein großer Kater rieb sich an ihrem Bein, und sie bückte sich, um ihn zu streicheln. „Das ist Brutus", stellte sie vor. „Und das sind Jim Dandy, Knopfnase, Falke und die Bienenkönigin."

„Haben Sie sie so getauft?"

„Nein, das war Maria. Die meisten Katzen leben schon so lange auf der Straße, dass sie sich nicht mehr umgewöhnen können. Maria hat Brutus gesund gepflegt, nachdem er in einem Kampf ein Auge verloren hatte. Er war halb tot, als sie ihn fand. Er ließ sich zwar ihre Fürsorge gefallen, aber kaum war er wieder gesund, zog es ihn wieder hinaus. Ich glaube, er war Marias erster Pflegling. Danach fing sie an, die streunenden Katzen zu füttern. Inzwischen wechseln wir uns ab. Einmal die Woche helfe ich ihr, an den anderen Tagen Arnold und zwei andere Hausbewohner."

All dieses Gerede über Katzen war zwar gut und schön, aber Philip hatte im Moment etwas anderes im Kopf. „Wie schon gesagt, möchte ich mich mit Ihnen über Mackenzie unterhalten."

„Ja, gern." Carrie streichelte jede Katze zum Abschied und richtete sich dann wieder auf.

„Sie kam gestern nach Hause und präsentierte mir diesen albernen Vorschlag, dass wir beide zusammen ausgehen sollten."

Carrie hatte immerhin genug Anstand, um zu erröten. Das befriedigte ihn. „Ich fürchte, den Floh habe ich ihr ins Ohr gesetzt, Mr. Lark. Es ist mir wirklich sehr peinlich. Eigentlich hatten wir uns nur über meine Eltern unterhalten."

„Ja, ich weiß. Sie haben sich scheiden lassen, als Sie vier oder fünf Jahre alt waren", sagte Philip. Er gab es ja nur ungern zu, aber er genoss Carries Verlegenheit. Schließlich kannte er seine Tochter nur zu gut und wusste sehr wohl, wie geschickt sie einem Gespräch genau die Wendung geben konnte, die ihr passte. Die arme Miss Weston hatte keine Chance gehabt. „Mackenzie hat mir auch erzählt, dass Sie einen Mann dafür bezahlt haben, dass er mit Ihrer Mutter ausgeht."

„Oh je." Carrie schloss für einen Moment die Augen. „Kein Wunder, dass Sie davon nicht begeistert waren." Sie sah Philip schuldbewusst an. „Aber Jason hat von meinem Angebot natürlich keinen Gebrauch gemacht."

„Aber er hat sich mit Ihrer Mutter verabredet."

„Es war alles ein bisschen anders, aber das tut nichts zur Sache. Ich wollte Ihre Tochter nicht auf dumme Gedanken bringen, obwohl ich so etwas schon befürchtet hatte, und ich werde mein Möglichstes tun, sie wieder davon abzubringen. Natürlich hatte ich nicht damit gerechnet, dass sie jedes Wort brühwarm weitererzählen würde."

Silberglocken

„Meine Tochter hat einen eigenen Kopf, und Sie gefallen ihr." Mackenzie brauchte unbedingt ein positives weibliches Leitbild. Ihre Mutter hatte sich wahrhaftig nicht besonders viel um sie gekümmert, und er selbst konnte diesen Mangel nicht ausgleichen, auch wenn er es noch so gern getan hätte. Es tat ihm immer weh, wenn er hörte, dass Mackenzie Laura auch noch zu entschuldigen versuchte.

Carrie führte ihn auf ein unbebautes Grundstück. Auf dem Weg erzählte sie ihm einiges von sich: Sie arbeitete für eine Computerfirma, hatte ihre Familie hier in der Gegend und betete ihre zwei kleinen Halbbrüder an.

Sie hatten das Grundstück kaum betreten, als etwa ein Dutzend Katzen aus dem Schatten auftauchten. Offensichtlich hatten sie schon auf Carrie gewartet. Sie sprach leise zu ihnen und verteilte dann das Futter auf einige Stellen.

„Mackenzie hat mich sehr daran erinnert, wie ich selbst in diesem Alter war", gestand sie, als sie fertig war. „Das hat nicht nur mit der Scheidung meiner Eltern zu tun. Aber man könnte sagen, dass ich in gewisser Weise auch keine Mutter hatte. Natürlich war sie da, aber ich hatte nicht viel von ihr. So ähnlich geht es Ihrer Tochter wohl mit Ihnen."

„Wollen Sie damit sagen, dass ich kein guter Vater bin?" fragte Philip ein wenig beleidigt.

„Nein, natürlich nicht. Am besten sage ich gar nichts mehr, nachdem Sie anscheinend so entschlossen sind, mich dauernd falsch zu verstehen. Ich entschuldige mich dafür, dass ich Mackenzie auf abwegige Gedanken gebracht hatte. Aber seien Sie versichert, Mr. Lark, dass ich nicht die Absicht habe, Ihre Tochter dazu zu benutzen, um mir sozusagen eine Verabredung mit Ihnen zu erschleichen."

„Bleibt es beim Plätzchenbacken am Samstag?" fragte Philip. Er hoffte es sehr, denn sonst bekam er ernste Schwierigkeiten mit seiner Tochter.

„Heißt das, dass Sie nichts dagegen haben?"

„Nein, natürlich nicht. Ich wollte nur für klare Verhältnisse zwischen uns sorgen. Ich bin an Ihrer näheren Bekanntschaft nicht interessiert. Das ist nicht persönlich gemeint. Sie sind jung und attraktiv und werden eines Tages einen Mann sehr glücklich machen. Aber dieser Mann werde nicht ich sein."

„Ich würde nicht im Traum daran denken ..." Carrie unterbrach sich und sah Philip böse an. „Keine Angst, Mr. Lark. Sie haben nichts von mir zu befürchten."

„Gut. Dann verstehen wir uns ja."

Das war ja wohl der Gipfel! Carrie zerrte die Handschuhe von den Fingern und hängte ihren Mantel auf. Dann setzte sie sich in einen Sessel und verschränkte die Arme vor der Brust. Aber lange hielt sie es nicht so unbewegt aus, und sie sprang auf und ging wütend auf und ab.

Philip Lark besaß die Unverfrorenheit, sie zu beschuldigen, sie benutze seine Tochter, um ihn kennen zu lernen! Was für ein aufgeblasener und eingebildeter Kerl. So ein selbstverliebtes, eitles Exemplar Mann war ihr bisher noch nicht untergekommen. Und wenn er der letzte Mann auf Erden wäre, würde sie nicht mit ihm ausgehen!

Das Telefon klingelte, und sie sah es vorwurfsvoll an, bevor sie schließlich doch den Hörer abnahm.

„Carrie?" flüsterte ihr Stiefvater.

„Ja?" gab sie ebenso leise zurück. „Gibt es einen Grund dafür, dass du so flüsterst?"

„Deine Mutter soll nicht mitbekommen, dass ich dich anrufe."

„Aha." Carrie lächelte.

„Ich habe heute Nachmittag für Charlotte ein Weihnachtsgeschenk bestellt", verkündete er stolz.

Carrie wusste, wie schwer er sich mit dem Schenken tat. Bevor er ihre Mutter kennen gelernt hatte, war er überzeugter Junggeselle gewesen und völlig ungeübt darin, gerade Frauen Geschenke zu machen. Zum ersten Weihnachtsfest nach der Hochzeit hatte er Charlotte eine Kegelkugel, eine Jahreskarte fürs Baseballstadion und einen Staubsauger gekauft. Danach hatte Carrie dafür gesorgt, dass seine Geschenke ein wenig persönlicher ausfielen.

„Du weißt doch, wie leidenschaftlich deine Mutter Flohmärkte und Haushaltsauflösungen liebt." Leidenschaftlich ist noch milde ausgedrückt, dachte Carrie. „Ein Freund von mir hat vor kurzem einen Mietwagenverleih mit Chauffeur aufgemacht, und ich habe mit ihm vereinbart, dass er deine Mutter an einem Samstag von einem Flohmarkt zum anderen kutschiert. Die Route bestimmt sie. Wie findest du das?" Vor Aufregung wurde seine Stimme lauter. „Darüber freut sie sich doch bestimmt, oder?"

Carrie musste lächeln. „Sie wird begeistert sein."

„Das dachte ich mir auch", sagte Jason stolz. „Jeff gibt mir außerdem zwanzig Prozent Nachlass."

„Ich finde es übrigens sehr nett von dir, dass du mit Mom Weihnachtseinkäufe machen willst."

„Was tut man nicht alles, um seiner Frau eine Freude zu machen." Dem Klang seiner Stimme nach zu schließen, schien seine Vorfreude trotzdem nicht besonders groß zu sein.

„Doug und Dillon kommen in der Zeit zu mir. Wir wollen zusammen Plätzchen backen."

„Es gibt keinen anderen Menschen auf der Welt, von dem

ich mich so kurz vor Weihnachten zum Einkaufen in die Stadt schleppen ließe."

„Das ist wahre Liebe." Carrie hatte noch nie an dieser Liebe gezweifelt. Ihre Mutter und Jason passten zusammen, als wären sie füreinander geschaffen. Das stellte sie selbst manchmal vor ungeahnte Schwierigkeiten. Seit Jason ihr Stiefvater geworden war, maß sie jeden Mann an ihm.

Jason war vielleicht nicht unbedingt der große romantische Held – sie musste jedes Mal lachen, wenn sie an das Gesicht ihrer Mutter dachte, als sie die Kegelkugel ausgepackt hatte –, aber er war ein sehr liebevoller Ehemann. Und sie selbst hätte sich keinen besseren Vater wünschen können. Es war nicht einfach, einen Mann zu finden, der ihm das Wasser reichen konnte.

Es klingelte an Carries Tür.

„Ich verabschiede mich", sagte Jason. „Versprich mir, dass du deiner Mutter nichts verrätst."

„Meine Lippen sind versiegelt", erklärte Carrie feierlich. Eine Luxuslimousine mit Chauffeur, um ihre Mutter zu Flohmärkten und Haushaltsauflösungen zu fahren! Sie schüttelte mit einem Lächeln den Kopf und legte den Hörer auf. Was für ein Einfall.

Sie lief zur Tür. Hoffentlich kam kein Besuch. Sie war müde und hatte Hunger und nicht die geringste Lust auf Unterhaltung.

„Hallo!" sagte Mackenzie und sah Carrie erwartungsvoll an. „Wie war es mit Dad?" Carrie betrachtete sie düster. „So schlimm?" Mackenzie lachte fröhlich. „Machen Sie sich nichts daraus. Es wird sicher besser, wenn er sich erst daran gewöhnt hat."

„Jetzt hör mir einmal zu, Mackenzie. So geht das nicht. Dein

Vater ist nicht sehr glücklich über deinen Kuppelversuch, und ich bin es auch nicht, wenn ich ehrlich bin. Ich ..."

„Ich muss leider gleich wieder weg. Mein Vater weiß nicht, dass ich hier bin. Aber ich musste einfach mit Ihnen reden, bevor Sie Ihr Herz an ihn verlieren. Lassen Sie sich nicht entmutigen. Er braucht einfach nur Zeit." Sie lachte breit und schenkte Carrie einen aufmunternden Blick. „Ich finde das alles ja so wahnsinnig aufregend. Wenn ich Jane erst erzähle, wie ich eine neue Frau für Dad gefunden habe! Jane war nämlich meine beste Freundin, bis wir umgezogen sind. Bis Samstag dann." Damit war sie verschwunden.

Carrie machte die Tür zu und schloss die Augen. Sie fühlte sich ausgelaugt und niedergeschlagen.

Jemand klopfte laut an die Tür, und sie fuhr zusammen.

„Was ist denn jetzt noch?" fragte sie ungeduldig.

Diesmal standen Madam Fredrick und Arnold, der Muskelmann, draußen. Beide betrachteten sie freundlich und mit unverhohlener Neugier.

„Hat sie ihn schon kennen gelernt?" fragte Arnold.

Madam Fredrick lächelte geheimnisvoll. „Schauen Sie selbst." Sie hob ihre Kristallkugel hoch und strich mit der Hand über die schimmernde Oberfläche. „Ein Blick, und Sie wissen alles."

4. KAPITEL

Eine feine Mehlschicht lag über der Küche. Carrie wedelte hüstelnd mit der Hand, um die Luft ein wenig klarer zu machen. Würziger Lebkuchenduft zog durch ihre Wohnung. Es roch heimelig nach weihnachtlichem Backvergnügen.

Der sechsjährige Dillon stand auf einem Stuhl und schaute fasziniert in die Küchenmaschine, die den Plätzchenteig durchknetete. Sein Bruder Doug wartete an der Arbeitsfläche, die Ärmel bis über die Ellbogen hochgerollt und mit einem Nudelholz in der Hand, auf den fertigen Teig, während Mackenzie gerade frisch gebackene Plätzchen vom Blech nahm und sie zum Abkühlen auf ein Gitter legte.

„Ob man die Eierschalen nicht doch herausschmeckt?" fragte sie ein wenig zweifelnd.

„Im Rezept stand ‚zwei Eier'", rechtfertigte Dillon sich ein wenig trotzig. „Und Carrie hat gesagt, ich soll das ganze Ei nehmen. Woher soll ich wissen, dass sie es ohne Schale gemeint hat?"

„So etwas weiß man einfach", erklärte Doug mit milder Verachtung und spielte die ganze Überlegenheit des älteren Bruders aus. Niemals wäre ihm ein so dummer Fehler unterlaufen.

Carrie griff vorsichtshalber ein. „Nur keine Aufregung. Niemand wird etwas merken. Außerdem können ein paar Proteine extra nie schaden." Sie hatte den größten Teil der Eierschalen wieder aus dem Teig fischen können, und der Rest war so zerkleinert, dass jede sichtbare Spur verschwunden war.

Mackenzie verdrehte ausdrucksvoll die Augen. Aber sie war glücklich, auch wenn sie sich jetzt etwas enerviert gab. Sie erinnerte Carrie immer mehr an ihre eigene Teenagerzeit vor über zehn Jahren. Mit den beiden kleinen Jungen war sie vom ersten Moment an gut ausgekommen, und es dauerte keine Stunde, da waren die drei die dicksten Freunde.

„Ich will die Plätzchen verzieren", rief Dillon, als er sah, dass Carrie mit dem Zuckerguss fertig war.

„Aber du leckst immer das Messer ab", warf Doug ihm sofort vor. „Das geht nicht, wenn wir die Plätzchen verschenken wollen."

Carrie machte dem drohenden Streit ein Ende, noch bevor er angefangen hatte. „Wer probiert den ersten Lebkuchen?"

Die drei Kinder sahen sich gegenseitig an. „Dillon", beschloss Doug dann.

„Mir macht es gar nichts aus", erklärte der tapfer. „Außerdem hat Carrie gesagt, dass man die Eierschalen überhaupt nicht merkt." Er kletterte von seinem Stuhl auf den Boden und nahm sich einen Lebkuchen. „Vielleicht sollten wir vorsichtshalber Zuckerguss darauf streichen", schlug er hoffnungsvoll vor.

Carrie folgte seiner Anregung und gab ihm das Plätzchen dann. Dillon schloss die Augen und biss vorsichtig ein kleines Stück ab. Die anderen warteten gespannt auf seine Reaktion. Ein zweiter Versuch folgte.

„Vielleicht sollte ich noch eines essen, damit ich nichts Falsches sage", meinte Dillon. „Sicherheitshalber."

Carrie blieb ernst und reichte ihrem kleinen Bruder eine weitere Kostprobe.

„Es ist wohl besser, wenn ich auch probiere", sagte Doug und steckte sich selbst einen Lebkuchen in den Mund. „Nicht schlecht", erklärte er dann mit vollem Mund und lächelte breit.

„Wir dürfen auch welche behalten, oder?" fragte Dillon.

„Ja, natürlich. Aber ihr wisst, dass ich Arnold, Maria und Madam Fredrick einen Plätzchenteller versprochen habe."

„Kann ich jetzt mit dem Verzieren anfangen?" Dillon schob seinen Stuhl zu Carrie.

„Ich auch!"

„Ich auch!" Mackenzie stimmte in den Chor mit ein.

Zwei Stunden später war Carrie völlig erschöpft. Doug und Dillon hatten abgewaschen und lagen nun vor dem Fernseher und schauten sich ihren Lieblingsvideofilm an. Mackenzie verwandelte Plätzchen mit kandierten Fruchtstückchen und Liebesperlen hingebungsvoll in Gesichter.

„Dad kommt schon wieder zu spät", sagte sie mit dem Seufzer einer an langes Leiden gewöhnten Tochter. „Es ist immer dasselbe. Das ist wirklich kein Leben, das er da führt." Sie riskierte einen schnellen Blick zu Carrie.

„Was haben wir beide vereinbart?" Carrie drohte ihr mit dem Finger.

„Ja, ich weiß." Tiefe Hoffnungslosigkeit klang aus Mackenzies Stimme.

Carrie und sie hatten ein Abkommen getroffen, dass Philip Lark in ihren Unterhaltungen nicht mehr auftauchen würde. Das war zwar eine ziemlich drastische Maßnahme, aber Carrie wusste genau, dass Mackenzie sonst jede Gelegenheit ergreifen würde, das Klagelied über ihren armen, einsamen Vater, der praktisch vor ihren Augen versauerte und vergreiste, anzustimmen. Carrie konnte den Text fast wörtlich aufsagen.

Sie hatte zwei lange Tage damit verbracht, Mackenzie beizubringen, dass sie keinerlei romantisches Interesse an Philip hatte, auch wenn sie angeblich noch so ideal zusammenpassten. Von ihrem Vater bekam Mackenzie vermutlich etwas ganz Ähnliches zu hören. Philip war so wenig wie Carrie davon angetan, dass seine Tochter ihn verkuppeln wollte. In den drei Tagen seit ihrem ersten Zusammentreffen waren sie sich betont aus dem Weg gegangen, um in Mackenzie keine unsinnigen Hoffnungen zu nähren und ihr womöglich die Illusion zu vermitteln, dass ihr Plan Erfolg hatte.

„Es ist ein Jammer", meinte Mackenzie jetzt und sah Carrie dabei vorwurfsvoll an. „Madam Fredrick findet das auch, genauso wie Arnold und Maria."

„Es reicht!" sagte Carrie laut genug, um vorübergehend die Neugier ihrer Brüder zu wecken. Aber als nichts nachkam, schwand ihr Interesse schnell wieder.

Als Mackenzie mit dem Verzieren ihrer Plätzchen fertig war, füllte Carrie drei Pappteller, spannte eine Folie darüber und band zum Schluss ein buntes Band darum.

„Ich will zu Arnold gehen", rief Doug, der eine heftige Zuneigung zu dem ehemaligen Gewichtheber gefasst hatte. Von seinem glänzenden Glatzkopf über den dichten Schnurrbart bis hin zu den sich massiv wölbenden Muskeln bot Arnold das leibhaftige Bild eines ehemaligen Zirkushelden. Sein einziges Zugeständnis an die moderne Zeit waren knallrote Kunststoffshorts, die er über seinen blauen Strumpfhosen trug. Doug sah in ihm die Verkörperung seines Idols Superman.

„Und ich will zu Maria. Darf ich ihre Katzen streicheln?" wollte Dillon wissen.

„Bestimmt." Damit stand auch sein Ziel fest.

„Dann bleibt für mich Madam Fredrick", stellte Mackenzie fest und wirkte mit ihrem Los außerordentlich zufrieden. Carrie lächelte.

Die drei Kinder verschwanden mit ihren Plätzchentellern, und Carrie ließ sich ermattet aufs Sofa fallen. Sie lehnte sich zurück, schloss die Augen und gab sich ganz der Ruhe und dem Frieden hin. Der Genuss währte nicht lange. Nur Minuten später tauchten Mackenzie und Dillon wieder auf, dicht gefolgt von Doug.

„Sie ist da drin", hörte Carrie ihren Halbbruder sagen, und als sie die Augen aufschlug, entdeckte sie, dass er Philip Lark im Schlepptau hatte.

Sie sah bestimmt entsetzlich aus. Nicht nur war sie über und über mit Mehl bestäubt, sondern sie hatte sich heute Morgen auch nicht die Mühe gemacht, sich zu schminken, und trug zu allem Überfluss ausgerechnet ihre ältesten Jeans. Was musste Philip von ihr halten! Sie sah bestimmt wie eine Vogelscheuche aus!

„Dad!" begrüßte Mackenzie ihren Vater begeistert.

Carrie sprang verlegen auf und zog schnell ihre Schürze aus. Viel half das vermutlich auch nicht. Philip betrachtete sie mit Interesse.

„Ich hätte klingeln sollen", stellte er fest und sah Doug an. „Aber Ihr kleiner Freund bestand darauf, dass ich einfach mitkomme."

„Das ist schon in Ordnung." Carries Zunge war wie gelähmt, und sie wrang nervös die Hände. Genauso hatte ihre Mutter sich Jason gegenüber auch verhalten. Das hatte sie damals nie verstanden. Mit keinem Menschen konnte man sich leichter unterhalten als mit Jason, niemand war umgänglicher als er. Aber jetzt bekam sie eine Ahnung davon, was ihre Mutter durchgemacht hatte.

„Hat meine Tochter sich anständig benommen?" fragte Philip.

„Sie war mir eine sehr große Hilfe", erwiderte Carrie ein wenig steif.

„Hat Mom angerufen?" wollte Mackenzie voller Hoffnung von ihrem Vater wissen.

Philip schüttelte den Kopf, und Enttäuschung trat in Mackenzies Blick. „Sie hat um diese Zeit immer so viel zu tun", erklärte sie, ohne jemanden im Besonderen anzusprechen. „Kein Wunder, dass sie nicht angerufen hat, wenn sie den Kopf so voll hat."

Carrie musste an sich halten, um sie nicht in den Arm zu nehmen und zu trösten. Für ihre dreizehn Jahre war sie rührend tapfer.

„Hast du Lust, mit mir ins Kino zu gehen?" fragte Philip unvermittelt. „Es muss schon eine Ewigkeit her sein, seit wir beide uns zum letzten Mal zusammen einen Film angeschaut haben."

Mackenzies Miene hellte sich sichtlich auf. „Meinst du das im Ernst?"

„Ja, natürlich. Du darfst dir den Film aussuchen."

„Können wir Doug und Dillon mitnehmen?"

„Ich habe nichts dagegen." Philip lächelte.

„Und Carrie?"

„Ich sollte nicht ...", begann Carrie, um ihm die unvermeidliche Peinlichkeit zu ersparen.

Doug sprang in die Bresche. „Du hast doch gesagt, dass wir mit dem Plätzchenbacken fertig sind. Da kannst du doch mit ins Kino gehen."

„Sie sind natürlich auch sehr herzlich eingeladen", sagte Philip und sah Carrie an. Er wirkte ehrlich. Offenbar war er der Überzeugung, dass ihm mit drei Anstandsbegleitern keine Gefahr drohte.

„Störe ich Sie bestimmt nicht?"

„Quatsch", erklärte Mackenzie entschieden. „Mein Vater

sagt nie etwas, wenn er es nicht so meint. Das stimmt doch, Dad, oder?"

„Ja." Das klang nicht mehr ganz so sicher, aber sein Lächeln war aufrichtig.

Carrie war halb versucht, ihn allein mit den Kindern ziehen zu lassen, aber dann überlegte sie es sich doch anders. Doug hatte Recht. Ein Kinobesuch war nach all der Hektik jetzt genau das richtige Mittel zum Entspannen. Und was sollte schon passieren, wenn sie drei Kinder dabei hatten? In ihrer Naivität vergaß sie, dass Kinder sich im Kino gern von Erwachsenen distanzierten. Und ehe sie und Philip sich noch versahen, strebten Doug, Dillon und Mackenzie auch schon von ihnen weg und ließen sich einige Reihen vor ihnen nieder.

„Aber ich dachte, wir wollten alle zusammensitzen", rief Carrie mit einem Hauch Verzweiflung in der Stimme.

Dillon drehte sich zu ihr um. „Wir sind doch keine Babys mehr", teilte er ihr mit der ganzen Würde eines Sechsjährigen mit.

Carrie ließ sich ein wenig unglücklich neben Philip in den Kinosessel sinken. Er schien so wenig glücklich wie sie über diese Entwicklung.

„Popcorn?" fragte er schließlich und hielt ihr seinen überdimensionalen Topf hin.

„Nein, danke." Carrie sah auf ihre Uhr. Hoffentlich fing der Film bald an und erlöste sie aus dieser Lage. „Sie denken jetzt doch hoffentlich nicht, dass ich das alles arrangiert habe", flüsterte sie kaum hörbar.

„Was sollen Sie arrangiert haben?"

„Dass wir beide allein hier sitzen."

Bei seiner Neigung, Vorwürfe auszuteilen, war genau das zu befürchten. Nicht dass sie es ihm übel genommen hätte.

Silberglocken

Schließlich hatte sie, wenn auch ohne es zu wollen, Mackenzie erst so richtig auf die Idee gebracht, die Kupplerin zu spielen. Als hätte sie sich nicht gleich denken können, dass das Mädchen sich ihre eigenen Kuppelversuche mit ihrer Mutter zum Vorbild nehmen würde.

„Wie kommen Sie denn darauf?"

„Vielleicht darf ich Sie an unsere letzte Unterhaltung erinnern", erwiderte Carrie etwas pikiert. „Sie schienen zu befürchten, dass ich Sie verführen will."

Philip lachte laut heraus und besaß nicht einmal den Anstand, Reue zu zeigen. „Ich habe mich nicht um mich gesorgt, sondern schlicht darum, dass Mackenzie uns beiden das Leben zur Hölle macht. Ich entschuldige mich, wenn ich unhöflich war. Aber ich wollte uns nur vor den Launen und Eskapaden meiner dickköpfigen Tochter bewahren."

Ganz so hatte Carrie das Gespräch nicht in Erinnerung.

„Ich würde es niemals meiner Tochter überlassen, eine Frau für mich zu suchen", fügte Philip hinzu, als erklärte das alles. „Und jetzt entspannen Sie sich endlich und genießen Sie unseren kleinen Ausflug." Er hielt ihr noch einmal seinen Popcorntopf hin, und diesmal bediente Carrie sich großzügig.

Er lächelte, und dann ging langsam das Licht aus, und der Vorhang glitt zur Seite.

Sie hatten sich für einen Zeichentrickfilm entschieden, und er war wirklich ausgesprochen lustig. Carrie ließ sich bald völlig in seinen Bann ziehen. Ihr fiel auf, dass Philip an denselben Stellen wie sie lachte, und wenn noch ein Rest Spannung zwischen ihnen bestanden hatte, dann war er im gemeinsamen Lachen bald verschwunden.

Carrie fand, dass der Film viel zu schnell zu Ende war. Und das lag nicht nur daran, dass sie sich so gut amüsiert hatte, sondern sie fand es einfach schön, neben Philip zu sitzen. Zu ihrer Überraschung entdeckte sie, dass sie ihn mochte. Fast wünschte sie sich, sie hätte etwas an ihm finden können, was sie abstieß.

Er hatte mehr als deutlich gemacht, dass er nicht an einer näheren Bekanntschaft mit ihr interessiert war. Mit ihr nicht und auch mit keiner anderen Frau. Aber das half ihr auch nicht weiter. Sie wünschte ihn sich arrogant, schroff und abweisend. Aber stattdessen hatte er Humor und konnte richtig nett sein. Sie wusste, warum er mit Mackenzie ins Kino gegangen war: um ihr über die Enttäuschung mit ihrer Mutter hinwegzuhelfen. Er liebte seine Tochter und wollte sie vor dem Schmerz schützen.

„Der Kinobesuch war eine nette Idee", sagte Carrie, als sie das Kino verließen. Die Kinder waren schon vorausgelaufen. „Der Film hat Mackenzie von ihrer Enttäuschung abgelenkt."

„Ich weiß nicht, ob die Idee wirklich so gut war", gab Philip ein wenig düster zurück und warf seinen Popcornbehälter in den Abfalleimer.

„Warum nicht?"

Er drehte sich zu ihr um und sah sie lange an. „Weil ich feststelle, dass ich Sie mag."

Ihre Reaktion musste sich in ihrem Blick widergespiegelt haben, denn seine Augen wurden schmaler. „Sie haben es auch gespürt", stellte er fest.

Sie hätte gern gelogen, aber sie konnte es nicht. „Ja", flüsterte sie.

„Aber ich bin nicht der Richtige für Sie", teilte er ihr streng mit.

„Mit anderen Worten, ich bin die Falsche für Sie."

Er antwortete nicht sofort. „Ich möchte Ihnen nicht wehtun, Carrie."

„Keine Angst", gab sie leicht zurück. „Dazu werde ich Ihnen keine Gelegenheit geben."

5. KAPITEL

"Wie findest du es?" Mackenzie hielt stolz ein etwas schiefes weißes Gebilde hoch, das an einem Faden von einer Häkelnadel baumelte und entfernt an eine überdimensionale Schneeflocke erinnerte. Dem Leuchten in ihren Augen nach hätte man meinen können, dass sie ein Werk geschaffen hatte, das mindestens den künstlerischen Rang einer "Mona Lisa" erreichte.

"Carrie hat an ihrem Weihnachtsbaum auch lauter Schneeflocken hängen", erklärte sie. "Sie hat das Häkeln von ihrer Großmutter gelernt, als sie so alt wie ich war. Heute kann kaum jemand noch häkeln. An der Schule lernen wir es auch nicht." Sie wickelte das Garn um ihren Zeigefinger und hantierte umständlich mit der Häkelnadel. Dabei wanderte ihre Zunge von einem Mundwinkel in den anderen.

"Sehr hübsch, mein Schatz."

"Glaubst du, dass Mom sich freut?"

"Ganz bestimmt." Philip presste einen Augenblick die Lippen zusammen, als er an seine geschiedene Frau dachte. Sie hatte, vermutlich aus einer Laune heraus, Mackenzie über Weihnachten ein paar Tage zu sich eingeladen. Und seitdem schien seine Tochter nur noch zu schweben. Philip wusste nicht, was er tun würde, wenn Laura nicht auftauchte. Er traute ihr durchaus zu, dass sie das fertig brachte, aber er hoffte inständig, dass sie nicht so grausam war.

"Carrie kann einfach alles", teilte Mackenzie ihm jetzt mit und sah ihn wieder an. "Ich mag sie furchtbar gern, Dad."

Auf eine Bemerkung dieser Art hatte er schon gewartet. Das Problem war, dass seine Gefühle sich genau in die Richtung zu entwickeln begannen, auf die Mackenzie hoffte. Zwar mied er jede Begegnung mit Carrie, aber aus seinen Gedanken konnte er sie nicht verbannen. Mackenzie brachte bei jeder Gelegenheit das Gespräch auf sie und pries ihm ihre Vorzüge mit leuchtenden Augen.

Sie hatte sich richtiggehend mit Carrie angefreundet. Vor kurzem hatte sie sich noch darüber beklagt, dass ihr die Wohnung nicht gefiel und dass ihr ihre Freunde fehlten und sie sich langweilte. Jetzt steckte sie entweder bei Carrie, half Maria beim Katzenfüttern, trank Tee bei Madam Fredrick und ließ sich aus den Teeblättern ihr Schicksal weissagen oder ging zu Arnold zum Gewichtheben. Er konnte froh sein, wenn er sie noch zu Gesicht bekam.

„Am Heiligen Abend ist im Gemeinschaftsraum im Keller ein Weihnachtsfest für das ganze Haus", berichtete sie. „Carrie und Madam Fredrick gehen hin und die anderen auch alle. Es wird sicher Spitze." Sie hob die Schultern. „Aber ich bin natürlich lieber bei Mom. Schade, dass sie immer so furchtbar viel zu tun hat."

„Ja, sehr schade." Philip hatte die Weihnachtsfeier schon wieder vergessen. Vor ein oder zwei Tagen hatte er den Zettel im Briefkasten gefunden und hätte ihn gleich weggeworfen, wenn Mackenzie darüber nicht in solche Begeisterung geraten wäre. Nach ihrer Reaktion hätte man annehmen können, dass sie von ihrem Märchenprinzen zu einem Ball eingeladen worden war. Ihn interessierte die Feier nicht. Er hatte Besseres zu tun, als seine Zeit mit einer Hand voll von Verrückten zu vergeuden.

Er holte seine Sporttasche. „In einer Stunde bin ich wieder da", versprach er.

„Gut. Ich bin sowieso noch nicht fertig." Mackenzies Zunge bewegte sich so flink wie die Häkelnadel. „Ach, jetzt hätte ich es fast vergessen." Sie warf ihre Schneeflocke auf den Tisch, sprang auf und rannte in ihr Zimmer. Einen Moment später tauchte sie mit einem weißen Briefumschlag wieder auf. „Der ist für dich", sagte sie eifrig. „Mach ihn auf."

„Soll ich nicht bis Weihnachten warten?"

„Nein."

Eine silberne, bunt verzierte Karte in Form einer Glocke steckte in dem Umschlag.

„Lies vor", drängte Mackenzie und hätte es selbst übernommen, wenn er nicht gehorcht hätte. Die Karte war eine Einladung zum Essen in dem kleinen Restaurant um die Ecke. „Ich möchte mich bei dir bedanken, weil du so ein toller Vater bist", hatte sie geschrieben. „Auch wenn wir manchmal streiten, habe ich dich sehr lieb."

„Ich dich auch", sagte Philip gerührt. „Aber die Rechnung für das Essen übernehme ich."

„Das kommt überhaupt nicht in Frage", widersprach Mackenzie. „Ich habe mein Taschengeld gespart und bei Madam Fredrick und Arnold ein bisschen dazuverdient. Du musst ja nicht gerade das Teuerste essen."

„Ich kann ja vorsichtshalber besonders ausgiebig frühstücken", meinte Philip und gab ihr einen Kuss auf die Wange, bevor er ging.

Als er auf den Liftknopf drückte, ertappte er sich bei einem breiten Lächeln. In letzter Zeit lächelte er überhaupt oft, fiel ihm auf. Anfangs hatte er diesen Umzug für einen Fehler gehalten. Das dachte er längst nicht mehr. Mackenzie hatte sich sehr zu ihrem Vorteil verändert, seit sie Carrie kannte.

Die Lifttüren glitten auf, und er trat ein. Ein Stockwerk tiefer hielt der Lift schon wieder an, und Carrie stieg mit einem Wäschekorb unter dem Arm ein. Sie zögerte, als sie ihn sah.

„Ich beiße nicht", versicherte er ihr mit einem Lächeln.

„Das behaupten alle", gab sie keck zurück. Sie griff an ihm vorbei und drückte auf den Knopf für den Keller. Dann trat sie einen Schritt zurück. Die Tür schloss sich wieder, und der Aufzug setzte sich in Bewegung. Dann gab es unvermittelt einen scharfen Ruck, und die Kabine sackte einen Meter ab.

Carrie verlor das Gleichgewicht und fiel gegen die Wand. Philip konnte sich gerade noch auf den Füßen halten. Im nächsten Moment ging das Licht aus.

„Philip?" fragte Carrie unsicher.

Es war so dunkel, dass man die Hand vor den Augen nicht sah. „Offenbar haben wir einen Stromausfall", sagte Philip überflüssigerweise.

„Oh je." Carries Stimme klang dünn.

„Haben Sie Angst im Dunkeln?"

„Natürlich nicht", gab sie empört zurück. „Jedenfalls nicht viel. Jeder wäre ... Ich meine, es wäre ja ganz normal, wenn man unter diesen Umständen ein wenig beunruhigt wäre."

„Natürlich", pflichtete er ihr bei und musste lächeln.

„Wie lange dauert es, bis der Strom wiederkommt?"

„Ich weiß es nicht. Geben Sie mir Ihre Hand."

„Warum?" fragte sie misstrauisch.

„Vielleicht hilft es."

„Oh. Hier." Er streckte den Arm aus und bekam ihre Hand zu fassen. Sie klammerte sich an ihn wie an einen Rettungsanker. Ihre Finger waren eiskalt.

„Sie brauchen keine Angst zu haben."

„Ich weiß", erwiderte sie trotzig.

Er konnte nicht sagen, wer sich zuerst bewegt hatte, aber auf einmal hatte er schützend den Arm um sie gelegt und sie an sich gedrückt. Wenn er ganz ehrlich war, dann wünschte er sich seit ihrem gemeinsamen Kinobesuch nichts anderes, als Carrie in den Armen zu halten. Er hatte sich zwar nicht erlaubt, diesen Gedanken in seiner Fantasie nachzugehen, aber es fühlte sich gut an, sie so nahe bei sich zu haben. Es fühlte sich sogar viel zu gut an, wenn er ehrlich war.

Sie schwiegen beide. Philip wusste nicht genau, was in ihm vorging. Vielleicht wollte er nicht, dass die Wirklichkeit in seine Träume eindrang. In der Dunkelheit fühlte er sich sicher. Da konnte er seinen Schutzschild einmal für kurze Zeit ablegen. Carrie hatte wahrscheinlich wirklich Angst und sagte deshalb nichts. Er spürte, wie sie zitterte, und nutzte die Gelegenheit, sie noch enger an sich zu ziehen.

„Es ist bestimmt gleich vorbei."

„Bestimmt", wisperte Carrie.

Er schob die Hände in ihr Haar. Es fühlte sich wunderbar an und duftete so frisch und sauber. Er versuchte, an etwas anderes zu denken, aber es gelang ihm nicht.

„Vielleicht sollten wir uns unterhalten", schlug Carrie vor. „Dann vergeht die Zeit schneller."

„Und worüber wollen Sie sich unterhalten?" Er fühlte ihren warmen Atem aufreizend über seinen Hals streichen. Und da wusste er, dass er sie küssen würde. Es war lange her, dass er eine Frau in den Armen gehalten hatte. Bevor er noch einmal das Risiko einer schlechten Ehe einging, hatte er lieber wie ein Mönch gelebt.

Er hätte sofort von ihr abgelassen, wenn sie Widerstand geleistet hätte. Aber das tat sie nicht. Ihre Lippen waren weich und warm und nachgiebig. Und sehr einladend. Er stöhnte leise auf.

„Ich dachte, wir wollten uns unterhalten?" flüsterte Carrie ein wenig heiser.

„Später", murmelte er und küsste sie wieder. Er konnte kaum glauben, wie gut sie schmeckte, besser als jede andere Frau, die er je geküsst hatte.

Am Anfang waren es leichte, aufreizende, verführerische Küsse. Dann wurden sie fast unmerklich intensiver. Das würde nie passieren, wenn wir hier nicht in diesem dunklen Lift gefangen wären, redete Philip sich ein. Er hatte das Bedürfnis, Carrie auf diesen wichtigen Sachverhalt aufmerksam zu machen, aber die Pausen zwischen den Küssen waren nie so lang, dass er zu Wort gekommen wäre.

Er hatte nicht damit gerechnet, dass sie sich so gut anfühlen würde. Wenn er nicht aufhörte, würde er noch süchtig nach ihr und ihren Küssen werden. Er hatte jetzt schon das Gefühl, als wäre er ganz von ihr erfüllt.

„Philip ..."

Er strich aufreizend leicht und kreisend mit den Lippen über ihren feuchten Mund. Dann drängte er sie, ihm den Mund zu öffnen. Er stieß tief mit der Zunge vor und bewegte sie lustvoll hin und her.

Carrie stieß ein leises Wimmern aus, schlang die Arme um seinen Nacken und klammerte sich an ihn, als würden ihre Beine sie nicht mehr tragen.

Philip drängte sie an die Wand und küsste sie wild und mit verzehrender Leidenschaft. Carrie spürte an ihrem Schenkel, wie erregt er war, und bewegte sich an ihm. Philip drückte sie an sich, dann umfasste er ihre Hüften und hob sie ein wenig an, damit er sie noch deutlicher fühlte.

Ob das alles weise war, mochte er jetzt nicht entscheiden. Er fuhr mit den Händen unter ihren Pullover, über ihre weiche, seidige Haut. Ihre Brüste waren voll und fest, und unter seinen Fingerspitzen wurden die zarten Knospen hart. Er musste sie mit den Lippen ertasten, sonst würde er vor Verlangen wahnsinnig werden.

Er hatte das Gefühl, als hätte er zwei linke Hände, als er am Verschluss ihres Büstenhalters nestelte. Es dauerte eine schiere Ewigkeit, bis er endlich ihre nackten Brüste umspannte.

Was geschehen wäre, wie weit dieses Liebesspiel noch gegangen wäre, erfuhr er nie, denn im selben Augenblick ging flackernd das Licht wieder an, wenn auch nur, um sofort wieder zu verlöschen.

Sie standen beide wie erstarrt. Ihnen war, als stünden sie auf einer Bühne und jeden Augenblick müsse der Vorhang hochgehen und sie den Blicken eines erwartungsvollen Publikums preisgeben.

Carrie zog hastig ihre Kleider zurecht, während Philip sich schwer atmend an die Wand lehnte und zu verarbeiten versuchte, was da gerade passiert war. Er hatte sich benommen wie ein hilflos seinen Hormonen ausgelieferter liebeshungriger Siebzehnjähriger.

Zum ersten Mal seit seiner Scheidung spürte er, dass die schützende Wand, die er um sein Herz errichtet hatte, zu bröckeln begann. Er war hart geworden und verbittert, ein Opfer seiner Ängste. Das hatte er nicht gewollt, als er sich nach seiner Scheidung geschworen hatte, sich nie mehr mit einer Frau einzulassen. Carrie war jung und süß und verdiente keinen Mann, der solche seelischen Narben besaß und noch dazu ein Kind im Schlepptau hatte.

Er war dankbar, dass der Strom noch ein wenig auf sich warten ließ. Er brauchte diese Minuten, um sich wieder zu fassen.

„Alles in Ordnung?" fragte er schließlich, als er seiner Stimme wieder halbwegs traute.

„Ja, alles ganz wunderbar." Es hörte sich nicht so an.

Er wollte sich entschuldigen, aber er fürchtete, sich damit zu verraten. Carrie brauchte nicht zu wissen, was sie in ihm angerichtet hatte.

„Ich hoffe, Sie nehmen einem Mann nicht übel, dass er die Dunkelheit ausgenutzt hat", sagte er schließlich leichthin. „Ich muss sagen, Sie haben es in sich. Alle Achtung." Er hatte das Bedürfnis, den Vorfall herunterzuspielen, damit sie ihm keine Bedeutung beimaß.

Das Licht ging in genau diesem Augenblick wieder an, und der Lift setzte sich in Bewegung. Philip blinzelte. Carrie stand ihm gegenüber, an die Wand gedrückt. Ihre Augen waren groß, und sie war blass. „Ist das alles, was Ihnen dazu einfällt?"

„Ja, sicher." Er hob die Schultern. „Was sonst?"

Bevor sie darauf antworten konnte, hielt der Lift im Erdgeschoss an, und die Tür öffnete sich. Philip war heilfroh darüber.

„Nichts." Ihr Blick war ausdruckslos, und sie sah an ihm vorbei.

Philip stieg ohne ein weiteres Wort aus. Er hatte ein schlechtes Gewissen, und zugleich war er auch ein wenig traurig. Er wollte Carrie nicht wehtun. Sie war ein liebes, nettes Mädchen, und sie tat seiner Tochter gut.

„Mist", stieß er hervor. Er war wirklich ein unglaublicher Idiot. Offenbar hatte er völlig den Verstand verloren.

„Gehen Sie ihr nach", sagte da jemand hinter ihm.

Philip drehte sich um und fand sich Madam Fredrick und Maria gegenüber.

„Sie ist eine gute Frau", sagte Maria. Sie hatte eine dicke, gescheckte Katze unter dem Arm. „Eine Frau wie sie finden Sie so schnell nicht mehr."

„Sie könnten es schlechter treffen", meinte auch Madam Fredrick und kicherte. „Aber wer wüsste das besser als Sie."

„Darf ich Sie beide höflichst bitten, sich gefälligst aus meinen Angelegenheiten herauszuhalten."

Die beiden Frauen wichen unwillkürlich ein wenig zurück.

„Wie kommen ...", begann Maria empört, aber Madam Fredrick schnitt ihr das Wort ab. „Lassen Sie nur, meine Liebe. Manche Männer wollen sich eben einfach nicht helfen lassen."

Verärgert und böse auf sich selbst hastete Philip aus dem Haus, fest entschlossen, in Zukunft nur noch die Treppe zu benützen und nie mehr mit dem Lift zu fahren. Dann traf er wenigstens niemanden mehr.

6. KAPITEL

"Habe ich Ihnen je von Randolf erzählt?" wollte Madam Fredrick wissen, während sie Carrie eine Tasse Tee einschenkte. "Ich war zwanzig Jahre alt, als wir uns kennen lernten, und unglaublich naiv. Als ich ihn sah, wusste ich sofort, dass meine Tugend in Gefahr war."

Sie lachte, und ihre Augen funkelten in der Erinnerung. "Vierzig Jahre ist das jetzt her. Eine Woche später waren wir verheiratet. Wir wussten beide sofort, dass wir füreinander bestimmt waren. Warum soll man sich gegen sein Schicksal wehren? Das kostet nur unnötige Energie. Wir waren dreißig Jahre verheiratet und sehr glücklich. Wir stritten und wir liebten uns. Und wie wir uns liebten! Wenn er mich nur anschaute, wurden meine Knie weich. In einem Blick von ihm stand mehr, als ein Dichter in einem dreihundert Seiten dicken Buch untergebracht hätte."

Carrie nahm einen Löffel Zucker und rührte ihren Tee um. Ihre Finger zitterten ein wenig, als sie an Philips Küsse dachte. Seit diesem Vorfall mied sie den Lift und benützte nur noch die Treppe. Sie war auch früher schon geküsst worden, ziemlich oft sogar, aber nie hatte sie auch nur annähernd so empfunden wie bei Philips Küssen. Es beunruhigte sie, dass sie genau verstand, was ihre Nachbarin ihr gerade zu erklären versuchte.

"Nach Randolfs Tod habe ich nicht wieder geheiratet", sagte Madam Fredrick und setzte sich neben Carrie. "Ich hätte es nicht tun können. Nicht viele Frauen finden so viel Glück in ihrer Ehe wie ich."

Carrie trank einen Schluck Tee. Sie musste sich anstrengen, damit ihre Gedanken nicht wieder auf Abwege gerieten und zu

Philips Küssen wanderten. Sie wollte diese Küsse vergessen, nie wieder daran denken. Aber gegen ihre Erinnerungen war sie machtlos. Immer wieder drängten sie hoch und quälten sie. Wie hatte sie nur so schamlos reagieren können? Wenn sie nur daran dachte, wäre sie vor Verlegenheit noch nachträglich am liebsten im Boden versunken.

„Ich wollte Ihnen Ihr Weihnachtsgeschenk jetzt schon geben", verkündete Madam Fredrick und legte Carrie ein kleines Päckchen in den Schoß. „Machen Sie es auf."

Sie sah gespannt zu, wie Carrie das goldene Band aufknüpfte und das Papier auseinander schlug. Ein Glas mit getrockneten Kräutern und Blumen war darin.

„Das ist ein Fruchtbarkeitstee", erklärte Madam Fredrick.

„Fruchtbarkeits...!" Carrie hätte das Glas vor Schreck fast fallen lassen.

„Sie müssen die Blätter einfach mit kochendem Wasser überbrühen und ..."

„Madam Fredrick, ich habe nicht die Absicht, in nächster Zeit schwanger zu werden!" Ihre Gastgeberin lächelte nur. „Ich freue mich sehr über das Geschenk, wirklich." Sie wollte nicht undankbar erscheinen, aber in absehbarer Zukunft wollte sie eigentlich kein Kind haben. „In ein paar Jahren werde ich es sicher gut brauchen können." Sie trank ihre Tasse aus und sah auf die Uhr. „Oh je", sagte sie und stand schnell auf. „Ich habe mich verspätet." Mackenzie hatte sie zum Essen eingeladen. „Nochmals vielen Dank." Sie schlüpfte schnell in ihren Mantel und steckte ihr Päckchen in die Tasche.

„Kommen Sie bald wieder", lud Madam Fredrick sie ein.

„Ganz bestimmt", versprach Carrie. Sie besuchte die alte Dame gern, wenn ihr auch deren Gedankengänge manchmal ein wenig unheimlich waren. Dass ihre Nachbarin ausgerechnet heute von ihrem Mann erzählt hatte, kam ihr vor, als wüsste sie, was zwischen ihr und Philip passiert war. Als sie jetzt wieder daran dachte, stieg ihr das Blut in die Wangen, und ihr wurde heiß. Wie hatte sie nur zulassen können, dass er ihre nackte Brust berührte! Da musste sie völlig von Sinnen gewesen sein. Sie wagte gar nicht daran zu denken, was noch passiert wäre, wenn das Licht nicht wieder rechtzeitig angegangen wäre.

Carrie eilte gegen den eisigen Wind zu dem kleinen Restaurant an der Ecke. Diese Einladung war wirklich rührend, aber sie schien Mackenzie wichtig zu sein, sonst hätte sie sich nicht solche Mühe mit der Karte gegeben.

Das kleine Restaurant war sehr beliebt in der Nachbarschaft, nicht zuletzt, weil das Essen wirklich vorzüglich war. Allein der Duft ließ einem das Wasser im Mund zusammenlaufen. Die Gäste drängten sich auch heute um das reichhaltige Büffet.

„Hier bin ich!"

Carrie sah sich um und entdeckte Mackenzie an einem kleinen Tisch im hinteren Teil des Restaurants. Sie winkte aufgeregt.

Carrie winkte zurück und bahnte sich einen Weg durch Tische und Stühle zu ihrer kleinen Freundin. Erst als sie schon fast an ihrem Ziel angekommen war, sah sie, dass Mackenzie nicht allein war. Philip saß neben seiner Tochter, und seinem Gesichtsausdruck nach zu schließen war er ebenso überrascht wie Carrie.

Mackenzie strahlte. „Ich dachte schon, du kommst vielleicht zu spät." Sie und Carrie waren mittlerweile beim Du angelangt. „Sag mir, was du willst, dann stelle ich mich für dich an."

Carrie war einen winzigen Augenblick in Versuchung, die Flucht zu ergreifen, aber sie wollte Mackenzie nicht enttäuschen. Philip hatte sich offenbar zu demselben Schluss durchgerungen.

„Es muss ja nicht gerade das Teuerste sein", fügte Mackenzie jetzt noch hilfreich hinzu. „Ich nehme ein Sandwich mit Rauchfleisch und Salat."

Carrie legte die Speisekarte zur Seite. „Ich auch."

„Du magst Rauchfleisch auch?" fragte Mackenzie begeistert, und das klang, als wäre es ein geradezu überirdischer Zufall, dass zwei Menschen tatsächlich dieselbe Fleischsorte gern aßen. Sie stand auf. „Ich bin gleich wieder da." Mackenzie lächelte ihren Vater und Carrie wohlwollend an, bevor sie sich trollte.

Carrie wickelte sich aus ihrem Schal und zog ihren Mantel aus. Sie würde dieses Essen ganz souverän und erwachsen hinter sich bringen. Zwar hatte sie nicht damit gerechnet, Philip hier zu treffen, aber irgendwann wäre es ja doch passiert, und deshalb ging die Welt nicht unter.

Sie schwiegen. Schließlich hielt Carrie es nicht mehr aus. „Es war sehr nett von Ihrer Tochter, dass sie uns eingeladen hat", sagte sie.

„Fallen Sie nur nicht darauf herein", warnte Philip grimmig. „Sie hat es faustdick hinter den Ohren und weiß sehr genau, was sie tut."

„Und was ist das?" fragte Carrie. Sein Ton oder was er da andeuten wollte, missfiel ihr.

„Sie will uns zwangsweise zusammenbringen." Aus seinem Mund klang das, als wäre das schlimmer als eine Steuernachzahlung.

„Seien Sie nicht albern, Philip. Sie werden es schon aushalten. Ich bin schließlich kein Schreckgespenst."

„Genau das ist das Problem."

Seine Antwort hob Carries Lebensgeister beträchtlich. Sie nahm sich ein Knabberstäbchen aus dem Glas auf dem Tisch und brach es durch. „Wollen Sie damit sagen, dass ich Sie tatsächlich in Versuchung führe?" fragte sie ein wenig kokett.

„Bilden Sie sich nur nichts ein."

„Keine Angst." Er konnte sie nicht täuschen. „Wenn jemand sich etwas einbildet, dann sind Sie das. Ich bin acht Jahre jünger als Sie und habe reichlich Gelegenheit, Männer kennen zu lernen. Wie kommen Sie darauf, ich könnte ausgerechnet an einem misslaunigen, unfreundlichen, ältlichen Stoffel interessiert sein?"

Philip sah sie verblüfft an. „Autsch!"

„Dieses Spiel kann man durchaus zu zweit spielen, Philip."

„Welches Spiel?"

„Wissen Sie, dass ich Ihnen fast geglaubt hätte? Sie haben im Lift die Dunkelheit ausgenutzt? Wirklich, Philip, etwas Originelleres hätten Sie sich schon einfallen lassen können." Seine Augen wurden schmal. „Aber natürlich ist nicht jeder so ein guter Schauspieler. Sie fühlen sich zu mir hingezogen, aber Sie haben eine geradezu panische Angst davor, Gefühle zu zeigen. Ich weiß nicht, welches Problem Sie haben, es wird vermutlich mit Ihrer Scheidung zu tun haben. Aber gut. Wenn Sie den Rest Ihres Lebens allein verbringen wollen, dann bin ich die Letzte, die Sie davon abhält." Sie biss in ihr Knabberstäbchen.

Mackenzie kam zurück. Sie trug das Tablett hoch über dem Kopf, stellte es auf dem Tisch ab und verteilte die Teller.

„Wunderbar." Carrie war sehr dankbar, dass Mackenzie genau in diesem Augenblick zurückgekommen war, denn sie wusste nicht, wie sie den Bluff noch länger hätte durchhalten können. Jetzt hatte Philip zum Glück keine Möglichkeit, ihr irgendetwas zu entgegnen. Besser hätte sie es sich gar nicht wünschen können.

Mackenzie schob das Tablett beiseite und setzte sich auf den freien Platz zwischen Philip und Mackenzie. „Ist Weihnachten nicht wunderbar?" fragte sie und biss mit Genuss in ihr Sandwich.

Philip sah Carrie an. „Großartig", sagte er, und Carrie hatte den Eindruck, als knirschte er dabei mit den Zähnen. Er biss so heftig in sein Brot, als hätte er die ganze Woche schon nichts mehr gegessen. Carrie hatte den Eindruck, als trügen sie eine Art Wettbewerb aus, wer am schnellsten mit dem Essen fertig war.

Philip gewann. Er kaute noch an seinem letzten Bissen, als er auch schon aufstand, sich bei seiner Tochter bedankte und eilends verschwand.

„Er muss wieder ins Büro", erklärte Mackenzie traurig und sah ihm nach. „Für ihn ist die Arbeit sehr wichtig."

„Es war nett von dir, dass du uns beide zum Essen eingeladen hast", meinte Carrie. „Aber dein Vater scheint zu glauben, dass du damit einen ganz bestimmten Zweck verfolgt hast."

Mackenzie senkte den Blick. „Das stimmt ja auch. Aber warum ist das so schlimm? Ich mag dich eben so gern. Und Dad wird sich von allein nie mehr eine Frau suchen. Meine Eltern sind jetzt seit zwei Jahren geschieden, und seitdem hat Dad keine Verabredung mehr gehabt."

„Mackenzie, dein Vater braucht eben einfach noch Zeit."

„Zeit hat er mehr als genug gehabt. Er kann nicht immer nur den Kopf in den Sand stecken. Manchmal kommt er mir wie eine ausgestopfte Mumie vor. Ich will, dass er dich heiratet."

„Ach, Mackenzie." Carrie seufzte. Sie wollte ihre kleine Freundin nicht enttäuschen, aber sie konnte auch nicht zulassen, dass sie sich Illusionen machte. Gefühle ließen sich nicht so einfach befehlen. „Ich kann doch deinen Vater nicht heiraten, nur weil du es willst."

„Magst du ihn denn nicht?"

Das wurde offenbar komplizierter, als sie angenommen hatte. „Doch, ich mag ihn sogar sehr. Aber zu einer Ehe gehört viel mehr."

„Aber er hat dich auch gern, das weiß ich. Er traut sich nur nicht, es dir zu zeigen."

Das hatte Carrie zwar auch schon vermutet, aber es konnte andererseits auch sein, dass sie es sich nur einfach so sehr wünschte und sich deshalb etwas vormachte.

„Mom sieht wirklich toll aus", sagte Mackenzie und sah auf ihre Hände hinunter. Sie hatte eine Papierserviette zerknüllt, ohne es zu merken. „Ich glaube, sie ist enttäuscht, weil ich Dad ähnlicher sehe als ihr. Das sagt sie natürlich nicht, aber sie wäre sicher bei Dad geblieben, wenn ich hübscher wäre."

„Das ist ganz bestimmt nicht wahr." Carrie tat das Herz um ihretwillen weh. „Aber ich verstehe dich. Mir ist es früher genauso gegangen wie dir. Mein Vater wollte nie etwas mit mir zu tun haben. Er hat mir nie geschrieben und mir nie ein Geburtstagsgeschenk oder zu Weihnachten auch nur eine Karte geschickt. Ich dachte immer, ich wäre Schuld daran, weil ich nicht gut genug war und seine Erwartungen nicht erfüllte."

Mackenzie hob den Kopf und sah Carrie an. „Aber du warst noch ein kleines Mädchen, als deine Eltern sich getrennt haben."

„Ja. Ich verstand einfach nicht, was passiert ist. Jetzt weiß ich natürlich, dass ich nichts dafür konnte. Und auch deine Eltern haben sich nicht scheiden lassen, weil du einem von ihnen ähnlicher siehst als dem anderen. Die Probleme deiner Eltern haben nichts mit dir zu tun."

Mackenzie sagte lange nichts. „Du weißt immer alles. Deshalb wünsche ich mir so, dass du Dad heiratest. In den letzten zwei Wochen warst du mehr wie eine Mutter für mich als Mom die ganzen Jahre über." Carrie drückte ihre Hand. „Weißt du, dass ich bei dir das erste Mal Plätzchen gebacken habe? Dad und ich haben einmal einen Kuchen gemacht, aber das war eine Fertigmischung."

Etwas Ähnliches hatte Carrie schon vermutet, so ungeschickt hatte Mackenzie sich angestellt.

„Ich bin so gern mit dir zusammen. Du verstehst mich immer so gut." Mackenzie lächelte Carrie etwas unsicher an. „Ich bin die Einzige in unserer Klasse, die häkeln kann, und das hast auch du mir beigebracht. Unser Haus ist bald fertig, dann müssen wir wieder umziehen. Und wenn du Dad nicht heiratest, werde ich dich nie wiedersehen. Warum kannst du ihn denn nicht heiraten?"

„Ach, Liebes", flüsterte Carrie und nahm sie in die Arme. „Das ist nicht so einfach. Kann ich denn nicht einfach nur deine Freundin bleiben?"

Mackenzie schniefte ausdrucksvoll. „Besuchst du mich denn wenigstens in unserem neuen Haus?"

„Darauf kannst du Gift nehmen!"

„Und Madam Fredrick und ihre Kristallkugel?" fragte Mackenzie.

Carrie stöhnte innerlich auf. „Madam Fredrick meint es gut, und sie ist auch ein sehr lieber Mensch. Aber jetzt sage ich dir etwas, was du ihr nicht weitersagen darfst."

„Versprochen."

„Madam Fredrick kann in Wirklichkeit überhaupt nichts in ihrer Kristallkugel sehen."

„Aber ..."

„Ich weiß. Sie sagt, was sie denkt, und so kommt man auf die abenteuerlichsten Ideen. Wenn ihre Vorhersagen sich erfüllen, dann vor allem deshalb, weil die Leute sich unbewusst danach richten."

„Aber sie ist so davon überzeugt."

„Das gehört dazu."

Mackenzie dachte einen Augenblick nach. „Das heißt dann also, dass ich am besten überhaupt nichts glaube, was sie sagt."

7. KAPITEL

Wenn Carrie es nicht schon so oft erlebt hätte, hätte sie nicht geglaubt, dass zwei Jungen ihrem Vater so ähnlich sein konnten. Doug und Dillon saßen neben Jason auf dem Sofa und schauten sich mit ihm im Fernsehen ein Fußballspiel an. Drei Paar Füße in weißen Socken, übereinander geschlagen, lagen auf dem niedrigen Tisch. Jason hatte die Fernbedienung neben sich liegen, auf seinem Schoß hatte er einen Becher mit Popcorn abgestellt. Genau wie Doug und Dillon. Sie wirkten wie Miniaturausgaben ihres Vaters. Und alle drei waren so in das Fußballspiel vertieft, dass sie Carrie gerade ein flüchtiges Nicken auf ihren Gruß hin gönnten.

Jason und seine Söhne, das war ein Bild, das Carrie immer wieder von neuem verblüffte und anrührte.

Sie fand ihre Mutter in der Küche beim Kuchenbacken. „Das ist aber eine schöne Überraschung, dass du uns besuchen kommst", begrüßte Charlotte Manning sie mit einem erfreuten Lächeln.

„Ich brauche deinen mütterlichen Rat", gestand Carrie. Sie sah keinen Anlass, den Grund ihres unangemeldeten Auftauchens zu bemänteln. Vor einer guten Stunde hatte sie sich von Mackenzie verabschiedet und seitdem an nichts anderes mehr denken können als an Philip, an ihre Unterhaltung und seine Reaktion auf sie.

Er hatte gar nicht schnell genug flüchten können, als sie an seinem Tisch aufgetaucht war.

„Was ist passiert?" Charlotte rührte weiter in ihrer Schokolodencreme und sah ihre Tochter dabei an.

Carrie kletterte auf den gepolsterten Hocker vor der Küchentheke. „Ich habe Angst, dass ich dabei bin, mich zu verlieben."

„Angst?"

„Ja." Das war genau das richtige Wort für ihre Gefühle.

„Das hängt nicht zufällig mit deiner kleinen Freundin Mackenzie zusammen?"

„Doch." Carrie nickte ein wenig verwundert. Sie hatte gar nicht geahnt, dass ihre Mutter von Mackenzie wusste. Aber natürlich hatten ihre beiden kleinen Jungen ihr von ihrer neuen Nachbarin erzählt. „Wie war es, als du Jason kennen gelernt hast?"

Charlotte hielt in ihrer Arbeit inne und lächelte leicht. „Besonders beeindruckt hat er mich nicht. Ich war mir nicht einmal sicher, ob ich mit diesem Mann überhaupt etwas zu tun haben wollte. Und du hast ständig nach irgendeinem Vorwand gesucht, um uns zusammenzubringen."

„Anfangs hast du dich überhaupt nicht für ihn interessiert, wenn ich mich richtig erinnere."

Charlotte lachte. „Das ist sehr freundlich ausgedrückt. Ich fand wirklich nichts an ihm. Aber Jason war sehr geduldig, und steter Tropfen höhlt den Stein, wie es so schön heißt. Irgendwann hatte er gewonnen."

Da war bestimmt noch mehr gewesen. Carrie hatte von Anfang an den Verdacht gehabt, dass die erste Zeit zwischen Jason und ihrer Mutter ziemlich stürmisch verlaufen war.

Charlotte fing wieder an zu rühren. Ihr Lächeln war breiter geworden. „Jasons Ausdauer war ich einfach nicht gewachsen. Außerdem konnte er unglaublich gut küssen", fügte sie hinzu. „Wenn je ein Mann ein Talent zum Küssen hatte, dann dein Stiefvater." Sie lachte und wurde ein wenig rot.

„Philip auch", sagte Carrie mit einem Seufzer. Es berührt sie ein wenig seltsam, dass sie mit ihrer Mutter eine solche Erfahrung teilte.

Charlotte sagte lange nichts, als müsse sie erst darüber nachdenken. „Daraus schließe ich, dass du Mackenzies Vater sehr häufig siehst."

„Nicht so oft, wie ich möchte", gab Carrie zu. „Er ist seit zwei Jahren geschieden, und Mackenzie sagt, dass er seitdem von Frauen nichts mehr wissen will." Sie war davon überzeugt, dass wohlmeinende Freunde schon öfter versucht hatten, ihn mit allein stehenden Frauen im passenden Alter zusammenzubringen. So wie seine Tochter es jetzt mit ihr versuchte.

„Das heißt, dass er noch einiges an Altlasten mit sich herumträgt, wenn ich das einmal so ausdrücken darf. Hat er dir je erzählt, warum seine Ehe gescheitert ist?"

„Nein." Carrie wollte nur ungern zugeben, wie selten sie Philip sah und wie wenig sie von ihm wusste. Sie waren ja noch nicht einmal miteinander ausgegangen. Die einzige Gelegenheit, die man mit viel Fantasie als Verabredung bezeichnen konnte, war dieser Abend gewesen, an dem sie gemeinsam Marias Katzen gefüttert hatten. Wie sie den Vorfall im Lift in diesem Zusammenhang sehen sollte, wusste sie nicht so recht. Sie hatte Philip gegenüber zwar behauptet, dass sie ihn durchschaue, aber in Wirklichkeit hatte sie keine Ahnung, was sie von seiner abweisenden, schroffen Art halten sollte.

„Du hast Angst, dass er dir schon mehr bedeutet, als es nach dieser kurzen Zeit vernünftig wäre. Habe ich Recht?"

„Ja. Ich muss praktisch ununterbrochen an ihn denken, Mom. Ich träume jede Nacht von ihm, und wenn ich am Morgen aufwache, denke ich zuerst an ihn."

„Und empfindet er für dich denn auch etwas?"

„Ich glaube schon, aber ich weiß es nicht. Auf jeden Fall

wehrt er sich dagegen. Er will sich nicht in mich verlieben. Am liebsten wäre ihm wahrscheinlich, ich würde auf einem anderen Stern leben und nicht im selben Haus wie er. Wir gehen uns nach Möglichkeit aus dem Weg, und wenn Mackenzie nicht wäre, würden wir uns vermutlich überhaupt nicht mehr sehen. Aber Mackenzie hat es sich zur Lebensaufgabe gemacht, uns zusammenzubringen."

Charlotte strich die warme Schokoladenmasse auf einen Biskuitboden. „Das kommt mir doch sehr bekannt vor", meinte sie und kicherte. „Ach, Carrie, wie mich das an dich erinnert! Weißt du noch, wie du mich mit aller Energie in eine Beziehung mit Jason gedrängt und geschubst hast? Wenn es nicht Jason gewesen wäre, es wäre fürchterlich peinlich gewesen. Aber er hatte zum Glück eine Engelsgeduld, und ich hatte keine Angst vor ihm. Ich war damals, wie dein Philip vermutlich heute, einfach ein gebranntes Kind. Wenn man eine gescheiterte Ehe hinter sich hat, wird man sehr vorsichtig. Jason war genau der richtige Mann für mich. Aber du warst eben als Kind schon immer sehr sensibel und intuitiv und hast genau den Mann für mich ausgesucht, den ich gebraucht habe."

Charlotte streckte die Hand aus und legte sie an Carries Wange. Ihr Blick war warm und liebevoll. „Und deshalb bin ich davon überzeugt, dass du jetzt auch auf dem richtigen Weg bist. Philip braucht dich ebenso, wie ich damals Jason gebraucht habe. Hab Geduld mit ihm, Carrie. Es wird sicher manchmal wehtun, aber fürchte dich nicht davor, ihn zu lieben. Denn er braucht diese Liebe, und Mackenzie auch. Ich bin davon überzeugt, dass es sich lohnt zu warten."

Als Carrie sich am Nachmittag auf den Nachhauseweg machte, ging es ihr viel besser. Ihre Mutter war einfach wunderbar. Und so klug. Nicht zum ersten Mal war Carrie glücklich darüber, dass sie eine Mutter hatte, mit der sie sprechen konnte, zu der sie Vertrauen hatte, eine Mutter, die nicht verurteilte, sondern zuhörte und riet.

„Was tust du denn hier?" fragte Gene Tarkington. Er lehnte in lässiger Haltung am Türrahmen von Philips Büro. Alle anderen Zimmer auf der Etage waren dunkel und verwaist.

„Ich wollte einfach noch einmal die Zahlen durchgehen", murmelte Philip und sah angestrengt auf den Computerbildschirm. Gene war zwar einer seiner besten Freunde, aber im Augenblick wäre ihm lieber gewesen, er würde ihn allein lassen.

„He, wir haben praktisch Weihnachten. Hast du da nichts Besseres zu tun, als im Büro herumzuhängen?"

„Und du?" gab Philip zurück. Er war schließlich nicht der Einzige hier, der viel arbeitete.

„Ich wollte nur ein paar Papiere holen, und da habe ich bei dir Licht gesehen. Ich dachte, du wolltest heute mit Mackenzie zum Essen gehen und einen auf Vater und Tochter machen. Deine Kleine ist wirklich rührend. Weißt du das überhaupt?"

„Wir waren auch beim Essen", berichtete Philip und verzog das Gesicht. „Aber meine Tochter hatte leider nicht nur mich eingeladen."

„Willst du damit sagen, dass sie diese Nachbarin angeschleppt hat, von der du mir erzählt hast?"

„Haargenau." Philip runzelte die Stirn. Er hatte sich sehr über Mackenzie geärgert. Aber natürlich hätte er zumindest ahnen müssen, dass so etwas passieren würde. Was ihn viel mehr beunruhigte, war sein Herzklopfen bei Carries Anblick.

Er wollte das nicht. Es hatte ihn genug Anstrengung gekostet, sich gegen seine Gefühle immun zu machen. Seine Ehe war die Hölle gewesen, und noch einmal wollte er sich das nicht antun. Carrie Weston konnte ihm gefährlich werden, das wusste er instinktiv. Jedes Mal, wenn er in ihrer Nähe war, fühlte er sich wie neben einem Vulkan.

„Mackenzie hat immer schon ihren eigenen Kopf gehabt. Was hast du eigentlich gegen diese Nachbarin? Sie ist doch nicht alt und hässlich, oder?"

„Nein." Philip dachte daran, dass es ein regelrechter Schock für ihn gewesen war, als er gemerkt hatte, wie reizend Carrie war. „Im Gegenteil."

„Du solltest dich glücklich schätzen. Sie ist offenbar ein Geschenk des Himmels. Ich kenne eine Menge Männer, die würden viel darum geben, wenn ihre Kinder einer neuen Frau so offen begegnen würden. Denk nur an Cal. Seine Tochter und seine zweite Frau hassen sich abgrundtief. Cal leidet sehr darunter."

„Ich bin aber nicht Cal."

„Ich finde, du solltest dich mit deiner Nachbarin ruhig ein bisschen anfreunden, wenn deine Tochter sie so gern hat. Finde heraus, was Mackenzie an ihr mag. Ich bin zwar kein Fachmann für Beziehungen, aber ..."

„Allerdings", sagte Philip ein wenig spitz. Er war ins Büro gegangen, um Carrie zu entkommen, nicht, um sich mit seinem Freund über sie zu unterhalten. „Doch ich weiß deine Anteilnahme zu schätzen."

Gene lachte. „Das bezweifle ich. Aber ich finde es trotzdem nicht gut, wenn du so kurz vor Weihnachten hier im Büro herumhängst. Wenn du dich verkriechen willst, dann gibt es wahrhaftig angenehmere Möglichkeiten als gerade hier."

Das war zwar durchaus freundlich gemeint, aber Philip ärgerte sich trotzdem. Er presste die Lippen zusammen, um nicht etwas zu entgegnen, was er später doch nur bereuen würde. Ausgerechnet Gene musste ihm gute Ratschläge erteilen.

Schließlich gehörte ihm das Haus, in dem er jetzt wohnte, und nur Gene war Schuld daran, dass er Carrie überhaupt kennen gelernt hatte. Ohne seinen Freund wäre das alles nicht passiert.

„Wie auch immer. Ich muss los. Meine Frau wartet unten im Auto. Du weißt ja, wie das am letzten Wochenende vor Weihnachten ist. Die Stadt ist das reinste Tollhaus, aber Marilyn findet, jetzt sei der ideale Zeitpunkt, um die letzten Weihnachtseinkäufe zu erledigen. Und allein schafft sie das angeblich nicht. Anschließend werde ich mich um die Auszeichnung ‚Ehemann des Jahres' bewerben." Gene lachte. „Immerhin hat sie mir eine Belohnung versprochen." Er sah aus wie ein kleiner Junge vor der Bescherung.

„Bis dann", sagte Philip. „Und viel Spaß."

„Danke. Versprich mir, dass du nicht zu lange hier bleibst", meinte Gene dann noch.

„Versprochen."

Gene ging, und Philip blieb allein zurück. Er fühlte sich einsamer denn je. Sein Freund hatte Recht. Um diese Zeit des Jahres verkroch man sich nicht in seine Arbeit. Das tat er ohnehin schon viel zu lange. Während Gene mit seiner Frau dem Alltag trotzte, grub er sich sein eigenes Grab und wollte nichts sehen und hören, wenn das Leben ihn herausforderte oder ihm etwas schenken wollte.

Und Gene schien der Ansicht zu sein, dass Carrie so ein Geschenk war: eine Frau, die Mackenzie nicht nur nett fand, sondern geradezu anbetete. Andere Männer hätten ihrem Schicksal gedankt, und statt das auch zu tun, hatte er seine Tochter vor den Kopf gestoßen, nur weil sie versucht hatte, ihn mit Carrie zusammenzubringen.

Carrie.

Jedes Mal, wenn er ihren Namen nur dachte, fing sein Puls

an zu rasen, und ihm wurde heiß. Dabei kannte er sie kaum. Aber seine Tochter verbrachte viel Zeit mit ihr. Eine vierundzwanzigjährige Frau war ihr mehr Mutter, als ihre eigene Mutter es je gewesen war.

Philip rollte seinen Stuhl vom Schreibtisch, stand auf und trat ans Fenster. Vom zwanzigsten Stock des Bürohochhauses war der Blick auf Seattle und den Puget Sound spektakulär, geradezu atemberaubend. Das Ufer und der Anlegeplatz der Fähre, der Pike Place Market pulsierten vor Leben. Philip konnte nicht sagen, wie oft er schon hier gestanden und hinuntergeschaut und nichts dabei empfunden hatte.

Er ging zu seinem Schreibtisch zurück und schaltete den Computer aus. Es verwirrte ihn, dass seine dreizehnjährige Tochter ihm Ratschläge gab und auch noch Recht hatte damit. In den beiden letzten Jahren hatte er sich regelrecht in seiner Arbeit vergraben und darüber das Leben vergessen. Statt mit seiner Vergangenheit Frieden zu schließen und wieder in die Zukunft zu schauen, hatte er vor allem seine Ängste genährt und in Selbstmitleid geschwelgt. Er hatte zu jung, zu unüberlegt geheiratet, und das hatte Spuren hinterlassen.

Philip verließ sein Büro, schloss ab und fuhr heim. Er stellte den Wagen in der Tiefgarage ab, und als er über die Straße zum Haus ging, sah er Carrie. Sie wirkte frisch und lebendig, voller Lebensfreude. Manchmal fragte er sich, worüber sie wohl so glücklich war. Auf einmal fasste er den Entschluss, an diesem Glück teilzuhaben.

„Carrie?" Er lief hinter ihr her, noch ganz unsicher, wie er sie ansprechen sollte.

Carrie blieb auf den Stufen zur Eingangstür stehen und drehte sich um. Ihr Gesichtsausdruck änderte sich, als sie ihn entdeckte. Er hatte den Eindruck, dass sie auf der Hut war. „Ich hatte keine Ahnung, dass Mackenzie uns beide zum Essen eingeladen hatte", sagte sie. „Das müssen Sie mir glauben."

„Ja, ich weiß", antwortete er. Es tat ihm ja bereits Leid, wie er reagiert hatte.

„Im Ernst?"

Jedes Mal, wenn er sie sah, traf es ihn wie ein Schock, wie schön sie war. Aus ihren klaren blauen Augen sah sie ihn offen an.

„Ich dachte, vielleicht ... Ich weiß, es kommt ein bisschen plötzlich, und sicher haben Sie auch schon etwas anderes vor, aber ..." Er unterbrach sich. Dieses Gestottere würde ihn nicht sehr weit bringen. „Würden Sie mich zum Einkaufen begleiten?" fragte er. Wenn er sie zum Essen oder ins Kino einlud, lehnte sie vielleicht ab, und er konnte es ihr nicht einmal übel nehmen. „Für Mackenzie", fügte er als Anreiz hinzu. „Ich habe noch kaum Weihnachtsgeschenke für sie und könnte ein paar Anregungen brauchen. Sie haben bestimmt bessere Ideen als ich."

Er hatte sie offenbar überrascht, denn eine Weile sagte sie gar nichts. „Wann?" wollte sie dann wissen.

„Würde es Ihnen gleich passen?" fragte Philip hoffnungsvoll. Gene hatte Recht. Es war natürlich verrückt, ausgerechnet heute, im größten Trubel, einkaufen zu gehen. Er konnte es ihr nicht übel nehmen, wenn sie ablehnte.

„Gleich", wiederholte sie, dann lächelte sie, und sein Herz schlug schneller. „Ja. Gern."

‚Gern.' Es war unglaublich, welche Glücksgefühle so ein kleines Wort auslösen konnte. Stünden sie auf der Bühne, er würde jetzt ein Lied schmettern. Am liebsten hätte er auch jetzt und hier gesungen.

Carrie hüpfte die drei oder vier Stufen zu ihm herunter, und dieses Hüpfen sagte ihm, dass sie das Leben schön fand und dass sie gern mit ihm zusammen war.

Philip nahm ihren Arm und führte sie zum Auto.

Das Leben war gut zu ihm. Es war lange her, dass er davon überzeugt gewesen war.

8. KAPITEL

Vor ein paar Stunden noch hatte Carrie ihrer Mutter erzählt, dass sie Philip Lark kaum kannte, und jetzt hatte sie das Gefühl, als gäbe es praktisch keinen Mann, der ihr vertrauter war als er. Sie saßen in einem italienischen Restaurant, umgeben von Päckchen und Tüten, und unterhielten sich angeregt. Ihre Teller waren längst abgeräumt, und Philip schenkte den letzten Rest Rotwein in die Gläser.

Der Raum schien sich um Carrie zu drehen, aber daran war nicht der Pinot Noir Schuld, sondern ganz allein Philip. Er hatte ihr so viel von sich erzählt, zögernd oft, von seinem Beruf, seiner Ehe, an deren Scheitern er sich die Schuld gab. Nicht einmal andeutungsweise gab er zu erkennen, dass auch er enttäuscht worden war.

„Dann stehen Sie auf freundschaftlichem Fuß mit Laura?" fragte Carrie irgendwann einmal.

„Vielleicht nicht gerade auf freundschaftlichem Fuß, aber wir kommen miteinander aus. Das ist mir sehr wichtig, weil Mackenzie ihre Mutter braucht. Ich habe in dieser Ehe viel falsch gemacht und denke manchmal, wir hätten gar nicht heiraten sollen. Aber über meine Tochter bin ich sehr glücklich. Für sie werde ich meiner früheren Frau immer dankbar sein."

Carrie war so gerührt über seine Aufrichtigkeit und die faire Art, wie er über seine gescheiterte Ehe sprach, dass ihr fast die Tränen gekommen wären. Wie leicht wäre es für ihn gewesen, alle Schuld seiner Frau zuzuschieben. Sie war ganz sicher nicht ganz unschuldig am Misslingen ihrer Ehe gewesen. Das war ihr schon aus allem klar geworden, was Mackenzie ihr erzählt hatte. Laura war ganz offensichtlich keine besonders gute Mutter und auch keine sehr gute Ehefrau gewesen.

„Was haben Sie morgen vor?" fragte Philip unerwartet.

„Morgen ist Sonntag", sagte Carrie langsam und ging in Gedanken ihren Terminkalender durch. „Morgen ist großes Familientreffen der Mannings. Mom hat in eine Riesenfamilie hineingeheiratet. Jason hat noch vier Geschwister, und es sind so viele Kinder da, dass man kaum auseinander halten kann, wer zu wem gehört. Haben Sie nicht Lust, mich mit Mackenzie zu begleiten?" Carrie konnte es selbst kaum fassen, dass sie ihn so kurzerhand einlud. Aber sie stellte es sich schön vor, wenn er mit seiner Tochter kam, obwohl ihr bewusst war, dass dieser Besuch Anlass zu Spekulationen geben würde.

„Meinen Sie das im Ernst?"

„Ja. Nur ... ach, nichts." Sie hielt sich gerade noch zurück und sah ihn an. „Ich würde mich sehr darüber freuen, wenn Sie und Mackenzie mitkämen."

„Dann kommen wir gern." Er nahm ihre Hand und drückte sie.

Philip hatte es längst aufgegeben, sich irgendwelche Namen merken zu wollen. Bei den ersten zehn Verwandten, die Carrie ihm vorgestellt hatte, hatte er sich noch ehrlich bemüht, aber die Namen der anderen waren längst in einem großen Nebel aufgegangen.

Sie waren noch keine Minute im Haus gewesen, als Mackenzie schon mit Doug und Dillon verschwunden war. Philip nahm sein Glas und suchte sich eine ruhige Ecke, von der aus er das Geschehen beobachten konnte. Er schätzte sich glücklich, dass er noch einen freien Sessel fand.

Von seinem Beobachtungsposten aus sah er Carrie zu, wie

sie sich in der großen Familie bewegte. Er fand es schwierig, auch nur für Sekunden den Blick von ihr zu wenden. Ihr Gesicht war gerötet, die Augen glänzten vor Freude. Sie mochte in diese Familie erst durch die Heirat ihrer Mutter mit Jason gekommen sein, aber sie war ganz eindeutig als vollwertiges Familienmitglied anerkannt und fühlte sich wohl in all dem Trubel.

„Darf ich Ihnen einen Augenblick Gesellschaft leisten?" fragte da eine schöne Frau mit dunklen Haaren neben ihm.

„Gern." Er stand auf, um ihr seinen Platz anzubieten.

„Bleiben Sie doch bitte sitzen. Ich bin ohnehin ständig in Bewegung. Sie müssen Philip sein."

„Ja. Und Sie sind Mrs. Manning."

Sie gab ihm die Hand, und er betrachtete sie forschend. Sie hatte dieselben leuchtend blauen Augen wie Carrie, und auch in ihren Gesichtszügen entdeckte er viele Ähnlichkeiten. Sie unterhielten sich eine Weile über dieses und jenes, und Philip hatte das unbestimmte Gefühl, dass er einer kleinen Prüfung unterzogen wurde. Aber er spürte auch, dass er diese Prüfung bestand. Charlotte Manning gefiel ihm, und das war kein Wunder, denn Carrie gefiel ihm auch – und zwar immer mehr.

„So, Sie sind also Carries junger Mann." Jason Manning war aufgetaucht und legte den Arm um seine Frau. „Willkommen bei uns. Wo ist Carrie? Hat sie euch allein gelassen, damit ihr euch ein bisschen beschnuppern könnt?"

„Ich glaube, sie war auf der Suche nach Ihnen beiden."

Sie unterhielten sich eine Weile, dann sah Jason sich um und rief: „Paul, komm, ich möchte dir Carries Freund vorstellen."

Bald hatten sich mehrere Familienmitglieder um Philip versammelt, deren Namen er sich ganz bestimmt nicht alle merken konnte. Die Neugier war groß, aber er spürte, dass er freundlich aufgenommen wurde.

Im Hintergrund gab es einen kleinen Tumult und Gelächter. Jasons Vater hatte sich einen roten Mantel angezogen und eine Zipfelmütze aufgesetzt und paradierte als Weihnachtsmann durch den Raum. Ein mit bunten Päckchen gefüllter Sack hing über seiner Schulter. Die Kinder rannten begeistert zu ihm.

Philip war froh, dass die Aufmerksamkeit nicht mehr ihm galt. Er machte es sich wieder in seinem Sessel bequem und entspannte sich. Kurz darauf tauchte Carrie auf und setzte sich zu ihm auf die Armlehne. Sie sah ihn um Entschuldigung bittend an.

„Es tut mir Leid, dass ich Sie so lange allein gelassen habe, aber ständig wollte jemand etwas von mir."

„Das habe ich gesehen." Er legte die Hand auf ihre. „Ich habe inzwischen Ihren Stiefvater und zwei Onkel und noch ein paar andere Leute kennen gelernt."

„Sind sie nicht wunderbar?" fragte Carrie mit sichtlichem Stolz.

„Ich glaube, ich bräuchte ein Computerprogramm, um mir zu merken, wer mit wem verheiratet ist und sonst irgendwie zusammengehört."

„Mit der Zeit lernt man, sie alle auseinander zu halten. Es dauert nur ein bisschen. Seien Sie dankbar, dass heute nicht alle gekommen sind."

„Soll das heißen, dass es noch mehr gibt?"

Carrie lachte. „Ja. Taylor und Christy. Sie leben mit ihren Familien in Montana und konnten nicht kommen. Sie haben zusammen sechs Kinder."

„Du liebe Güte." Noch einmal zehn Namen mehr. Das hätte

ihn endgültig überfordert. „Mackenzie scheint sich prächtig zu unterhalten."

„Doug und Dillon sind absolut hingerissen von ihr. Mackenzie kommt für sie gleich nach einer Riesenportion Eis. Außerdem macht es sie für ihre Cousins und Cousinen interessant, dass sie die Einzigen sind, die Mackenzie vorher schon gekannt haben."

Die kleineren Kinder umschwirrten aufgeregt ihren Großvater, und Mackenzie kam zu Philip und Carrie. Mit ihren dreizehn Jahren fühlte sie sich zu erwachsen, um sich unter die Kleinen zu mischen, die noch an den Weihnachtsmann glaubten. Andererseits ließ sie sich noch von der Stimmung mitreißen und hielt es nicht aus, dass für sie bestimmt kein Geschenk im Sack war.

„Na, gefällt es dir?" erkundigte Philip sich, als sie sich zu ihm auf die andere Sessellehne setzte.

„Es ist super", erklärte sie hingerissen. „Ich wusste gar nicht, dass es so große Familien gibt. Und alle sind so nett."

Der Weihnachtsmann griff tief in seinen Sack und zog ein Päckchen heraus. Er las den Namen auf dem Anhänger, und Doug sprang auf und sauste zu ihm, als müsste er ein Hundertmeterrennen gewinnen.

Das nächste Päckchen kam zum Vorschein. „Was steht denn da?" fragte der Weihnachtsmann und schob seine Brille zur Nasenspitze, um den Namen darauf lesen zu können. „Das ist für jemanden mit Namen Mackenzie Lark! Hoffentlich gibt es da keine Verwechslung mit einer anderen Familie! Ich muss doch mal ein ernstes Wort mit den Engeln sprechen."

„Das da drüben ist Mackenzie", rief Dillon aufgeregt.

„Für mich?" Mackenzie glitt von der Sessellehne und legte die Hände auf die Brust. „Ich kriege auch ein Geschenk?"

„Wenn du Mackenzie heißt."

Mackenzie brauchte keine zweite Einladung, sondern legte denselben Eifer an den Tag wie zuvor Doug.

Philip sah zu Carrie auf. „Dafür hat meine Mutter gesorgt", sagte sie.

„Wir haben uns eben ein bisschen unterhalten", berichtete Philip.

„Und worüber?" wollte Carrie wissen.

„Über nichts Besonderes. Ihr Stiefvater hat mir mehr zugesetzt."

„Jason? Oh weh. Was immer er gesagt hat, vergessen Sie es. Er meint es gut, und ich liebe ihn auch sehr. Aber manchmal wäre es gut, er würde seine Zunge besser hüten."

Philip fand Carrie hinreißend in ihrer Verlegenheit. „Befürchten Sie etwas Bestimmtes?"

Carrie schlug die Hand vor den Mund. „Ich – naja, ich weiß es natürlich nicht. Aber es würde ihm ähnlich sehen, wenn er Ihnen den guten Rat gegeben hätte, ins kalte Wasser zu springen und mich zu heiraten."

„Ach, das. Nun ja ..."

„Sagen Sie nicht, er hat allen Ernstes ..."

Philip hatte größte Mühe, nicht zu lachen. „Nein, das hat er nicht gesagt, keine Angst."

Mackenzie kam stolz mit ihrem Päckchen zurück.

„Mach es auf", drängte Carrie.

„Jetzt gleich?" Mackenzie brauchte keine zweite Aufforderung. Sie riss das Papier auf, als wäre es die reine Folter, noch einen Augenblick länger warten zu müssen. Ein Taschenspiegel mit Bürste und Kamm kam zum Vorschein. „Das habe ich mir immer gewünscht!" hauchte sie selig. „Es ist so ... so damenhaft."

„Woher wusste Ihre Mutter das?" wollte Philip von Carrie wissen. Er wäre nie auf so eine Idee gekommen.

„Ich habe so etwas Ähnliches", flüsterte Carrie zurück. „Mackenzie hat sich schon stundenlang damit amüsiert."

„Oh." Philip fühlte sich völlig unzulänglich. Nie würde er seine Tochter verstehen. Sie war jetzt in diesem komplizierten Alter, in dem sie oft selbst nicht wusste, was sie wollte. Einmal wünschte sie sich sehnlichst ein Pferd, dann wieder mussten es unbedingt Ballettstunden sein. Philip hatte manchmal das Gefühl, dass er sie gar nicht mehr kannte. Sie war halb Kind, halb Frau.

Es waren ja auch nicht die Ballettstunden oder das Pferd, die ihn überforderten, es waren ihre Stimmungsschwankungen. In einem Augenblick war sie lieb und vernünftig, im nächsten brach sie wegen irgendeiner banalen Kleinigkeit in Tränen aus oder verbreitete schlechte Laune. Er wünschte, Laura würde sich mehr um sie kümmern. Er fühlte sich seiner Tochter manchmal einfach nicht gewachsen.

Später, als es Zeit war zu gehen, bedankte Philip sich bei Jasons Eltern für die Einladung.

„Sie sind uns jederzeit herzlich willkommen", sagte Charlottes Schwiegermutter Elizabeth Manning und nahm seine Hand zwischen ihre. Dann beugte sie sich vor und küsste ihn auf die Wange. „Sie sind eine Bereicherung für unsere Familie", flötete sie ihm ins Ohr. „Wollen Sie mir etwas versprechen?"

„Gern. Wenn ich kann."

„Ich wünsche mir eine schöne, große Hochzeit", verkündete sie dann so laut, dass es alle hören konnten.

Allgemeine Zustimmung klang auf. „Äh ...", begann Philip, um gleich darauf wieder hilflos zu verstummen.

Carrie kam ihm zu Hilfe. „Nochmals vielen Dank, Grandma", sagte sie und ersparte ihm damit die Antwort.

Sie umarmte Jasons Eltern. Charlotte, Jason und ihre beiden kleinen Halbbrüder begleiteten sie zum Auto, und alle küssten und umarmten sich noch einmal. Philip hatte noch nie eine Familie erlebt, die so liebevoll miteinander umging. Es gefiel ihm. Und auf einmal merkte er, dass er sich das sein Leben lang gewünscht hatte. Er und Laura waren beide Einzelkinder gewesen und hatten dann selbst auch nur ein Kind bekommen. Vielleicht wäre vieles anderes gekommen, wenn sie eine größere Familie gewesen wären.

Auf dem Heimweg sangen sie Weihnachtslieder. Carries und Mackenzies helle Stimmen klangen harmonisch zusammen, Philip brummte recht und schlecht mit. Aber niemand störte sich daran, am wenigsten Mackenzie, die einfach rundum glücklich war. Er stellte den Wagen in der Tiefgarage ab, und sie überquerten gemeinsam die Straße zu ihrem Haus.

„Es war himmlisch!" schwärmte Mackenzie und umarmte Carrie, als sie auf den Lift warteten.

„Ich fand es auch schön."

„Ich bin so froh, dass das Fest schon heute war, weil ich mich morgen mit meiner Mutter treffe. Dann hätte ich nicht mitgehen können."

„Ja, ich weiß", sagte Carrie. „Es ist nur schade, dass du unser Hausfest verpasst. Aber ich werde dir genauestens Bericht erstatten", versprach sie.

„Glaubst du, dass Madam Fredrick mir etwas weissagen wird, auch wenn ich nicht da bin?"

„Ganz bestimmt", versicherte Carrie.

„Dann soll sie für mich auch gleich in die Zukunft schauen", bat Philip.

„Sie kommen auch nicht?" Carrie war überrascht und ein kleines bisschen enttäuscht.

„Nein." Er drückt auf den Liftknopf.

„Aber ich dachte ... ich hatte gehofft ..." Ihre Enttäuschung war nicht zu übersehen.

Philip wollte nichts Abwertendes über das Haus sagen, er hielt seine Bewohner für zwar harmlose, aber doch lästige Spinner. Er hatte im Grunde nichts gegen sie, aber er hatte auch keine Lust, sich näher mit ihnen abzugeben. Mit seiner Zeit hatte er Besseres anzufangen.

„Vielleicht kannst du ihn noch überreden", meinte Mackenzie aufmunternd, als der Lift in Carries Stockwerk hielt.

Er wollte, er hätte nichts gesagt.

„Haben Sie noch Lust, auf einen Kaffee zu mir zu kommen?" lud Carrie ihn ein.

Er hatte vor allem Lust darauf, mit ihr allein zu sein.

„Klar", sagte Mackenzie und schob ihn kurzerhand aus dem Lift. Die Türen hatten sich schon geschlossen, bevor er noch eine Antwort formulieren konnte.

„Ich denke schon", sagte er dann und lachte.

Carrie sah ihn ein wenig schüchtern an. „Das freut mich." Sie schloss ihre Wohnungstür auf und trat ein. Aber als sie das Licht anmachen wollte, hinderte er sie daran, indem er sie ohne weitere Umstände in die Arme zog. „Darauf warte ich schon den ganzen Abend", flüsterte er und begann sie zu küssen.

Es hatte ein sanfter, zärtlicher Kuss werden sollen, ein Kuss, der ihr sagte, wie gern er bei ihr war, wie sehr ihm dieser Abend mit ihr und ihrer Familie gefallen hatte. Aber im selben Moment, in dem er ihre Lippen berührte, verspürte er ein Verlangen, das er kaum beherrschen konnte. Keine Frau hatte jemals diese Wirkung auf ihn gehabt wie Carrie. Er schob die Finger in ihre Haare und zog ihren Kopf ein wenig nach hinten, um sie besser küssen zu können.

Carrie stöhnte leise auf, und er stieß mit der Zunge tief in ihren Mund vor und ließ sie darin tanzen. Ihm wurde ganz schwach in den Knien, als sie ganz unmittelbar darauf reagierte. Diese Frau hatte die Macht, alle seine Schutzbarrieren zu durchbrechen. Und er hatte sich immer für so stark gehalten!

„Warum willst du morgen Abend nicht zu unserem Hausfest kommen?" fragte sie atemlos zwischen zwei Küssen.

Das Hausfest war wirklich das Letzte, was Philip im Augenblick interessierte. Er zog Carrie hinter sich her in ihr Wohnzimmer, setzte sich in den Sessel und holte sie auf seinen Schoß. „Lass uns das später besprechen", bat er. Er gab ihr gar keine Zeit zu antworten, sondern begann sofort wieder, sie zu küssen.

„Warum später?" wollte sie wissen und strich mit den Lippen über seinen Hals. Winzige Wonneschauer durchliefen ihn.

„Ich bin nicht ganz sicher, ob ich Madam Fredrick mag."

Carrie lacht leise, und er spürte ihren warmen Atem auf seiner Haut. „Sie ist völlig harmlos."

„Ja, vermutlich." Er zog ihren Kopf zu sich herunter und küsste sie wieder. Es wurde ein langer, sehr tiefer Kuss, der ihn nach Luft ringend zurückließ. „Die Leute hier im Haus haben alle eine Schraube locker. Die Hälfte ist reif für die Anstalt, wenn du mich fragst", meinte er, als er halbwegs wieder sprechen konnte.

Carrie versteifte sich in seinen Armen. „Das sind meine Freunde."

Er hatte sie nicht kränken wollen, aber sie musste doch selbst wissen, dass er Recht hatte.

Carrie löste sich aus seinen Armen und stand auf. „Ich lebe

auch in diesem Haus", erklärte sie und sah auf ihn hinunter. „Ist das vielleicht auch deine Meinung über mich?"

„Nein, natürlich nicht. Aber wenn es dir so wichtig ist, komme ich natürlich zu diesem albernen Fest."

„Darauf kann ich verzichten", gab sie spröde zurück. „Nur um mir einen Gefallen zu tun, brauchst du nicht zu kommen. Das möchte ich nicht."

Philip hörte an ihrer Stimme, dass er sie verletzt hatte. Das hatte er nicht gewollt. Er hätte sich am liebsten die Zunge abgebissen. Gene hatte ihm klar gemacht, dass Carrie ein Geschenk war, dass sie für ihn der Weg zu einem neuen Leben war. Das wollte er nicht aufs Spiel setzen.

„Carrie, es tut mir Leid. Ich wollte das nicht sagen."

„Aber du denkst es, nicht wahr?" fragte sie. Ihre Stimme klang dünn und ein wenig unsicher.

Er antwortete nicht gleich, um es nicht noch schlimmer zu machen. Aber sein Schweigen war ihr Antwort genug.

„Ich habe verstanden. Ich bin müde und wäre dir dankbar, wenn du mich jetzt allein ließest."

„Carrie, ich bitte dich. Sei doch vernünftig."

Sie ging zur Tür und öffnete sie. Das Licht aus dem Treppenhaus blendete ihn, und er kniff die Augen zusammen. „Wir werden später darüber sprechen", bat er. „Ja?"

„Ja, sicher", gab sie zurück.

Philip lief die Treppe zu seinem Stockwerk hinauf, statt auf den Lift zu warten. Er würde Mackenzie um Rat fragen. Vielleicht wusste sie, was er jetzt tun sollte. Seiner Tochter fiel bestimmt eine Lösung ein bei ihrer Fantasie. Er musste unwillkürlich lächeln. Nie hätte er gedacht, dass er sich in Liebesdingen einmal Rat suchend an seine Tochter wenden würde.

Die Wohnung war dunkel und still. Er machte das Licht an

und ging in Mackenzies Zimmer. Ihr Bett war verdrückt, als hätte sie darauf gesessen.

„Mackenzie?" rief er.

Er bekam keine Antwort.

Schließlich fand er die Nachricht auf dem Küchentisch.

„Dad, Mom hat eine Nachricht auf dem Anrufbeantworter hinterlassen. Sie holt mich morgen doch nicht ab, und an Weihnachten kann ich auch nicht zu ihr kommen. Sie hat einfach zu viel zu tun. Ich hätte es mir denken müssen. Immer hat sie für alles Zeit, nur für mich nicht. Ich muss jetzt allein sein, um nachzudenken. Mach dir keine Sorgen, Mackenzie."

9. KAPITEL

Carrie hätte gar nicht genau sagen können, warum Philips Bemerkung über Madam Fredrick und die anderen Hausbewohner sie eigentlich so tief getroffen hatte. Natürlich waren sie alle ihre Freunde, aber es war auch unbestreitbar, dass sie wirklich ein wenig merkwürdig und verrückt waren. Trotzdem. Sie waren alle so liebevolle, warmherzige Menschen, und es tat sehr weh, wenn Philip sie einfach so abtat.

Sie dachte noch immer darüber nach, als es an der Tür klingelte. Wer auch immer es war, viel Zeit schien er nicht zu haben. Denn sie war kaum aufgestanden, als es erneut klingelte, mehrmals hintereinander, kurz und ungeduldig.

„Ich komme!" rief sie.

Zu ihrer Überraschung stand Philip vor ihr. „Hast du Mackenzie gesehen?" wollte er ohne Einleitung wissen.

„Nein. Seit wir nach Hause gekommen sind, nicht mehr."

Philip stieß geräuschvoll den Atem aus und rieb sich den Nacken. „Ihre Mutter hat ihr auf dem Anrufbeantworter hinterlassen, dass sie sich leider nicht in der Lage sieht, sie wie vereinbart über die Feiertage zu sich zu holen", erklärte er.

An seinem Kinn zuckte unkontrolliert ein kleiner Muskel. Ganz offenbar konnte er nur mit Mühe den Ärger über seine frühere Frau in Schach halten. „Sie hatte sich so auf ihre Mutter gefreut", sagte er. „In den letzten Tagen hat sie über nichts anderes mehr gesprochen."

Das hatte Carrie selbst mitbekommen. Mackenzie war viel bei ihr gewesen, und sie hatten lang und breit besprochen, was sie für den bevorstehenden Besuch anziehen, wie sie sich frisieren sollte. Für Mackenzie war es unendlich wichtig, wie sie aussah. Sie wollte ihre Mutter damit beeindrucken, wie erwachsen sie geworden war und welch erlesenen Geschmack sie besaß. Laura sollte stolz auf ihre große Tochter sein.

„Mackenzie ist weg. Sie möchte allein sein, hat sie mir geschrieben." Philip sah auf die Uhr. Das hatte er vermutlich alle fünf Minuten getan, seit er den Brief seiner Tochter gefunden hatte. „Das war vor ungefähr einer Stunde. Hast du eine Vorstellung, wo sie sein könnte?"

„Keine Ahnung." Carrie tat das Herz weh vor Mitgefühl mit dem Mädchen. Diese wenigen Tage mit der Mutter hatten ihr so viel bedeutet, und sie hatte sich so darauf gefreut. Seit Tagen hatten sich alle ihre Gespräche fast nur noch um ihre Mutter und die geplanten Ferien gedreht. Wie groß und schmerzhaft musste jetzt die Enttäuschung sein.

„Ich dachte, sie wäre vielleicht zu dir gekommen." Philip rieb sich müde die Augen. „Ich weiß einfach nicht, wo ich nach ihr suchen soll. Fällt dir denn wirklich nichts ein?"

„Sicher ist, dass sie im Augenblick offenbar niemanden um sich haben möchte." Carrie dachte angestrengt nach.

„Ob sie vielleicht einen Spaziergang macht?" meinte Philip. „Allein im Dunkeln?" Der Gedanke jagte ihm Schauer über den Rücken.

„Ich helfe dir suchen."

Philip sah sie dankbar an, und Carrie schlüpfte in ihre Jacke und nahm die Tasche vom Haken. Dann machten sie sich eilig auf den Weg.

Kurz nachdem sie mit der High School fertig geworden war und gerade achtzehn Jahre jung war, hatte Carrie den Entschluss gefasst, sich auf die Suche nach ihrem Vater zu machen. Und sie hatte ihn auch gefunden. Aber seine Begeisterung über ihr Auftauchen war nicht sehr groß gewesen, um es milde zu beschreiben. Er glaubte offenbar, dass sie etwas von ihm haben wollte, und in gewisser Weise hatte er damit Recht gehabt.

Aber es war kein Geld, das sie sich erhoffte, sondern Liebe. Er sollte stolz auf sie sein, ihr Anerkennung schenken. Es hatte Monate gedauert, bis sie sich endlich eingestanden hatte, dass Tom Weston völlig unfähig war, ihr irgendetwas zu geben, nicht einmal Zuneigung. Sie war ihm ganz einfach gleichgültig, er interessierte sich nicht für sie.

In den Jahren bis dahin war ihr Jason Manning mehr Vater gewesen, als es ihr leiblicher Vater jemals gewesen war. Danach hatte sie den Kontakt zu ihm endgültig abgebrochen. Es tat weh, dass der Mann, der sie immerhin gezeugt hatte, nichts mehr mit ihr zu tun haben wollte. Aber nach einiger Zeit fand sie sich damit ab, und inzwischen war sie ihm fast dankbar für seine Ehrlichkeit. Damit konnte sie leichter umgehen als mit unerfüllten Sehnsüchten.

Carrie und Philip liefen ziellos durch die nächtlichen Straßen und versuchten, sich in Mackenzie zu versetzen. Wohin mochte sie sich geflüchtet haben? Ihre Angst wuchs, aber sie gaben sich beide Mühe, ihre Gefühle vor dem anderen zu verbergen, und sprachen sich gegenseitig Mut zu.

„Eine schreckliche Vorstellung, dass sie da ganz allein und unglücklich im Dunkeln und in der Kälte herumläuft", murmelte Philip. Er hatte die Hände tief in den Manteltaschen vergraben.

„Ja, schrecklich", gab Carrie ihm Recht und zog fröstelnd die Schultern hoch.

„Ich könnte Laura umbringen", erklärte Philip heftig. „Wie kann sie Mackenzie das antun? Sie kann mich schlecht behandeln, wenn es ihr Spaß macht, aber nicht ihre Tochter!"

Carrie wusste, dass es keinen Sinn hatte, sich dazu zu äu-

Silberglocken

ßern. Es würde ihm nicht helfen und auch Laura nicht dazu bringen, sich in Zukunft anders zu verhalten. Was hätte sie auch sagen sollen?

„Auf Laura war noch nie Verlass. Vielleicht hätte ich Mackenzie darauf vorbereiten sollen, dass so etwas passieren könnte", meinte Philip jetzt. „Aber andererseits möchte ich sie nicht gegen ihre Mutter beeinflussen."

„Das ist auch richtig, glaube ich", meinte Carrie.

„Ich weiß nicht. Vielleicht wäre ihr einiges erspart geblieben."

„Mackenzie ist intelligent genug, um ihre Mutter zu durchschauen", sagte Carrie. „Da muss sie ganz allein durch. Dabei kannst du ihr nicht helfen. Du kannst nur für sie da sein."

Philip sah sie an. „Ich hoffe, du hast Recht."

Als sie ihre Suche endlich aufgaben und wieder nach Hause gingen, war es fast Mitternacht. Das Haus war dunkel und still.

„Sie würde doch nichts anstellen?" fragte Philip zutiefst beunruhigt. „Meinst du, dass sie vielleicht auf eigene Faust zu ihrer Mutter gefahren ist?"

„Philip, ich weiß es einfach nicht. Möglich ist es."

Als sie in die Halle traten, fiel Carrie auf, dass die Tür zum Keller offen stand. Sie traten näher und hörten Stimmen.

„Schauen wir nach, was da los ist", sagte Philip, und Carrie folgte ihm die Treppe hinunter. Allmählich kristallisierten sich einzelne Stimmen heraus. Carrie erkannte Madam Fredrick und Arnold. Vermutlich legten sie letzte Hand an die Weihnachtsdekoration für das bevorstehende Hausfest.

Mackenzie war bei ihnen und voll Eifer damit beschäftigt, rote und grüne Girlanden aufzuhängen. Sie blinzelte nicht einmal, als sie Carrie und Philip entdeckte.

„Hallo, Dad. Hallo, Carrie", rief sie fröhlich und ohne jedes erkennbare Schuldgefühl und sprang von ihrem Stuhl.

„Darf ich fragen, wo du gesteckt hast, junge Dame?" erkundigte Philip sich streng.

Carrie legte ihm bittend die Hand auf den Arm. Im Augenblick war es sicher besser, nicht allzu hart mit Mackenzie umzuspringen und ihr vor allem Zuneigung zu zeigen. Sie spürte, wie er sich ein wenig entspannte, aber sie wusste, was es ihn kostete, ruhig zu bleiben.

„Entschuldige, Dad. Ich habe vergessen, dir zu schreiben, wo ich bin."

„Carrie und ich suchen seit über einer Stunde nach dir."

„Wirklich?" Mackenzie sah ihn zerknirscht an. „Tut mir Leid."

„Alles in Ordnung?" fragte Carrie. „Ich habe gehört, dass du Weihnachten doch nicht zu deiner Mutter fährst. Bist du sehr traurig darüber?"

Mackenzie zögerte, und ihre Unterlippe zitterte leicht. „Enttäuscht bin ich schon", gestand sie dann. „Aber wie Madam Fredrick sagt: Die Zeit heilt alle Wunden." Sie lachte ein wenig verlegen und schniefte einmal kurz. „Mom ist eben anders, und da passe ich nicht dazu. Ich habe ja Dad und meine Freunde." Sie sah sich voller Stolz und Zuneigung um.

Arnold war da, wie immer in seine Nylonshorts gehüllt, und seine prallen Muskeln waren so schön wie eh und je. Madam Fredrick, alt und weise, hatte ihre unvermeidliche Kristallkugel dabei. Und dann war da noch Maria, die nur für ihre Katzen lebte. Philip wurde es mit einem Mal ganz warm ums Herz.

Mackenzie schlang die Arme um ihren Vater und drückte sich an seine Brust. „Ich möchte morgen gern auf das Fest gehen", sagte sie. Ihre Lebensgeister stiegen schon wieder. „Du musst nicht kommen, Dad, wenn du nicht willst. Ich verstehe das."

„Ich möchte aber gern", sagte er und sah zu Carrie hinüber. Er hielt ihr die Hand hin, und sie nahm sie. „Manchmal braucht man solche Abende, um erkennen, wie viel Glück man hat und wo die wahren Freunde zu finden sind."

Mackenzie fing an zu kichern und schaute sich zu Madam Fredrick um.

„Na, was habe ich dir gesagt?" meinte die alte Dame und lächelte breit. „Die Kristallkugel sieht alles."

„Als es darum ging, wie ich mein Geld anlegen soll, hat sie überhaupt nichts gesehen", erinnerte Arnold sie leicht gekränkt. „Und beim Lottospielen auch. Meinetwegen können Sie mit Ihrer Kugel kegeln gehen. Zu mehr taugt sie sowieso nicht."

„Ich habe Ihnen gleich gesagt, dass sie nicht hilft, wenn man sich nur persönlich bereichern will", erwiderte Madam Fredrick hoheitsvoll.

„Wofür soll das dumme Ding dann gut sein, wenn es nicht einmal Ihre Freunde reich machen kann?"

„Sie erfüllt ihren Zweck", sagte da ausgerechnet Philip zur Überraschung aller und legte den Arm um seine Tochter. „Ich würde sagen, für einen Abend haben wir genug Aufregung gehabt. Was meinst du?"

„Gute Nacht allerseits", rief Mackenzie.

„Gute Nacht", sagte Arnold.

„Lass dich nicht von den Wanzen beißen", riet Madam Fredrick.

„Gute Nacht, meine Kleine." Das war Maria. „Du kommst mich doch einmal besuchen?"

„Ganz bestimmt", versprach Mackenzie.

Carrie begleitete Vater und Tochter. „Morgen früh backe ich

wieder Plätzchen", verkündete sie, als der Lift an ihrem Stockwerk angekommen war. „Da könnte ich ein bisschen Hilfe brauchen."

„Darf ich dir helfen?" fragte Mackenzie eifrig. „Diesmal landen die Eierschalen bestimmt nicht im Teig."

„Ich würde mich freuen, wenn du kommst."

Carrie verabschiedete sich und ging in ihre Wohnung. Sie war müde und zog sich gleich aus. Es war ein anstrengender Abend gewesen. Sie schlüpfte gerade in ihr Nachthemd, als das Telefon klingelte. Philip war am anderen Ende.

„Wir haben uns zwar erst vor zehn Minuten voneinander verabschiedet, aber ich wollte mich noch bei dir bedanken."

„Wofür? Ich habe doch gar nichts getan."

„Du hast mir geholfen, meine Tochter zu finden – und das auf mehr als eine Weise."

„Ich wollte, ich könnte mir das ans Revers heften. Aber es stimmt nicht. Nicht ich habe dir geholfen, sondern die Liebe zu deiner Tochter."

Philip zögerte ein wenig. „Ich habe deinen Freunden Unrecht getan. Das tut mir Leid." Carrie verzog den Mund zu einem breiten Lächeln und wartete. „Es war eine schlimme Enttäuschung für Mackenzie, dass ihre Mutter sie im Stich gelassen hat. Sie war völlig am Boden zerstört. Ich weiß nicht, wie Madam Fredrick sie getröstet hat, aber sie hat offenbar genau das Richtige getan. Ich kann eine Menge von ihr lernen, fürchte ich."

„Das glaube ich auch. Aber habe den Eindruck, dass du ziemlich schnell lernst."

Philip lachte. „Glaub das nur nicht. Ich war in der Schule ein ausgesprochener Spätzünder, und es dauerte ewig, bis ich endlich einigermaßen lesen konnte. Und wenn es um Beziehungen geht, habe ich manchmal auch ein Brett vor dem Kopf. Meine Ehe ist dafür das beste Beispiel."

„Dann kommst du morgen also wirklich zu unserer Weihnachtsfeier?" fragte Carrie. Ihr war ganz warm ums Herz geworden.

„Ich hänge mir sogar Flügel um, wenn es sein muss." Philip zögerte und lachte dann wieder. „Ich fürchte, ich passe ganz vortrefflich zu deinen verrückten Freunden."

EPILOG

Sechs Monate später

„Das ist der aufregendste Tag in meinem Leben", verkündete Mackenzie und drehte sich in dem kleinen Ankleidezimmer übermütig im Kreis. Sie trug ein bodenlanges rosafarbenes Chiffonkleid und einen Haarkranz aus Frühlingsblumen. Ein Seidenband fiel ihr auf den Rücken. „Du wirst wirklich meine Stiefmutter, genau wie Madam Fredrick vorausgesagt hat!"

„Für mich ist es auch ein wunderschöner und sehr aufregender Tag." Carrie presste einen Augenblick die Hände auf den Magen, um ihre Nerven zu beruhigen. Die Kirche war voll besetzt, und alle warteten auf sie und Jason, der sie zum Altar führen würde.

„Dad war so süß heute Morgen", erzählte Mackenzie mit einem fröhlichen Lachen. „Beim Frühstück dachte ich schon, ihm wird schlecht. Er ist so verliebt in dich, dass er kaum etwas hinuntergebracht hat."

Carrie schloss die Augen und atmete tief durch. Sie hatte erst gar keine Anstalten gemacht, etwas zu essen, und fand Philips Versuch bereits mehr als heldenhaft. Verliebter als sie konnte er gar nicht sein! Sie war ganz einfach verrückt nach ihm.

Heute wurde für sie ein Traum war, und sie fühlte sich wie im Märchen. Und draußen wartete der Märchenprinz auf seine Fee.

Mackenzie steckte den Kopf durch die Tür und begutachtete die versammelten Gäste. „Gene und seine Frau sind hier und viele Leute aus dem Büro", berichtete sie flüsternd. „Ich wusste gar nicht, dass Dad so viele Leute kennt." Sie war sichtlich beeindruckt und drehte sich im Kreis um Carrie. „Du bist die schönste Braut, die ich je gesehen habe. Das hat Dad auch gesagt."

„Danke, mein Herz."

„Ich finde es toll, dass ich deine Brautjungfer sein darf. Das hätte niemand sonst erlaubt. Habe ich dir schon erzählt, dass das meine allererste Hochzeit ist?" Ihr Blick wurde verträumt.

„Dann wollen wir hoffen, dass sie dir gefällt."

„Wenn ich nicht wäre, hättest du Dad wahrscheinlich nie geheiratet." Mackenzie platzte schier vor Stolz auf sich. „Natürlich hat mich erst Madam Fredrick darauf gebracht. Aber ohne mich hätte es trotzdem nicht geklappt."

„Du weißt doch noch, was ich dir gesagt habe?"

„Ja, natürlich. Man kann die Zukunft nicht in Kristallkugeln sehen. Aber diesmal ist es trotzdem genauso gekommen, wie sie gesagt hat. Dabei konnte sie gar nicht wissen, dass ihr so gut zusammenpasst, du und Dad."

„Es freut mich, dass du das findest."

„Wenn ich mir selbst eine Mutter hätte aussuchen müssen, hätte ich auch dich genommen." Mackenzies Augen verdunkelten sich, und sie wurde ernst. „Ich freue mich so für Dad. Er braucht dich fast so wie ich. Ich bin am allerliebsten mit dir zusammen. Außer vielleicht mit Les Williams." Sie hob ausdrucksvoll die Schultern. „Aber Les hat überhaupt noch nicht gemerkt, dass ich existiere."

„Da wäre ich mir nicht so sicher." Carrie lächelte.

„Seid ihr zwei so weit?" rief Jason von draußen.

Carrie holte tief Luft. „Ja. Wir sind fertig."

Mackenzie gab ihr den Brautstrauß, Carrie straffte die Schultern und öffnete die Tür. Jason steckte den Finger zwischen Hals und Hemdkragen, als wäre ihm die Krawatte plötzlich zu eng geworden.

„Du siehst wunderhübsch aus", sagte er leise zu seiner Stieftochter.

„Tu nicht so überrascht", meinte Carrie mit einem Lächeln.

„Du siehst aus wie deine Mutter an unserem Hochzeitstag. Ich kann es gar nicht glauben ..."

Mackenzie strahlte Carrie an und lief dann zu den anderen Brautjungfern, die sich schon aufgestellt hatten.

„Ich wünsche dir, dass du sehr, sehr glücklich wirst, meine Kleine", flüsterte Jason mit verdächtig brüchiger Stimme. Dann zog er Carries Hand unter seinen Arm.

Carrie warf ihm einen schnellen Blick zu und sah, dass seine Augen feucht schimmerten.

„Du wirst immer mein Mädchen bleiben", sagte er und zupfte wieder an seiner Krawatte. „Ich kann dir gar nicht sagen, wie stolz ich auf dich bin. Du hast deiner Mutter und mir immer viel Freude gemacht."

„Danke, Dad", wisperte sie gepresst.

Sie standen am Ende des Kirchenschiffs und warteten auf das Einsetzen der Orgel. Carrie tat den ersten Schritt in ihre neue Zukunft, in eine Zukunft mit Philip, in eine Zukunft voller Glück. Heute begann ihr gemeinsames Leben.

– ENDE –

Emilie Richards

Geständnis unterm Mistelzweig
Roman

Aus dem Amerikanischen von
Charlotte Corber

I. KAPITEL

Als Chloe Palmer, die Leiterin der „Letzten Zuflucht", das Haus für eine Besorgung verließ, stand ein ungeschmückter künstlicher Weihnachtsbaum traurig und schief hinter dem großen Fenster des Wohnzimmers. Er war schon vor Jahren alt und müde gewesen, als ihn jemand aus dem Müll eines Nachbarn rettete.

Als Chloe zurückkam, ragte an seiner Stelle eine üppige Blautanne auf, was Passanten zu der Frage veranlasste, wo das Heim wohl einen so ungewöhnlich schönen Baum erstanden haben könnte.

Chloe konnte diese Frage nicht beantworten. Aber sie wusste genau, wen sie fragen musste. Sie hastete die vom Schnee freigeschaufelten Stufen hinauf, schlug die schwere Tür des alten Hauses hinter sich zu und rief: „Egan!"

Ein Mann erschien an der Tür des Wohnzimmers. Jemand hatte in dem Zimmer Kerzen angezündet, dutzende von Kerzen, wenn Chloe sich nicht täuschte – und das in einem Haus, von dessen Bewohnerinnen mindestens eine aus der letzten Pflegestelle hinausgeworfen worden war, weil sie ihre Matratze in Brand gesteckt hatte.

„Hast du den Kindern einen Baum gekauft?" fragte Chloe.
„Ich nicht."

Sie zog die Stiefel aus. In diesem Haus bestand die strikte Regel, dass niemand Schnee oder Schmutz von draußen hereintragen durfte. Dann legte Chloe die Handschuhe und den Schal ab. Als sie ihr langes schwarzes Haar über die Schultern zurückwarf, kam Egan näher, um ihr aus dem Mantel zu helfen. Aber sie wehrte ihn ab.

„So, du hast ihn nicht gekauft. Hast du dann jemandem so

lange den Arm verdreht, bis er den Baum gestiftet hat?" Chloe sah, wie Egan zu lächeln begann. Er hatte einen wunderhübschen Mund, groß und ausdrucksvoll und lächelte meistens. Wie immer erschien er Chloe sehr anziehend.

„Hast du ihn gestohlen oder selbst irgendwo geschlagen? Und woher kommt dieser Kranz?"

„Ach, Chloe, komm doch herein und sieh dir an, was wir machen." Egan drehte sich um. Chloe folgte ihm auf Socken.

Das Wohnzimmer bot einen Anblick wie auf einer Weihnachtskarte. Der Weihnachtsmann und seine Elfen verbreiteten Weihnachtsstimmung. Nur war der Weihnachtsmann nicht dick, und er trug keinen Bart. Er war groß, breitschultrig und bewegte sich geschmeidig. Auf dem Kopf hatte er kurze goldene Locken statt einer roten Mütze. Auch seine Elfen boten nicht den traditionellen Anblick.

Die Elfe Mona sang ein Weihnachtslied. Normalerweise hielt sich jedermann die Ohren zu, wenn Mona sang. Aber an diesem Tag schien das niemanden zu stören.

Die Elfe Jenny stand auf Zehenspitzen und versuchte, einen Vogel aus Papier an den Zweig über ihr zu hängen. Alles war immer zu hoch für Jenny. Acht Jahre Unterernährung hatten ihr Wachstum gehemmt, bis sie unter die Obhut des Staates Pennsylvania kam.

Die Elfe Roxanne saß mit gekreuzten Beinen auf dem Fußboden und starrte in das Kerzenlicht, als sei sie hypnotisiert. Die Elfe Bunny hielt einen Schokoladenweihnachtsmann hier und dort an den Baum. Wie immer bemühte sie sich um äußerste Perfektion.

Die Elfen waren vier der zwölf Mädchen, die im Alma-Benjamin-Haus lebten. Sie gehörten zu einer langen Kette von Kindern, die das Heim „Letzte Zuflucht" getauft hatten. Der Name war sehr treffend, denn wenn ein Kind hierher kam, gab es – außer der Verwahranstalt mit Gitterstäben vor den Fenstern – keinen anderen Ort, an dem es hätte unterkommen können.

„Chloe!" Bunny lief zu ihr. „Ich weiß nicht, wohin ich dies hängen soll." Sie hielt den Schokoladenweihnachtsmann mit zitternden Händen hoch.

„Das ist doch egal. Wo immer du ihn aufhängst, wird er gut aussehen."

Bunny schien nicht überzeugt.

„Versuch es mal", ermutigte Chloe sie. „Du wirst es schon richtig machen."

Bunny kehrte zum Baum zurück, und Chloe wandte sich an Egan. „Wirst du mir nun verraten, woher du diesen Baum hast, Egan O'Brien?"

„Er hat ihm beim Haus seiner Eltern abgeschlagen!" Mona sprang von der kleinen Trittleiter. „Seine Eltern haben eine Farm, Chloe, mit Tieren, richtigen Tieren."

„Es sind nur Hunde", stellte Egan richtig. „Schäferhunde."

„Keine Pferde?" Mona schien enttäuscht.

„Mona möchte reiten lernen", erklärte Chloe. „Das stimmt doch, Mona, nicht wahr?"

„Ich kann reiten. Ich komme nur nie dazu. Bei meiner Familie bin ich früher immer geritten."

Monas Eltern hatten das Kind in krimineller Weise vernachlässigt, ihr Haus war eine Bruchbude gewesen. Die ersten zehn Jahre ihres Lebens hatte Mona nur dadurch überstanden, dass sie sich in eine Fantasiewelt zurückgezogen hatte. Chloe hatte den Eindruck, dass sie das auch jetzt noch ab und an tat.

„Das stimmt nicht, Mona."

„Woher willst du das wissen? Weißt du alles über mich?"

„Ich weiß, dass ich dich mag. Mir ist es gleich, ob ihr zu Hause Pferde oder tolle Autos hattet, bevor du hierher kamst."

„So etwas sagst du immer."

„Ja, das sagst du immer", bestätigte Egan lächelnd. „Und es klingt gut."

Egan war für die Mädchen zu einer Art Held geworden, seit er vor drei Monaten zum ersten Mal in das Heim gekommen war und verkündet hatte, er und seine Brüder würden die Renovierungsarbeiten in dem alten Haus übernehmen.

Es hatte andere Männer im Leben der Mädchen gegeben, Lehrer, Berater, gelegentlich ein Familienmitglied. Aber keiner war wie Egan gewesen. Niemand hatte seine sorglose Art, sein verschmitztes Lächeln, seine Begabung, Streit zu vermeiden und Komplimente zu verteilen. Wenn Egan sprach, hörte ihm auch die widerborstigste Bewohnerin dieses Hauses zu.

Manchmal allerdings taten sie so, als hielten sie nichts von seinen Reden. „Das brauche ich mir nicht anzuhören", sagte Mona. „Ich hole mir einen Kakao."

Chloe streichelte Monas Schulter. „Ja, tu das. Nimmst du Roxanne mit?"

„Nein!"

„Bitte."

„Immer verlangst du etwas von mir."

„Weil ich weiß, dass du es tun kannst."

„Komm mit, Roxanne." Mona ging zu dem Mädchen, das immer noch auf dem Fußboden saß. „Holen wir uns Kakao."

„Kakao?"

„Ja."

Roxanne stand auf und folgte Mona aus dem Wohnzimmer. Bunny hängte noch drei Schokoladenfiguren an den Baum, dann hörte sie auf. Es strengte sie zu sehr an, dauernd die richtige Entscheidung zu treffen. Jenny, die die untersten Zweige geschmückt hatte, folgte ihr bald darauf, und Egan und Chloe waren allein.

„Sag: ‚Ich freue mich, dass du den Baum geschlagen und hierher gebracht hast.'" Egan lächelte Chloe an.

„Du musst damit aufhören, den Kindern Geschenke zu machen, Egan. Sie fangen an, sie zu erwarten. Aber keines der Kinder ist in der Situation, Geschenke erwarten zu können."

Egan legte Chloe die Hände auf die Schultern. „Und was ist mit der Frau, die hier lebt? Ist es erlaubt, ihr etwas zu geben?"

„Sie erwartet ebenfalls nichts, und sie wünscht sich auch nichts."

Egan sah Chloe forschend an. Er ahnte, was sich hinter ihrer ablehnenden Haltung verbarg. „Chloe." Er sprach ihren Namen in einer Weise aus, dass es wie eine Liebkosung wirkte. „Glaubst du nicht an Weihnachten?"

„Oh doch. Weihnachten ist der Tag, an dem die Angehörigen einer bestimmten Religion versuchen, ihren Zwist zu vergessen. Wenn alle anderen Tage des Jahres dieselbe Bedeutung annehmen würden, wäre ich ein glühender Anhänger von Weihnachten."

„Dann glaubst du nicht an den Weihnachtsmann, an Wunder?"

Chloe erwiderte nichts. Schließlich ließ Egan die Hände sinken. „Nun, trotzdem: Fröhliche Weihnachten." Er lächelte.

„Weihnachten ist erst in vier Wochen."

„Umso besser. Noch vier Wochen, um sich die Spannung zu erhalten."

Chloe drehte sich zu dem Baum um. „Sag bloß nicht, dass du die Kerzen auch aus einem Wäldchen auf der Farm deiner Eltern hast. Und den Kranz, und die Glocken an der Haustür."

„Haben die Mädchen Weihnachten nicht verdient, Chloe, unabhängig von deiner Einstellung?"

„Natürlich. Sie verdienen alles, was andere Kinder als selbstverständlich ansehen. Aber diese Kinder werden keine Weihnachten haben, wenn sie von hier fortgehen, und sie können auch nicht mit einer Collegeausbildung oder einem interessanten Beruf rechnen. Sie müssen lernen, dass sie nur bekommen können, wofür sie hart arbeiten."

„Kein Weihnachtsmann?" Egan streichelte ihre Schulter.

Chloe versuchte, die Berührung nicht zu beachten. „Niemand wird diesen Kindern jemals etwas geben, Egan. Ich versuche, sie zu lehren, dass das nichts ausmacht. Sie können selbst dafür sorgen, dass gute Dinge geschehen."

„So wie du es getan hast."

Chloe versteifte sich bei dieser Anspielung auf ihre Vergangenheit für einen Moment. Egan ließ sich nicht anmerken, dass er das spürte. Er streichelte sie weiter.

„Etwas in dieser Art", sagte sie schließlich.

„Du sprichst mit einem Mann, dem ein Weihnachtsmannkostüm gehört."

„Lass es in der Mottenkiste, wenn du hierher kommst."

Egan nahm Chloe zärtlich an den Schultern und drehte sie sich herum. „Du weißt, dass jedes Mädchen eine Wunschliste hat."

Chloe wusste das. Die Kinder waren ihre ganze Leidenschaft, sie gaben ihrem Leben Sinn. Aber sie musste sich an ihre Grundsätze halten. Dazu gehörte es, die Mädchen nicht zu verwöhnen.

„Mach dir deswegen keine Sorgen, Egan. Wir haben hier ein Punktesystem. Wer genügend Pluspunkte gesammelt hat, bekommt einen kleinen Betrag, um sich dafür etwas zu kaufen. Und jedes Kind bekommt vom Heim Weihnachtsgeschenke."

„Was denn? Socken? Unterwäsche? Sweatshirts?"

„Egan, wir mögen diese Kinder, alle meine Mitarbeiter tun das."

„Aha. Also neue Tennisschuhe?"

„Unsinn, die sind viel zu teuer."

„Hör mal, Chloe, die Mädchen wünschen sich Kassettenrekorder, Elektrogitarren und Skibretter. Mona möchte Reitunterricht haben, Bunny wünscht sich Löcher in den Ohrläppchen und Ohrringe."

„Bunny? Sie hat schon entschieden, was sie sich zu Weihnachten wünscht?"

„Sie ist sich hundertprozentig sicher."

„Das ist ja wunderbar." Chloe war angenehm überrascht. „Roxanne möchte einen blauen Angorapullover haben, Schlittschuhe und eine Barbiepuppe. Sie sagt, ihre Schwester habe auch eine."

„Roxanne hat über ihre Schwester gesprochen?"

„Jedenfalls hat sie das gesagt."

„Ihre Schwester ist gestorben. Roxanne hat immer noch Albträume."

Egan fragte nicht weiter nach. Er gehörte nicht zum Personal, und er wusste, dass hier Vertraulichkeit gewahrt werden musste. Außerdem wollte er nicht zu viel wissen. Er hatte sich in alle die kleinen Bewohnerinnen des Heims verliebt, und er war gefährlich nah daran, sich auch in die Leiterin des Heims zu verlieben.

„Chloe, ich kann ihnen geben, was sie sich wünschen. Es ist gar nicht so viel. Meine Brüder und ich haben für solche Zwecke immer Geld. Es würde uns allen wirklich sehr viel bedeuten, wenn du uns den Weihnachtsmann spielen ließest. Joe könnte ..."

„Du hast mir offenbar nicht zugehört."

„Doch. Aber ich stimme dir nicht zu."

„Du bist ein Gefühlsmensch, Egan, viel zu weich."

„Unsinn. Ich bin ein großer starker Mann ohne Herz."

„Du bist nur Herz." Chloe sagte das nicht so, als finde sie es schlimm.

Egan hielt es trotzdem für besser, das Thema zu wechseln. „Komm Sonntag mit mir zu meinen Eltern zum Essen."

Chloe war überrascht. In den vergangenen Monaten hatten sie und Egan es sorgsam vermieden, über eine richtige Verabredung zu reden. Er hatte sie gelegentlich in ein Restaurant mitgenommen, damit sie in Ruhe über die Renovierungsarbeiten sprechen konnten, oder ihr Freikarten für ein Konzert gegeben und war dann mitgegangen, als sie sagte, so kurzfristig könne sie keine Begleitung finden. Aber er hatte sie nie längere Zeit im Voraus eingeladen, und schon gar nicht zu seiner Familie.

Sie zögerte. „Ich habe noch so viel zu erledigen ..."

„Chloe." Egan gab der Versuchung nach und berührte ihr Haar. „Bitte. Ich werde nicht beißen."

„Aber ich weiß nicht, worüber ich mit deinen Eltern reden könnte."

„Ihr habt etwas gemeinsam – ihr haltet mich für wunderbar."

Egan gab Chloe keine Gelegenheit, darauf zu antworten. Er beugte sich vor, drückte ihr einen Kuss auf die Nasenspitze und verschwand.

Stunden später saß Chloe im dritten Stock des Heims vor dem

Frisierspiegel, bürstete ihr langes Haar und dachte über Egan nach.

Was hatte er nur an sich, dass er sie so sehr beeindruckte? Er war sehr anziehend, aber das waren andere Männer auch, die sie während ihrer siebenundzwanzig Jahre kennen gelernt hatte. Er konnte fröhlich und nett, dickköpfig und einfühlsam sein. Er war intelligent und bescheiden. Aber er war mehr als nur die Summe all dieser Eigenschaften. Er war Egan. Und irgendwann während der vergangenen Monate, auch wenn sie sich dagegen gewehrt hatte ...

Chloe führte den Gedanken nicht zu Ende. Sie begann, ihr Haar zu einem Zopf zu flechten. Sie hatte es seit ihrem achtzehnten Lebensjahr nicht mehr kürzer schneiden lassen, als sie die letzte Pflegefamilie verließ, die der Staat Pennsylvania für sie gefunden hatte.

Ihr Haar war stets der Stolz ihrer Mutter gewesen. Als Kind hatte sie es lang getragen. Doch als sie sieben Jahre alt war, kamen ihre Eltern bei einem Brand um. Bei ihren ersten Pflegeeltern hatte man ihr das Haar kurz schneiden lassen. Kurzes Haar war praktischer und billiger zu pflegen. In den folgenden Pflegefamilien war es ähnlich gewesen. Niemand hatte grausam zu ihr sein wollen. Aber alle ihre Pflegeeltern mussten hart arbeiten und hatten wenig Geld.

Chloe hatte nicht aufbegehrt. Aber als sie dann auf eigenen Füßen stand, hatte sie keine Schere mehr an ihr Haar gelassen.

Auch in anderer Weise war sie von den Erfahrungen in ihrer Kindheit geprägt worden. Was sie von Weihnachten hielt, war die Folge von Weihnachtsfesten in elf verschiedenen Familien. Chloe hatte alles überstanden. Sie hatte während dieser Zeit auch Freunde gewonnen. Mit ihrer zweiten Pflegemutter tauschte sie immer noch Weihnachtsgrüße, und die letzte Familie war geschlossen zu ihrer Abschlussfeier im College gekommen.

Chloe hatte gelernt, was sie zum Überleben brauchte. Sie scheute harte Arbeit nicht, und sie wusste, dass man sich Ziele setzen musste. Aber sie war auch entschlossen, nie wieder von anderen abhängig zu sein.

Jetzt war sie für zwölf Mädchen verantwortlich, die von ihr abhängig waren. Ihnen würde sie ihre Lebenserfahrungen vermitteln. Dabei hatten es diese Kinder viel schwerer, als sie es gehabt hatte. Jedes Mädchen war verhaltensgestört und für Pflegeeltern nicht tragbar. Ihre Vergehen waren zahllos. Sie brauchten strenge Überwachung und intensive Betreuung, um auf den richtigen Weg zurückzukommen. Sie hatten Albträume, bekamen Wutanfälle und stritten sich häufig. Ihre Zensuren schwankten stark.

Aber sie konnten auch endlos über die Jungen in ihren Klassen kichern und über traurige Filme weinen. Sie gaben aufeinander Acht, und sie wünschten sich Puppen oder Reitstunden zu Weihnachten.

Weihnachtswünsche. Chloe ging in ihrer kleinen Wohnung auf und ab, die Egan für sie auf dem Boden des Hauses gebaut hatte, wo früher die Dienstmädchen untergebracht gewesen waren, als hier noch Alma Benjamin wohnte.

Auch Chloe hatte eine Wunschliste. Sie war seit vielen Jahren unverändert. In erster Linie hatte sie sich schon immer eine Katze gewünscht, ein hilfloses kleines Kätzchen, warm und kuschelig, das nur ihr gehörte. Außerdem hatte sie sich ein Puppenhaus aus Holz mit elektrischer Beleuchtung gewünscht.

Ihr letzter Wunsch – der unmöglich zu erfüllen war – hatte darin bestanden, dass jemand die Familie ihres Vaters in Griechenland ausfindig machte. Ihr Vater stammte aus Griechenland. Er hatte seine Familie dort nach einer schweren Auseinandersetzung verlassen und danach keine Verbindung mehr zu ihr gehabt.

Die Wunschliste war ein Traum geblieben. Chloe hatte gelernt, dass Träume nur wahr wurden, wenn man sie selbst verwirklichte. Das sollten auch die Mädchen im Heim lernen. Aber Chloe wollte es ihnen auf liebevolle Art und behutsam beibringen. Sie sollten wissen, dass sie alles tun konnten, was sie wollten, dass sie nicht von anderen Menschen abhängig sein mussten. Wenn sie sich nur genug anstrengten, konnten sie erreichen, was sie am meisten begehrten. Chloe wollte dafür sorgen, dass die Mädchen der Welt mit Mut, Hoffnung und Vertrauen gegenübertraten.

Das aber bedeutete, dass Egan ihre Wünsche nicht erfüllen durfte. Denn wenn Egan nicht mehr da war, wer würde dann seinen Platz einnehmen? Etwa der Weihnachtsmann?

Chloe ging in ihr Schlafzimmer, öffnete die Nachttischschublade und nahm ihr Sparbuch heraus. Eines Tages würde sie den Mädchen von dem Geld erzählen, das sie seit drei Jahren gespart hatte. Es war leider noch nicht so viel, wie es sein sollte. Sozialarbeiter wurden nicht gut bezahlt, und sie musste immer noch ein Darlehen aus der Studentenzeit zurückzahlen. Aber immerhin hatte sie das Geld auf dem Konto, einen Betrag, der jeden Monat etwas wuchs. Sie hatte nämlich vor, sich selbst eines der Geschenke zu machen, die auf ihrer Weihnachtswunschliste standen. Vor einiger Zeit hatte sie bereits mit einem Privatdetektiv gesprochen. Wenn sie genügend Geld hatte, würde sie ihn beauftragen, die Familie ihres Vaters zu suchen.

Das würde sie für sich selbst tun. Und wenn sie beharrlich dabeiblieb, würden die Mädchen von ihr lernen, dass auch sie etwas für sich selbst erreichen konnten. Am Weihnachtsmorgen würde unter Egans Blautanne mehr liegen als nur Jeans, aber die Geschenke würden nicht üppig sein. Sie würden jedoch ein Beweis dafür sein, dass die Mädchen geliebt wurden und man sie hier im Heim haben wollte.

Die Geschenke wurden für jedes einzelne Kind sorgfältig ausgesucht. Es gab keine Gleichmacherei. Jedes Kind sollte sehen, dass es als individuelle Persönlichkeit gewertet wurde. Doch wenn Weihnachten vorüber war, konnte Chloe sicher sein, dass alle ein noch weit wichtigeres Geschenk erhalten hatten. Sie waren zu Mut, Initiative und Selbstbestimmung angeregt worden.

Chloe legte das Sparbuch wieder in die Schublade, stieg ins Bett und schaltete das Licht aus. Sie wusste, dass sie richtig handelte, und was am besten für die Mädchen war. Ganz gleich, was Egan dachte, sie musste ihrem eigenen Instinkt folgen.

Chloe schloss die Augen und sah einen Weihnachtsmann mit goldenem Haar, mit zärtlichen Händen und einem großen Herzen vor sich. Sie legte sich auf die Seite und spürte seine warmen Lippen an ihrer Nasenspitze. Sie drehte sich auf die andere Seite und horte einen volltönenden Bariton bitten, einem Haus voller schwieriger, seelisch geschädigter Kinder die Weihnachtsgeschenke geben zu dürfen, die sie sich gewünscht hatten.

Chloe schlief nicht sofort ein. Aber als sie es tat, träumte sie von unzähligen Kätzchen.

2. KAPITEL

„Bunny bekommt zwei weitere Punkte, Heide vier, Mona ..." Chloe blickte zu Martha auf, der Hauptberaterin, und verzog das Gesicht. „Keine."

„Damit du es nur weißt: Mona sagt, falls wir versuchen, sie aus ihrem Zimmer auszuquartieren, wird sie dafür sorgen, dass wir das bereuen."

„Wir sind größer als sie." Chloe sah an ihrem schlanken Körper hinunter. „Ein kleines Stück jedenfalls."

„Nun, wie dem auch sei, aber wenn sie so weitermacht, wird sie das Privileg verlieren, im Ostflügel zu wohnen."

„Ich weiß." Die Zimmer im Heim wurden nach Alter und Punktzahl vergeben. Im Ostflügel waren größere Einzelzimmer. Wer dort unterkommen wollte, musste sich das verdienen, indem er im Haus half und in der Schule gut mitarbeitete. Weil der zusätzliche Platz und die Privatheit von allen geschätzt wurden, bestand ein großer Anreiz für jedes der Mädchen, sein Bestes zu geben.

Sie konnten außerdem zusätzliches Taschengeld und andere Vorzüge, wie Kinobesuche oder Ausflüge auf die Schlittschuhbahn, durch gutes Benehmen und harte Arbeit verdienen. Es war nicht immer so gewesen.

Bevor Chloe vor zwei Jahren die Leitung des Heims übernommen hatte, gab es nur wenige Regeln und kaum Anreize. Das Heim stand dicht davor, vom Staat geschlossen zu werden. Das Haus war heruntergekommen, die Mitarbeiter zeigten keine Begeisterung, die Bewohnerinnen waren schrecklich. Dann kam Chloe. Unter den argwöhnischen Blicken des Personals, der Bewohnerinnen und des Verwaltungsrats hatte sie sich an die Arbeit gemacht. Sie hatte viel umorganisiert und neue Geldquellen erschlossen. Damals hatte sie vier Stunden Schlaf pro Nacht als Luxus angesehen.

Inzwischen war ihr oft genug versichert worden, sie habe ein Wunder bewirkt. Aber sie kannte sich mit Wundern aus. Es gab sie nicht.

„Willst du mit Mona reden, oder soll ich das übernehmen?" fragte Martha. Martha war eine ältere Frau, die vier eigene Kinder großgezogen hatte, bevor sie das College besuchte. Sie behauptete, es gebe nichts, was ein Kind ihr sagen könne, das sie nicht vorher von ihren eigenen Kindern gehört habe. Die Bewohnerinnen hatten schon vor langer Zeit den Versuch aufgegeben, sie zu schockieren.

„Ich werde mit ihr reden." Chloe stand auf und reckte sich. Ihre Glieder schmerzten. Am Tag vorher hatte sie mit Egan und sechs Mädchen den ganzen Nachmittag damit verbracht, eine Schneeburg zu bauen. Jetzt erinnerte sie sich an Muskeln, die sie längst vergessen hatte. „Wenn ich heute Abend zurück bin."

„Du gehst aus?"

Chloe schaute auf den Schreibtisch. „Ich habe Egan versprochen, mit ihm seine Eltern zu besuchen."

„Oho, das klingt aber ernst."

„Martha ..." Chloe sah ihre Kollegin zurechtweisend an.

Martha, die auch durch ein Diätprogramm die überschüssigen sechzig Pfund nicht losgeworden war, ließ sich nicht einschüchtern. „Er ist ganz verrückt nach dir."

„Es ist nur eine Einladung zum Abendessen."

„Und du bist verrückt nach ihm."

„Woher willst du das wissen?"

„Du wirst ganz sanft, wenn du ihn ansiehst. Du schmilzt dahin wie ein Sahnebonbon auf der Zunge."

„Das ist doch lächerlich."

„Pass gut auf, dass er dir zu Weihnachten nicht einen Ring schenkt."

Chloe dachte über Marthas Warnung nach, als sie kurze Zeit später vor dem Haus auf Egan wartete. Sie stand draußen, denn wenn Egan erst ins Haus kam, würden sie sich bestimmt verspäten. Es gab kein Mädchen im Haus, das sich die Gelegenheit entgehen ließe, mit Egan zu reden. Er war der Vater, den sie alle nie gehabt hatten, der Mann, der ihnen eines Tages als Maßstab dienen würde, wenn sie einen Ehemann suchten.

Egan konnte sogar dem Mann gleichen, den sie selbst sich eines Tages suchen würde. Als sie zu alt geworden war, um noch auf einen neuen Vater zu hoffen, hatten ihre Wünsche sich etwas zugewandt, das eher möglich war. Es musste ein Mann sein, der sie liebte, der glaubte, dass sie die schönste Frau auf der Welt sei, ein Mann, der gern lächelte und ein warmes Herz hatte. Ein Mann ... wie Egan.

Aber der Gedanke erschreckte sie. Egan erschreckte sie. Wenn sie nicht aufpasste, rührte er in ihrem Innern das Verlangen und all die Gefühle an, die sie vor Jahren eingeschlossen hatte.

Sie war dazu noch nicht bereit, sie wollte es nicht. Eines Tages würde sie sich vielleicht eine ruhige, vernünftige Beziehung mit jemandem wünschen. Aber sie befürchtete, dass Egan für seine Liebe völlige Hingabe verlangte. Er würde so viel haben wollen, dass ihr dann, wenn er sie verließ – und das würde doch sicherlich geschehen, oder etwa nicht? –, dass ihr dann kaum noch etwas bleiben würde.

Deshalb würde sie vor Egan bewahren, so viel sie konnte. Sie hatten sich nie richtig geküsst und schon gar nicht miteinander geschlafen. Sie wusste aber, nein, sie war sich völlig sicher, dass sie dann, wenn sie miteinander schliefen, niemals Nein zu ihm sagen könnte, ganz gleich, was er verlangte.

Sie nahm sich selbst einen Schwur ab, als Egan mit seinem Wagen vorfuhr. Aber sie vergaß ihre Ängste zeitweise, als er sich über den Schalthebel beugte und die Beifahrertür für sie öffnete.

„Du siehst großartig aus", sagte er.

„Deine Mutter wird vielleicht denken, dieser Pullover sei zu auffällig."

Egan lächelte. „Meine Mutter trägt auch Rot."

Dasselbe Pflegeheim, in dem Weihnachten nicht gefeiert wurde, hatte in Chloe die Angst geweckt, sich mit Farben auszudrücken. Es hatte dreiundzwanzig Jahre und eine Menge Mut gekostet, bevor sie sich zwei Röcke und eine Bluse in den Grundfarben kaufte. Sie hatte jetzt eine vollständige Ausstattung mit Kleidung in hellen Farben, aber ein schwaches Schuldbewusstsein hatte sie dabei immer noch.

„Ist das zu viel Schmuck?" fragte sie und berührte die Ohrringe. „Sehe ich nicht aus wie eine Zigeunerin?"

„Von Zigeunerinnen fühle ich mich ganz stark angezogen."

„Aha, das erklärt also meinen Reiz."

„Deine Intelligenz, dein Sinn für Humor und dein gefestigter Charakter erklären deinen Reiz." Egan fuhr fort: „Ganz zu schweigen von deiner tollen Figur."

Chloe lachte, aber das Kompliment erwärmte sie.

Egans Eltern, Dick und Dottie O'Brien, wohnten eine Autostunde nördlich der Stadt, in der Nähe von Slippery Rock. Die Hügel waren flacher geworden, als Chloe und Egan auf eine schneebedeckte Zufahrt einbogen, die sich zwischen Sycamoren und Pappeln wand.

Unterwegs hatte Egan erklärt, dass er in dieser Gegend nicht aufgewachsen sei. Das Grundstück und das zweistöckige Haus, das jetzt vor ihnen lag, war von seinen Eltern früher nur im Sommer bewohnt worden. Sie waren erst auf Dauer hierhergezogen, als Egans Vater seine Arbeitszeit in der Baufirma, einem Familienbetrieb, eingeschränkt hatte.

Aber Egan hatte die Sommer hier verbracht. Er war mit seinen drei Brüdern über diese Felder gelaufen, hatte an dem jetzt zugefrorenen kleinen Fluss neben der Auffahrt geangelt. Chloe konnte ihn sich gut vorstellen, wie er mit seiner Familie, umgeben von Liebe, aufgewachsen war und Erfahrungen gemacht hatte, die seine Kindheitserinnerungen angenehm sein ließen. Sie freute sich sehr, dass es solche Orte gab und dort wenigstens einige Kinder groß wurden.

„Meine Eltern haben keinen aufwändigen Lebensstil", sagte Egan. „Aber dies hier sind wir, Chloe. Meine Familie ist das, woher ich stamme und was mich geformt hat."

„Nun, so schlecht bist du gar nicht geraten. Wenn du hier zu dem Mann geworden bist, den ich kenne, dann ist das ein sehr guter Ort."

Egan stellte den Motor ab und sah Chloe überrascht an.

„Das sagt ein Stadtmädchen?"

„Das war ich nicht aus freier Wahl, Egan. Es war mein Pech. Jedes Mal, wenn die Jugendbehörde für mich einen Pflegeplatz finden musste, habe ich gebeten, mich auf eine Farm zu schicken."

Egan berührte Chloes Wangen. Er freute sich, dass Chloe ihm die Tür zu ihrer Vergangenheit ein wenig geöffnet hatte. „Musstest du so oft umziehen? War es so schwer, mit dir auszukommen?"

„Das lag nicht an mir, es waren einfach widrige Umstände. Pflegeeltern wurden krank oder zogen fort. Eine Frau wollte nur kleinere Kinder, und es war ihr nicht recht, als ich anfing, mich für Jungen zu interessieren."

Stumm verfluchte Egan die Frau, die Chloe in einem so wichtigen Stadium ihrer Entwicklung verstoßen hatte. Aber er zeigte seinen Zorn nicht. Chloe würde glauben, er bemitleide sie.

Stattdessen ergriff er ihre Hand. „Meine Eltern haben versucht, Pflegeeltern zu werden. Sie wünschten sich eine Tochter. Aber die Jugendbehörde meinte damals, sie hätten bereits zu viele Söhne." Egan lächelte Chloe voller Wärme an. „Stell dir nur vor, du hättest meine Schwester werden können."

Der Gedanke gefiel Chloe gar nicht. Sie erwiderte Egans Lächeln, um ihm zu zeigen, dass es sie nicht störte, wenn er an ihre Vergangenheit rührte. Dann öffnete sie die Wagentür. Das Thema war damit beendet.

Egan eilte zu ihr und nahm sie an die Hand. Chloe spürte, dass er ihr ein Gefühl der Sicherheit geben wollte. Bestimmt wusste er, dass sie nicht hier sein wollte. Allerdings kannte er die Gründe dafür wohl nicht. Die Wahrheit war, dass sie nicht in eine Situation geraten wollte, in der sie erleben musste, wie wenig sie von einem normalen Familienleben wusste. Alle ihre Kenntnisse stammten nur aus Büchern und aus Beobachtungen von außen. Zu viele Familien, mit denen sie beruflich zu tun gehabt hatte, waren völlig anders als Egans Familie.

„Pass auf die Hunde auf", warnte Egan sie, als sie sich der Haustür näherten. „Sie werfen dich um, wenn du es zulässt."

Die Warnung kam gerade noch rechtzeitig, denn im nächsten Moment wurde die Haustür geöffnet, und drei Schäferhunde und ein Collie kamen herausgerannt und stürzten sich auf Egan. Eben stand er noch und wollte Chloe beschützen. Nun kniete er im Schnee, und vier sabbernde Hunde sprangen an ihm hoch.

„Egan ist im Moment offenbar nicht in der Lage, uns einander vorzustellen", sagte eine zierliche Frau mit blaßblondem Haar und grünen Augen, die Egans glichen. Sie kam von der Veranda und hielt Chloe die Hand entgegen. „Ich bin Dottie O'Brien."

Chloe streifte den Handschuh ab und schüttelte Dotties Hand. Die Frau hatte einen erstaunlich festen Griff.

„Und Sie sind Chloe", fuhr Dottie fort, bevor Chloe etwas erwidern konnte. „Ich kann Ihnen gar nicht sagen, wie froh ich bin, dass Sie hier sind. Heute wird kein weiteres weibliches Wesen im Haus sein, nur Sie und ich, und das ist eines mehr als üblich. Glauben Sie, dass Sie den Druck ertragen können?"

Chloe lachte. Ihre innere Anspannung ließ nach. „Wir werden jedenfalls nicht in der Minderzahl sein, nicht wahr?"

„Oh, Sie wissen es nicht? Egan hat es Ihnen nicht erzählt."

„Was denn?"

„Er hat auch alle seine Brüder eingeladen. Alle sind gekommen, und noch keiner von ihnen ist verheiratet, diese Lümmel."

Lümmel waren sie keineswegs. Sie und Dick, ihr Vater, waren lebhafte, gut aussehende Männer, die ausgesprochen freundlich zu Chloe und Dottie waren.

Chloe hatte schon früher alle Brüder Egans kennen gelernt, bis auf Rick, der nicht im Familienunternehmen arbeitete. Vor Monaten waren sie durch das Pflegeheim gezogen, um sich ein Bild von den erforderlichen Reparaturen zu machen. Seither hatte sie sie immer wieder gesehen. Sie hatten dem Heim einen gewaltigen Preisnachlass dafür gewährt, dass sie die Arbeiten zwischen anderen Aufträgen erledigen durften. So kamen und gingen sie zu ungewöhnlichen Zeiten. Jeder hatte sein eigenes

Spezialgebiet. Chloe hatte es nicht versäumt, alle ihre Vorzüge wahrzunehmen, und auch ihre grenzenlose Energie.

Schon nach einer Stunde an diesem Nachmittag war Chloe erschöpft. Nach zwei Stunden fuhr Dottie mit ihr in die Stadt, damit sie sich erholen konnte.

„Ist Ihnen nun klar, was ich in all diesen Jahren durchgemacht habe?" fragte Dottie ohne eine Spur von Selbstmitleid.

„Sie sind sehr ... temperamentvoll."

„Es ist nur gut, dass wir weggefahren sind, bevor sich alle um den Weihnachtsbaum kümmern. Sie werden sich darum streiten, welcher Baum gefällt werden soll. Sie streiten sich sogar, wenn sie alle denselben ausgesucht haben. Dann gibt es Streit darüber, wer ihn fällen darf, auch wenn im Grunde genommen keiner Lust hat, das zu tun."

Dottie hielt auf einem Parkplatz vor einer Reihe fröhlich geschmückter Läden. „Dann kommen sie wieder nach Haus und holen den Baumschmuck heraus. Joe ist für die Kerzen zuständig. Das ist Familientradition. Gary packt die Schachteln mit dem Baumschmuck aus und legt alles für die anderen bereit. Egan und Rick wetteifern darum, wer seinen Teil am schnellsten aufhängt. Dick bereitet einen Eierpunsch, der stark genug ist, um eine Klapperschlange umzubringen, und davon wird nichts mehr übrig sein, wenn wir zurückkommen. Schließlich stellen sie den Fernseher an oder spielen Tischtennis. Dann komme ich nach Haus und ordne alles um, so wie ich es haben will."

„Schon bei dem Gedanken an all wird mir ja ganz schwindelig." Chloe folgte Dottie in einen kleinen Supermarkt und den ersten Gang hinunter.

„Sie müssen heiraten, alle vier. Sie müssen Familien gründen und mich in Ruhe lassen. Hier, schauen Sie bitte mal, welche am preisgünstigsten sind."

Geständnis unterm Mistelzweig

Chloe verglich folgsam die Preise verschiedener Sorten Schokoladenchips. Sie gab Dottie eine Packung für den Einkaufswagen. „Diese hier."

„Was meinen Sie, sollen wir gehackte Walnüsse kaufen oder Walnusshälften und sie selbst klein hacken?"

Eine Stunde später waren sie wieder zu Hause. Von ihrer Tour durch die Stadt hatten sie vier volle Einkaufsbeutel mitgebracht. Eine weitere Stunde später hatte Chloe von Dottie gelernt, wie man den Lieblingsfrüchtekuchen der Familie herstellte, eine Schöpfung, die großzügig mit Schokoladenchips, Datteln und kandierten Kirschen verziert war. Noch eine Stunde verging, dann saßen die beiden Frauen mit hochgelegten Füßen am Küchentisch, tranken Wein und tauschten Vertraulichkeiten aus.

„Ich wollte immer eine Tochter haben", sagte Dottie. „Deshalb war ich dauernd schwanger, aber es wurden immer Jungen. Nach einer Weile mochte ich sie trotzdem."

Chloe lachte. Dottie zwinkerte, während sie über ihre Söhne sprach, die sie offensichtlich über alles liebte. „Was machen Ihre Jungen jetzt wohl, Dottie?"

Was sie taten, war unverzeihlich. Rieh hatte entschieden, dass eine Modelleisenbahn, die auf dem Boden verstaut war, sich gut unter dem prächtig geschmückten Weihnachtsbaum machen würde. Aber sie hörten bei wenigen Metern Schienen nicht auf. Als Dottie ihren Plan entdeckte, war ihr Wohnzimmer bereits in eine kleine staubige Stadt verwandelt worden.

Erst nach einem wunderbaren Abendessen, als sie bereits wieder mit Egan auf der Rückfahrt nach Pittsburgh war, hatte Chloe Gelegenheit, über alles nachzudenken, was an diesem Tag geschehen war.

„Du mochtest sie, nicht wahr?" Egan sah sie an.

„Wie hätte ich das wohl nicht tun können?"
„Ich habe es dir vorhergesagt."
„Ich weiß."
Egan musterte Chloe aus den Augenwinkeln. Sie sah aus wie jemand, der beinah von einem Achtzehn-Tonnen-Lastzug überrollt worden wäre. Irgendwann an diesem Nachmittag hatte sie ihren perfekten Haarknoten gelöst und das Haar zu einem einfachen Pferdeschwanz zurückgebunden. Egan wusste nicht, ob sie das getan hatte, bevor seine Mutter sie dazu gebracht hatte, die hochhackigen Schuhe auszuziehen und sich an einer Flasche von Dotties selbst gemachtem Maulbeerwein zu ergötzen, oder hinterher.

„Sie mögen dich auch."

„Glaubst du?"

„Alle mögen dich. Mein Vater hat mich zur Seite genommen und mir gesagt, wenn ich mich nicht ranhielte, würde er selbst dich heiraten,"

Chloe bemühte sich um eine unbefangene Antwort. Sie hoffte sehr, dass Egan nur versucht hatte, sie zu einer Reaktion zu provozieren. „Dein Vater gefällt mir", sagte sie. „Aber er sagt das vermutlich zu jeder Frau, die du mit nach Haus bringst."

„Nur zu jeder schönen Frau."

„Deine Mutter hat mir gezeigt, wie man Früchtekuchen macht, und sie hat mir einen Stapel Rezepte für Kekse gegeben."

„Nächstes Mal wirst du mit ihr einkaufen und Geschenke einpacken müssen. Vielleicht musst du sogar Kissenbezüge nähen."

„Kissenbezüge?"

„Für ihre Puppenhäuser."

„Wofür?" fragte Chloe verwundert.

„Sie baut Puppenhäuser. Nachbildungen von alten Häusern in Pennsylvania. Dad erledigt einige Tischlerarbeiten, aber sonst macht sie alles. Sie möbliert die Puppenhäuser auch. In der Stadt gibt es einen kleinen exklusiven Laden, der ihr alles abnimmt, was sie herstellt. Zu dieser Jahreszeit ist die Nachfrage groß. Für sie ist es ein zusätzliches Einkommen, aber in erster Linie tut sie es, weil es ihr Spaß macht."

„Du willst mich wohl auf den Arm nehmen."

„Nein. Ich bin nur überrascht, dass sie es dir nicht gezeigt hat. Nächstes Mal wird sie es bestimmt tun."

Chloe schaute auf die Straße vor ihnen. Puppenhäuser. War das nicht ein toller Zufall? Es hatte einmal ein kleines Mädchen gegeben, das gehofft und darum gebetet hatte ... Sie hatte seit langer, langer Zeit nicht mehr an diese Träume gedacht, nicht, bis sie und Egan über die Wunschlisten der Mädchen gesprochen hatten.

„Ich habe eines in meiner Wohnung."

„Ein Puppenhaus? Du?"

„Nun, es ist nicht gerade ein Haus für Puppen. Komm mit und sieh es dir an."

Wieder versuchte Chloe, eine ganz unbefangene Antwort zu geben, aber das fiel ihr sehr schwer. „Ist dies der Trick der O'Briens, mich in deine Wohnung einzuladen, so wie andere mit ihrer Briefmarkensammlung locken?"

„Ich benutze jeden Vorwand, der zum Erfolg führt."

Chloe brachte Ausreden vor. „Es tut mir Leid, aber ich darf nicht zu spät zurückkommen. Ich muss noch mit Mona reden, und morgen ist ein Schultag, sie muss früh ins Bett gehen."

„Vertrau mir. Ich bringe dich rechtzeitig nach Hause."

Chloe war noch nie in Egans Wohnung gewesen. Er hatte sie

schon häufig zu sich eingeladen, aber immer hatte sie diese Intimität vermieden. Mit Egan im Kino oder inmitten einer Schneeballschlacht war eine Sache, aber mit Egan in seiner Wohnung – das erschreckte sie sehr.

Jetzt hatte sie immer noch Angst, aber die Ausreden waren ihr ausgegangen. Ihr war natürlich klar, dass Egan längst wusste, weshalb sie immer abgelehnt hatte. Aber er war geduldig und zuversichtlich. Er wartete einfach den richtigen Moment ab, wenn in ihrer Abwehr eine Lücke entstanden war.

Eine halbe Stunde später überquerten sie die Murray Hill Avenue und parkten oben an einer steilen Steigung. Egan wohnte in der Nähe von Shadyside, in Squirrel Hill, einem malerischen Teil der Stadt, in dem es viele interessante Geschäfte und Delikatessenläden gab. Beklommen folgte Chloe ihm die Treppen eines kleinen Mietshauses hinauf. Seine Wohnung nahm das ganze oberste Stockwerk ein, und Chloe merkte sofort, weshalb er diese Wohnung ausgesucht hatte.

Ihre Ängste waren für einen Moment vergessen. „Was für einen herrlichen Ausblick man von hier oben hat." Chloe ging zu einem der großen Fenster und blickte auf ein Meer von Lichtern. Sie begann, erleuchtete Weihnachtsbäume zu zählen. Bei neun hörte sie auf. Egan trat hinter sie. Ohne nachzudenken, lehnte sie sich gegen ihn, und er legte die Arme um sie.

„Ich freue mich, dass du gekommen bist", sagte er zärtlich.

„Ich glaube, ich freue mich auch."

Er lachte. „Chloe, ich habe dich hierher gebeten, um dir meine Wohnung zu zeigen, nicht, um dich leidenschaftlich zu lieben."

Sie war ein wenig enttäuscht. „Nun ja, schon gut."

„Ich will dich überhaupt nicht lieben – es sei denn, du bist dazu bereit."

Bei seinen ersten Worten verstärkte sich ihre Enttäuschung. Doch dann wurde sie wieder zuversichtlich – bis sie merkte, dass Egan auf eine Antwort wartete. Was könnte sie ihm sagen?

„Es tut mir Leid. Ich weiß nicht, wie ich darüber denken soll. Ich möchte nicht einmal darüber nachdenken. Du bist anders ... ich meine, ich bin anders, wenn ich mit ..."

„Dies ist etwas Besonderes, etwas Wichtiges", übersetzte Egan Chloes Worte. „Und du möchtest nichts tun, was es ruinieren könnte."

Egan ging für Chloes Geschmack zu schnell vor. „Du bist etwas Besonderes, Egan. Die Art, wie du mit unseren Mädchen umgehst ..."

„Obwohl das, was wir haben, nicht kaputtgehen würde, wenn wir uns liebten ...", redete Egan weiter, ohne auf Chloes Worte einzugehen. Er drehte sie langsam zu sich herum, bis sie einander ansahen. „Es würde uns einander näher bringen, bis du die Wahrheit nicht mehr vor dir selbst verbergen kannst. Und dann wirst du entdecken, dass ich hier bin und warte."

Sie konnte jetzt nicht länger ausweichen. Egan schaute sie mit einem Blick an, der alles sah, mit einem Blick, der ihr versprach, dass sie keinen Grund zur Angst habe.

Chloe vergaß alle Vorsicht und gab sich dem Kuss hin, der seit dem ersten Tag ihrer Bekanntschaft unvermeidlich war. Egan roch nach Kiefern- und Fichtenwäldern, er schmeckte wie die Zuckerstangen, die an Weihnachtsbäumen hingen.

Und er fühlte sich an wie ein Weihnachtswunder.

Egan selbst wusste, dass er ein Wunder in den Armen hielt. Er umfasste Chloes Hüften, um sie näher an sich zu ziehen. Seine Lippen bewegten sich verführerisch über ihren und überzeugten sie, so hoffte er, davon, dass er Recht hatte.

Er wusste, dass er Recht hatte. Er hatte so lange davon geträumt, Chloe wie jetzt zu halten, dass sein Traum schließlich zu einer Folter geworden war. Er hatte sich gesagt, er müsse es langsam angehen lassen und vorsichtig sein. Er hatte sich klar gemacht, dass es gefährlich sei, sich in eine Frau zu verlieben, die so offensichtlich Angst davor hatte, sich zu binden. Aber er hatte sich gegen diese Erkenntnis gewehrt. Denn diese Frau war Chloe, und irgendwie hatte er schon immer gewusst, dass es jeden Preis wert war, wenn er sie so halten durfte.

Sie seufzte und vertiefte ihren Kuss. Ihr Körper schmiegte sich an seinen, der Duft ihres Haars und ihrer Haut regte Egan an und beschleunigte seinen Puls. Egan hielt sie ganz fest. Die Wärme ihres Körpers drang durch ihre Kleidung und erhitzte ihn.

Nach einer langen Zeit sagte er sich, dass es besser sei, diese Intimität nicht zu verlängern und Chloe loszulassen. Anderenfalls würde sie sich bedrängt fühlen und ihre Abwehrhaltung wieder einnehmen.

Aber er wollte sie noch länger halten, er wollte mit den Fingern durch ihr schwarzes, seidenweiches Haar streichen, seine Lippen an ihre Wangen pressen, an ihren Hals. Er wollte die weichen Hügel ihres Busens an seiner Brust spüren.

Egan wusste nun, dass er Chloe seit jenem Moment begehrte, als er sie zum ersten Mal gesehen hatte. Je besser er sie kennen lernte, umso stärker wurde sein Verlangen. Daran würde sich nie etwas ändern.

Chloe nahm Egans Gesicht zwischen die Hände und sah ihm in die Augen. Doch als ihre Vernunft zu schweigen begann und ihre Ängste durch wachsendes Begehren verdrängt wurden, spürte sie, wie Egan sie von sich schob.

„Ich habe dir mein Puppenhaus noch nicht gezeigt."

Sie sah ihn einen Augenblick so an, als habe sie die Orientierung verloren. „Nein", sagte sie dann atemlos, „das hast du noch nicht."

Er strich mit dem Daumen über ihre Unterlippe. „Das war der Grund dafür, dass ich dich hierher gebracht habe."

„Ja."

Egan lächelte, als er sah, wie verwirrt Chloe war. Doch nun konnte er nicht länger so dastehen und ihre roten Lippen und die glänzenden Augen betrachten. Deshalb nahm er Chloe an die Hand und führte sie in sein Schlafzimmer.

Chloe bemühte sich, das breite Bett, den lässig über einen Stuhl geworfenen Bademantel, das anziehende Durcheinander nicht zu beachten, das verriet, dass hier ein Mann schlief und aufwachte und nach einer Frau verlangte. Stattdessen konzentrierte sie sich auf den Baumstumpf, der auf einem kleinen Tisch in der Ecke stand.

Sie war von dem Anblick sofort gefangen genommen. „Egan, das ist ja zauberhaft!"

„Meine Mutter sagt, sie habe wochenlang darüber nachgedacht, was sie für mich bauen könne. Rick hatte einen Stall mit Pferden und Kühen und echtem Stroh. Meine Mutter wusste, dass sie für Gary ein Feuerwehrhaus würde bauen müssen, wenn er alt genug dafür war, denn seit seinem zweiten Lebensjahr ging er ohne seinen Feuerwehrhut nirgendwohin."

„Und da blieb für dich nur das Baumhaus." Chloe griff hinein und zog das winzigste Eichhörnchen heraus, das sie jemals gesehen hatte. „Fantastisch!"

„Das ist Chatters." Egan nahm ein anderes heraus. „Und dies ist Merlin."

In dem ausgehöhlten Holzklotz waren noch vier weitere Eichhörnchen. Sie wohnten in vier wunderbaren Räumen, mit Möbeln und Gerätschaften, die zu ihrer Größe passten. Die Familiengeschichte der Eichhörnchen, die Egan erzählte, war sehr ausführlich. Jedes Tier hatte einen eigenen Charakter. Die Eichhörnchen aßen an einem Tisch mit einer karierten Decke, sie badeten in einer winzigen Wanne und schliefen in gemütlichen kleinen Kojen.

Während Chloe Chatters auf der Handfläche hielt, konnte sie fast einen fünf Jahre alten Egan hören, wie er mit den pelzigen Gefährten spielte und sie von Raum zu Raum schob. Sie schaute auf, in die Augen des neunundzwanzig Jahre alten Egan, und versank beinahe in ihnen.

„Niemand bekommt mein Baumhaus zu sehen, bevor ich seiner nicht völlig sicher bin", erklärte Egan ernst.

Chloe lächelte nur. Was hätte sie dazu auch sagen sollen? Der Kuss, der dann folgte und den beide nicht unter Kontrolle halten konnten, wollte kein Ende nehmen.

Als Egan Chloe einige Zeit später zum Heim zurückfuhr, fühlte sie sich auf einmal sehr leer. Egan hatte an diesem Tag so viel mit ihr geteilt: seine Familie, seine Weihnachtstraditionen, seine Kindheit, seine Geduld und einen Teil seines Herzens. Und was hatte sie ihm dafür gegeben?

Nichts. Sie hatte nur Vorsicht und Angst gezeigt. Sie hatte seine Versuche abgewehrt, ihr näher zu kommen, bis er sie aufgegeben hatte. Sie verwahrte ihre Geheimnisse tief in sich und hütete sie. Und was hatte sie mit dieser Haltung erreicht?

Was hatte es ihr eingebracht, Egan von sich fern zu halten?

Andererseits: Wie viel hatte sie an diesem Tag dadurch geschenkt bekommen, dass sie ihm Einblick in ihr Leben gewährte?

Sie wollte ihm etwas sagen, etwas mit ihm teilen, damit er nicht traurig wurde. Und ihr fiel etwas ein.

„Egan?"

„Willst du mir sagen, ich soll umkehren und dich wieder mit zu mir nehmen? Da kommt gleich eine Gelegenheit zum Wenden."

Sie legte die Hand auf sein Knie und spürte, wie seine Muskeln sich anspannten. „Habe ich dir jemals erzählt, dass ich irgendwo eine Familie habe?"

Er merkte, dass sie versuchte, das beiläufig klingen zu lassen. Ob sie ihm das erzählt hatte? Sie hatte ihm ja nicht einmal ihren zweiten Vornamen verraten. „Nein." Er legte seine Hand auf ihre. „Das hast du nicht." Er wartete.

„In Griechenland."

„Das ist ziemlich weit weg."

Chloe schwieg eine Weile. Egan dachte, das sei schon alles gewesen. Er war enttäuscht, aber er hielt es für besser, Chloe das nicht zu zeigen.

Zu seiner Überraschung fuhr sie fort: „Mein Vater kam aus Griechenland, von einer der kleineren Inseln. Aber ich weiß nicht, wie sie heißt. Meine Mutter hat mir einmal davon erzählt, als ich sie fragte, warum ich keine Großeltern hätte wie meine Freundinnen. Sie sagte, ich hätte eine große Familie in Griechenland, aber mein Vater habe sich mit seinen Verwandten zerstritten. Deshalb verließ er seine Heimat und kam in die USA, ohne ihnen zu sagen, wohin er ging."

„Und mehr weißt du nicht?"

„Nein, das ist alles."

„Palmer ist kein griechischer Name."

„Ich glaube nicht, dass mein Vater ursprünglich John Palmer hieß. Vermutlich hat er seinen Namen geändert."

„Hat irgendjemand versucht, deine Angehörigen zu finden, nachdem deine Eltern gestorben waren?"

„Mein Sozialarbeiter tat das, aber ich glaube nicht, dass er sich dabei große Mühe gegeben hat. Ich war eines von einem Dutzend Kinder, für die er zuständig war, und es war für ihn einfacher, mich in einer Pflegefamilie unterzubringen. Wenn ich irgendwo eine eigene Familie gehabt hätte, wäre es kompliziert geworden, mich für eine Adoption freizugeben. So blieb ich Mündel des Staates."

„Hast du selbst versucht, deine Familie zu finden?"

Chloe schwieg eine so lange Zeit, dass Egan glaubte, er habe sie mit seinen Worten verschreckt. Sollte das Katz-und-Maus-Spiel mit ihr nun weitergehen? Egan war enttäuscht. Als er Chloe geküsst hatte, war das genau so gewesen, wie er es immer geträumt hatte. Seine Geduld hing plötzlich an einem sehr dünnen Faden.

„Ich spare Geld", sagte Chloe schließlich, „um einen Detektiv zu beauftragen. In einigen Monaten werde ich genug zusammenhaben, damit er die Suche beginnen kann. Aber es wird nicht leicht sein. Alles, was meinen Eltern gehörte, wurde in dem Wohnungsbrand vernichtet, bei dem sie starben. Ich kenne keinen Namen und weiß keinen Ort, an dem man mit der Suche beginnen könnte. Ich weiß nur, dass mein Vater aus Griechenland stammte."

„Und deine Mutter?"

„Sie hatte keine Familie. Das war damals durch die Beamten leicht festzustellen."

Egan war überrascht, dass Chloe ihm so viel anvertraute. Er freute sich sehr darüber. „Du wirst sie finden", meinte er.

„Glaubst du das wirklich?"

„Irgendwo hast du Verwandte. Sie werden ebenso wissen wollen, wer du bist, wie du nach ihnen suchen willst."

Chloe war erleichtert. Es war gar nicht so schwer gewesen, Egan dies alles zu erzählen. Sie hatte ihre Geheimnisse seit ihrer

Kindheit gewahrt, weil sie schreckliche Angst davor gehabt hatte, jemand könne sie entmutigen oder ihr sagen, sie solle sich aus ihrer Familie nichts machen. Jetzt war es kein Geheimnis mehr, es war eine Tatsache. Und Egan verstand sie. Er glaubte, dass sie erfolgreich sein würde.

„Egan – vielen Dank."

Er war ebenfalls erleichtert. Er wollte sagen, sie brauche ihm nicht zu danken, er habe doch gar nichts für sie getan. Am liebsten hätte er die Menschen zur Rede gestellt, die so leichtfertig mit Chloes Bedürfnis umgegangen waren, eine eigene Familie zu haben. Er hätte jetzt gern angehalten, Chloe in die Arme genommen und ihr gesagt, sie habe nun eine Familie, nämlich ihn und seine Eltern und Brüder, und das für immer. Stattdessen fuhr er stumm weiter. Chloe schloss die Augen und entspannte sich.

3. KAPITEL

„Fünfzehn Dollar, drei Schokoladenriegel und einen Geschenkgutschein für den Schnellimbiss für jedes Mädchen. Dazu zwei Taschenbücher. Neue Mäntel für diejenigen, die sie benötigen. Pullover – und was sonst noch? Jeans für die anderen? Oder was meinst du, Chloe?"

„Auf keinen Fall Jeans!" entfuhr es Chloe. Sie schaute auf und merkte, dass Martha sie verwundert ansah. „Tut mir Leid, ich wollte das nicht so heftig sagen."

„Was ist an Jeans auszusetzen?"

An Jeans war überhaupt nichts auszusetzen, wohl aber an Chloes Weihnachtserinnerungen. Sie verzog das Gesicht. „Lass uns etwas Schöneres aussuchen."

Martha beugte sich wieder über ihre Liste. „Was zum Beispiel?"

Die Besprechung dauerte schon den ganzen Vormittag. Chloe stellte sich vor, dass es, hätte sie jemals eigene Kinder, für sie ein Vergnügen wäre, Geschenke auszusuchen. Im Heim wurden nur wenige Beschlüsse ohne die Zustimmung der gesamten Leitung getroffen. Deshalb lief die Arbeit hier auch so gut. Aber manchmal fielen auf diese Weise selbst kleinste Entscheidungen sehr schwer.

„Vielleicht Schmuck?" schlug sie vor. „Armbänder mit Initialen? Ketten oder Anhänger? Einfache Ohrringe für die Mädchen mit Löchern in den Ohrläppchen?"

„Bunny möchte die Ohrläppchen durchstochen haben, und sie wünscht sich Rubinohrringe."

„Die sind viel zu teuer", wandte Chloe ein.

„Alles ist viel zu teuer."

„Bei den Mänteln bekommen wir einen guten Preis. Zwei Geschäfte haben uns einen Preisnachlass versprochen."

„Das sind wahrscheinlich Mäntel aus der letzten Saison."

„Im Stil hat sich seit letztem Jahr nicht viel geändert. Den Mädchen wird das gar nicht auffallen."

„Dass ich nicht lache."

Jemand klopfte an die Bürotür. Von draußen war ein Kichern zu hören. „Komm herein", rief Chloe.

Mona öffnete die Tür gerade weit genug, um die Nase ins Zimmer stecken zu können. „Ich bekomme einen Punkt auf meiner Liste. Ich erledige gerade etwas."

Chloe unterdrückte ein Lächeln. „Erledige das zuerst und bitte dann erst um den Punkt."

„Da unten ist jemand, der dich sprechen möchte." Mona sah Chloe an. „Es ist eine Dame. Sie sagt, sie heißt Mrs. O'Brien. Sie sagt, sie sei Egans Mutter. Ist Egan nicht schon zu alt, um eine Mutter zu haben?"

„Ich habe auch eine Mutter", erklärte Martha.

Monas Augen wurden größer. Doch überraschenderweise hatte sie es irgendwo gelernt, zu Marthas Erklärung keinen Kommentar abzugeben. Chloe nahm sich vor, ihr dafür zwei Punkte zu geben. „Sagst du ihr bitte, dass ich gleich herunterkomme?"

„Klar. Übrigens, sie gibt uns Weihnachtskekse. Ich möchte mir meine nicht entgehen lassen."

Chloe vermutete, dass Mona ihren Anteil bereits zweifach erhalten hatte. „Sorg dafür, dass Jenny etwas abbekommt."

Mona verdrehte die Augen. „Aber das habe ich doch schon getan."

Chloe konnte nicht widerstehen. Sie stand auf und umarmte Mona ganz spontan. „Ich mag dich wirklich, Mona."

„Das sagst du dauernd."

„Sie mag dich auch", sagte Martha zu Chloe, als Mona gegangen war. „Seit du Sonntag mit ihr geredet hast, gibt sie sich sehr viel mehr Mühe."

„Ich habe ihr gesagt, dass ich sie in das kleinste Zimmer im Haus stecken werde, wenn sie sich nicht zusammennimmt."

„Oh weh!"

„Ja, das habe ich gesagt."

„Lass deinen Besuch nicht warten. Ich schließe die Liste ab und werde mal herumtelefonieren, um die Preise zu erfahren."

Bevor Chloe ins Erdgeschoss kam, wurde sie dreimal aufgehalten. Dottie hatte gerade den letzten Beutel mit Keksen verteilt, als Chloe sie in der Küche fand. Sie begoss eine Pflanze auf der Fensterbank, so als habe sie schon immer in diesem Haus gewohnt.

„Was für eine nette Überraschung", sagte Chloe, und sie meinte das wirklich.

Dottie begrüßte sie mit einer Umarmung. Chloe erwiderte die Umarmung wie selbstverständlich.

„Ich wollte Sie fragen, ob Sie Zeit haben, mit mir Weihnachtseinkäufe zu machen, Chloe."

„Gleich jetzt?"

„Ich weiß, dass Sie viel zu tun haben."

Offiziell hatte Chloe am Mittwochnachmittag frei, aber das nutzte sie nur selten aus. Doch jetzt schien es ihr eine sehr gute Idee, mit Dottie einkaufen zu gehen. „Ich komme sehr gern mit", sagte sie. „Bisher habe ich noch gar nicht an Einkäufe gedacht."

„Großartig. Ich bin froh, dass ich zu Ihnen gekommen bin. Dabei hatte ich auch Gelegenheit, das Haus zu sehen. Es ist ganz toll."

Chloe lächelte stolz. „Kommen Sie, ich führe Sie herum."

Sie zeigte Dottie jede Ecke und jeden Winkel. Noch vor wenigen Monaten hätte sie sich für eine Menge entschuldigen müssen: für die kaputte Heizung, die Farbe, die von Wänden und Decken abblätterte, die lockeren Fußbodenbretter, die antiquierten Badezimmer. Jetzt konnte sie auf die Reparaturen verweisen, auf die liebevoll erneuerten Wandverkleidungen, die frische Farbe und die Tapeten. Die Zimmer waren auf geschickte Weise geteilt oder vergrößert worden, ohne die architektonische Gestalt des Hauses zu beeinträchtigen. Es war noch längst nicht alles fertig. Aber schon jetzt konnte man auf das Haus stolz sein.

„Die Firma O'Brien hat das alles gemacht", erläuterte Chloe, während sie mit Dottie zum dritten Stock hinaufging. „Wenn uns Ihre Söhne nicht geholfen hätten, wüsste ich nicht, was wir hätten tun sollen."

„Ist es Ihnen nicht zu anstrengend, jeden Tag die drei Treppen hinaufzusteigen?" Dottie blieb einen Moment stehen, um sich auszuruhen.

„Überhaupt nicht. Ich werde Ihnen auch den Grund dafür zeigen." Chloe öffnete die Tür zu ihrer Wohnung und bat Dottie herein.

„Das ist ja wirklich entzückend!" Dottie bewunderte die Räume.

„Alles ist Egans Idee und das Ergebnis seiner harten Arbeit. Der Verwaltungsrat wollte kein Geld für eine Wohnung der Leiterin ausgeben. Sie dachten, es sei billiger, wenn sie mir das Gehalt erhöhten und es mir überließen, eine Wohnung in der Nähe zu finden. Aber als ich das Egan erzählte, rechnete er aus, wie er den Umbau so billig gestalten könnte, dass der Verwaltungsrat nicht Nein sagen würde. Die Mädchen haben mir beim Anstreichen geholfen."

„Ist es denn so wichtig, dass Sie hier im Haus wohnen? Ich könnte mir vorstellen, dass Sie sich jeden Abend freuen, von hier wegzukommen."

„Die Mädchen brauchen eine feste Bezugsperson in ihrem Leben, jemand, mit dem sie rechnen können, der nicht von Schicht zu Schicht wechselt."

„So etwas wie eine Mutter?"

„Ich wollte, ich könnte das für die Mädchen sein."

Dottie berührte Chloes Arm, als verstehe sie sie. „Lassen Sie uns gehen. Zuerst essen wir etwas. Ich lade Sie ein."

Beim Essen unterhielten sie sich lebhaft über alle möglichen Dinge, über Kleidung, die ihnen beiden gefiel, über ihren Geschmack, was Musik und Film betraf. Chloe erzählte Dottie lustige Geschichten aus ihrer Collegezeit, und Dottie verriet, was Egan als Kind in Windeln angestellt hatte. Drei Stunden nach dem Mittagessen und voll beladen mit Dotties Weihnachtsgeschenken betraten sie ein anderes Restaurant, wo sie Kaffee und Kuchen bestellten.

„Ich habe noch nie jemanden gesehen, der wie Sie aus vollem Herzen gerne einkauft", bemerkte Chloe. „Das ist wirklich beeindruckend."

„Ich fange erst an." Dottie lehnte sich zurück und zog die Schuhe aus. „Und Sie haben überhaupt noch nicht angefangen."

Aus den Lautsprechern des Restaurants erklang Adventsmusik, und draußen stand ein magerer, aber fröhlicher Weihnachtsmann, der eine Glocke über einem eisernen Kessel schwang, in dem sich die Spenden nicht schnell genug häuften. „Vermutlich stehe ich unter einem Schock", sagte Chloe. „Weihnachten wirft mich immer aus der Bahn."

„Mögen Sie Weihnachten nicht?"

„Ich tat es, als ich noch klein war."

„Was haben Sie damals am liebsten gemocht?"

Chloe versuchte sich zu erinnern. Nach dem Tod ihrer Eltern hatte sie nicht mehr daran denken mögen, wie sie mit ihnen die Festtage verbracht hatte. Das wäre zu schmerzlich gewesen. Aber jetzt war sie erwachsen. Zu ihrer Überraschung waren die Erinnerungen noch vorhanden, vielleicht nur schwach, aber sie steckten noch in ihr, und sie taten nicht mehr weh.

Sie lächelte leise. „Ich musste immer den Stern auf der Spitze des Baums befestigen. Mein Vater hob mich hoch über den Kopf, damit ich die Spitze erreichte. Meine Mutter buk Baklava. Natürlich wusste ich damals nicht, was das war. Aber irgendjemand servierte es mir während meiner Collegezeit, und da erinnerte ich mich."

„Haben Sie es jemals selbst zubereitet?"

Chloe schüttelte den Kopf.

„Ich werde es Ihnen beibringen."

„Sagen Sie nur nicht, dass es auch in Ihrer Familie zur Weihnachtstradition gehört."

„Nein. Es schmeckt viel zu gut, um es nur zu Weihnachten zu machen."

Chloe trank ihren Kaffee. Als Dottie nichts weiter sagte, fuhr Chloe fort: „Wir hatten immer einen echten Baum. Wir gingen in eine Tannenpflanzung und suchten uns den schönsten aus. Wenn der Stern befestigt war, sangen wir Weihnachtslieder. Mein Vater konnte in einer Sprache singen, die ich nicht verstand. Einmal sagte mir meine Mutter, es sei Griechisch und dass er die Lieder von seinem Vater gelernt habe."

„Ich finde, das sind schöne Erinnerungen."

„Ja, sehr schöne. Und meine Eltern ... nun, sie waren einfach wunderbar."

„Und Sie vermissen sie immer noch."

„Ja." Chloe hatte keine Schwierigkeiten, das Dottie gegenüber zuzugeben. Dottie schien zu erwarten, dass Chloe über ihre Gefühle ganz offen sprach, und sie für wichtig und völlig verständlich zu halten.

Ebenso wie Egan.

„Dottie ..." Chloe blickte auf. „Egan hat mir erzählt, dass Sie Puppenhäuser bauen."

Kaum merkte Dottie, dass ihr gegenüber eine weitere Liebhaberin von Puppenhäusern saß, da drängte sie Chloe, mit ihr zu kommen. Kurz darauf waren sie auf der Straße.

Der Laden, an den Dottie ihre Puppenhäuser verkaufte, war nur sechs Häuserblocks von der Stelle entfernt, an der sie ihren Wagen geparkt hatte. Eine Glocke begrüßte sie fröhlich, als sie die Tür öffneten. Zu beiden Seiten des Eingangs breitete sich ein Dorf aus kleinen Häusern aus. Jedes war mit blinkenden Lichtern und winzigen Weihnachtsbäumen verziert.

Die Besitzerin begrüßte Dottie überschwänglich und wandte sich dann in gleicher Weise Chloe zu, bis sie gerufen wurde, um einer Kundin zu helfen.

„Ich zeige Ihnen erst meine", sagte Dottie. „Es sind die besten."

Es waren tatsächlich die besten, die unglaublich schönsten Puppenhäuser, die Chloe jemals gesehen hatte. Als Kind hatte sie sich ein einfaches Haus gewünscht, in dem man das Licht ein- und ausschalten konnte, mit soliden Möbeln, die sie von Zimmer zu Zimmer schieben konnte. Diese Häuser hingegen waren echte Kunstwerke. Sie hatten Dielen aus Hartholz, die sorgfältig Stück für Stück verlegt worden waren, und Treppen mit geschnitzten Geländern. Die Kamine waren aus echten polierten Steinen, die Wannen und Becken aus echtem Porzellan.

Chloe nahm eine Krippe aus einem altmodischen Kinderheim, das komplett eingerichtet war und auch eine Kinderschwester in Uniform enthielt. Die Seiten der Krippe waren mit winzigen Perlen geschmückt, die kaum größer als Mohnsamen waren.

„Ich hätte nie gedacht, dass es etwas so Schönes geben kann", sagte sie begeistert. „Niemals. Aber kann ein Kind damit spielen?"

„Die Häuser sind für Kinder gebaut. Ich achte immer sehr sorgfältig darauf, auch wenn ich deshalb manches Detail opfern muss. Einige der Möbelstücke sind für kleine Kinder nicht geeignet. Aber wir raten den Eltern immer, zuerst solidere Stücke zu kaufen, die nicht so teuer sind, bis die Kinder alt genug sind, um mit dem Sammeln anzufangen."

„Mit dem Sammeln?" fragte Chloe verwundert.

„Viele Erwachsene kaufen diese Häuser für sich selbst. Das wussten Sie nicht, wie?"

„Nein. Ich habe jedenfalls nie daran gedacht."

„Das Sammeln ist oft nur eine Ausrede. In jeder von uns steckt ein kleines Mädchen, das gern spielt."

Chloe war überrascht. „Glauben Sie das wirklich?"

„Absolut. Warum würde ich sonst meine Zeit mit diesen Puppenhäusern verbringen, während ich mit anderen Dingen doppelt so viel Geld verdienen könnte?"

Später, als Chloe wieder im Heim war und sie über das kleine Mädchen in ihr nachdachte, kam Egan, um fortzusetzen, womit seine Mutter angefangen hatte.

„Keine weiteren Weihnachtseinkäufe!" Chloe schüttelte den Kopf. Aber das kleine Mädchen in ihr, das von dem geschäftigen Hin und Her der Käufer, von den Weihnachtsliedern und dem unwiderstehlichen Zauber der Adventszeit entzückt war, rief ja.

Und das bedeutete zugleich ein Ja dazu, die Zeit mit Egan zu verbringen.

„Chloe." Egan lächelte verschmitzt. „Meine Mutter hat mir erzählt, dass ihr den ganzen Nachmittag eingekauft habt. Aber mit mir wird das etwas anders sein. Ich brauche nicht mehr viel zu besorgen." Er ergriff eine Locke von Chloes Haar und sah fasziniert zu, wie sie ihr über die Schulter glitt.

Chloe war seltsam berührt. „Weihnachten ist doch erst in drei Wochen. Da ist noch genug Zeit zum Einkaufen."

„Bitte, Chloe." Egan kam näher. „Ich möchte nicht ohne dich gehen."

Chloe fragte sich, wohin ihre Abwehr entschwunden war. Offensichtlich war der Stein, aus dem sie gemeißelt war, nicht sehr solide gewesen. Sie versuchte, streng zu bleiben. „Gut, aber nur ein Laden."

Chloe sah es Egan an, dass er sie durchschaute.

Er wählte das größte Kaufhaus in der belebtesten Straße der Stadt aus. Während sie durch die Gänge schlenderten, genoss Chloe es, immer wieder einmal gegen ihn gestoßen zu werden. Wenn sie durch die Menge für einen Moment voneinander getrennt wurden, schaute sie nach seinem goldblonden Haar, nach seinem männlichen Profil aus. Sie sah zu, wie seine kräftigen Hände über den weichen Satin eines ausgestellten Nachthemds glitten, wie sie mit einem Mohairschal spielten.

Sie genoss all dies und zusätzlich das erregende Gefühl, Ziel seines Lächelns zu sein. Aber sie verstand nicht, weshalb er auf ihre Gesellschaft oder moralische Unterstützung Wert legte, nur um für Rick einen törichten Sportfilm zu kaufen. Vier Abteilungen ohne Einkäufe, dann begann sie zu verstehen.

„Schau mal, sind die nicht hübsch?" Er zeigte auf eine Reihe von Ohrringen, die in der Schmuckabteilung in einer Vitrine ausgestellt waren. „Und sie sind gar nicht teuer."

Chloe sah auf die Preisschilder und stieß einen Pfiff aus. „Fünfundvierzig Dollar, das ist nicht billig, sondern außerordentlich viel Geld."

„Sie stechen dir hier kostenlos Löcher ins Ohrläppchen. Das kann man nicht irgendwo billig erledigen, sonst muss man Entzündungen befürchten."

„Ohrringe würden dir bestimmt gut stehen", scherzte Chloe. „Dein Stein ist der Diamant, nicht wahr?" Sie sah Egan an, der rot wurde. „Aber welches Ohr? Das ist die Frage. Ich vergesse immer, was bei Männern üblich ist. Vielleicht solltest du dir beide Ohrläppchen durchstechen lassen. Wenn du genug von den Diamanten hast, habe ich vielleicht einen Ohrreifen für dich. Ich finde Piraten schrecklich anziehend."

Egan ergriff Chloe am Ellbogen und zog sie von der Vitrine weg. „Keine Reifen?" fragte sie mit unschuldiger Miene.

„Wir sehen uns jetzt Spielsachen an."

„Für wen?" fragte sie, obwohl sie die Antwort bereits ahnte.

Zuerst ging es um kleine Lastwagen, um Fußbälle und tragbare Videospiele. Doch langsam, ganz langsam, zog Egan Chloe mit sich zu den Puppen.

„Puppen und Ohrringe und Angorapullover – du hast wirklich einen erlesenen Geschmack, Egan."

„Sieh dir das an. Die Sachen sind so wirklichkeitsgetreu, dass ich schwören könnte, die Puppe dort in der Ecke hat Bauchweh." Sie blieben vor einem Regal mit modischen Puppen stehen.

Chloe schaute Egan an und verschränkte die Arme vor der Brust. „Weißt du, dass ich dir auf die Schliche gekommen bin?"

„Mir auf die Schliche gekommen?"

Chloe lehnte sich gegen ein Brett voller Puppenkleider. „Ja, dir."

„Vielleicht werde ich eines Tages Kinder haben. Ich wollte mir die Spielsachen nur vorsorglich einmal ansehen. Du willst doch auch mal Kinder haben, nicht wahr?"

„Du willst für meine Mädchen einkaufen! Du versuchst, mich milde zu stimmen, damit ich das zulasse. Stimmt's?"

„Und wenn es stimmt?"

„Was soll ich nur mit dir machen?"

Egan gab den Versuch auf, Chloe etwas vorzumachen. „Lass mich den Weihnachtsmann spielen. Bitte."

Sie schüttelte den Kopf, was ihr allerdings nicht so leicht fiel, wie sie erwartet hatte. „Wir haben dieses Thema schon abgehakt."

„Aber inzwischen hattest du Zeit, noch einmal darüber nachzudenken."

„Ich habe meine Meinung nicht geändert."

Egans Gesichtsausdruck veränderte sich kaum merklich. Chloe spürte, dass Egan sich über ihren Widerspruch nicht länger ärgerte. Stattdessen war er traurig, als seien die Wünsche der Mädchen irgendwie zu seinen eigenen geworden.

„Es ist nicht so, dass ...", begann Chloe.

Er unterbrach sie mit einer Handbewegung. „Du verstehst immer noch nicht, wie? Weihnachten hat nichts mit harter Arbeit und damit zu tun, dass man sich seine Geschenke verdienen muss. Weihnachten – da geht es um Träume und Wunder, um Dinge, die geschehen können, wenn man sie am wenigsten erwartet."

Chloe presste die Lippen zusammen und musterte Egan. Er war offensichtlich zutiefst traurig, weil er nicht den Weihnachtsmann spielen durfte. Er war betrübt über den Zustand der Welt und darüber, dass ihm nicht erlaubt wurde, ihn zu verbessern.

Während Chloe ihn ansah, unternahm Egan einen letzten Versuch, sie umzustimmen. Er berührte ihre Wange. „Chloe, bei Weihnachten geht es um Vertrauen, um den Glauben, dass ohne jeden Grund etwas Wunderbares aus dem Nichts erscheinen kann, nur für dich."

Chloe befürchtete, dass etwas Wunderbares gerade für sie erschienen war, und dass es – in seiner Gestalt – ausgerechnet in einem hell erleuchteten Warenhaus vor einem Regal voller Puppenkleider stand. Sie schmolz förmlich dahin. Auf der ganzen Welt gab es keinen Mann wie diesen. Es konnte keinen geben, dessen war sie sich völlig sicher.

Für einen kurzen Augenblick vergaß Chloe ihre Vorsicht. Sie beugte sich vor und gab Egan einen Kuss. Es störte sie nicht, dass andere Kunden auf sie aufmerksam wurden, und es machte ihr auch nichts aus, ob sie Egan aus dem Gleichgewicht brachte. Es war ihr gleichgültig, was dieser Kuss ihm sagen mochte.

Mit einer Ausnahme. „Ich kann das nicht zulassen", sagte Chloe bedauernd, als ihr schließlich die beiden kleinen Kinder bewusst wurden, die nur wenige Meter entfernt standen und die beiden Erwachsenen anstaunten.

„Du kannst es wirklich nicht?" fragte Egan bedrückt.

„Nein. Alles, was ich dir gesagt habe, gilt immer noch. Ich bin dafür verantwortlich, dass die Mädchen im Heim lernen, auf die Aufmerksamkeiten irgendeines sagenhaften dicken Menschenfreundes verzichten zu können, der Jahr für Jahr durch den Schornstein heruntergerutscht kommt oder auch nicht. Wer bereitet ihnen Weihnachten, wenn du nicht mehr da bist, um es zu tun, Egan? Ich kann nicht zulassen, dass sie sich an etwas gewöhnen, das ihnen beim nächsten oder übernächsten Weihnachtsfest wieder weggenommen wird."

„Aber wenn das nicht geschieht?"

„Ist dir nicht bewusst, wie sehr das Leben dieser Mädchen auf der Kippe steht? Ich kämpfe um sie. Aber wenn es hart auf hart geht und der Staat sagt, sie müssten anderswo unterkommen, kann ich sie nicht im Heim behalten. Wenn sie dann bei unfähigen Eltern oder in einer Verwahranstalt unterkommen oder in einem Pflegeheim sind, wie ich es kennen gelernt habe, wer wird dann für sie den Weihnachtsmann spielen? Du? Du wirst nicht einmal wissen, wo sie abgeblieben sind."

„Aber wenigstens haben sie die Erinnerung an ein perfektes Weihnachten, an ein Weihnachtsfest, bei dem alle ihre Träume Wirklichkeit wurden."

Chloe sah Egan eine ganze Weile an. Es war eine große Versuchung. Bestimmt ahnte Egan nicht, wie groß sie war. Aber dann erinnerte sie sich, wie sie Weihnachten um Weihnachten verbracht hatte, als sie im Alter dieser Kinder war. Sie hatte gewartet und gehofft, bis sie ihre Lektion gelernt hatte.

Bedauernd schüttelte Chloe den Kopf. „Es würde nicht genügen. Sie müssen lernen, dass sie ihre Träume selbst verwirklichen müssen. Das müssen sie jetzt lernen, wenn es noch nicht so wehtut."

Egan seufzte. Es klang müde, geschlagen. „Nun gut."

„Nun gut?"

„Ich habe kein Recht, so auf dich einzureden. Ich vertraue dir. Und ich möchte dich nicht unglücklich machen. Dafür bedeutest du mir zu viel."

„Tatsächlich?"

„Was denkst du?"

Chloe dachte, sie sei wahrscheinlich die glücklichste Frau

auf der Welt. Wie seltsam, dass ihr das gerade hier aufging, während Adventsmusik durch den Raum schallte und zwei erstaunte kleine Fremde neben ihnen standen. Noch seltsamer war es, dass dies geschah, nachdem sie Egan gesagt hatte, man könne nicht alles haben, was man sich wünsche.

„Ich denke, du bist ... etwas ganz Besonderes", sagte Chloe mit belegter Stimme.

„Für den Augenblick muss das wohl genügen." Egan streckte den Arm aus. „Komm, lass uns gehen. Es wird Zeit, dass ich dich nach Hause bringe."

4. KAPITEL

Eine Woche vor Weihnachten fand Egan das Kätzchen. Er war in einen Durchgang getreten, um ein Mietshaus von der Seite zu betrachten, das er renovieren sollte. Weil er eifrig nach oben schaute, hätte er das kleine Waisenkind beinahe nicht gesehen. Aus den Augenwinkeln nahm er etwas wahr, das wie die abgerissene Hälfte des schwarzen Ohrenschützers eines Kindes aussah, die mit dem Müll weggeworfen worden war. Doch dann begann der Ohrenschützer zu zittern und kläglich zu miauen. Ohne lange nachzudenken bückte sich Egan, hob das Kätzchen auf und steckte es unter seine Jacke.

Er verbrachte noch zwei Minuten damit, die Abfälle zu durchsuchen, ob dort vielleicht eine verschreckte Katzenmutter steckte, die sich wegen seiner Anwesenheit nicht traute, ihr Kind zu retten. Aber in dem Durchgang war kein weiteres Lebewesen. Woher auch immer das Kätzchen gekommen war, es – oder genauer: sie, wie er bald feststellte –, war allein und fast erfroren.

Egan ging ins Haus und untersuchte seinen Fund. Das Tierchen wurde allmählich wärmer und aktiver. Egan schloss daraus, dass er es noch rechtzeitig gerettet hatte. Es war winzig und mager, hatte aber bereits genug Fleisch auf den Knochen, um der Kälte widerstehen zu können. Das Fell war völlig schwarz, abgesehen von den winzigen weißen Pfötchen und einem weißen herzförmigen Fleck genau unter dem Kinn. Wenn das Tier sauber und der Pelz wieder locker war, würde es sehr niedlich aussehen. Im Moment wirkte es allerdings so wie die Gassenkatze, die es war.

Sofort dachte Egan an Chloe.

Doch dann sagte er sich, dass Chloe nie auch nur das leiseste Interesse dafür gezeigt hatte, ein Haustier zu besitzen. Während ihres ausgedehnten Weihnachtseinkaufsbummels waren sie auf dem Rückweg zum Auto an einem Tiergeschäft vorbeigekommen. Er war stehen geblieben, weil er einfach nicht in der Lage war, an Tieren vorbeizugehen, ohne sie zu bewundern, und er hatte Chloe dazu gebracht, ebenfalls anzuhalten. Im Schaufenster hatten drei siamesische Kätzchen miteinander gespielt, und er hatte über ihre Bewegungen gelacht. Doch Chloe hatte stumm – wahrscheinlich gelangweilt – neben ihm gestanden.

„Sie werden vor Geschäftsschluss Käufer gefunden haben", hatte er gesagt. „Wollen wir hineingehen und fragen, ob sie uns eines abgeben?"

Sie hatte auf ihre Uhr geschaut. „Vielleicht ein anderes Mal."

„Eine Frau, die keine Katzen mag?"

Sie hatte ihn mit verschlossener Miene angesehen. „Ich kann wirklich nicht bleiben. Wir haben nachher eine Personalversammlung."

Dieses Kätzchen war mit den Tieren im Laden nicht zu vergleichen. Es war weder rassenrein noch wohl genährt. Es war schmutzig, traurig, und es fror.

Und doch dachte Egan weiterhin an Chloe.

Vielleicht lag es daran, dass auch Chloe ein Waisenkind gewesen war. Natürlich hatte niemand sie in der Kälte ausgesetzt. Ihre Grundbedürfnisse waren befriedigt worden. Aber niemand hatte sich darum gekümmert, dass sie innerlich fror, dass sie sich nach Wärme und Liebe sehnte und nach einer Familie, die nicht mit den Jahreszeiten wechselte.

Das Kätzchen miaute, rollte sich in Egans Hand zusammen und schnurrte. Er hielt das Tier an seine Wange. Es öffnete die

Augen. Egan kam es so vor, als schaue er in Chloes Augen in einem Moment, in dem sie besonders verletzlich war.

„Wünschst du dir ein Heim?" fragte Egan leise. „Vielleicht kenne ich genau den richtigen Ort für dich."

Das Kätzchen schloss die Augen und schlief ein.

Gary O'Brien war in der vergangenen Woche vorbeigekommen, um die Fenster, die ersetzt werden sollten, auszumessen. Bei dieser Gelegenheit hatte er Chloe gefragt, welches Parfüm wohl für die Frau richtig sei, mit der er einige Male ausgegangen war. Joe hatte seine Arbeit beim Ausbau eines Büros unterbrochen und Chloe erzählt, was Dick Dottie zu Weihnachten schenkte. Und Rick, der gar nicht mit seinen Brüdern zusammen in der Baufirma arbeitete, hatte sie eines Abends angerufen und ihr sechs Karten für ein griechisches Essen in der orthodoxen Kirche angeboten, das im nächsten Monat stattfinden sollte.

„Wie sind Sie denn an so viele Karten herangekommen?"

„Ich habe letztes Jahr einem Mitglied der Gemeinde bei der Einbürgerung geholfen. Der Mann dachte, Sie und einige Ihrer Mädchen hätten vielleicht Spaß daran, an dem Essen teilzunehmen."

Natürlich würde sie Spaß daran haben. Chloe hatte bereits eine entsprechende Mitteilung an das Schwarze Brett gehängt, und sie hatte vor, die Mädchen zu begleiten. Ob Egan Rick wohl von ihrer geheimnisvollen Abstammung erzählt und Rick deshalb an sie gedacht hatte?

Sie fragte sich verwundert, warum Egans Brüder sich an sie wandten. Und nicht nur sie, sondern auch sein Vater tat das. Er war vor einigen Tagen vorbeigekommen, um sich das Ergebnis der Renovierungsarbeiten anzusehen, und hatte sie zu einem Kaffee eingeladen. Und Dottie hatte sie während der vergangenen Wochen dreimal über schneebedeckte Straßen zu ihrem Landhaus gefahren, wo sie gebacken und gekocht und – ja, tatsächlich – Kissenbezüge für einen Eilauftrag für ein Puppenhaus genäht hatten. Inzwischen hatte es sich wie ganz selbstverständlich ergeben, dass sie sich mit der ganzen Familie duzte.

Wenn Chloe auch nur die geringste Spur von Mitleid für sie bei Egans Familie entdeckt hätte, wäre ihr dies alles sehr peinlich gewesen. Aber es gab keinerlei Hinweise darauf, dass jemand nur deshalb seine Zeit mit ihr verbringen wollte, weil sie keine eigene Familie hatte. Obwohl eine leise Stimme in ihr immer noch nach dem Warum fragte, begann Chloe zu glauben, dass die Antwort ganz einfach war. Die O'Briens mochten sie. Sie füllte eine Lücke in ihrer Familie aus, die schon immer bestanden hatte. Sie war die Schwester, die Egans Brüder nie gehabt hatten, die Tochter, nach der Dottie – und vermutlich auch Dick – sich immer gesehnt hatte. Sie stand zur Verfügung, um an allen ihren kleinen Weihnachtsgeheimnissen und an ihren Traditionen teilzunehmen, und dafür waren sie dankbar.

Das war komisch, aber – nein, es war überhaupt nicht komisch. Denn die ganze Aufmerksamkeit, die liebevolle Wärme der Familie O'Brien, von der sie ein Teil wurde, begann ihr sehr viel zu bedeuten. Es war nicht komisch, es war wunderbar, eine Erfahrung, die sie sehr schätzte.

Dann war da natürlich noch Egan, der Mann mit den grünen Augen und den breiten Schultern, die so viel auf sich nehmen konnten. Egan hatte den vergangenen Samstagnachmittag nicht mit Chloe verbringen können, weil er den Weihnachtsmann in der Kinderabteilung eines Krankenhauses spielte. Durch sorgfältige Prüfung seiner Baurechnungen hatte sich Chloe vergewissert, dass er keinen Cent an seiner Arbeit für das Heim verdienen würde.

Chloe saß auf der obersten Stufe der Treppe zum Heim und streckte die Hand aus, um die lange Papierkette zu ergreifen, mit der Roxanne das Treppengeländer schmücken wollte. Sie versuchte, Egan aus ihren Gedanken zu verbannen. Aber wie immer war das fast unmöglich.

Roxanne warf ihr die Papierkette zu. Der Umstand, dass sie Chloe bemerkt hatte, war fast so erstaunlich wie die Kette selbst. Chloe war überzeugt, dass Roxanne wusste, wie nahe Weihnachten war. Es war ein ermutigendes Zeichen, dass Roxanne sich veranlasst sah, etwas wegen des Festes zu tun. Die Aufgabe, die sie übernommen hatte, war dem jetzigen Stand ihrer gefühlsmäßigen Entwicklung angemessen, sie war beruhigend, einfach und bestand aus Wiederholungen.

„Meine Schwester und ich haben früher eine solche Kette gemacht", sagte Roxanne. „Wir wickelten sie um einen Baum vor unserer Wohnung, um den Baum, immer rundherum." Sie machte langsame kreisende Bewegungen mit dem Finger.

Chloe vergaß fast zu atmen. Sie zwang sich, in ganz beiläufigem Ton zu reden. „Du vermisst deine Schwester?"

„Besonders Weihnachten." Roxanne lächelte bedrückt.

Es war das erste Lächeln, überhaupt der erste Ausdruck einer Gefühlsregung, den Chloe jemals im Gesicht des Mädchens gesehen hatte. Sie wollte sie umarmen und vor Freude jubilieren. Sie wollte weinen.

„Es ist sehr schwer, jemand zu verlieren, den man liebt", sagte Chloe.

„Woher weißt du das?" Roxanne fragte das so, als sei sie wirklich an einer Antwort interessiert. Eine Bindung bahnte sich an, eine sehr zarte, zaghafte Bindung.

„Ich habe meine Eltern verloren, als ich sieben war."

„Tatsächlich?"

„Sehr lange Zeit wollte ich nichts mehr fühlen."
„Meine Eltern leben noch."
„Ich weiß."
„Sie haben mir wehgetan. Und Mary Jane."
„Auch das weiß ich."
„Woher?"
Chloe suchte nach einer Antwort. „Niemand hat ihnen jemals beigebracht, wie man gute Eltern wird, Roxanne. Jemand muss auch ihnen sehr wehgetan haben, als sie noch Kinder waren."
„Ich hasse sie."
„Ja, ich weiß."
„Das ist böse, nicht wahr?"
„Nein, das glaube ich nicht. Gefühle sind niemals böse."
„Ich tue nie Menschen weh, auch wenn ich sie hasse."
„Dann bist du erwachsener, als deine Eltern es waren."
„Ich möchte sie nie wiedersehen."
„Das brauchst du auch nicht. Niemals."
„Bist du sicher?"
„Völlig."
Roxanne senkte den Blick und spielte mit der Kette. „Wirklich?"
„Ja, wirklich. Wenn du willst, kannst du mich das jeden Tag fragen, und ich werde dir immer dieselbe Antwort geben."
„Mary Janes Lieblingsfarbe war Rot. Ich habe in dieser Kette eine Menge Rot verwendet."
„Du könntest jedes Jahr zu Weihnachten eine Kette für Mary Jane machen, als Erinnerung an sie."
„Erinnerst du dich noch an deine Eltern?"
„Oh ja."
Das schien Roxanne zufrieden zu stellen. Während Chloe

die Kette an einem Ende festhielt, wickelte Roxanne sie sorgfältig um das Geländer, bis die Treppe mit einem hellen farbigen Band geschmückt war. Als sie fast fertig war, entfernte Roxanne ein Kettenglied, ein rotes, und steckte es in die Tasche. „Das bewahre ich auf", erklärte sie.

Dann verschwand sie im Haus.

Egan traf Chloe auf der Treppe. Er konnte sich nicht erinnern, sie jemals so still, so blass und so erschüttert gesehen zu haben.

Er setzte sich neben sie und legte den Arm um ihre Schultern. Sie lehnte sich an ihn und verbarg das Gesicht an seinem Hals.

„Kann ich helfen?" fragte er.

Er spürte, dass sie den Kopf schüttelte.

„Soll ich das Liedersingen für heute Abend absagen?"

Wieder schüttelte sie den Kopf.

„Vielleicht wirst du dir wünschen, ich hätte es getan, nachdem du mich hast singen hören. Das hast du sicher noch nie erlebt."

„Lass einfach deine Arme für eine Minute da, wo sie gerade sind, Egan."

„Meinetwegen können wir hier für immer so sitzen."

„So lange muss es nicht dauern."

Egan winkte Bunny und Jennifer zu, die vorbeikamen.

„Ich bin einen Zoll gewachsen", rief Jennifer ihm zu. „Einen ganzen Zoll! Der Arzt sagt, mein Wachstum nimmt wieder zu."

„Das ist ja toll. Nun iss schnell ein paar Würstchen und wachs noch einen Zoll."

„Was hat Chloe?"

„Ich glaube, sie ist müde." Egan spürte, dass Chloe nickte. „Sie sagt Ja."

„Sie darf nicht müde sein. Wir wollen doch Weihnachtslieder singen, oder etwa nicht?" fragte Bunny.

„Ich trage sie Huckepack", bot Egan an.

Kichernd verschwanden die beiden Mädchen.

Egan hatte den Eindruck, dass es an seinem Hals verdächtig feucht wurde. „Einen Zoll – das ist ein gutes Zeichen, nicht wahr? Chloe, ich bin ja bereit, alles auf der Welt für dich zu tun. Aber wenn du noch einmal nickst oder den Kopf schüttelst, wird mein Hals auf Dauer ausgerenkt sein."

Chloe musste lachen. Sie hob das tränenüberströmte Gesicht. „Sind wir allein?"

„Im Moment ja."

„Gut." Ihre Lippen fanden seine. Egan schmeckte Salz und Gefühle, und die Mischung aus beidem gefiel ihm sehr. Wärme durchzog ihn, wurde schnell zu Verlangen. Das Verlangen wurde in diesen Tagen schnell in ihm wach. Chloes Stimme am Telefon, der zarte Duft, der von ihr ausging, der Anblick ihres glänzenden schwarzen Haars – und sofort sehnte er sich danach, sie zu berühren.

„Huckepack?" fragte Chloe schließlich.

„Das habe ich nur so gesagt. Du gehst."

„Schade."

„Bist du sicher, dass du es schaffst?"

„Auf jeden Fall. Neun Mädchen haben sich bereit erklärt, mit uns zu kommen. Das ist ein Rekord. Noch nie waren neun Mädchen auf einmal damit einverstanden, dasselbe zu tun."

„Es wundert mich, dass drei meinem Charme widerstehen können."

„Shandra hat Halsschmerzen, und Vicky und Lianne besuchen ein Konzert in der Schule."

„Diese Entschuldigungen erkenne ich an." Egan stand auf,

um der wachsenden Versuchung zu entgehen, Chloe noch einmal zu küssen. Die Versuchung wurde noch stärker, als sie den Arm hob, um sich die Augen trocken zu wischen, und dabei ihr Pullover hochrutschte und ein Stück nackter Haut entblößte. Er wandte sich ab. „Fangen wir die Mädchen ein."

Es war ein kalter Abend. Frisch gefallener Schnee knirschte unter zwei Dutzend Stiefeln. Die Gegend, in der das Alma-Benjamin-Heim vor hundert Jahren gebaut worden war, bestand aus schönen alten Häusern. Die Aktivitäten der Mädchen des Heims waren von den Nachbarn nicht immer begrüßt worden. Aber inzwischen hatte man sich an sie gewöhnt. Chloe hoffte, dass sie an diesem Abend etwas Zuneigung gewinnen konnten.

Im ersten Haus standen geschmackvolle Kränze mit roten Bändern in jedem Fenster, die von sanftem goldfarbenen Licht angestrahlt wurden. Auf jeder Fensterbank brannte eine dünne elegante Kerze.

„Dies ist ein Haus vom Typ ‚Stille Nacht'", meinte Egan.

„Das ist ein langweiliges Lied. Ich verstehe es überhaupt nicht", sagte eines der Mädchen.

Egan ließ sich von diesem Einwand nicht abschrecken. Er summte einen Ton. „Alle bereit? Dann fangen wir an."

Egan begann das Lied in einem klaren Bariton. Chloe fiel ein, und eines nach dem anderen sangen auch die Mädchen mit. Schließlich trugen ihre Stimmen das Lied allein.

„Kleine Engel", flüsterte Egan Chloe zu.

„Glaubst du, dass sie den Text verstehen?"

„Keine Ahnung. Meinst du, wir sollten ihnen das Geheimnis der unbefleckten Empfängnis erläutern?"

„Du kannst diese Kinder nicht anschwindeln, Egan. Sie ertappen dich bei jeder Lüge."

„Dann erklär du ihnen die Jungfrauengeburt."

Im Hauseingang wurde Licht gemacht, die Tür öffnete sich. Die Mädchen sangen weiter und gingen dann mit Egans Hilfe zu einem anderen Weihnachtslied über.

Die Bewohner des Hauses bestanden darauf, Martha eine Spende zu geben. Die Mädchen hatten schon vorher beschlossen, dass etwaige Spenden an UNICEF geschickt werden sollten.

Nachdem sie vor drei weiteren Häusern gesungen und auch hier Spenden empfangen hatten, schloss Chloe aus Marthas Gesichtsausdruck, dass der Betrag ausreichen würde, um ein hungriges Kind in Afrika oder Asien mehrere Monate zu ernähren.

Wie vorher verabredet, sangen die Mädchen zuletzt vor dem Haus, das dem Vorsitzenden des Verwaltungsrats des Heims gehörte. Anschließend wurden sie in das Haus gebeten und mit Kakao und Gebäck bewirtet. Chloe achtete darauf, dass niemand den Perserteppich beschmutzte, und Martha beschützte das zerbrechliche Porzellan.

Egan überredete den Vorsitzenden dazu, einige Weihnachtslieder auf dem großen Flügel zu spielen, der einen kleinen Teil des riesigen Wohnzimmers einnahm. Die Mädchen standen um den Flügel herum und sangen. Als sie schließlich aufbrachen, hatte der Vorsitzende sich auf Bitten Egans bereit erklärt, drei interessierten Mädchen Klavierstunden zu geben.

„Es ist wirklich schade, dass die Leute keine Pferde auf dem Grundstück hatten", sagte Chloe, während alle zum Heim zurückgingen. „Vielleicht hättest du für Mona Reitstunden herausschlagen können, Egan."

„Das ist nicht nötig. Meine Eltern wollen ein oder zwei Pferde zu diesem Zweck anschaffen."

„Ist das ein Scherz?" Chloe blieb stehen.

Egan nahm sie an die Hand und zog sie mit sich. „Nein."

„Hattest du nicht gesagt, sie wollten sich nicht mehr mit großen Tieren abgeben?"

„Im Prinzip stimmt das. Aber sie würden es tun, wenn es bedeutet, dass einige der Mädchen regelmäßig zu ihrem Haus kommen. Dabei ist natürlich nicht an Vollblutpferde gedacht, nur an kräftige, friedliche Gäule."

„Du bist wirklich unverbesserlich."

„Denk mal über meinen Vorschlag nach. Ich erwarte deine Befehle."

„Was soll ich nur mit dir machen?"

Das fragte sich Egan auch, vor allem, wenn er daran dachte, was Chloe im Heim erwartete. Den Rest des Weges legten sie schweigend zurück und hörten zu, wie sich die Mädchen lustige Reime auf Zeilen aus Weihnachtsliedern ausdachten.

Als sie im Heim waren, fragte Chloe: „Kannst du noch etwas bleiben?"

„Ja, ich habe noch Zeit."

Sie gingen die Treppen hinauf. Der Abend hatte Chloe mutig gemacht. „Lass uns in meine Wohnung gehen und uns von der Meute erholen."

„Eine gute Idee." Egan ergriff zwei der Mädchen und nahm sie mit.

„He, was machst du?" rief Mona und versuchte, Egans Griff zu entkommen.

„Ja, was soll das?" wollte Heidi, eine dunkelhaarige und dunkelhäutige Schönheit, wissen.

„Ich hatte längere Zeit keine Gelegenheit, mich mit euch beiden zu unterhalten. Kommt mit und erzählt mir, wie es in der Schule läuft."

Chloe sah Egan verwundert an.

„Du bist doch einverstanden, Chloe, oder?"

„Nun ... "

Egan zog Mona auf die nächsthöhere Treppenstufe. „Erzähl mir von dem Theaterstück, in dem du mitspielst."

„Das habe ich doch gestern schon getan."

„Aber da hast du mir nicht erzählt, was du heute gemacht hast. Die Aufführung ist doch morgen, nicht wahr? Ihr müsst heute eine Kostümprobe gehabt haben." Egan redete pausenlos weiter, ohne den Mädchen eine Chance zum Antworten zu geben. Er sah Chloe deutlich an, wie sie auf die unwillkommenen Gäste reagierte.

Aber er wollte ihr nicht allein gegenüberstehen, wenn sie ihre Wohnungstür geöffnet hatte.

Chloe hielt ihre Tür immer verschlossen, um Neugierige fern zu halten. Jetzt fummelte sie mit dem Schlüssel herum, während Egan sein Geplauder fortsetzte. Sie konnte sich nicht vorstellen, was ihn dazu veranlasst hatte, Mona und Heidi mitzunehmen. Sie und Egan hatten nie viel Zeit allein miteinander verbringen können. Jetzt, da sie ihm etwas anbot – im Widerspruch zu der warnenden Stimme in ihr –, tat er so, als ziehe er es vor, Gesellschaft dabeizuhaben. Chloe empfand Schmerz. Sie erinnerte sich daran, dass es besser für sie war, vorsichtig zu bleiben.

Als sie die Wohnung betreten hatte, schaltete sie das Licht an. Die gedämpften Farbtöne ihrer Wohnungseinrichtung beruhigten sie ein wenig. Sie hatte das erste Zimmer mit soliden alten Möbeln ausgestattet, die sie mit geblümten Stoffen bezogen hatte. Auf dem Sofa türmten sich blaugrüne Kissen, auf dem Schaukelstuhl lag ein gesticktes Kissen mit einem zusammengerollten Kätzchen darauf, ein hoher Lehnsessel mit ...

„Kätzchen?"

„Wo?" Egan sah sich gelassen um. Er ließ Heidi und Mona nicht los. Sie sollten ihm jetzt auf keinen Fall entkommen.

Langsam ging Chloe durch das Zimmer. Das winzigste, flauschigste Kätzchen, das sie jemals gesehen hatte, schlief fest mitten auf dem Kissen. Es trug ein rotes Samtband um den Hals, und jemand hatte offensichtlich viel Zeit darauf verwendet, den langen schwarzen Pelz zu bürsten und zu kämmen.

„Woher kommt dieses Kätzchen?" fragte Chloe.

„Ich sehe kein Kätzchen. Mädchen, könnt ihr ein Kätzchen sehen?"

„Egan, ich habe dir eine Frage gestellt."

Heidi und Mona machten sich aus Egans Griff frei, um zu sehen, worum es hier ging. Das Kätzchen nutzte diesen Augenblick, um sich zu strecken und zu gähnen. Die kleinen Augen öffneten sich und sahen Chloe an.

Egan konnte sich nicht entscheiden, ob er weiterhin den Ahnungslosen spielen oder ein Geständnis ablegen und seine Strafe empfangen sollte. Er tat keines von beidem, sondern schaute an die Zimmerdecke, als wolle er abschätzen, ob sie einen neuen Anstrich brauchte.

„Sieh mal, es hat einen winzigen weißen Fleck gerade unter dem Kinn, wie ein Herz." Mona kniete vor dem Schaukelstuhl und betrachtete das Tierchen. „Du könntest es Valentine nennen."

„Das könnte ich, wenn es mein Kätzchen wäre", erwiderte Chloe.

Ohne sie anzusehen überlegte Egan, wie er den Klang ihrer Stimme deuten sollte. Er war sich Chloes Reaktion immer noch nicht sicher und schien nun darüber nachzudenken, was eine neue Deckenlampe kosten könnte.

„Und es hat winzige weiße Pfoten", sagte Heidi. „Du könntest es Stiefelchen nennen."

„Heb sie hoch." Mona sah Chloe an. „Sieh mal, sie möchte von dir auf den Arm genommen werden."

Chloe griff nach dem kleinen Tier, weil die Kinder das von ihr erwarteten. Sie stand unter einem Schock und hätte jetzt alles getan, was man von ihr verlangte. Das Kätzchen war weich und leicht wie eine Feder. Es miaute leise, als Chloe es an ihren Pullover drückte, und schmiegte sich in die Falten.

„Siehst du, sie mag es, wenn man sie hält", erklärte Heidi wissend.

„Hattest du schon einmal eine Katze?" fragte Mona Chloe.

„Nein."

„Aber ich. Eine ganze Menge."

Chloe sah Mona an.

„Nein, das stimmt nicht", gab Mona zu. „Aber ich habe mir immer eine gewünscht."

Chloe wollte etwas sagen. Sie wollte Mona erzählen, dass sie sich auch eine Katze gewünscht hatte. Das wäre jetzt die richtige Antwort gewesen. Aber Chloe brachte kein Wort heraus. Die Kehle war ihr wie zugeschnürt.

Sie ließ sich auf den Sessel sinken und hielt das Tier fester. Tränen liefen ihr über die Wangen.

„Chloe weint", rief Mona. „Egan! Chloe weint!"

Im nächsten Augenblick kniete Egan neben Chloe. Er fühlte sich sehr mies. Was hatte er ihr angetan? Wie hatte er nur auf eine solche Idee kommen können?

„Meine Weihnachtswunschliste", schluchzte Chloe. „Das stand an erster Stelle. Ich wünschte ... ich wollte mir später nicht selbst eine kaufen, das wäre nicht dasselbe gewesen ... wie hast du nur ..."

Egan legte die Arme um sie und hielt sie. Fast hätte er auch geweint. Er sah die Mädchen an, die bedrückt schienen. „Sie ist glücklich", versicherte er ihnen. „Sie ist sehr glücklich."

Egan wünschte sich, jemand würde ihm das bestätigen.

„Sie sieht aber nicht glücklich aus", wandte Mona ein.

„Kann das Kätzchen noch atmen?" wollte Heidi wissen.

„Absolut. Ich kann es hören. Geht jetzt ins Bett, Mädchen."

„In Ordnung, ins Bett." Mona drehte sich um und ergriff Heidi an der Hand. „Komm, ins Bett."

Heidi ging widerstandslos mit. „Gute Nacht, wir gehen ins Bett."

„Sie sind fort", sagte Egan, als die Mädchen die Tür leise hinter sich geschlossen hatten.

„Meine Wunschliste." Wieder musste Chloe weinen.

„Chloe, Liebste, es tut mir Leid. Ich weiß nicht, was ich dir angetan habe, aber es tut mir wirklich Leid. Es ist nur so, dass ich das Kätzchen in einem Durchgang gefunden habe und es dort nicht liegen lassen konnte. Das Tier war in einem schlimmen Zustand. Ich brachte es deshalb zu einem Tierarzt ..." Egan wusste nicht, weshalb er so viel redete. Er musste einfach etwas sagen.

„Zum Tierarzt?"

„Er sagte, das Kätzchen sei ungefähr sechs Wochen alt, gerade alt genug, um es ohne die Mutter zu schaffen. Er hat es untersucht und ihm eine Spritze gegeben. Er glaubt, der Winzling kommt durch, wirklich. Natürlich hat die Katze einen Schock bekommen, als ich sie gebadet habe, aber dann habe ich ihr Fell trocken gerieben."

„Du hast sie gebadet?"

„Ja, das musste sein. Du hättest sie in dem Zustand, in dem sie war, nicht haben wollen."

Geständnis unterm Mistelzweig

Chloe drückte das Kätzchen an sich. „Nicht haben wollen?"

„Du wiederholst alles, was ich sage." Egan streichelte Chloes Wange. „Also gut, dann versuch mal das: ‚Ich werde dich immer lieben, Egan. Und um dir das zu beweisen, werde ich heute Abend mit zu dir gehen, und wir werden uns bis zum Morgen ganz toll lieben.'" Egan schwieg erwartungsvoll.

„Du bist wohl nicht ganz normal, wie?"

„Das habe ich nicht gesagt." Egan lächelte zärtlich. „Möchtest du das Kätzchen haben, Chloe? Wenn nicht, werde ich ein anderes Heim für das Tier finden. Ich dachte nur ... nun, ich dachte einfach, du würdest es vielleicht hier haben wollen."

Sie schluckte. „Ja."

„Was hast du da von einer Weihnachtswunschliste gesagt?" Egan wischte Tränen von Chloes Wangen – die letzten, wie er hoffte.

„Wunschliste?"

„Ja."

„Du hast mich wahrscheinlich falsch verstanden."

„Tatsächlich?"

Chloe legte die Arme um ihn und zog ihn an sich, als wolle sie ihn nie wieder loslassen. Während Chloe Egan küsste, schnurrte das Kätzchen zufrieden. Es rollte sich auf ihrem Schoß zu einem Ball zusammen und schlief wieder ein.

5. KAPITEL

Als Chloe am Sonntag vor Weihnachten aufwachte, hatte sich das Kätzchen – Chloe hatte es Angel getauft – unter ihrem Kinn zusammengerollt. Im Schlafzimmer war es still, aus der Ferne war Glockenläuten zu hören. Chloe streckte sich. Angel öffnete die Augen und sprang auf eine lange Haarsträhne auf dem Kopfkissen.

„Du törichtes kleines Weihnachtsgeschenk." Chloe hob das Kätzchen hoch und küsste es auf die Nase. „Wie bist du eigentlich hier heraufgekommen? Du sollst doch auf deinem Kissen liegen bleiben."

Kaum hatte Chloe das Tier auf das Kissen zurückgesetzt, als es wieder lossprang. Chloe löste das Kätzchen aus ihrem Haar und stand auf.

Winterlicher Sonnenschein durchflutete das Zimmer. Von hier oben, vom dritten Stockwerk aus, sah Chloe auf schneebestäubte Schieferdächer und auf die gewundenen, kahlen Äste jahrhundertealter Bäume. Der Turm der Kirche, vom dem die Glocken klangen, war im Westen sichtbar.

Weihnachten stand vor der Tür, und sie hatte für Egan immer noch kein Geschenk. An Ideen mangelte es ihr nicht, aber sie konnte sich nicht entscheiden. Was schenkte eine Frau dem Mann, in den sie sich zu verlieben drohte? Nichts Ordinäres wie einen Schlips oder Rasierwasser, aber auch nichts Intimes wie die seidenen Boxershorts, die sie in einem Wäschegeschäft gesehen hatte, oder den goldgeränderten Prachtband über erotische Kunst, der im Schaufenster der Buchhandlung beim Museum stand.

Aber was dann? Chloe drehte sich um und sah, wie Angel

sich vorsichtig an der Bettdecke herunterließ und auf den Fußboden sprang.

„So hast du also deinen Weg nach oben und nach unten gefunden." Chloe hob Angel hoch und trug sie in die Küche, wo die Katze sich sofort über ihr Frühstück hermachte.

Nichts, was sie Egan geben könnte, würde ihm so viel bedeuten wie ihr Angel. Wie hatte er nur gewusst, dass sie sich über die Katze freuen würde? Chloe schüttelte den Kopf. Natürlich hatte er das nicht gewusst. Dass er Angel gefunden hatte, war reiner Zufall gewesen. Egan war einfach ein Mann, der ein Tier nicht leiden sehen konnte. Und es hatte offenbar für ihn am nächsten gelegen, an sie als diejenige zu denken, die dem Kätzchen ein Heim geben konnte. Es hatte sich also alles ganz von selbst ergeben.

Aber ob nun Zufall oder nicht, das Geschenk bedeutete ihr jetzt nicht weniger, als wenn sie es als Kind bekommen hätte. Offensichtlich steckte in ihr immer noch ein kleines Mädchen, das nach den Dingen verlangte, die es niemals bekommen hatte.

Aber es steckte noch mehr in ihr, nämlich eine Frau, die mehr und mehr nach dem Mann verlangte, der Liebe und Lachen in ihr Leben gebracht hatte, ganz zu schweigen von dem winzigen schwarzen Kätzchen.

Chloe frühstückte und zog sich an. Sie hatte an diesem Tag noch die Chance, Weihnachtseinkäufe zu machen. Es war allerdings auch die letzte Gelegenheit, denn den nächsten Tag würde sie mit Martha dazu verwenden müssen, für die Mädchen Weihnachtsgeschenke zu kaufen. Dafür würde sie jede Minute brauchen. Jetzt aber würde sie alle Läden in Pittsburgh nach dem vollkommenen Geschenk für Egan durchsuchen.

349

Stunden später fand sie es, in einem staubigen Geschäft für Importwaren in einem Stadtviertel, in dem sie noch nie gewesen war.

Das Schachspiel stand inmitten von Ramsch. Das Brett war aus schwarzen und weißen polierten Steinen zusammengesetzt. Die Schachfiguren waren handgeschnitzt, jede stellte eine eigene Persönlichkeit dar.

Die schwarze Königin hatte langes Haar, das ihr bis zur Hüfte reichte. Sie sah sehr lebensecht aus und hatte Ähnlichkeit mit ihr, Chloe.

Der Ladenbesitzer blickte auf und lächelte, als wittere er ein Geschäft.

Chloe presste ihre Handtasche an sich. „Ich weiß nicht." Sie tat so, als habe sie Zweifel. „Für meinen Geschmack ist es etwas zu grell. Aber ich habe einen Freund, der gern Schach spielt. Wenn es nicht zu teuer ist, könnte ich es vielleicht für ihn kaufen."

Die Fenster von Egans Wohnung waren dunkel, als Chloe eine halbe Stunde nach Abschluss des Kaufs bei ihm eintraf. Das Schachspiel war schwer und unhandlich. Aber es war jetzt schön in marmoriertes Papier eingewickelt und mit einem echten Seidenband verschnürt. Die aufwändige Verpackung war wohl die Entschuldigung des Ladenbesitzers dafür, dass er an dem Verkauf immer noch ganz gut verdient hatte.

Vor Egans Tür zögerte Chloe. Sie hatte seine Einladung angenommen, Heiligabend zu seinen Eltern zu kommen. Egan schwor, dass dieser Abend – und nicht der Morgen des ersten Weihnachtstages – in seiner Familie der traditionelle Zeitpunkt sei, Geschenke zu übergeben. Chloe vermutete allerdings, dass

Geständnis unterm Mistelzweig

diese Tradition in diesem Jahr ganz neu war, weil sie mit Egans Familie am Morgen des ersten Weihnachtstages nicht zusammensein konnte.

Aber ob das nun stimmte oder nicht, am Heiligabend würde sie bei ihnen sein, und das war dann auch genau der richtige Zeitpunkt für Egan, sein Geschenk auszupacken. Warum stand sie dann noch hier vor der Tür und zögerte?

Sie klopfte. Gleich darauf öffnete Egan und sah sie verwundert an. Sein Oberkörper war nackt und glänzte feucht. Egan hatte ein Handtuch in der Hand. „Chloe?"

„Ich weiß, dass du mich nicht erwartest hast."

Das hatte er in der Tat nicht. Im Gegenteil, er hatte sich gerade vorgenommen, von ihr gar nichts zu erwarten. Sie war eine Frau, die ein Mann nicht einfach über die Schulter werfen und davonschleppen konnte. Sie wollte umworben und erkämpft werden.

Chloe ging auf Egan zu und küsste ihn. Er roch nach Seife und wunderbar männlich. Egan nahm sie in die Arme. Seine Fingerspitzen strichen zärtlich über ihren Rücken, und sie entspannte sich langsam. Gerade hoffte sie, dieser Kuss möge nie enden, als Egan sie mit sich in die Wohnung zog und die Tür schloss.

„Ist das für mich?"

Sie hatte das Geschenk beinahe vergessen, obwohl ihre Arme vom Tragen schon ganz lahm wurden. Sie reichte es ihm. „Ja."

„Die Verpackung ist ja das reinste Kunstwerk."

„Ich weiß."

„Sag mir, dass nichts Lebendiges darin ist."

„Kein kleiner Hund und kein Kätzchen."

Egan betrachtete das Paket. „Soll ich es gleich jetzt öffnen?"

„Das musst du nicht. Vielleicht willst du bis Heiligabend warten."

„Vielleicht ist keine Antwort."

„Also gut. Ich möchte, dass du es auf der Stelle öffnest."

„Das habe ich mir gedacht." Er lächelte sie verschmitzt an. „Aber erst ziehe ich mir ein Hemd an."

Chloe wollte protestieren. Egan ohne Hemd, das war besser, als sie es in ihren wildesten Fantasien geträumt hatte. Das Haar auf seiner Brust war hell und bestimmt so seidenweich, wie es aussah. Egan war gebräunt und muskulös, ein Mann, der seinen Körper gern einsetzte.

Dieser Gedanke färbte Chloes Wangen rot.

„Oder möchtest du lieber, dass ich es nicht tue?"

Ihr Blick glitt zu seinen Hüften in der engen, abgewetzten Jeans. Chloe vermutete, dass Egan unter dieser Jeans nichts weiter anhatte.

„Vielleicht öffne ich doch zuerst das Geschenk."

Chloe konzentrierte sich jetzt auf etwas, das unverfänglicher war als Egans nackte Haut – auf das Geschenk in seinen Händen. „Ich weiß nicht, ob es dir gefallen wird. Vielleicht ist es töricht. Ich weiß nicht einmal, ob du überhaupt ..."

„Ob ich was?"

„Öffne es, dann werde ich es dir sagen."

Egan führte Chloe zum Sofa und setzte sich neben sie. Die weiche Wolle ihres Blazers berührte seine nackte Brust, und der zarte Duft, der ihr so eigen war, regte seine Sinne an. Er legte einen Arm um sie und spürte ihr seidenweiches Haar über seine Haut gleiten. Was auch immer sie ihm gekauft hatte, es war nicht das, was er sich jetzt am meisten wünschte. Ihm wurde mehr und mehr bewusst, dass er sich Chloe wünschte, die ganze Frau.

„Schnür du es auf", sagte er.

„Ich verstehe, warum du das möchtest. Die Verpackung ist zu schön, um sie zu beschädigen."

Die Wahrheit war ganz anders. Egan befürchtete, Chloe könne merken, dass seine Hände zitterten, wenn er das Paket öffnete. Ihre Finger bewegten sich anmutig, aber viel zu langsam. Egan sah zu, wie sie das Band mit den Fingernägeln auseinander zog. Er stellte sich dabei vor, wie diese Fingernägel über seinen Rücken strichen.

Er sagte sich innerlich das, wozu er sich schon oft ermahnt hatte: Er musste mehr Geduld und weniger Fantasie haben. Aber die Antwort hierauf war dieselbe wie immer: Er brauchte Chloe.

Als das Band schließlich auf dem Fußboden lag, schlug Egan das Papier auseinander und hob den Deckel der Schachtel. Die schwarzen und weißen Steine glänzten. Eine nach der anderen wickelte Egan die schön geformten Schachfiguren aus und betastete sie, bis er schließlich das Brett herausholte.

„Das ist wunderschön", rief er. „Es ist ein unglaublich schönes Geschenk."

Chloe beugte sich vor und stellte das Schachbrett auf den Couchtisch. „Sieh mal, wir könnten es hier aufstellen, was meinst du?"

Egan sah zu, wie sie die Schachfiguren auf dem Brett ordnete. Die Wahl des Geschenks hatte ihr offensichtlich Freude gemacht. Sie wirkte in ihrer Begeisterung fast wie ein Kind. Nie hatte Egan sie mehr begehrt als jetzt.

„Schau mal, sieht sie nicht aus wie ich?" Sie gab ihm die schwarze Königin.

Die Königin ähnelte Chloe in der Tat. Sie hatte schmale Hüften und volle Brüste. Ganz ohne Zweifel war sie eine Frau.

Das Haar, die stolze Haltung, die Anmut, der verlangende Gesichtsausdruck – alles war Chloe.

„Und der weiße König erinnert mich ein wenig an dich." Chloe hielt Egan die Figur entgegen. „Natürlich ist er nicht so gut gebaut wie du."

Sie nahm Egan die schwarze Dame ab und stellte sie und den weißen König auf seinen jeweiligen Ausgangsplatz auf dem Brett. „Aber da gibt es ein Problem", sagte sie, wobei sie Egan nicht ansah. „Die Königin möchte mit dem König zusammensein. Doch sie sind getrennt, und sie können einander nicht erreichen."

„Was hält sie voneinander getrennt?"

„Vielleicht haben sie Angst."

„Alle beide?"

„Nein, du hast Recht, es ist nur die Königin."

Sein Herz schlug schneller. „Wovor hat sie Angst?"

„Ich glaube, sie macht sich zu viel aus ihm. So hat sie noch bei keinem Mann empfunden. Sie weiß nicht, was geschehen kann. Sie fürchtet sich vor ihren Gefühlen." Chloe konnte Egan jetzt nicht ansehen. So konnte sie sich nicht davon überzeugen, ob er sie verstand.

Egan streckte einen Arm aus. Der andere lag um Chloes Taille. „Dann muss er ihr zeigen, dass sie nichts zu befürchten hat." Er hob die Dame hoch. „Dies ist ein Zauberteppich. Lass uns mal sehen, was geschieht."

Chloe lehnte sich an Egan und schloss die Augen. Er war warm, seine Haut war fest und glatt, wie die Schachfiguren. „Egan ...", sagte sie leise.

Bei dem Versprechen in ihrer Stimme lief ihm eine Gänsehaut über den Rücken. „Der weiße König kämpft mit dem schwarzen um die Königin. Er wird von Rittern angegriffen, von hinterlistigen Hofleuten und von Soldaten, die vergeblich versuchen, ihn gefangen zu nehmen."

„Dann sind der weiße König und die Königin verloren?"

„Nein. Als alle Hoffnung vergeblich zu sein scheint, wird der Königin klar, dass sie immer noch eine Wahl hat. Sie springt auf den Teppich des weißen Königs, und sie fliegen weit fort an einen Ort, wo niemand und nichts sie jemals erreichen oder verletzen kann. Hier wird der weiße König sein ganzes Leben verbringen und der schönen Königin sagen, dass er sie liebt und sie sich vor nichts zu fürchten braucht." Egan stellte die beiden Schachfiguren nebeneinander an den Rand des Schachbretts.

„Sagt die Königin dem König, dass sie ihn liebt?"

„Jeden Tag."

„Liebt der König sie wirklich?"

„Von ganzem Herzen."

„Dann ist sie die glücklichste Frau auf der Welt."

Stürmisch zog Egan Chloe an sich. Sie öffnete die Augen, und ihr Blick sagte ihm, dass er sie richtig verstanden hatte. Sie begehrte ihn, sie wollte ihn haben. Ihre Lippen berührten seine, sie waren weich und großzügig und voller Versprechungen. Sie gab Egan mehr als jemals zuvor. Die unsichtbaren Schranken, die sie voneinander getrennt hatten, waren verschwunden, und die Mauern, hinter denen seine Königin gefangen gehalten worden war, zerfielen.

Chloe griff an den obersten Knopf ihrer Bluse. „Ich habe noch ein Geschenk für dich", flüsterte sie, während seine Lippen über ihre Wange strichen.

„Sag mir, dass ich nicht träume."

„Träum von mir."

„Das tue ich, mehr als du ahnst."

Sie öffnete die beiden obersten Knöpfe, und Egans Mund folgte der Spur ihrer Hände. Zwei weitere Knöpfe, und seine Lippen erreichten den Ansatz ihres Busens. Noch zwei, und Egan nahm Chloe auf die Arme und trug sie in sein Schlafzimmer.

Er ließ Chloe nicht los, während er sich auszog – was sehr schnell ging. Er legte sie auf sein Bett und streckte sich neben ihr aus. „Dies ist mehr, als nur miteinander schlafen", sagte er. „Viel, viel mehr."

„Wie viel mehr?"

Egan ermahnte sich, langsam vorzugehen. „So viel mehr, wie du möchtest", sagte er vorsichtig.

„Es könnte nie genug sein, nicht annähernd genug."

Egan verging fast vor Freude. Chloes Worte waren zwar allgemein gehalten, aber das Versprechen, das in ihnen lag, war ganz eindeutig. Er zog sie aus und stellte bald fest, dass leidenschaftliche Liebe auch Chloes Traum gewesen war.

Sie war nicht nur die schwarze Königin, sie war noch mehr. Sie verlangte alles von ihm und war bereit, ihm auch alles von sich zu geben. Sie besaß einen Vorrat an Leidenschaft und Intensität, den er selbst in seinen kühnsten Träumen nicht erwartet hatte. Chloe zögerte nicht, ihre Vereinigung feuerte sie an. Egan berührte und kostete sie und vergaß jede Zurückhaltung.

Sie war alles, was er sich nur hätte erträumen können. Alle ihre Geheimnisse, ihre ganze Wärme und Sinnlichkeit offenbarte sie ihm, und einen unerschöpflichen Schatz an Liebe. Sie umgab ihn mit ihrem Körper, fesselte ihn mit ihrem langen Haar. Sie vergaß sich völlig und wirkte dabei doch unschuldig. Sie war Frau und Geliebte, und als die Zeit der gegenseitigen Erforschung vorüber war und das Begehren zu stark wurde, wurde

Geständnis unterm Mistelzweig

sie zu einem Teil von ihm, dem besten Teil, zu der Hälfte, nach der er immer verlangt hatte.

„Du hast mir nie gesagt, dass du Schach spielst", sagte Chloe. Ihre Worte überraschten sie. Seit langer Zeit war es im Zimmer völlig still, nur ihrer beider Atem war zu hören gewesen. Chloe war erstaunt, dass sie noch reden konnte, dass ihre Stimme unverändert klang.

„Und du hast mir nie erzählt, dass du auf meinen Zauberteppich springen und mit mir davonfliegen würdest."

„Du hast mich nie danach gefragt."

Egan schmiegte sich enger an Chloe. „Hörst du mir zu, wenn ich dich frage?"

„Du spielst gar nicht Schach, wie?"

Er merkte, dass sie einer Antwort auswich, und küsste ihr Ohrläppchen. „Oh doch, ich liebe das Spiel, und ich bin sehr gut darin. Aber noch besser bin ich ..." Er sprach nicht weiter. Wieder schwiegen beide.

„Wenn du so gut bist, solltest du an Wettkämpfen teilnehmen", sagte Chloe schließlich.

„Weißt du eigentlich, wie lange ich dich schon begehre?"

„So lange wie ich dich?"

„Ich möchte, dass du mich heiratest."

Fast hätte sich Chloe von ihm weggedreht. Aber sie wollte ihm nicht wehtun. Stattdessen bedeckte sie ihn mit ihrem Haar, wickelte ihn darin ein, bis sie zusammengeschnürt waren und der Rest der Welt weit weg war. „Ich bin ganz benommen, Egan", sagte sie leise.

„Chloe, ich glaube, ich wollte dich seit unserer ersten Begegnung heiraten. Du bist die schönste Frau, die ich jemals gesehen habe – innen und außen, überall, wo es zählt. Zuerst sah ich dich mit einem der Mädchen. Du hörtest ihm so intensiv zu, mir wurde klar, dass nichts auf der Welt dich ablenken würde, bis das Kind zu Ende geredet hatte. Alles, was du bist, war in deinem Blick zu lesen. Ich verließ das Zimmer und fragte eine deiner Kolleginnen, ob du verheiratet seist."

Chloe war so gerührt, dass sie kaum etwas sagen konnte. Sie sah Egan an. „Und wenn ich es gewesen wäre?"

„Dann hätte ich hier nicht bleiben können. Du hättest einen anderen Bauunternehmer suchen müssen."

„Einen, der etwas für seine Mühe in Rechnung gestellt hätte?"

Er schwieg.

„Ich weiß, dass du an dem Heim nichts verdienst, Egan. Das habe ich herausgefunden."

„Es war nicht nur meine Entscheidung, für die Renovierung ein so günstiges Angebot zu machen. Die ganze Familie war einverstanden."

„Hast du es getan, weil du mich liebst?"

Ihm wurde bewusst, dass er die Worte nie gesagt hatte. Chloe musste sie hören. Er versuchte es. „Ich liebe dich." Die Worte waren die Erlösung von allen Ängsten. Dies war der Augenblick, in dem die Dunkelheit durch helles Licht ersetzt wurde. „Ich liebe dich."

„Was kann ich dir geben, nachdem du mir so viel geschenkt hast?"

Er hielt ihr Gesicht umfangen, damit sie es nicht abwenden konnte. „Was könntest du damit wohl meinen?"

„Manchmal habe ich das Gefühl, dass du in mich hineinschauen kannst, dass du alles herausfindest, was ich mir immer gewünscht habe, und es mir dann gibst, eines nach dem anderen." Sie sah es ihm an, dass er sie nicht verstand, aber sie brachte es immer noch nicht fertig, über die Weihnachtswunschliste ihrer Kindheit zu reden.

Er lachte. „Ich verwöhne dich zu sehr, wie?"

„Ja."

„Aber das ist gegenseitig."

„Wirklich?"

„Als ich aufwuchs, habe ich beobachtet, wie meine Eltern miteinander umgingen. Ich wusste, dass ich mir jemanden wünschte, den ich ebenso lieben konnte, wie mein Vater meine Mutter liebte. Jetzt bin ich neunundzwanzig, und bisher habe ich eine solche Frau nicht gefunden – bis jetzt nicht. Manchmal hatte ich schon Angst, es gebe sie gar nicht ..."

Chloe hatte gesehen, wie die Frauen Egan anschauten. Es gab bestimmt viele, die gern ausprobiert hätten, ob sie einen Platz in seinen Träumen finden konnten. Aber er hatte gewartet. Und nun hatte er sie ausgewählt.

„Du hast noch nicht Ja gesagt, Chloe."

Es gab so viel zu bedenken, ihre widersprüchlichen Gefühle hielten sie in Atem. Sie war sich noch nicht ganz sicher, was sie eigentlich wollte. „Du brauchst nicht sofort Ja zu sagen, Chloe. Aber du könntest mir sagen, ob du mich liebst."

Sie dachte an den Mann, nach dem sie insgeheim verlangt hatte, der sie von ganzem Herzen lieben und sie für die schönste und begehrenswerteste Frau auf der Welt halten würde. In diesem Augenblick wurde ihr plötzlich klar, dass der Mann, den sie sich gewünscht hatte, hier in ihren Armen lag.

„Ich liebe dich", sagte sie. „Ich liebe dich, Egan."

Er zog sie noch fester an sich.

Sie schloss die Augen. Aus irgendeinem unerfindlichen Grund musste sie an die Mädchen im Heim denken, an

Wunschlisten und unerwartete Geschenke. Entschlossenheit, harte Arbeit und ... unerwartete Geschenke.

„Was habe ich nur getan, dass ich dich verdient habe?" fragte sie leise.

„Du verdienst alles. Aber Liebe hat damit nichts zu tun." Er küsste sie leidenschaftlich. „Bei Liebe geht es nur um Liebe. Verstehst du mich, mein Schatz? Liebe ist mehr oder weniger ein Wunder."

6. KAPITEL

Am Heiligabend schimmerte der Schnee im Mondschein. Es sah so aus, als seien Myriaden winziger Sterne auf die Erde gefallen, deren Lichtschein Chloe und Egan auf der Fahrt zum Haus der O'Briens begleitete. Aus dem Autoradio erklangen Weihnachtslieder. Chloe und Egan unterhielten sich angeregt, und Chloe dachte, einen vollkommeneren Abend habe es noch nie gegeben.

„Was, glaubst du, machen die Mädchen jetzt?" fragte Egan.

Chloe hatte entschieden, dass das Heim unerschütterliche Weihnachtstraditionen brauche, auf die die Mädchen in jedem Fall vertrauen konnten, ganz gleich, was in ihrem Leben durcheinander ging. Deshalb wusste sie genau, was die Mädchen jetzt taten.

„Sie setzen sich zu dem Abendessen zusammen, das sie sich ausgesucht haben." Chloe hatte die Stimmzettel selbst ausgezählt. Schinken und Roastbeef hatten gewonnen, und es hatte ein einstimmiges Votum dafür gegeben, dass keinerlei Grünes dabei serviert werden sollte. „Und sie werden ihr Bestes geben, um sich für einen Abend wie vollkommene Damen zu verhalten."

„Kein Fluchen, keine Sticheleien?"

„Nicht an diesem Abend. Als wir abfuhren, waren sie noch am Überlegen, was sie anziehen sollten. Nach dem Essen werden sie Geschenke austauschen. Es muss etwas sein, das sie füreinander selbst gemacht haben. Es kann aber auch ein Versprechen sein, wie, bei der Hausarbeit zu helfen oder den Abwasch für ein anderes Mädchen zu übernehmen."

„Eine gute Idee."

„Dann führen sie ein kleines Stück auf."

„Ich hörte, dass der Weihnachtsmann ... dass Mona durch den Schornstein herunterkommen wollte und du das nicht zugelassen hast."

„Sie wird sich hinter dem Kaminschirm verstecken und herausspringen müssen. Sie spielen ‚Es war die Nacht vor Weihnachten', und Jenny spielt den Rudolph. Sie hat eine eigene Version des Stückes geschrieben."

„Schade, dass mir das entgeht."

„Ich musste ihnen versprechen, dass du morgen kommst, um es dir anzusehen."

„Wie schön. Ich werde natürlich kommen."

„Mit den Armen voller Geschenke?"

„Nur ein paar Kleinigkeiten."

„Wirklich?"

„Es sei denn, du änderst deine Meinung noch, bevor die Läden in ..." Egan schaute auf die Uhr, „... in fünfzehn Minuten schließen."

„Glaubst du, dass du innerhalb von fünfzehn Minuten alles kaufen könntest, was du den Mädchen schenken möchtest?"

„Ich kenne Verkäufer überall in der Stadt, die nur auf mein Stichwort warten."

„Darauf möchte ich wetten."

„Im Kofferraum ist ein Autotelefon."

„Natürlich."

„Mit automatischer Wähleinrichtung."

„Ich sage es dir nur ungern, Egan, aber wir sind gar nicht mehr in Pittsburgh."

„Damit ist wieder einmal eine gute Idee gestorben." Egan bog auf die Straße ab, die zum Haus seiner Eltern führte. „Du hast ein schönes Weihnachten für die Mädchen vorbereitet, Chloe. Sie machten einen glücklichen Eindruck."

„So glücklich, wie Kinder sein können, die die Feiertage nicht mit ihrer Familie verbringen."

„Verlässt jemand morgen das Heim?"

„Einige bleiben für eine Übernachtung weg, andere bekommen Besuch – aber es sind zu wenige."

„Umso wichtiger ist es, was du für die Kinder tust."

Chloe lächelte. „Morgen wird ein schöner Tag für sie. Ich werde mir jedenfalls die größte Mühe geben."

„Wird es auch für mich ein schöner Tag?"

Für einen Moment befürchtete Chloe, Egan erwarte nun eine Antwort auf seinen Heiratsantrag. Die vergangene Woche war wunderbar gewesen, intim und zärtlich und ohne Forderungen. Aber Chloe wusste, dass Egans Geduld nicht unerschöpflich war. Er hatte sie gebeten, ihn zu heiraten, und sie würde ihm bald eine Antwort geben müssen.

Egan hob fragend die Augenbrauen, und nun verstand Chloe seine Frage. Sie war erleichtert. Unschuldsvoll fragte sie: „Ich weiß nicht, was du meinst."

„Lieber Weihnachtsmann, ich wünsche mir zu Weihnachten nur, einige Zeit mit meinem Mädchen allein sein zu können."

Sie lachte. „Warst du artig oder unartig, junger Mann?"

Egan lächelte, aber das kostete ihn einige Mühe. Er fragte sich, wie Chloe sein Verhalten beurteilen würde, wenn der Abend vorbei war. Er hatte Angst, dass ihre Beziehung unter der Überraschung leiden würde, die er für sie vorbereitet hatte.

„Nun, der Weihnachtsmann wird sehen, was sich machen lässt", sagte Chloe.

Das Haus der O'Briens war in das hektisch flackernde Licht vieler grüner und roter Lampen getaucht, die so schnell an- und ausgingen, dass Chloe die Augen schließen musste, um nicht schwindlig zu werden. „Das sieht aber sehr weihnachtlich aus", sagte sie, als Egan um den Wagen herumgekommen war und die Tür für sie offen hielt.

Bevor sie aussteigen konnte, bückte er sich und küsste sie. Der Kuss war unerwartet leidenschaftlich, wenn man berücksichtigte, dass die ganze Familie zusah.

„Schau nach unten, ich werde dich führen", sagte Egan, als er schließlich von Chloe abließ. „Wir werden im Nu im Haus sein."

Die Hunde liefen ihnen zur Begrüßung entgegen, die Familie folgte. Offensichtlich wollte niemand das Risiko eingehen, übersehen zu werden.

Auf der Veranda drückte Dick Chloe einen Becher mit heißem gewürzten Apfelwein in die Hand, während Dottie lautstark darauf bestand, dass sich jemand sofort daranmachte, die Lichterkette richtig einzustellen. Das geschah auch umgehend, das Geflacker endete. Nachdem Dottie zufrieden war, dass ihr Haus nicht mehr wie ein Schnellimbiss an der Landstraße wirkte, gingen alle hinein.

Im Kamin brannte ein Feuer. In der Asche rösteten Kastanien. Das Haus duftete nach Ingwerbrot und in Butter gebratenem Truthahn.

Als die beiden Frauen allein in der Küche waren, legte Dottie den Arm um Chloes Schultern. „Ich fürchte, wir sind nicht sehr auf Formen bedacht. Ich habe zu Heiligabend immer darauf bestanden, dass die Jungen während der gesamten Mahlzeit am Tisch sitzen blieben und dabei Schuhe trugen, aber mehr konnte ich nicht durchsetzen."

„Es wäre mir sehr unangenehm, wenn alles steif und förmlich wäre. Dies ..."

„Was, meine Liebe?"

„Nun, dies ist ein Zuhause, und ihr seid eine Familie."

„Du gehörst dazu, das weißt du. Wir alle lieben dich."

Chloe wusste nicht, woher ihre Tränen kamen. Eben noch hatte sie an einer unverbindlichen Plauderei teilgenommen, und nun waren ihre Augen plötzlich feucht, und die Kehle war ihr wie zugeschnürt.

Chloe drehte sich zu Dottie um, die beiden Frauen umarmten sich. „Vielen Dank. Ich liebe euch auch alle."

„Es ist wirklich eigenartig. Ich habe mir immer eine Tochter gewünscht. Natürlich war ich mit den Jungen nicht unglücklich. Vom Moment ihrer Geburt an war ich ganz verrückt nach ihnen. Aber ich hatte immer das Gefühl, dass in meinem Leben etwas fehlt. Ich sagte zu Dick, dass ich mir eine Tochter zu Weihnachten wünschte. Er lachte immer und meinte, er werde tun, was er könne. Aber es fehlte stets das richtige Chromosom. Nun jedoch ist das egal. Es sieht so aus, als würde Egan mir dieses Jahr zu Weihnachten eine Tochter schenken."

Chloe konnte nicht antworten.

„Oh, bestimmt habe ich zu viel gesagt." Dottie tätschelte besorgt Chloes Schulter. „Ich möchte auf keinen Fall irgendeinen Druck auf dich ausüben. Du und Egan solltet euch Zeit nehmen. Ich habe nicht vor, dich zu überreden, schon morgen zu heiraten. Und selbst wenn du ihn nicht heiraten willst, hoffen wir doch, dass ..."

Chloe hob den Kopf. „Du hast dir wirklich eine Tochter zu Weihnachten gewünscht?"

„Das ist töricht, nicht wahr? Ich wusste alles über die Bienen und die Vögel, und ich war zu alt, um an den Weihnachtsmann zu glauben."

„Ich habe mir eine Familie gewünscht."

Dottie wischte eine Träne von ihrer Wange und dann eine von Chloes Wange. „Nun, die hast du jetzt."

Egan kam in die Küche. „Was ist denn hier los?"

Dottie lächelte Chloe an. „Oh, nur etwas Frauengerede, sentimentales Frauengerede."

„Über was?"

Chloe drehte sich um und warf sich Egan in die Arme. „Weihnachtsgeheimnisse."

Egan hielt sie fest umschlungen und überlegte, ob er diese Stellung den ganzen Abend einhalten sollte. „Ich weiß nicht, womit ich das verdient habe, aber ich nutze es gern aus."

„Wie wäre es, wenn du den Truthahn ins Esszimmer brächtest?" sagte Dottie. „Wenn du mit deiner jetzigen Beschäftigung fertig bist."

Das Essen war sehr lecker. Dottie hatte zum Nachtisch eine Schokolade-Pfefferminz-Torte gebacken, und zu Ehren von Chloe gab es eine Platte mit Baklava.

Nach dem Essen machten alle zusammen einen Spaziergang. Sie stampften über verschneite Wege um einen zugefrorenen Teich hinter dem Haus. Egan zeigte auf eine Waldlichtung, die der ideale Platz war, um eine Reitbahn anzulegen, und Dick beschrieb zwei Pferde, die ein Nachbar verkaufen wollte. Chloe umarmte beide Männer.

Sie hinterließen Körner für die Vögel und bewarfen einander mit Schneebällen, während sie zum Haus zurückwanderten.

Schließlich war die Zeit gekommen, um die Geschenke auszupacken.

Noch nie hatte sich Chloe so wunderbar gefühlt. Das Kaminfeuer hatte ihre klammen Zehenspitzen und Finger wieder gewärmt, sie prickelten angenehm. Dass Egan seinen Arm um sie gelegt hatte, verursachte ein noch stärkeres Prickeln. Sie lehnte sich an ihn und dachte an die künftigen Jahre und an die Weihnachtsfeste, die sie wie dieses miteinander verbringen konnten. Eines Tages würden ihre Kinder ein Teil der glücklichen Familie sein, sie würden Tanten und Vettern haben, sobald Egans Brüder ebenfalls geheiratet hatten.

Wenn sie Ja sagte, konnte sie den Mann bekommen, den sie liebte, der sie liebte. Sie würde eine richtige Familie haben, die sie ebenfalls liebte. Jetzt besaß sie bereits ihre Katze Angel. Das war fast schon genug, um in ihr die Überzeugung zu wecken, dass der Weihnachtsmann ihre Wunschliste all die Jahre aufbewahrt hatte, um sie im richtigen Moment zu erfüllen.

Das nächste Geschenk machte Chloe besonders glücklich. Die meisten Geschenke waren bereits verteilt, als Dottie und Dick einen riesigen Karton vor Chloe stellten. Gary, Rick und Joe, die Süßigkeiten besonders liebten, hatten die Schachteln mit selbst gemachten Pralinen und Schokolade-Mandel-Trüffeln geöffnet, die Chloe ihnen geschenkt hatte. Man musste Dick von der Lektüre eines brandneuen Abenteuerromans seines Lieblingsschriftstellers losreißen, und Dottie war immer noch entzückt, dass sie den handbestickten Pullover bekommen hatte, den sie auf einer ihrer Einkaufstouren mit Chloe bewundert hatte.

Chloe konnte sich nichts Schöneres vorstellen als die sorgfältig ausgesuchten Geschenke – Parfüm und Halstücher – von Egans Brüdern. Sie wusste, dass sie noch monatelang lächeln würde, wenn sie daran dachte, wie jeder von ihnen etwas so entschieden Weibliches gekauft hatte.

Als sie das Band um den riesigen Karton löste, schauten alle zu. Es war ein Geschenk von Dick und Dottie. Wegen seiner Größe schätzte Chloe, dass es ein Kratzbaum für das Kätzchen sei.

Sie klappte die Kartondeckel auf und enthüllte ein Puppenhaus – die genaue Nachbildung der „Letzten Zuflucht".

„Es ist noch längst nicht fertig", entschuldigte sich Dottie. „Dick und ich haben zwar schon viel Arbeit hineingesteckt. Er hat den Entwurf angefertigt und die Tischlerarbeiten erledigt. Aber wir hatten noch keine Zeit, um die Inneneinrichtung ganz fertig zu stellen. Einige der Kamine ..."

„Ein Puppenhaus." Chloe war überwältigt. Es war nicht etwa nur ein gewöhnliches Puppenhaus, sondern etwas, das sie ihr ganzes Leben lang wie einen Schatz hüten konnte. Es stellte ihre Vergangenheit als Pflegekind dar, ihre jetzige Stellung als Leiterin eines Pflegeheims und wahrscheinlich auch ein großes Stück ihrer Zukunft. Ein Puppenhaus hatte sie sich immer gewünscht, und sie war noch nicht zu alt – sie würde nie zu alt sein –, um es mit Freude entgegenzunehmen. „Ein Puppenhaus." Tief gerührt schüttelte sie den Kopf.

„Ich werde es für dich aus dem Karton heben", bot Egan an.

Chloe sah zu, wie Egan und Dick es herausholten und vor ihr auf den Fußboden stellten. „Es hat Beleuchtung", sagte sie.

„Ja, natürlich", bestätigte Dottie. „Ich habe einige Nachforschungen angestellt. Alma Benjamin hatte elektrische Beleuchtung in ihrem Haus anbringen lassen, sobald es sie gab. Sie dachte sehr fortschrittlich. Soweit ich es beurteilen kann, muss das Haus um die Jahrhundertwende so ausgesehen haben – bevor diese Burschen hier und andere ihrer Art damit anfingen, ihre so genannten Verbesserungen anzubringen."

„Mutter will damit ausdrücken, dass wir das Haus auf das angemessene Niveau gebracht haben", warf Egan ein.

„Gefällt es dir?" fragte Dottie.

Chloe schaute einen nach dem anderen an. Sie warteten auf ein einfaches Ja oder Nein. Aber sie hatte sehr viel mehr zu sagen. Und sie konnte es sagen, das wusste sie jetzt. Sie konnte ihnen von dem kleinen Mädchen in ihr erzählen, weil sie das große Mädchen liebten, und das kleine Mädchen war ein Teil von ihr.

„Als ich noch klein war", begann sie mit leiser Stimme, „hatte ich zu Weihnachten eine Wunschliste. Jedes Jahr wünschte ich mir dasselbe. Aber ich bekam es nie. Ich war nicht richtig unglücklich. Man kümmerte sich um mich, und ich habe einige gute Freundschaften geschlossen. Ich bin stolz auf das, was ich geworden bin."

Chloe sah Egan an. Sie wollte aus seinem Anblick Kraft gewinnen. Er ergriff ihre Hand und hielt sie fest. „Aber irgendwann hörte ich auf, an Weihnachten und den Weihnachtsmann zu glauben und daran, dass ich etwas bekommen könnte, nur weil ich es mir wünschte. Dann bin ich euch allen begegnet."

Sie wandte sich von Egan ab und schaute die anderen an.

In ihren Gesichtern las sie Verständnis und Zuneigung. In Dotties Augen standen Tränen.

„Ich habe euch noch nie von meiner Liste erzählt, aber jetzt möchte ich das tun. Ich wünschte mir ein Kätzchen, ein Puppenhaus mit Beleuchtung und eine Familie, die allein mir gehörte – eine Mutter, die mit mir Weihnachtskekse backen und Geschenke einkaufen würde, einen Vater, der mich liebte, und Brüder und Schwestern, die mein Leben ständig begleiteten und nicht immer wieder verschwanden."

Chloe spürte, dass Egan ihre Hand drückte. Sie erwiderte seinen Händedruck. „Als ich alt genug war, um Verständnis für die Liebe zu haben, wünschte ich mir einen Mann in meinem Leben, der mich liebte, einen, den ich ebenso lieben konnte wie er mich." Sie lächelte strahlend. Die Tränen, die sie in der Küche vergossen hatte, waren vergessen.

„Ich danke euch allen sehr, dass ihr die Wünsche auf meiner Liste erfüllt habt. Ich danke jedem Einzelnen von euch, besonders aber dir, Egan."

Sie drehte sich langsam zu ihm um. Was ihr Herz sagte, spiegelte sich in ihrem Blick wider. Sie wusste jetzt, dass sie nie wirklich an Egan gezweifelt hatte oder daran, dass ihre Vereinigung vollkommen sein würde. Sie hatte es zugelassen, dass Furcht sie lähmte, die Furcht eines Kindes, dem nie gegeben worden war, was es sich am meisten gewünscht hatte.

Aber dieses Kind war jetzt erwachsen – es war ein erwachsener Mensch geworden, der plötzlich an Wunder glaubte, an die Liebe.

„Chloe." Egan umfasste ihr Gesicht mit beiden Händen. Seine Augen schimmerten verdächtig.

„Ich werde nie wieder sagen, dass ich nicht an den Weihnachtsmann glaube, Egan."

Als Egan sie schließlich losließ, drängte sich die ganze Familie darum, Chloe zu umarmen. Sie lachte und erwiderte alle Umarmungen. Die Zuneigung dieser Menschen machte sie sehr glücklich. Als alle an der Reihe gewesen waren, schmiegte sich Chloe wieder in Egans Arme. Dies war der schönste Platz auf der ganzen Erde. Hier wollte sie immer bleiben. Sie würde bestimmt einen Weg finden, Egan das zu sagen, sobald sie mit ihm allein war.

Dann fiel Chloe auf, dass alle schwiegen, so, als sei noch etwas zu erwarten.

„Ich habe noch ein Geschenk für dich, Chloe", sagte Egan. „Genauer gesagt, ist es von Rick und von mir."

Überrascht erwiderte Chloe: „Aber du hast mir doch bereits Angel geschenkt, und von Rick habe ich die Ohrringe bekommen."

„Was wir jetzt haben, unterscheidet sich davon ein wenig."

Chloe hörte, dass Egans Stimme eine gewisse Anspannung verriet. Sie ernüchterte ein wenig – von unbeschreiblicher Freude zu gewöhnlichem Glück. Sie sah, dass Egan zögerte, und glaubte den Grund dafür zu kennen. Bestimmt würde er jetzt seinen Heiratsantrag wiederholen, hier, vor der ganzen Familie, und der arme Mann wusste nicht, dass sie ihn freudig annehmen würde. Sie konnte sich allerdings nicht vorstellen, was Rick damit zu tun hatte.

Egan griff in die Jackentasche. Aber was er herauszog, war kein sorgfältig verpacktes Schmuckkästchen. Es war ein Briefumschlag, den Egan Chloe wortlos reichte.

Sie las die Anschrift auf dem Umschlag, auf dem ihr unbekannte ausländische Briefmarken klebten. „Er ist an dich adressiert, Egan."

„Öffne ihn."

Sie betrachtete den Briefumschlag genauer. Die Worte verschwammen vor ihren Augen. Für einen Moment verstand sie nicht. „Der Brief kommt aus Griechenland", sagte sie schließlich.

„Öffne ihn."

Eigenartigerweise schienen ihre Hände eher als ihr Verstand zu begreifen. Sie zitterten ein wenig, als sie zwei Briefbogen aus dem Umschlag nahmen. Fotos fielen ihr auf den Schoß, aber sie achtete nicht auf sie. Sie begann, den Brief sorgfältig zu lesen. Doch erst als sie bereits im zweiten Absatz war, begannen die Wörter für sie einen Sinn zu ergeben.

Sie schaute auf. „Meine Tante?"

Egan nickte. „Helena Palavos. Palavos ist dein ursprünglicher Familienname. Dein Vater hat ihn geändert, als er mit deiner Mutter in dieses Land kam."

„Dann heiße ich Chloe Palavos?"

„Wenn du den Namen wieder annehmen willst, brauchst du einen Gerichtsbeschluss."

„Sagt sie, weshalb mein Vater seinen Namen geändert hat?"

Egan merkte, dass Chloe unter einem Schock stand. Er wusste, dass sie den Brief später genau durchlesen, dass sie ihn vielleicht sogar auswendig lernen würde. Aber jetzt brauchte sie erst einmal Zeit, um die Neuigkeit zu verarbeiten, und sie brauchte schnelle Antworten.

„Er begegnete deiner Mutter und verliebte sich in sie, als sie in Griechenland Urlaub machte. Seine Familie wollte nicht, dass er eine Amerikanerin heiratete. Sie hatte Angst davor, dass er vergessen werde, wer er war. Aber sie konnte ihn nicht überreden, deine Mutter aufzugeben. Als sein Vater – dein Großvater – ihm sagte, er werde den Namen deines Vaters nie wieder aussprechen, wenn er deine Mutter heiratet, nahm dein Vater ihn beim Wort. Er verschwand eines Tages einfach. Er begleitete deine Mutter in die Vereinigten Staaten und brach jede Verbindung zu seiner Familie ab. Sein Vater wollte noch jahrelang nichts mehr von ihm hören, aber seine Brüder wollten ihn finden ..."

„Brüder?"

„Du hast eine Menge Verwandte", sagte Egan.

„Wo?"

„Die meisten leben auf der Insel Zante in der Nähe einer Stadt, die Zakinthos heißt. Sie sind Bauern. Deine Tante sagt, sie haben Olivenhaine. Wenn sie auf einer bekannteren Insel lebten, hätten unsere Behörden sie nach dem Tod deiner Eltern vielleicht finden können. Aber den ursprünglichen Nachnamen deines Vaters ..."

„Wie hast du ..."

„Ihn herausbekommen? Das hat Rick übernommen. Du weißt ja, dass er für die Einwanderungsbehörde arbeitet."

„Das war mir eigentlich nie so richtig bewusst."

Rick erläuterte: „Ich wusste, welche Unterlagen ich einsehen musste und wo sie waren. Ich brauchte nur einige Stunden, bis ich deinen Vater unter dem neuen Namen fand, seinen ursprünglichen Namen herausbekam und seine Herkunft bis nach Zante verfolgt hatte."

„Nur einige Stunden?"

Egan konnte nachvollziehen, was sie empfand. Nur einige Stunden Mühe, ein paar Fragen an die richtigen Leute, und schon wäre sie in Griechenland aufgewachsen, inmitten einer Familie, ihrer Familie. „Sie möchten dich kennen lernen, Chloe. Als wir den Namen und den Geburtsort deines Vaters hatten, waren sie leicht aufzufinden. Ich konnte mit deiner Tante telefonieren."

Chloe fielen dazu keine Worte ein. Sie konnte sich vorstellen, was ihre Tante gefühlt hatte.

„Sie war traurig", fuhr Egan fort, „als ich ihr von deinem Vater und deiner Mutter erzählte. Sie hatte immer befürchtet, dass ihnen etwas zugestoßen sei. Sie glaubte, dein Vater würde den Streit schließlich beigelegt haben, wenn er noch lebte. Als er nicht wieder nach Haus kam, ahnte sie schon Schlimmes."

„Hat jemand versucht, mich zu finden?"

„Ja. Dein Großvater gab schließlich nach und ließ zu, dass deine Onkel suchten. Aber die Familie hatte damit ebenso wenig Erfolg wie umgekehrt der Staat Pennsylvania mit ihnen. Sie kamen einfach nicht an die richtigen Quellen heran."

„Mein Großvater?"

„Er starb vor zehn Jahren." Egan streichelte Chloes Wange. „Deine Großmutter ist achtzig. Sie sagt, sie wolle nicht sterben, ohne dich vorher gesehen zu haben. Sie alle möchten, dass du möglichst bald zu ihnen fliegst."

Chloe dachte an das Geld, das sie gespart hatte und das sie für einen Privatdetektiv hatte ausgeben wollen. Aber das war nicht mehr auf ihrem Konto.

„Nach Griechenland ...", sagte sie leise.

„Sie haben Fotos geschickt. Dieses hier wird dich besonders interessieren." Egan nahm eines von ihrem Schoß.

Sie betrachtete es und sah die Gesichter ihrer Eltern – Gesichter, die sie seit zwanzig Jahren nicht mehr gesehen hatte. Den Wohnungsbrand hatten keine Fotos überstanden. Wie vieles andere hatte sie im Laufe der Zeit auch vergessen, wie ihre Eltern ausgesehen hatten.

Egan schaute zu, wie sie jede Einzelheit in sich aufnahm. „Dieses Bild wurde gemacht, kurz bevor sie Griechenland verließen. Deine Tante hatte es versteckt und die ganze Zeit über aufbewahrt."

Chloe sah sich die anderen Fotos an und erblickte zum ersten Mal die Familie, von der sie nichts gewusst hatte. Schließlich seufzte sie. „Was könnte ich dazu nur sagen?"

„Du könntest sagen, dass du nicht böse bist."

„Böse? Weshalb sollte ich das sein?"

„Ich weiß, dass du seit Jahren Geld gespart hast, um sie zu finden. Und ich weiß auch, wie viel dir daran liegt, deine Angelegenheiten selbst zu erledigen."

„Ich hätte bestimmt noch viele Jahre gebraucht, bis ich Erfolg gehabt hätte."

„Jahre?"

Chloe nickte, erklärte ihre Behauptung aber nicht. „Meine Großmutter wäre dann wahrscheinlich schon tot gewesen. Jetzt habe ich die Chance, sie noch einmal zu sehen."

„Dann bist du uns wirklich nicht böse?"

„Ich liebe dich." Sie stand auf und küsste Egan. „Ich liebe euch alle."

Die ganze Familie atmete erleichtert auf. Es gab weitere Umarmungen und gute Wünsche, und von nun an lief alles wieder normal. Chloe steckte den Brief ihrer Tante in die Jackentasche. Sie würde ihn später, wenn sie allein war, in aller Ruhe lesen. In den folgenden Monaten würde sie oft genug darüber nachdenken können, was es bedeutete, Mitglied der Familie Palavos zu sein, und sie würde Briefe schreiben. Sie war also doch nicht völlig verwaist, sondern es gab Menschen, die mit ihr blutsverwandt waren und die auf einer Insel mit dem Namen Zante auf sie warteten, weit weg.

Nun war sie mit einer anderen Familie zusammen, einer Familie, mit der sie keine Blutsbande vereinigten. Aber es war die Familie, die sie liebte, ohne dafür einen weiteren Grund zu haben, und die ihr vermutlich immer am nächsten stehen würde.

Die Fahrt zurück nach Hause verlief fast schweigend. Es waren nur wenige Leute unterwegs. Immer noch wurden im Radio Weihnachtslieder gespielt. Chloe schloss die Augen und dachte über all die wunderbaren Dinge nach, die sie bekommen hatte, seit Egan in ihr Leben getreten war. Egan warf ihr von Zeit zu Zeit einen Blick zu und freute sich, dass sie so zufrieden aussah.

„Ich wünsche mir, du könntest jetzt mit zu mir kommen", sagte er, als er vor dem Heim hielt.

Sie lächelte ihn an. „Das wäre wirklich eine gute Idee. Aber ich habe Martha versprochen, noch einmal zu überprüfen, ob alles für die Bescherung morgen früh unter dem Baum liegt und in den Strümpfen steckt. Und so wie ich die Mädchen kenne, werden sie schon bald nach Mitternacht aufstehen und behaupten, es sei schon Weihnachten."

„Ich weiß. Ich kann einfach nichts für meine Wünsche."

„Oh, ich wünsche es mir auch. Du weißt gar nicht wie sehr. Aber wir werden morgen Abend zusammen sein."

Sie gaben sich einen vielversprechenden Kuss vor der Haustür. Chloe wollte nicht hineingehen. Die Nacht war völlig still. Es schneite lautlos. Der Mann, der sie umarmte, reichte völlig aus, um sie warm zu halten und sie für immer glücklich zu machen. Sie hielt ihn fest, sie wollte diesen Augenblick verlängern. Aber dann schlug es zwölf, und vom Kirchturm her wurde der Weihnachtsmorgen eingeläutet.

„Fröhliche Weihnachten", sagte Egan.

Sie küsste ihn noch einmal, ihre Zunge spielte mit seiner. Sie wollte Egan zeigen, dass dies das glücklichste Weihnachtsfest in ihrem ganzen Leben war. Zögernd schloss sie dann die Haustür auf.

Egan folgte ihr ins Haus. Im Flur war es dunkel. Nur die Notbeleuchtung an der Treppe erhellte ihren Weg ein wenig. „Worüber hast du unterwegs nachgedacht, Chloe?"

Sie hatte darüber nachgedacht, wie sie ihm sagen konnte, dass sie ihn heiraten würde. Aber ihr waren die richtigen Worte nicht eingefallen. „Über Weihnachtswünsche und unverhoffte Geschenke. Die Familie meines Vaters zu finden war der letzte Wunsch auf meiner Liste."

„Und der einzige, von dem du mir jemals erzählt hast."

Sie streichelte sein Kinn. „Du hast keinen Bart. Verrate mir, bist du trotzdem der Weihnachtsmann? Ich kann ein Geheimnis bewahren."

„Ich würde gern mein ganzes Leben damit verbringen, dich glücklich zu machen. Macht mich das zum Weihnachtsmann?"

„Es würde dich zum wunderbarsten Mann auf der ganzen Welt machen, wenn du es nicht bereits wärst."

„Chloe." Er nahm ihr Gesicht zwischen seine Hände.

Sie lehnte sich an ihn und nahm ihren ganzen Mut zusammen. „Ich habe ein Geschenk für dich. Ich wollte es dir geben, sobald wir allein sind."

„Ich habe bereits ein Geschenk von dir bekommen."

„Aber ich glaube nicht, dass es das war, was du dir am meisten gewünscht hast."

Egan runzelte die Stirn. „Nein?"

„Du hast doch gesagt, dass du mich haben willst."

„Ich hatte den Eindruck, dass wir neulich einen guten Anfang gemacht haben."

Chloes Lächeln war gefährlich verführerisch. „Nun, wenn das alles ist, was du gemeint hast ..."

„Du weißt, dass das nicht stimmt."

Plötzlich hatte sie keine Angst mehr. Sie glaubte auch nicht, dass sie sich jemals wieder fürchten würde. Sie sah Egan in die Augen. „Willst du mich immer noch heiraten?"

„Mehr als alles andere."

„Dann lass es uns tun."

„Wie, einfach so?"

„Den schwierigsten Teil haben wir doch schon hinter uns: Wir haben uns verliebt. Der Rest wird einfach sein, glaubst du nicht auch?"

Egan gab sich Mühe, ebenso leise zu sprechen wie Chloe. „Wirklich sehr einfach."

„Also bald?"

„Ist morgen früh genug?"

„Das schlag dir lieber aus dem Kopf. Deine Mutter würde einen Anfall bekommen. Wir müssen Pläne machen. Ich muss dafür sorgen, dass ich Urlaub nehmen kann, damit wir hinterher eine Hochzeitsreise machen können."

Egan griff in die Tasche und zog einen Umschlag heraus „Ich wollte dir dies eigentlich erst am Weihnachtsmorgen geben. Aber der ist ja nun bald. Mach auf."

„Sag bloß, du hast schon die Heiratslizenz besorgt."

„Mach den Umschlag auf."

Sie tat es. Im schwachen Licht brauchte sie einen Moment, um die Schrift lesen zu können. In dem Umschlag waren zwei Flugtickets für eine Rundreise durch Griechenland.

„Ich dachte, du würdest mich vielleicht deiner Familie vorstellen wollen", sagte Egan.

„Wir fliegen nach Griechenland?"

„Für die Flitterwochen, wenn du willst."

„Ich dachte ..."

„Was hast du gedacht?"

„Ich dachte, es würde noch Jahre dauern, bevor ..."

„Ich wollte nicht, dass du deine ganzen Ersparnisse für das Flugticket eines Detektivs ausgibst."

„Oh, Egan ..." Chloe schloss die Augen.

„Natürlich, wenn du lieber allein fliegen willst, kann ich das verstehen. Wir können unsere Flitterwochen auch anderswo verbringen."

„Allein? Natürlich nicht. Das wird die schönste Hochzeitsreise, die ich mir denken kann."

„Ich freue mich, dass du das so siehst." Egan schloss Chloe in die Arme. Für lange Zeit war es im Flur wieder still.

„Komm", sagte Egan schließlich. „Ich helfe dir, die Geschenke zu überprüfen."

„Nein – ich meine, das ist nicht nötig. Du wirst von der vielen Fahrerei müde sein. Ich schaffe das schon allein."

Egan schob sie zum Wohnzimmer mit der großen Blautanne. „Red keinen Unsinn. Das wird eine gute Übung für später sein, wenn wir eigene Kinder haben."

Chloe versuchte ihn aufzuhalten. „Aber das brauchen wir doch jetzt nicht zu üben. Es ist zu früh. Wir haben ja noch nicht einmal den Hochzeitstag bestimmt."

Egan schaltete die Beleuchtung im Wohnzimmer ein. Der ganze Raum wurde von hellem Licht erfüllt. „Ich wollte nur mal sehen ..." Egan verstummte verblüfft.

Chloe vermied es, ihn anzusehen.

„Nein, so etwas habe ich noch nicht gesehen", sagte Egan schließlich.

„Was denn?"

Das Zimmer war voller Geschenke. Die meisten waren eingepackt, aber einige waren dafür zu groß. An einer Wand lehnten Skibretter, die mit einem roten Band zusammengebunden waren. Eine Stereoanlage, wie Heidi sie sich gewünscht hatte, war in einer Ecke aufgestellt. Wohin Egan auch blickte, überall waren Geschenke und noch mehr Geschenke. Er vermutete, dass den Mädchen jeder Wunsch auf ihren Listen erfüllt worden war.

„Ich habe das nicht getan", sagte er schließlich. „Glaub mir, Chloe, ich war das nicht." Er sah sie an und legte ihr die Hände auf die Schultern. „Ein Versprechen ist ein Versprechen. Ich würde nicht gegen deine Wünsche verstoßen."

„Meine Wünsche", wiederholte Chloe.

„Wirklich, ich weiß nicht, woher diese Geschenke kommen. Ich habe keine Ahnung. Aber von mir oder meiner Familie sind sie nicht."

Chloe neigte den Kopf zur Seite und tat so, als schätze sie Egan ab. „Ich glaube dir."

„Aber wer war es?"

„Vermutlich der Weihnachtsmann."

Egan hörte gar nicht recht hin. „Der Verwaltungsrat? Jemand vom Personal?"

Chloe schob die Hände in die Taschen. Sie waren leer, fast so leer wie das Sparkonto, das sie am Montag aufgelöst hatte. Und leer würde auch ihr Gehaltskonto sein, wenn im Januar alle ihre Kreditkartenkäufe abgebucht waren.

„Ein Nachbar? Ein heimlicher Wohltäter?" überlegte Egan weiter.

„Der Weihnachtsmann", wiederholte Chloe.

Als sie seine Fragen wegküsste, dachte sie über Weihnachtswünsche und unverhoffte Geschenke, über besiegte Angst und gefundene Liebe nach, über die einfache, vollkommene Schönheit des Gebens.

Sie kam zu dem Ergebnis, dass sie in Zukunft noch genug Zeit haben würde, um Egan alles zu sagen, was sie über den Weihnachtsmann erfahren hatte. Sie hatte viel Zeit – ein ganzes Leben lang.

– ENDE –

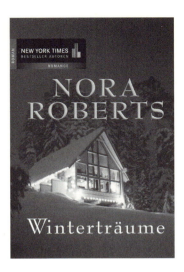

Band-Nr. 25077
6,95 €
ISBN 3-89941-100-5

Nora Roberts

Winterträume

Zauber einer Winternacht
Dankbar nimmt Laura das Angebot des Künstlers Gabe Bradley an, solange in seiner Hütte zu bleiben, bis der Schneesturm nachlässt. Doch Gabe ist ein Mann, der etwas verbirgt ...

Das schönste Geschenk
Warum ist Victor nur so abweisend? Sharon ist sicher: Der Mann, der ihr Haus saniert, in dem sie ihr Antiquitätengeschäft eröffnen will, ist der Richtige für sie ...

Nora Roberts
Heather Graham
Susan Wiggs
Debbie Macomber

Weihnachts-Edition I

Vier weihnachtliche Romane
zum Fest der Liebe!

Band-Nr. 25034
6,95 €
ISBN 3-89941-039-4

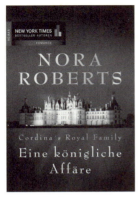

Nora Roberts
Cordina's Royal Family
„Eine königliche Affäre"
Band-Nr. 25029
6,95 € (D)
ISBN 3-89941-037-8

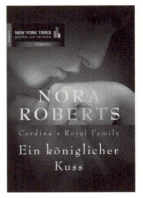

Nora Roberts
Cordina's Royal Family
„Ein königlicher Kuss"
Band-Nr. 25039
6,95 € (D)
ISBN 3-89941-050-5

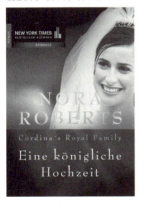

Nora Roberts
Cordina's Royal Family
„Eine königliche Hochzeit"
Band-Nr. 25056
6,95 € (D)
ISBN 3-89941-071-8

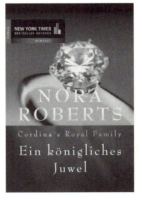

Nora Roberts
Cordina's Royal Family
„Ein königliches Juwel"
Band-Nr. 25072
6,95 € (D)
ISBN 3-89941-094-7

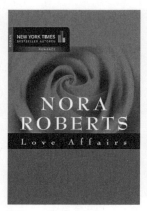

Nora Roberts
Love Affairs
Band-Nr. 25009
7,95 €
ISBN 3-89941-009-2

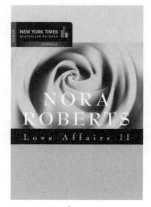

Nora Roberts
Love Affairs II
Band-Nr. 25028
7,95 €
ISBN 3-89941-036-X

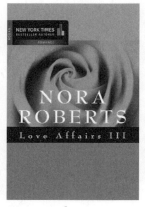

Nora Roberts
Love Affairs III
Band-Nr. 25046
7,95 €
ISBN 3-89941-057-2

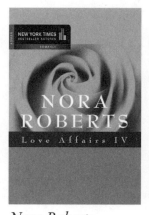

Nora Roberts
Love Affairs IV
Band-Nr. 25074
7,95 €
ISBN 3-89941-096-3